CONSTANZE WILKEN

Rückkehr nach Fisherman's Cove

GOLDMANN

Buch

Als sie vom plötzlichen Tod ihres geliebten Vaters erfährt, ist Arline zutiefst erschüttert. Die junge Frau, die in einem Pub in Glasgow arbeitet und in einer Folkband singt, macht sich sofort auf den Weg zur Orkney-Insel Mainland, ihrer alten Heimat. Im malerischen Fisherman's Cove angekommen, wird sie von Erinnerungen überwältigt. Ihr Vater hat ihr nicht nur das alte Cottage, sondern auch das Tagebuch ihrer früh verstorbenen Mutter Colina vermacht, von der sie das Gesangstalent geerbt hat. Arline beschließt, erst einmal in Fisherman's Cove zu bleiben, um endlich mehr über das geheimnisvolle Schicksal ihrer Mutter zu erfahren. Endgültig durcheinandergewirbelt werden Arlines Gefühle, als sie im örtlichen Pub den Barkeeper Quinn kennenlernt. Denn als Arline mit ihrer zum Folkfestival angereisten Band im Pub singt, funkt es gewaltig zwischen ihr und Quinn.

Informationen zu Constanze Wilken
sowie zu weiteren lieferbaren Titeln der Autorin
finden Sie am Ende des Buches.

Constanze Wilken

Rückkehr nach Fisherman's Cove

Roman

GOLDMANN

FSC
www.fsc.org
MIX
Papier | Fördert gute Waldnutzung
FSC® C014496

Penguin Random House Verlagsgruppe FSC® N001967

1. Auflage
Originalausgabe August 2025

Neumarkter Straße 28, 81673 München
produktsicherheit@penguinrandomhouse.de
(Vorstehende Angaben sind zugleich
Pflichtinformationen nach GPSR)

Dieses Werk wurde vermittelt durch die Literarische Agentur
Thomas Schlück GmbH, 30161 Hannover.
Umschlaggestaltung: UNO Werbeagentur, München
Umschlagmotive: FinePic®, München Werbeagentur GmbH
Redaktion: Regine Weisbrod
BH · Herstellung: ik
Satz: GGP Media GmbH, Pößneck
Druck und Bindung: GGP Media GmbH, Pößneck
Printed in Germany
ISBN: 978-3-442-49569-6

www.goldmann-verlag.de

For The Islands I Sing
And For A Few Friends

George Mackay Brown

1

Stromness, Saltwater Sands Cottage, 1986

Die Wellen hatten eine eigene Melodie. Oft stand Colina an den Klippen und sang mit ihnen. Dann fühlte sie sich lebendig, erfüllt, ganz. Ihre Familie verstand das nicht. Das Meer war Ernährer und Feind zugleich. Vor Generationen waren die Männer mit den Walfängern hinausgefahren, und niemand wusste, wer zurückkehren würde. Danach waren sie den Heringsschwärmen hinterhergejagt, und heute fingen sie Krebse.

Colina stieg von ihrem Fahrrad. Der Weg war steil, und der Wind hatte zugenommen. Das letzte Stück musste sie schieben. Unterhalb der Klippen rauschte die See, und in ihr tobten die widersprüchlichsten Gefühle. Sie war auf dem Weg, etwas Verbotenes zu tun. Ihr Herz jubelte, ihr Verstand riet ihr umzukehren, und ihr Bauch verkrampfte sich ängstlich. Tief einatmend, schob sie ihr Rad weiter.

Das Leben auf den Inseln war hart. Sie war nie gut in der Schule gewesen und war schon früh gerne mit ihrem Vater auf dem Boot hinausgefahren. Was sie antrieb, war die Musik. Ihre Stimme war ein Geschenk. Sie hatte bereits als Kind im Kirchenchor mitgesungen, und im *Beachcomber*, einem Pub, sang sie mit Thomas, Sam und Ty die alten Lieder.

Die schmale Straße machte eine scharfe Biegung, und von nun ab ging es bergab. Das Cottage lag inmitten eines großen Gartens, der sich zum Meer öffnete. Zwei Granitkugeln auf gemauerten Pfeilern hielten ein schmiedeeisernes Tor. »Saltwater Sands« stand in geschwungenen Buchstaben auf einem Schild. Colina dachte an das alte dunkle Haus aus grauen Steinen, das unten am Pier stand. Was für ein Kontrast zu den Häusern der Fischer. Schiefe Wände, winzige Fenster und der Geruch von Torf, Seetang und Fisch in jedem Raum. In einem solchen Haus war sie aufgewachsen. Von der Haustür waren es nur wenige Schritte zum Pier mit den Fischerbooten und den Hummerkörben.

Ehrfürchtig schob sie ihr Rad durch das Tor. Der helle Kies knirschte unter ihren Schuhen, und sie betrachtete gebannt das weiß getünchte Cottage mit dem Reetdach. »Sein Refugium« hatte er es genannt. Hierhin zog er sich zurück, um zu üben und Kraft zu tanken. Der weltberühmte Pianist Jasper Carlsen hatte sie eingeladen!

Sie zögerte. Vielleicht sollte sie doch lieber umkehren. Ihr überschwänglicher Mut wich der Angst, zu versagen. Er hatte sie im Pub singen gehört und sie zu einer Probe eingeladen. Zu einer Probe, sie, die Pubsängerin. Das unbekannte Fischermädchen. Was erwartete sie? Sie war jung, aber weder naiv noch weltfremd. Letztlich hatte sie nichts außer ihrem Stolz zu verlieren. Oder doch?

Die Tür des Hauses schwang auf, und ein großer dunkelblonder Mann trat heraus. Er trug eine hellgrüne Hose und ein weißes Hemd. Und er war barfuß. Jasper Carlsen war berühmt, exzentrisch und unkonventionell.

»Ich befürchtete schon, Sie würden nicht kommen.« Er machte eine einladende Bewegung. »Stellen Sie Ihr Rad dort an die Garage oder wo Sie mögen. Nur gegen die Buchshecke sollten Sie es nicht lehnen. Mein Gärtner wird sonst furchtbar ungehalten, und ich hatte große Schwierigkeiten, überhaupt einen zu finden.«

Jasper Carlsen lächelte, und seine blauen Augen sahen sie neugierig und herausfordernd an. Er mochte Mitte dreißig sein, dachte Colina.

Eine Windböe wirbelte Colinas lange dunkelbraune Haare durcheinander. Der Juli war einer der schönsten Monate auf Mainland, und die Sonne entfaltete ihre Kraft. Was nicht bedeutete, dass man keine Windjacke benötigte. Colina lehnte ihr Rad an die Garage, die ebenfalls mit Reet gedeckt war, und ging auf Carlsen zu. Weder ihre Eltern noch ihre Freundin wussten, dass sie heute hier war. Das hier war ihre Entscheidung und ihr Geheimnis.

Als sie vor ihm stand und seinen Blick auf sich spürte, machte sich ein warmes Kribbeln in ihrem Bauch breit. Genauso fühlte sie sich, bevor sie zu singen begann.

»Bitte, kommen Sie herein, Colina. Darf ich Ihnen etwas anbieten?« Carlsen geleitete sie in sein Haus, das hell und geräumig war.

Er führte sie in einen großen Raum, in dem ein Flügel vor der geöffneten Terrassentür stand. Sie hörte den Wind, das Meer und die Seevögel.

»Ist das schön!«, flüsterte Colina und strich über das kostbare Instrument.

Der Pianist stellte sich neben sie. »Es hat mich einige Überredungskunst gekostet, dieses Cottage zu erwerben. Natürlich hat mich der alte Swanney über den Tisch gezogen, aber ich habe es nicht bereut.«

Colina grinste. »Ach, Duncan Swanney. Deshalb hat er sich ein neues Boot kaufen können.«

Jasper zuckte mit den Schultern und ging zu einem Tisch, auf dem Flaschen und Gläser standen.

»Nur Wasser für mich, danke.«

»Natürlich. Sänger müssen ihre Stimme pflegen.« Er goss ihr ein Glas Wasser ein und reichte es ihr.

»Ich bin keine Sängerin. Keine richtige, meine ich«, wehrte Colina ab, nippte an ihrem Glas und zupfte an den Lederfransen ihrer Tasche.

»Wollen Sie ablegen?« Jasper Carlsen deutete auf einen Stuhl.

Colina stellte ihr Glas auf einen Tisch und legte ihre Tasche und die Windjacke auf einen Stuhl. Zur Jeans trug sie ein buntes T-Shirt und eine Muschel an einem Lederband um den Hals. Von der Arbeit auf dem Schiff war ihre Haut gebräunt und die Arme muskulös.

»Ich werde Ihnen beweisen, dass Sie eine Sängerin sind. Ihre Stimme ist außergewöhnlich. Und das wissen Sie doch auch.« Er ging zu seinem Flügel und setzte sich auf die Bank. Seine Hände waren feingliedrig und die Fingerspitzen leicht nach oben gewölbt. Wie oft waren sie wohl über die schwarzen und weißen Tasten geglitten?

Gebannt beobachtete Colina, wie er zu spielen begann. Jede seiner Bewegungen war leicht und elegant und dabei so natürlich, als wäre sie ein Teil von ihm. Die Töne perlten durch den Raum, flogen nach draußen und verwoben sich mit dem Gesang des Meeres. Verträumt lauschte sie und erkannte bald die Melodie, die er spielte. Es war einer der Folksongs, den sie im Pub gesungen hatte.

»*In Noroway there lived a maid*«, begann Colina zu singen. Ein Lied über eine Selkie-Frau, deren Herz durch eine falsche Liebe gebrochen wurde.

Die Musik trug sie, wie sie es immer tat. Doch diesmal sang sie nicht in einem Pub, sondern allein, und nur das Klavier begleitete sie. Unsicher knetete sie die Hände und sah ihn fragend an, nachdem die letzte Zeile verklungen war.

»Ich habe es gewusst.« Zufrieden legte er die Hände auf seine Oberschenkel.

»Dass ich ›The Great Selkie of Sule Skerry‹ singen kann?«, meinte Colina skeptisch.

»Das auch.« Er erhob sich, kam zu ihr und ergriff ihre Hände. »Ich glaube, dass Sie alles singen können. Mit etwas Übung und dem richtigen Lehrer würden Sie auf den Bühnen dieser Welt stehen.«

Die Wärme seiner Hände durchfloss sie wie ein elektrisierender Strom. Nervös entzog sie sich ihm.

»Sie meinen, mit einer Band?«

»Mit einer Band oder einem Orchester. Sie haben eine klare, kraftvolle Sopranstimme, Colina. Mögen Sie die italienische Oper?« Lässig lehnte er sich an den Flügel.

Das war seine Welt, nicht ihre. Sie schüttelte den Kopf. Ihre Knie fühlten sich weich an.

»Nein? Das glaube ich Ihnen nicht.«

»Doch, ich mag die Oper, aber ich könnte niemals so singen.« Sie hatte sich wieder gefasst.

»Und doch sind Sie gekommen. Sie wollen singen. Es ist in Ihnen. Niemand, der die Musik liebt, wahrhaftig liebt, kann sich ihr verweigern.« Jasper Carlsen berührte die Muschel an ihrem Hals. »Vertrauen Sie mir?«

Colina schluckte. »Nein«, flüsterte sie.

Er lächelte. »Doch. Weil es nicht anders möglich ist.«

2

Stromness, Gegenwart

Die schmalen grauen Häuser drängten sich aneinander. Kleine Fenster sahen auf die Bucht. Wie viele Frauen hatten dort vergeblich auf die Rückkehr ihrer Männer gewartet? Wie jeder Insulaner kannte Arline die alten Geschichten der Walfänger. In einem der kleinen Häuser war sie aufgewachsen, und eins der bunten Schiffe war die *Colina*. Sie stieß sich von der Reling ab, schulterte ihren Rucksack und spürte das Stampfen des Schiffsmotors. Nachdem das Anlegemanöver beendet war, verließ sie das Fährschiff mit den übrigen Passagieren.

Zu Weihnachten war sie zum letzten Mal hier gewesen. Schnee hatte auf den Dächern gelegen. Und ihr Vater hatte in seinem alten dunkelblauen Wollmantel an der Mauer gelehnt und auf sie gewartet. Den Kragen aufgeschlagen, die Mütze tief über die Ohren gezogen, war er auf sie zugestapft und hatte sie an sich gedrückt. »Gut, dass du da bist«, hatte er gesagt. Er war nie ein Mann vieler Worte gewesen.

Arline schluckte und spürte, dass ihr die Tränen über die Wangen liefen. Der Wind fegte in die Bucht und jagte ihr einen Schauer über die Haut. Sie nahm den Rucksack von den Schultern und hockte sich auf einen Poller. Es roch nach Diesel, Seetang und Fisch. Die Menschen gingen an ihr vorbei, die Urlauber lachten, unterhielten sich, andere wollten einfach nur nach Hause. Wie sie selbst. Sie war hier aufgewachsen. Jedes Haus, die engen Gassen, die Pubs und Cafés, die Wanderwege, die Fischerboote, alles war ihr vertraut. Sie hielt nach dem Boot ihres Vaters Ausschau.

Die *Colina* war rot und blau gestrichen und lag an einer der Anlegestellen vor Anker. Inmitten der bunten Boote der Creel-Fischer, wie die Krebsfischer auch genannt wurden, schaukelte die *Colina* auf dem kabbeligen Wasser. Alles schien wie immer. Und doch war alles anders. Ihr Vater war tot. Plötzlicher Herztod, ein Unfall. Sie konnte es immer noch nicht glauben. Mit einundsechzig war man heute nicht alt, und ihr Vater hatte nie über irgendwelche Beschwerden geklagt.

Jeden Tag war er mit seinem Schiff ausgelaufen, um die Fangkörbe zu kontrollieren, die er an den Tagen zuvor ausgelegt hatte. Die roten Bojen wippten auf dem Meer und markierten das Ende einer Korbreihe, die tief auf dem Grund lag. Arline war oft genug mitgefahren, um zu wissen, wie man Hummer und Taschenkrebse fing. Sie wischte sich über die Augen und holte ein Taschentuch hervor.

»Arli!«

Die Stimme ihrer Tante Imogen riss sie aus ihren Gedanken.

»Tante Mogs!« Arline stand auf und umarmte die um einen Kopf kleinere Tante.

Für einen Maitag war es nicht kalt, doch an den Wind musste man sich gewöhnen. Imogen trug eine Strickjacke über ihrem dunklen Kleid. Sie roch nach Lavendelseife und Kuchen.

Arline weinte, und Imogen strich ihr tröstend über den Rücken. »Meine arme Kleine. Es kam so überraschend. Keiner konnte sich vorstellen, dass dein Vater … Ach, so ein Unglück.«

»Wo ist er, Mogs? Ich will ihn sehen«, schniefte Arline und schnäuzte sich die Nase. Wenigstens das. Ihre Tante hatte sie sofort benachrichtigt, und Arline war am Tag darauf losgefahren.

Ihre Tante strich ihr liebevoll die langen dunkelbraunen Haare aus der Stirn. »Beim Bestatter. Du bist das Ebenbild deiner Mutter, Arli. Komm, ich habe dir unser Gästezimmer hergerichtet.«

Arline schüttelte den Kopf. »Nein. Ich möchte meinen Vater sehen.«

Seufzend erwiderte Imogen: »Na gut. Scollie & Sons liegt auf dem Weg zu uns.«

»Danke, aber ich werde nicht bei dir bleiben.« Arline packte ihren Rucksack. »Ich werde in meinem Elternhaus wohnen.«

»Arline, nein, das ist nicht gut. Du kannst doch nicht ganz allein in dem alten Haus sein. Es ist kalt, und alles ist so, wie Thomas es verlassen hat, bevor er am Hafen …« Imogen rang die Hände. »Mach es dir nicht unnötig schwer. Ich habe gekocht und gebacken, alle freuen sich, dich zu sehen.«

Genau das wollte Arline nicht, Gesellschaft. »Wann ist die Beerdigung?«

»Morgen früh. Am Nachmittag hast du einen Termin beim Notar. Ich begleite dich, wenn du das möchtest.« Imogen MacConnachie kümmerte sich gern um ihre Mitmenschen. Sie kümmerte sich, auch wenn man es nicht wollte.

Früher hatte sich Arline oft von der Fürsorglichkeit ihrer Tante erdrückt gefühlt, auch wenn sie nachvollziehen konnte, dass Imogen in ihr auch die verstorbene Schwester sah. Ihre Mutter war gestorben, als Arline fünf Jahre alt gewesen war, und sie erinnerte sich kaum an sie.

Sie gingen den leicht ansteigenden Pier hinauf zur Victoria Street. Die Lebensader von Stromness zog sich am Meer entlang, ging im Norden in die John Street über und im Süden in die Dundas Street. Dort lag ihr Elternhaus. Arline hob den Blick zu dem grauen Hügel, der über der Stadt thronte. Brinkie's Brae war als Aussichtspunkt bei Touristen und Einheimischen gleichermaßen beliebt. Als Jugendliche hatten sie sich abends dort oben getroffen, Bier getrunken und wilde Pläne für die Zukunft geschmiedet. Die meisten ihrer Schulfreunde allerdings waren nicht von den Inseln weggekommen.

Arline betrachtete das modern anmutende *Pier Arts Centre* und die wie an einer Schnur aufgezogenen Häuser der Victoria Street. Viele Fassaden waren neu gestrichen, Reklameschilder wiesen auf Shops und Restaurants hin. Der Tourismus spülte Geld auf die Inseln.

»Da vorn ist es«, sagte Imogen. Ihre Tante humpelte ein wenig, dachte Arline. Wie alt war sie? Über sechzig? Sie war älter als ihre Mutter gewesen. Das graue Haar trug sie kurz geschnitten, und sie verzichtete auf Make-up.

Vor einem grauen Steinhaus blieben sie stehen. Nur ein grünes Schild mit goldener Schrift verriet, dass man sich hier mit den Toten befasste. Arline berührte den Arm der Tante.

»Lass mich allein hineingehen.« Bittend sah sie die Ältere an.

Imogen zögerte, trat dann jedoch zurück. »Geh nur. Du weißt ja, wo du uns findest. Und komm heute Abend zu uns zum Essen. Versprich es mir, ja?«

»Vielleicht. Ich kann dir nichts versprechen, Mogs.« Arline gab ihrer Tante einen Kuss auf die Wange und stieß entschlossen die Tür des Bestattungsinstitutes auf.

Ein Mann in dunklem Anzug, mit Glatze und einer von professionellem Mitgefühl triefenden Miene begrüßte sie und stellte sich als Martin Scollie vor. Als er ihren Namen hörte, geleitete er sie in einen winzigen Raum, der gerade Platz für einen Sarg hatte. Der unangenehme Geruch von Duftkerzen schnürte ihr die Kehle zu.

»Soll ich Musik anmachen? Für manche Hinterbliebene ist es tröstlich, wenn …«

»Nein.« Mit weichen Knien näherte sich Arline dem Sarg, dessen oberes Drittel nun von Mr Scollie aufgeklappt wurde.

Arline presste sich die Hand vor den Mund, als sie ihren Vater – oder vielmehr seinen Körper – sah. Was da vor ihr lag, waren Haut und Knochen, aber nicht mehr ihr Vater. Der Tod war nicht friedlich, wie immer behauptet wurde. Der Tod war endlich, bitter, traurig und erschreckend.

»Wir haben uns große Mühe gegeben, ihn für Sie herzurichten, Ms Nicolson. Damit er dem Bild entspricht, das Sie von ihm haben. Am Abend vor seinem Tod ist er noch im Pub aufgetreten.« Der Bestatter stand in der Tür und plauderte, als wäre das hier normal. Nun, für ihn war es das wohl.

»Was ist das hier? Eine Verletzung? Mein Vater hatte keine Narben am Kopf.« Arline wischte sich die Augen und schluckte mehrfach. An der Schläfe ihres Vaters bemerkte sie eine kleine Erhebung.

Scollie kam zu ihr und beugte sich über den Toten. »Äh, ach so, ja. Ihr Vater ist gestürzt. Nach dem Infarkt. Dabei muss er sich den Kopf aufgeschlagen haben.«

»Wo ist er gestürzt?«, fragte sie, berührte mit den Fingerspitzen die Stirn des Toten und zuckte zurück. »Kalt …«, flüsterte sie rau.

»Am Hafen. Er hat mit seiner Band im Pub des *Stromness Hotels* gespielt. Irgendwann im Laufe der Nacht ist er dann wohl nach draußen gegangen, und da ist es passiert. Tragisch, wirklich tragisch.« Scollie seufzte hörbar. »So etwas kann jedem passieren. Vielleicht ist es nicht einmal der schlechteste Abgang. Verzeihung.«

Arline warf dem Bestatter einen vorwurfsvollen Blick zu. »Lassen Sie mich allein, bitte.«

»Natürlich.« Scollie verschwand.

»Du hättest doch etwas merken müssen, Dad«, flüsterte Arline. »Warum bist du nicht zum Arzt gegangen? Ich hatte mich so darauf gefreut, mit euch auf dem Festival zu singen. Und was ist mit den Geschichten über Mum, die du mir noch erzählen wolltest?« Arline schluchzte. »Ich liebe dich, Dad. Verdammt, das ist nicht fair.«

Ihr wurde übel und schwindelig, und sie wollte nur noch weg von hier. Arline wandte sich ab und verließ die engen, stickigen Räume. Auf der Straße holte sie tief Luft, vergewisserte sich, dass sie den Haustürschlüssel bei sich hatte, und schlug den Weg zur Dundas Street ein. Als sie vor ihrem Elternhaus stand, ging sie zuerst hinunter zum Wasser. Die alten Fischerhäuser hatten fast alle einen eigenen Anleger.

Die *Colina* schaukelte gemächlich auf dem Wasser. Arline stellte den Rucksack an die kleine Mauer, die die winzige Terrasse vom Anleger abgrenzte, und ging zum Schiff. Auf dem Anleger waren die Hummerkörbe sorgsam gestapelt. Der Schuppen mit den Gerätschaften ihres Vaters hatte einen neuen Anstrich erhalten. Der Plastikstuhl, auf dem er immer gesessen hatte, stand davor. Die Signalbojen waren in mehreren Kisten nach Farben sortiert. Rote und gelbe.

»Was mache ich nur mit dir?«, murmelte Arline und fuhr über das Tau, mit dem das Boot am Poller befestigt war.

Ein blau-weißes Boot tuckerte näher. Der Bootsführer stellte den Motor aus, und sie erkannte Tyler McLiver, einen engen Freund ihres Vaters.

»Hey, Arli! Es tut mir so leid! Mein herzliches Beileid!«, rief der Mann zu ihr herüber. »Wenn du willst, hole ich die Reusen deines Vaters für dich ein.«

»Ja, bitte mach das, Ty, danke!«, rief Arline zurück.

»Heute Abend im *Beachcomber*? Wir spielen und trinken auf Thomas!«, rief Ty.

Arline nickte und winkte. Das zumindest hätte ihrem Vater gefallen, und auch sie selbst konnte einen Drink unter Freunden vertragen.

3

Das Licht veränderte sich. Bis die goldene Stunde einsetzte, in der das Licht magisch war, würde es noch ein wenig dauern. Zu lange. Arline fröstelte und stand auf. Sie musste zwei Stunden oder länger vor dem Haus auf dem Anleger gesessen haben. Das hatte sie schon als Kind gern getan. Einfach nur aufs Wasser sehen. Wenn man die Wellen beobachtete, begannen die Gedanken zu fliegen, suchten sich neue Horizonte.

Sie streckte die ausgekühlten Glieder und zog den Haustürschlüssel aus ihrer Hosentasche. Die rote Farbe blätterte stellenweise ab. Es war Jahre her, dass sie die Tür gemeinsam mit ihrem Vater gestrichen hatte. Er hatte immer gesagt, dass ihr das Haus irgendwann gehören würde. Und sie könne dann damit tun, was sie wolle. Und doch hatte die unausgesprochene Hoffnung in seinen Worten mitgeschwungen, dass sie das Haus behielt, dass sie wieder auf die Orkneys kam.

Sie musste sich gegen die Tür stemmen. Das Holz verzog sich gern. Quietschend schwang die Tür nach innen auf. Der abgestandene Geruch verschlug ihr den Atem, und Arline lief durch den Flur direkt ins Wohnzimmer und riss die Fenster auf. Als ihre Augen sich an das Halbdunkel gewöhnt hatten, sah sie die Unordnung. Ihr Vater war kein Pedant gewesen, aber die Dinge hatten ihren Platz gehabt. Das hier sah nicht nach Thomas Nicolson aus.

Aufgezogene Schubladen, herausgerissene Papiere und Bücher, die verstreut auf dem Boden lagen. Was zum Teufel war hier geschehen? Davon hatte ihre Tante nichts gesagt. Arline eilte in die Küche, wo ein Topf mit Kartoffeln und eine Pfanne mit Rührei auf dem Herd standen. Eine geöffnete Dose Bohnen stand daneben.

»Oh, Dad«, murmelte Arline und ging weiter, denn hier schien alles normal. Auch im Schlafzimmer und in ihrem Zimmer herrschte Ordnung. Hatte ihr Vater etwas gesucht und das Haus überstürzt verlassen? Nachdenklich ging sie zurück ins Erdgeschoss und räumte die Schubladen wieder ein. Unter den Papieren waren Rechnungen, der abgelaufene Ausweis ihres Vaters, Steuerbescheide und Fotografien. Sie nahm das große Foto mit auf das Sofa. Auf dem einzigen Sessel lag eine Wolldecke und auf der Lehne seine Lesebrille.

Das Foto musste vierzig Jahre oder älter sein. Es zeigte ihre Mutter mit einer Gruppe von Leuten vor dem *Pier Arts Centre.* Sie trug ein buntes Sommerkleid und lächelte einen gut aussehenden blonden Mann an, der ein Heft in den Händen hielt. Jasper Carlsen, ein Pianist. Arline sah sich die Menschen auf dem Foto genauer an. Sie erkannte die ältere Dame, Margaret Gardiner. Die prominente Frau war die Kunstmäzenin gewesen, welche das *Pier Arts Centre* gegründet hatte. Der zweite Mann war ein berühmter Dirigent. Wie hieß er noch gleich? Struff? Wie auch immer, dachte Arline. Zusammen mit George Mackay Brown hatten sie das St. Magnus Festival ins Leben gerufen.

Arline wendete das Foto. Ihr Vater musste es kürzlich als großen Abzug bestellt haben. Das Datum war keine drei Wochen alt. Warum ausgerechnet dieses Bild? Warum rieb er Salz in alte Wunden? Er hatte ihr erzählt, dass ihre Mutter vor ihrer Ehe in einen anderen verliebt gewesen war. Und dieser andere war niemand Geringeres als Jasper Carlsen gewesen.

Sie legte das Bild auf den Couchtisch. In der Ecke stand das Akkordeon ihres Vaters unter gerahmten Fotos aus den gemeinsamen Jahren ihrer Eltern. Das Hochzeitsbild. Und ein Foto von Arline als Baby auf dem Arm ihrer Mutter. Ein Bild mochte sie besonders gern. Ihre Mutter hielt sie an der Hand und zeigte zur Kamera. Ihr Vater musste es gerade noch zurückgeschafft haben, bevor der Selbstauslöser klickte. Eine kleine Familie am Strand von Rackwick auf der Nachbarinsel Hoy.

Weißer Sand, die aufgewühlte See, im Hintergrund die Klippen und satte grüne Wiesen. Arline erinnerte sich an diesen Tag. Einer der seltenen Tage, an denen ihr Vater nicht mit dem Boot draußen war und ihre Mutter glücklich aussah. Mit den Fingerspitzen berührte Arline das Glas des Bilderrahmens. Kalt.

Ihr Telefon klingelte.

»Arli, geht es dir gut? Wo bist du?«, wollte ihre Tante wissen.

»Ich bin im Haus.« Arline sah auf die Wanduhr. Es ging auf neun Uhr zu.

»Du hast nichts gegessen, oder? Soll ich dir etwas vorbeibringen? Es ist genug da«, bot Imogen an. »Wir haben dich vermisst.«

»Tut mir leid. Nein, bitte, ich habe keinen Hunger. Ich gehe gleich in den Pub. Ty und ein paar Leute sind wohl dort.«

»Ah. Ja, gut. Dann sehen wir uns morgen.« Das Gespräch brach ab.

Ihre Tante war verstimmt. Aber Arline war nicht nach Familienessen und mitleidigen Blicken.

Sie griff nach ihrer Jacke, steckte etwas Geld ein und verließ das Haus.

Der *Beachcomber* lag hinter dem Fährterminal am Hafen. Das graue Steingebäude war durch einen Anbau aus Holz erweitert worden, den man blau gestrichen hatte. Gäste standen vor der offenen Tür mit ihren Gläsern an der Kaimauer, rauchten und unterhielten sich. Aus dem Inneren tönte Musik. Folkmusik. Ty spielte Gitarre, und Sam sang. Arlines Herz schlug schneller. Kein Akkordeon. Sie wappnete sich vor den Beileidsbekundungen und betrat den Pub.

Menschen drängten sich zwischen dem lang gestreckten Tresen und dem Gestühl. Es roch nach Fish and Chips und Bier. Am hinteren Ende standen Ty und Sam auf einem niedrigen Podest und spielten einen Song aus dem Repertoire der *Herrings*. Ohne das Akkordeon ihres Vaters fehlte etwas. Er fehlte.

»Hey, Arli? Bist du das? Oh Mann, es tut mir so leid!« Ein junger Mann nahm sie in die Arme und drückte sie fester als notwendig. Sie spürte ein Bierglas in ihrem Rücken.

»Neil, danke.« Neil war mit ihr zur Schule gegangen. Er war Tauchlehrer und arbeitete in der Tauchschule von Stromness. Die langen dunkelblonden Haare hatte er im Nacken zusammengebunden. »Eh, das ist doch schlimm, ganz schlimm. Thomas war viel zu jung. Niemand, der so jung ist, sollte gehen müssen. Verdammt!« Seine Zunge war schwer, und er sah sie mit leicht glasigen Augen an.

»Hm.« Arline entdeckte weitere bekannte Gesichter.

Vorher brauchte sie einen Drink und drängte sich etwas unsanft zum Tresen durch. Duff Moodie hatte gemeinsam mit seiner Frau Skye vor einigen Jahren das lange leer stehende Gebäude gekauft und renoviert. Ihr Konzept war aufgegangen. Gutes, preiswertes Essen, Craftbiere und wechselnde Bands kamen bei den Gästen an.

Duff, ein Hüne mit breiten Schultern, erkannte sie und nickte ihr zu. Er war gerade mit einer Bestellung beschäftigt und sagte etwas zu einem seiner Barkeeper. Der war ähnlich groß und muskulös wie Duff und kam zu ihr.

»Hi, ich bin Quinn. Duff sagt, dass du heute unser Gast bist. Worin möchtest du deinen Schmerz ertränken?« Er hatte so leise gesprochen, dass nur sie ihn hatte hören können.

»Whisky, bitte. Einen torfigen.«

»Okay.« Quinn drehte sich um, nahm eine Flasche aus dem Regal und schenkte ihr einen großen und sich selbst einen kleinen Schluck ein. »Möge Thomas seine letzte Reise mit vollen Segeln antreten. Slàinte Mhath!«

Arline hob ihr Glas, fühlte, wie sich ihre Augen mit Tränen füllten, und nahm einen Schluck. »Slàinte! Du hast ihn gekannt?«

Quinn warf einen Blick zur Band. »Sie haben einmal im Monat hier gespielt. Auf dem Akkordeon machte ihm keiner was vor.«

Ein schmales Lächeln huschte über Arlines Gesicht. »Es steht noch da, sein Akkordeon. Was mache ich nur mit …« Sie brach ab und trank ihren Whisky.

»Das braucht Zeit.« Quinn wandte sich einer Gruppe zu, die an die Bar getreten war.

Inzwischen hatte Duff seine Gäste zufriedengestellt und kam hinter dem Tresen hervor, um sie in die Arme zu nehmen.

»Hey, er fehlt uns allen. Wenn du reden willst, kannst immer vorbeikommen.«

»Danke. Das ist schön zu wissen.« Sie spürte die kräftige Hand auf ihrer Schulter.

»Quinn hast du ja kennengelernt. Er ist seit ein paar Monaten bei uns. Wir haben zusammen gedient. Die Inselluft tut ihm gut.« Duff ließ sie los und ging hinter die Bar.

Arline wusste von Skye, dass Duff bei der Royal Airforce an Kampfeinsätzen in Afghanistan und im Irak beteiligt gewesen war. Er sprach nicht über diese Zeit, die Narben auf seiner Seele hinterlassen hatte.

Die Musik verstummte, und Arline ging auf die Freunde ihres Vaters zu. In ihrer Nähe schien sein Verlust nicht so endgültig.

4

»Wann hast du meinen Vater das letzte Mal gesehen, Ty?«, fragte Arline den alten Freund.

Sie waren nach draußen gegangen, denn im Pub drängten sich mittlerweile die Besucher dicht an dicht. Tyler McLiver blies den Zigarettenrauch in die kühle Abendluft. Seine Hände waren groß und voller Schwielen und sein Gesicht eine Landkarte, gezeichnet von Sonne, Wind und Salzwasser. Sie kannte ihn und Sam ihr ganzes Leben. Ty und Sam waren nicht nur Freunde, sie waren Familie.

Der Fischer blinzelte und überlegte. »Am Morgen vor seinem Tod. Sam war abends im Pub. Ich bin hoch nach Dounby, hatte mittags einen Termin bei Dr. Brimsby.« Er klopfte sich auf den Magen. »Sodbrennen. Und später war ich mit Monica verabredet.«

Ty zog an seiner Zigarette. »Eigentlich bin ich nur ihretwegen zu Brimsby. Meinem Magen geht es eigentlich ganz gut.« Er grinste. »Monica ist seine Sprechstundenhilfe.«

»Oh, verstehe.« Ty war nie verheiratet gewesen. Eine langjährige Partnerschaft war gescheitert, als seine Freundin aufs Festland gezogen war. Arline erinnerte sich an eine lebenslustige Frau, die sich auf der Insel eingeengt gefühlt hatte. Das Inselleben war nicht für jedermann. Das Stadtleben allerdings auch nicht.

Arline lebte in Glasgow, arbeitete als Kellnerin in einem Pub und sang in einer Band. Die *Saltyfish* waren gut, und irgendwann würden sie den Durchbruch schaffen, davon waren sie alle überzeugt. In diesem Jahr spielten sie hier auf dem Folkfestival. Man hatte sie eingeladen, und darauf waren sie stolz.

»Tja, na ja, ich werde nicht jünger. Sie ist nett, und wir haben Spaß. Außerdem kocht sie verdammt gut.« Ty schnippte den Zigarettenstummel zu Boden und trat ihn aus. »Deinem Vater hätte eine Frau auch gutgetan. Ich fand immer, dass es nicht gesund ist, so lange zu trauern. Hey, versteh mich nicht falsch. Deine Mum war was ganz Besonderes, aber wir alle leben nur einmal, oder nicht?«

»Du musst dich nicht entschuldigen, Ty. Ich hätte mich für Dad gefreut, wenn er wieder jemanden in sein Leben gelassen hätte. Er war oft so traurig. Ich hätte nicht fortgehen sollen.«

Ty legte ihr eine Hand auf die Schulter und drückte sie sanft. »Sag das nicht, Arli. Jeder muss sein eigenes Leben leben. Es war gut, dass du hier weg bist. Es hätte dich nur runtergezogen.«

Im Hafen blinkten Positionslichter, und ein Boot lief noch ein. Es war eine ruhige Nacht, der Wasserspiegel kräuselte sich nur leicht, und die Geräusche der wenigen Autos, die Musik und das Lachen mischten sich mit dem leisen Meeresrauschen. Das Wasser plätscherte gegen die Kaimauer, schmatzte und gurgelte.

»Jetzt bin ich hier«, murmelte sie.

»Und wer weiß, vielleicht bleibst du«, meinte Ty und sah mit ihr auf die Bucht.

Bei guter Sicht konnte man die kleine Insel Graemsay und die Spitze von Hoy sehen. Auf der anderen Seite der Bucht erhob sich dunkel die Landmasse von Mainland, das von Fjorden durchzogen wurde. Ein Leuchtturm blinkte in regelmäßigen Intervallen.

»Hast du schon entschieden, was du mit dem Haus und dem Boot machst?«, fragte Ty.

»Willst du das Boot haben?«

Ty schüttelte den Kopf. Er hatte sein dichtes weißes Haar am Hinterkopf zusammengebunden und trug einen Schnurrbart und einen kleinen Bart am Kinn. »Ich habe ein Boot. Das reicht mir. Wenn du willst, höre ich mich um.«

»Gern.«

»Der letzte Fang deines Vaters. Ich verkaufe die Krebse und die Hummer und gebe dir das Geld, in Ordnung?« Er zündete sich eine weitere Zigarette an.

»Klar, danke.« Die Kehle wurde ihr eng, und sie schluckte, um nicht wieder zu weinen. Die Reusen hatten einige Tage länger als normalerweise im Wasser gelegen. Es war ein ungeschriebenes Gesetz, dass man die Tiere in ihren Unterwasserfallen nicht länger als notwendig beließ.

»Du könntest das natürlich auch übernehmen«, schlug Ty vor.

»Auf gar keinen Fall. Nein, das ist nicht mein Ding.« Als Kind war sie mit ihrem Vater hinausgefahren, hatte die Reusen eingeholt und sich über große Hummer und fette Taschenkrebse gefreut. Heute sah sie das anders. Die Welt veränderte sich, sie hatte sich verändert.

»Hier steckst du!«, rief vorwurfsvoll eine Frau und stellte sich neben sie.

Ty nickte Arline zu und ging davon.

»Janet, hallo«, sagte Arline und ließ sich von ihrer Cousine umarmen und mit Beileidsbekundungen überhäufen.

»Du hättest ruhig zum Essen kommen können. Mum hatte extra Hummer gemacht und gebacken.« Wieder ein Vorwurf in Janets Stimme. Sie war ihrer Mutter sehr ähnlich, fand Arline.

»Mit euch allen, die Familie, ich konnte das heute nicht.« Arline zog ihre Fleecejacke enger um sich. Ihre langen dunklen Haare hingen ihr glatt auf den Rücken.

Janet hatte ein rundes Gesicht mit leicht nach oben geneigter Stupsnase. Ihr halblanges dunkelblondes Haar wurde am Oberkopf von einer Spange gehalten. Sie drehte ihren Ehering.

»Familie war dir nie wichtig. Sonst wärst du nicht gleich nach der Schule abgehauen.«

Arline runzelte die Stirn. »Was soll das, Janet? Mein Vater ist gestorben. Ich habe keine Familie mehr.«

»Du hast uns!« Janet sah sie mit tränennassen Augen an. »Du hast doch uns, Arli! Wir lieben dich!«

»Ich weiß. Das bedeutet mir viel, Janet, ehrlich, aber

ich brauche Zeit für mich. Ich muss das alles erst einmal verdauen.«

»Ja, natürlich. Entschuldige. Ich bin in letzter Zeit immer so schnell aus der Fassung.« Janet schniefte und griff nach Arlines Hand. »Ich hatte wieder eine Fehlgeburt, weißt du. Und jetzt ist es wohl endgültig, dass wir keine Kinder mehr bekommen können.«

Kommentarlos nahm Arline ihre Cousine in die Arme und hielt sie an sich gedrückt. Janet war mit Hamish, einem Banker, verheiratet, doch ihr unerfüllter Kinderwunsch belastete sie schon lange. Als Grundschullehrerin arbeitete sie täglich mit Kindern zusammen. Vielleicht war das gut, vielleicht rieb es auch Salz in die Wunde.

»Geht schon wieder. Tut mir leid. Es kam einfach so aus mir heraus. Ich werde jetzt nach Hause gehen. Willst du wirklich nicht bei uns schlafen? In eurem Haus muss es doch furchtbar klamm und … na ja, seltsam sein.«

»Sag mal, war deine Mutter nach dem Tod meines Vaters im Haus? Im Wohnzimmer waren Schubladen herausgerissen. Sah so aus, als hätte jemand was gesucht und das Haus fluchtartig verlassen.« Arline sah ihre Cousine aufmerksam an.

»Du meinst ja wohl nicht, dass meine Mutter das gewesen ist?«, entrüstete sich Janet.

»Nein, nein, ich frage mich nur, warum es dort so ausgesehen hat. Mein Vater war zwar kein Pedant, aber das wäre nicht seine Art gewesen«, sagte Arline nachdenklich.

»Ach so, ja, merkwürdig. Aber Mum hätte alles aufgeräumt und sauber gemacht. Du kennst sie doch. Ich glaube, sie hat nur kurz nachgesehen, ob der Herd aus war und kein Wasserhahn lief. Sauber zu machen hat sie noch nicht geschafft. Wärest du zum Essen gekommen, hättest du sie selbst fragen können.«

Arline ignorierte die letzte Bemerkung. »Wir sehen uns morgen in St. Mary's.«

»Peter will auch kommen. Er wird den ersten Flug morgen nehmen«, sagte Janet schon fast im Gehen.

Peter war Janets Bruder, ein Computerfreak, der schon als Kind stundenlang vor dem Bildschirm gesessen hatte und nun als ITler in Edinburgh gutes Geld verdiente.

»Ich habe ihn lange nicht gesehen.«

»Wir auch nicht«, meinte Janet trocken. »Dann bis morgen.«

Familie, dachte Arline, war nie einfach. Aus dem Pub strömten nun mehr und mehr Menschen. Es ging auf Mitternacht zu, und Duff läutete zur letzten Runde. Arline konnte sich noch nicht zum Gehen entschließen. Vielleicht hätte sie doch bei ihrer Tante wohnen sollen. Seufzend ging sie wieder hinein und wurde beinahe von Sam umgerannt, der Unverständliches stammelte und sich an ihr festhielt.

»Arli, Arli«, schluchzte Sam, und Tränen liefen ihm über die zerfurchten Wangen. Er sah übernächtigt aus, war unrasiert, sein Pullover war voller Flecken und roch nach Schmieröl.

»Ist ja gut, Sam. Er fehlt mir auch. Geh heim und

schlaf dich aus. Ihr sollt morgen in der Kirche für Dad spielen, okay? Das hätte ihn gefreut und mich auch.« Sie hielt seinen Arm, damit er nicht nach vorn kippte.

Quinn, der gerade ein Tablett mit leeren Gläsern vorbeibalancierte, hielt an. »Brauchst du Hilfe?«

»Nein, geht schon«, antwortete Arline und klopfte Sam auf die Schulter.

Sam richtete sich ein wenig auf, zog eine zerknautschte Mütze aus seiner Hosentasche und setzte sie auf. »Geht. Genauso geht das. Meine Flöte, wo habe ich meine Flöte …«

Quinn stellte das Tablett ab. »Warte, ich hol sie dir.« Der hilfsbereite Barkeeper ging zum Podium der Musiker und legte die Tin Whistle, die Sam gern spielte, in einen schmalen Kasten, den er Sam in die Hand drückte.

»Hier, mein Freund. Schaffst du es allein nach Haus?«

Wieder brach Sam in Tränen aus, wedelte mit dem Kasten durch die Luft und jammerte: »Mein bester Freund ist tot. Er ist einfach umgefallen und nicht mehr aufgestanden. Einfach so.«

Sam machte einen Schritt nach vorn und wäre gestürzt, hätte Quinn ihn nicht aufgefangen.

»Duff, ich muss mal eben Sam nach Hause bringen. Bin gleich zurück!«, rief Quinn zur Bar.

Duff trocknete Gläser ab und nickte. »Alles klar. Hey, Sam, reiß dich mal am Riemen, Arli ist schließlich da.«

Sam stolperte hin und her und stammelte vor sich hin.

»Danke, Quinn. Allein könnte ich ihn wohl nicht nach Hause bringen. Na komm, Sam.« Sie hakte den Betrunkenen unter.

Quinn band seine Schürze ab und packte Sam um die Hüfte, sodass dieser keine Möglichkeit hatte, zu stürzen.

Als sie gemeinsam durch den Pub nach draußen gingen, meinte Arline: »Das machst du nicht zum ersten Mal, oder?«

Quinn warf ihr ein schiefes Lächeln zu. »Bleibt in meinem Job nicht aus. Ist mir aber lieber, als Verwundete durch den Sand zu schleifen.«

Interessiert sah sie ihn an, fragte aber nicht nach. Von Duff wusste sie, wie belastend die Erlebnisse im Kampfeinsatz sein konnten.

»Tommy, mein Freund, verdammt noch mal, das war nicht richtig, nicht du …«, lallte Sam.

»Zum Glück ist Stromness nicht groß, und verlaufen kann man sich auch nicht«, meinte Arline, als sie in die Victoria Street bogen. »Er wohnt gleich da vorn.«

»Muss ihn ziemlich mitgenommen haben. Er hat deinen Vater gefunden.«

»Tatsächlich?« Überrascht sah Arline den betrunkenen Mann an ihrer Seite an. Heute war nichts mehr aus ihm herauszubringen, aber morgen würde er ihr einige Fragen beantworten müssen.

5

Colina

Stromness, 1986

Ihr Vater saß vor dem Haus auf seiner Bank und paffte an einer Pfeife. Er hatte die Gummistiefel ausgezogen und die nackten Füße auf einen Schemel gelegt. Seine nassen Socken lagen daneben. Die Gischt spritzte aus dem Hafenbecken herauf und benetzte die Hummerkörbe, die noch voller Algen waren. Sie mussten gesäubert und mit neuen Ködern versehen werden, bevor sie wieder zum Einsatz kommen konnten. Als Fraser Finlayson seine jüngste Tochter mit dem Rad von der Straße herunterkommen sah, brummte er: »Wo warst du so lange? Die Reusen müssen sauber gemacht werden.«

Colina stellte ihr Fahrrad an die Hauswand, wo alte Bretter, Blech, eine Harke und ein zerfetzter Sonnenschirm darauf warteten, entsorgt zu werden. Sie strich ihre Haare glatt und schob die Umhängetasche nach vorn.

»Ich habe gesungen, Dad. Richtig gesungen, weißt du, so wie Margaret Marshall!«, sprudelte es aus Colina heraus. Sie presste die Hand auf ihre Tasche. Darin befanden sich die Notenblätter, die er ihr geschenkt hatte.

Fraser nahm die Pfeife aus dem Mund und spuckte aus. »Wer ist diese Marshall?«

»Na, die berühmte Opernsängerin. Sie ist Schottin, und sie hat es geschafft. Sie singt auf der ganzen Welt, mit großen Dirigenten und ...«

»Was redest du da? Warum sollte mich das interessieren? Wir sind hier auf den Orkneys. Vergiss das nicht. Du bist die Tochter eines Fischers. Und die Reusen da müssen gesäubert werden. Sonst kommt morgen nämlich kein Essen auf den Tisch.«

»Bitte, Dad, hör mir doch zu, nur dieses eine Mal. Der Pianist, Jasper Carlsen, hat gesagt, dass ...«

Weiter kam sie nicht, denn ihr Vater beugte sich vor und knurrte: »Du warst bei dem Kerl?«

Colinas Wangen röteten sich. »Er ist kein Kerl, sondern ein berühmter Pianist, und er hat meine Stimme gelobt!«

Fraser schnaufte abfällig. »Erzähl mir doch nichts! Glaubst du im Ernst, dass so einer an deiner Stimme interessiert ist? Was der will, kann ich dir genau sagen. Ich verbiete dir, diesen Klimperfritzen noch einmal zu sehen!«

Hinter ihnen wurde die Küchentür aufgestoßen, und Mairead trug einen Eimer mit Schalenabfällen heraus. Ihre Mutter hatte ein ovales Gesicht und dunkle Augen. Die kastanienbraunen Haare waren frühzeitig ergraut, und Linien hatten sich tief um Nase und Mund eingegraben. Doch wenn sie lächelte, erstrahlte Maireads Gesicht. Colina liebte ihre Mutter, eine schweigsame Frau, die sich in ihr Leben ergeben hatte. Wie ihre Tochter hatte auch Mairead einmal Träume gehabt, doch dann war sie mit Imogen schwanger geworden.

»Das kannst du mir nicht verbieten! Ich habe nichts Unrechtes getan.« Colina umklammerte die Tasche noch fester. »Mum, er kann mir nicht verbieten zu singen!«

Mairead seufzte und kippte die Hummer- und Krebsschalen in eine Tonne. »Natürlich nicht. Das würde dein Vater auch niemals tun, nicht wahr, Fraser?«

Ihr Vater war aufgestanden, klopfte die Pfeife aus und steckte sie in seine Hosentasche. »Darum geht es nicht. Sie hat sich mit diesen reichen Snobs rumgetrieben. Du weißt doch, wie so was endet.«

»Ich war bei Jasper Carlsen.« Colina holte die Notenblätter heraus. »Hier, seht doch. Das ist eine Arie, und ich habe sie gesungen.«

Ihre Mutter schüttelte den Kopf. »Meine Hände sind schmutzig. All diese Noten kannst du lesen? Wer hat dir das beigebracht?«

»Niemand. Er hat mir die Melodie vorgespielt, und ich habe sie nachgesungen.« Colina war stolz auf sich. Sie hatte Verdis »Sempre libera, für immer frei« gesungen.

Ihr Vater sah sie durchdringend an. »Zeig her!«

Sie reichte ihm die Notenblätter, die er nahm und zerriss. Während er die Blätter auf den Boden fallen ließ, wo sie zwischen Schmutz und Fischabfällen liegen blieben, sah er seine Tochter an. »Nein.«

Er ging an ihr vorbei ins Haus.

Colina bückte sich weinend nach den Papierfetzen, sammelte sie auf und stopfte sie in ihre Tasche. »Warum lässt du das zu? Hilf mir doch, Mum. Wenigstens dieses eine Mal!«

»Sei nicht ungerecht, Colina. Du träumst von einer Welt, in die du nicht gehörst.« Mairead strich ihrer Tochter über die Haare. »Mein schönes Mädchen. Warum kannst du nicht ein wenig mehr wie Imogen sein?«

Colina wischte sich die Augen. In ihr tobten Wut, Verzweiflung und Hoffnung. Er hatte den Keim gesät, ihr eine Welt ausgemalt, in der sie auf Bühnen stehen und mit Orchestern singen würde. Im Radio hatte sie klassische Musik gehört und sich von den Klängen berauschen lassen. Nur verstanden hatte sie die komplexen Klanggebilde nie. Bis heute, bis er ihr Augen und Ohren geöffnet hatte.

»Wer sagt denn, wohin ein Mensch gehört? Können wir das nicht selbst entscheiden? Wir leben doch nicht mehr im Mittelalter!« Colina fröstelte, als der Wind vom Wasser heraufwehte und an den Reusen rüttelte. Diese leidigen Reusen. Dabei fuhr sie sogar gern mit ihrem Vater in die Bucht und manchmal bis weit auf den Atlantik hinaus. Das Meer war wild und ungebändigt, genau wie ihre Seele, dachte sie. Sie verstanden einander.

»Es gibt Regeln, ungeschriebene Gesetze. Wenn du ehrlich zu dir wärst, würdest du es einsehen, Colina. Lass uns hineingehen. Das Essen ist fertig.«

»Ich komme gleich.« Sie ging die kleine Steinmauer entlang, sprang auf den schräg nach unten verlaufenden Anleger und schlang die Arme um ihren Körper.

Was redete ihre Mutter da? Die Zeiten, in denen Frauen heiraten mussten oder nicht arbeiten durften, waren vorbei. Heute ehelichten Prinzen Bürgerliche und Millionäre Stubenmädchen. Warum sollte die Tochter eines Fischers nicht Opernsängerin werden?

Die Abendsonne tauchte die Bucht in ein Feuerwerk aus Orangetönen. Die Hügel auf der anderen Seite schimmerten rotgolden, und die Häuser um den Fähranleger leuchteten grauviolett und orange. Das vertraute Tuckern von Dieselmotoren kündete heimkehrende Kutter an. Sie beobachtete die bunten Boote ihrer Freunde und Bekannten. Auf dem weiß-blauen Kutter stand Sam vorn am Bug und hielt die Taue zum Festmachen in den Händen. Tyler folgte im Boot seines Vaters. Die *Edda* war durch ihre rot-weißen Streifen gut von der ihr folgenden *Bonnie* zu unterscheiden, auf der Nicolson und seine Söhne fuhren. Als die *Bonnie*, die gerade einen neuen grün-weißen Anstrich erhalten hatte, auf ihrer Höhe fuhr, sprang Thomas, der älteste Sohn von Bram Nicolson, auf die Reling.

»Hey, Colina!«, rief er und winkte. »Dienstagabend im *Stromness Hotel*? Ich habe ein neues Akkordeon!«

Thomas war ein gut aussehender Bursche und ein

begabter Akkordeonspieler. Zusammen mit Ty und Sam traten sie in den Pubs der Insel auf.

»Ja! Bis dann!«, rief sie zurück. Der Pianist hatte ihr ein Fenster aufgestoßen, aber die Liebe zur Folkmusik war tief in ihr verwurzelt. Daran würde sich nie etwas ändern.

6

Der Mond schien durch das Dachfenster auf Colinas Bett. Solange Imogen in Stromness zur Schule gegangen war, hatten sie das Zimmer geteilt. Mogs, wie Colina ihre ältere Schwester nannte, hatte ihr Geschichten erzählt und ihr das Lesen beigebracht. Das Bett stand unter der Dachschräge. In der Ecke auf dem Regal lagen ein paar Bücher, auch die Kinderbücher, die Mogs ihr vorgelesen hatte: *Pooh der Bär, Der Hobbit, Der geheime Garten* und *Der Wind in den Weiden.*

Colina hatte den schüchternen kleinen Maulwurf geliebt, über dessen Abenteuer Kenneth Grahame geschrieben hatte. Der Maulwurf und seine Freunde, die Wasserratte, der Dachs und der selbstverliebte Kröterich, dachte Colina und sah zu, wie sich eine Wolke vor den vollen silbernen Mond schob. In diesem Sommer war sie achtzehn geworden, hatte den Schulabschluss gerade so geschafft und half ihrem Vater auf dem Boot. Sie war nie so lernbegierig wie ihre Schwester gewesen.

Nachdem Imogen Klassenbeste geworden war, hatten die Eltern ihr erlaubt, die Universität in Aberdeen zu besuchen. Jetzt lebte Mogs in Kirkwall und unterrichtete an der dortigen Grundschule. Und sie war hier und machte sich die Hände an den rauen Reusen und Tauen kaputt. Sie griff nach einem Cremetiegel auf dem Nachtschrank und rieb sich die Hände ein. Es war doch nicht nötig gewesen, die Noten zu zerreißen. Manchmal hasste sie ihren Vater für seine Unnachgiebigkeit. Es gab nur seine Meinung, seine Sicht der Dinge.

Die Wolke zog weiter, und das silberne Mondlicht fiel auf ihre Bettdecke. Seufzend drehte Colina sich auf die Seite. Morgen früh um fünf Uhr klingelte der Wecker.

Auf dem Boot sprachen sie kaum miteinander. Was getan werden musste, bedurfte keiner Erklärungen. Der Wind hatte zugenommen, und die See war kabbelig, die Wellen hatten weiße Schaumkronen. Colina war seefest, und in ihrem dicken Pullover, Öljacke und Ölhose konnten ihr Wasser und Kälte wenig anhaben. Sie griff nach der ersten Positionsboje und warf sie ins Wasser. Sie waren durch den Hoy Sound und an Kirk Rocks vorbeigefahren. Hier gab es zerklüftete Felsen im Meer und den sandigen Boden, den die Krebse bevorzugten. Taschenkrebse waren neben den Hummern zum größten Verkaufsschlager der Inseln geworden. Die OFS, die Orkney Fishermen's Society, hatte viel für die Creel-Fischerei auf den Inseln getan. Das Fangen von Krebsen und Hummern mit Reusen, den Creels, war nachhaltig. Im Gegensatz zu den Schleppnetzen der Trawler.

»Träumst du? Wo bleiben die Reusen!«, rief ihr Vater aus dem Ruderhaus.

Colina ließ das Tau, an dem vier Reusen befestigt waren, ins Wasser. In jedem Korb hatte sie ein Stück Hering oder Makrele befestigt. Diese Köder lockten Krebse und Hummer aus ihren Verstecken. Das Boot schaukelte, und Colina hielt sich an der Reling fest. Ob Jasper Carlsen jemals auf einem Kutter mitgefahren war? Wohl kaum, dachte sie und griff nach der nächsten Boje. Höchstens auf einer eleganten Segeljacht. Davon lag hin und wieder eine in Stromness. Im Sommer, wenn die wohlhabenden Touristen und die Ferienhausbesitzer kamen, sah man des Öfteren schnittige Jachten durch die Buchten fahren.

Als sie die Reusen versenkt hatten, drehten sie bei und fuhren dorthin, wo sie vor zwei Tagen die Creels ausgelegt hatten. Das Boot schob seinen Bug unerschrocken durch die Wellen, der Motor stampfte unten im Maschinenraum, und Fraser stand mit undurchdringlicher Miene im Ruderhaus. Mit einer Hand hielt er das Steuerrad, mit der anderen fuhr er auf einer Seekarte entlang, die auf der schmalen Holzablage vor ihm befestigt war.

Colina kam mit zwei Teebechern aus der Kajüte und reichte ihrem Vater einen. »Werden wir die Reusen bei dem Wetter überhaupt einholen können? Sieh mal!«

Vor ihnen zogen dunkle Wolken auf. Eine schwarze Wolke ballte sich bedrohlich über dem offenen Meer zusammen.

»Hm«, brummte Fraser und trank einen ersten Schluck.

Er mochte den Tee mit viel Milch und Zucker. Colina lief die Treppen hinunter und kam mit einer Schüssel zurück, in der sie Scheiben von gebuttertem Teekuchen gestapelt hatte. Ihre Mutter buk den mit Rosinen gespickten Kuchen regelmäßig. Er war nahrhaft, süß und haltbar. Fraser griff nach einem Stück und schob es sich in den Mund. Mit zusammengekniffenen Augen beobachtete er den Horizont.

Das Boot ächzte unter der Wucht der Wellen, deren Gischt hoch über den Bug schlug. Was sie hier erlebten, war ein Sturm, der sich zusammenbraute. Ein wenig besorgt stellte sich Colina neben den Vater und aß ebenfalls ein Stück Kuchen.

»Du liebst das Meer, Colina«, sagte ihr Vater plötzlich, stellte den Becher ab und hielt das Steuer, denn das Boot hob sich, um gleich darauf in ein Wellental zu rauschen.

Colina stemmte sich gegen die Wellen und stützte sich mit den Händen ab. »Und das Singen. Ich kann beides lieben.«

Fraser knurrte »Festhalten!« und steuerte das Boot durch eine große Welle.

»Nein. Man hat nur eine große Liebe im Leben«, entgegnete er mit rauer Stimme, als sie wieder in ruhigerem Wasser fuhren. Er hatte das Boot in eine der Buchten gesteuert.

Langsam begriff Colina, dass ihr Vater Angst hatte, sie zu verlieren. Sie berührte seinen Arm. »Ich würde dich nie im Stich lassen, Dad.«

Er wandte den Kopf und sah sie aus seinen blassgrauen Augen traurig an. »Ich weiß, dass du es nicht willst, aber irgendwann wirst du es tun.«

Sie wollte es abstreiten, doch stattdessen biss sie sich

auf die Lippe und zeigte nach vorn. »Da ist eine von unseren Bojen!«

Die Worte ihres Vaters klangen in ihr nach, als sie am späten Nachmittag durch die Stadt spazierte. Sie hatte geholfen, die Krebse zu sortieren, den Hummern die Scheren zusammengebunden und die Kisten für den Verkauf bestückt. Den Hauptanteil brachten sie zur Fabrik der OFS. Die Fabrik der Fischerei-Gesellschaft war ein wichtiger Arbeitgeber auf der Insel. Vor allem die Krebse waren auf dem Festland beliebt und wurden bis nach London transportiert.

Colina schnupperte an ihren Händen. Wie lange auch immer sie duschte, nie wurde sie das Gefühl los, dass der Fischgeruch noch an ihr haftete.

Die Buchhandlung lag am Graham Place. »J. L. Broom – Bookseller« stand auf einem handgemalten Schild über der roten Tür. Die blauen Fensterrahmen waren so unverkennbar wie der Laden selbst.

Die Türglocke ertönte, als Colina den kleinen Laden betrat. 1970 von Charles senior in einer ehemaligen Bäckerei eröffnet, hatte sich die Buchhandlung rasch etabliert. Colina mochte die ungezwungene Atmosphäre in dem Laden, in dem man neben den vielen Büchern die unterschiedlichsten Menschen traf.

»Hi, Colina!«, begrüßte Tam sie. Der Kalifornier Tam MacPhail hatte das Geschäft vor zehn Jahren zusammen mit seiner Frau, Gunnie Moberg, einer Fotografin, übernommen.

»Hallo, Tam«, sagte Colina und strich über die Buchrücken in einem Regal. Sie war zwar nicht so belesen wie ihre Schwester, aber sie mochte Romane. Am liebsten romantische Liebesgeschichten mit einem Happy End. Das Leben war kompliziert genug.

»Wie kann ich dir helfen?«, fragte Tam, ein freundlicher Mann mit fein geschnittenen Zügen und einem offenen Lächeln.

Colina hatte die Fetzen der Noten notdürftig zusammengeklebt und zog sie aus ihrer Tasche. Ein wenig verlegen schob sie Tam die Zettel hin. »Habt ihr Noten? Die sind mir, also, mein Vater, oh …« Sie sah sich um, doch sie schienen allein zu sein in dem verwinkelten Laden.

Tam betrachtete die Blätter. »Das ist ein Auszug aus der Partitur von *La Traviata*. Für Klavier und Gesang.« Er sah sich die Blätter genauer an. »Sie gehören Jasper Carlsen?«

Colina errötete. Jaspers Name stand auf der Rückseite der Notenblätter. »Ich …, es ist mir so unangenehm. Er hat sie mir geliehen, und jetzt das!«

Es raschelte zwischen den Regalen, und Colina senkte die Stimme. »Bitte, Tam, habt ihr nicht vielleicht eine andere Partitur?«

Der Buchhändler schüttelte bedauernd den Kopf. »Tut mir leid, Noten führe ich nicht. Ich habe gehört, dass ihr heute Abend im *Stromness Hotel* auftretet. Da singst du aber keine Opern, oder?«

Sie nahm die Noten wieder an sich und stopfte sie in die Tasche. »Danke. Ich muss los.«

»Hey, das war doch nur ein Scherz, Colina! Ich mag die Oper!«, rief Tam hinter ihr her.

Sie hatte die Tür noch nicht erreicht, als ein gut gekleideter Mittvierziger mit einem Buch in der Hand hinter einem Regal hervortrat.

»Verzeihung, ich habe das Gespräch mit angehört. Ich kann Ihnen helfen, wenn Sie kurz warten.« Der Mann war Engländer, sprach mit dem typischen Akzent der Upper Class und hatte die Ausstrahlung von jemandem, der sich seiner Wirkung auf andere bewusst war.

Colina schrak zusammen. War das nicht …? Aber ja, niemand anderes als Timothy Struff, der Dirigent und Begründer des St. Magnus Festivals, hatte ihr seine Hilfe angeboten! Colina nickte stumm und blieb vor dem Ausgang stehen.

Der international bekannte Dirigent ging zur Kasse und zahlte. Tam gab ihm das Wechselgeld und sagte: »Gunnie kommt nachher ins Hotel. Sie macht Aufnahmen auf Hoy.«

»Keine Eile. Du kannst dir nicht vorstellen, wie sehr ich die Ruhe hier genieße. Der Festivaltrubel beginnt früh genug. Oh, und sag Gunnie, sie soll einen Scheinwerfer mitbringen, der vom Hotel ist defekt.«

»Ist notiert.«

Vor der Tür erklangen Stimmen, und Colina trat zur Seite, um zwei junge Frauen eintreten zu lassen. Die eine, deren rote Lippen zu ihren lackierten Fingernägeln passten, entdeckte Colina und sagte: »Col, was machst du denn hier? Ich dachte, du putzt Krebse oder euer Boot? Wie hältst du den Gestank bloß aus?«

»Ich weiß nicht, dein Vater arbeitet doch in der Fischfabrik. Vielleicht haben sie für dich ja auch noch einen Job, Ruby«, gab Colina kühl zurück.

Ruby war einige Jahre mit ihr in eine Klasse gegangen. Ohne Abschluss war sie für einige Monate aufs Festland verschwunden und lebte jetzt bei ihrer Freundin, Phyllis Stevenson. Phyllis hatte ein Cottage und etwas Geld geerbt, malte und war mit den Künstlern und einigen Musikern aus dem Kreis um Struff bekannt. Die Einheimischen zerrissen sich gern die Mäuler über die Partys der Bohemiens, wie sie allgemein genannt wurden.

»Tim, wie geht es dir?«, flötete Phyllis, eine schlanke Blondine, und küsste den Dirigenten auf die Wange.

»Und dir, meine Liebe?«, antwortete Struff höflich. »Ich bin in Eile. So, wollen wir?«, wandte er sich an Colina und hielt ihr die Tür auf.

Die verblüfften Mienen der beiden Frauen waren unbezahlbar, fand Colina und folgte Struff nach draußen.

7

Das *Stromness Hotel* bestand seit 1901 und war das beste Haus am Platze. Erkerfenster, stufenförmige Giebel und die grauen Steine der Region verliehen dem dreistöckigen Gebäude eine bodenständige, trutzige Eleganz. Das Restaurant und der Pub waren bei Einheimischen und Touristen gleichermaßen beliebt. Wer etwas auf sich hielt, feierte hier seinen Geburtstag oder ein Jubiläum.

»Bitte, nach Ihnen. Verraten Sie mir noch Ihren Namen?« Timothy Struff wartete, bis sie vor ihm durch die Tür getreten war.

»Colina Finlayson«, antwortete sie etwas befangen.

Der Dirigent hatte ein weltmännisches Auftreten, und seine Bewegungen waren fließend, als folgte er einer nur für ihn geschriebenen Choreografie.

Die Eingangshalle war ein Mix aus dunklem Holz, schweren Kronleuchtern und bunten Werken zeitgenössischer Künstler. Die Dame an der Rezeption hielt dem prominenten Gast den Schlüssel hin.

»Guten Abend, Sir. Darf ich Ihnen gleich Ihre Post mitgeben?« Die Hotelangestellte nahm einen Stapel Briefe aus einem der Fächer hinter der Rezeption.

»Gab es Anrufe?« Struff griff nach den Briefen und sah sie kurz durch.

»Drei Anrufe aus London, einer aus New York und zehn aus …« Sie holte einen Zettel zu Hilfe, doch Struff winkte ab.

»Lassen Sie nur. Miss Finlayson hier begleitet mich kurz.« Struff nahm die Zimmerschlüssel und wandte sich dem Treppenaufgang zu.

Colina zögerte, doch Struff wartete nicht, sondern machte sich eilig auf den Weg nach oben. Es blieb ihr nichts anderes übrig, als ihm zu folgen. Sie konnte nur hoffen, dass niemand aus dem Ort sie hier sah. Ihr selbst war gleichgültig, was die Leute redeten, denn geredet wurde immer. Aber sie wusste, dass es ihren Eltern nicht gleichgültig war. Ihre Segelschuhe versanken im hochflorigen Teppich des Hotelflurs. Die Holzpaneele glänzten, auf einem Tisch stand ein Blumenbouquet, das sich beim Näherkommen als unecht entpuppte. Seidenblumen waren teuer, dachte Colina und drückte ihre Umhängetasche an sich.

»So, da wären wir. Treten Sie ein. Nicht so schüchtern. Ich beiße nicht.« Er sah sie mit einem vielsagenden Blick an. »Jedenfalls würde ich Sie nicht beißen.«

Die Röte schoss ihr in die Wangen. Sie benahm sich wie ein Backfisch und spürte, wie ihre Wangen zu glühen begannen.

»Darling, warum bist du noch hier?« Struff warf die Briefe achtlos auf einen runden Tisch und ging zu einem jungen Mann, der halb nackt auf dem Sofa lag und in einem Magazin blätterte.

»Du hast heißes Wasser und eine Badewanne«, grinste der junge Mann, erhob sich und gab Struff einen Kuss auf den Mund.

Der Dirigent legte seine Hand auf das Gesäß des jungen Mannes und gab ihm einen Klaps. »Ich lasse es dir durchgehen. Hast du dich um die Buchungen gekümmert? Das Quintett aus Brüssel muss einfach kommen, und ich möchte auch die Henderson dabeihaben. Sie hat Zeit, das hat sie mir versichert. Ruf sie noch einmal an, falls du das nicht schon getan hast, Danny Boy.«

Colina entspannte sich ein wenig. Vor sexuellen Übergriffen brauchte sie hier keine Furcht zu haben. Dabei berichteten die Klatschblätter auch über Affären des Dirigenten mit Models und Schauspielerinnen.

»Danny hier ist mein Sekretär, mein Mädchen für alles. Ohne ihn wüsste ich nicht, wann ich aufstehen und wohin ich nächsten Monat fliegen soll. Was wollte ich noch? Richtig, die Partitur. So, Danny, verwirre das arme Kind nicht weiter mit deinem Luxuskörper und wirf dir etwas über.«

Der Sekretär machte eine lässige Handbewegung, ließ das Handtuch, das er sich lose um die Hüften gewickelt hatte, fallen und ging ins angrenzende Badezimmer. Colina konnte nicht umhin, den muskulösen Körper zu bewundern.

Timothy Struff fuhr sich durch sein dichtes Haar und goss sich ein Glas Whisky ein. »Möchten Sie auch?«

»Nein, danke.«

»Ihr Schotten macht einfach den besten Whisky. Das gebe ich neidlos zu. Bevor ich Ihnen die Partitur heraussuche, eine Frage!« Er hielt inne und ging mit dem Glas in der Hand zu einem Schreibtisch, der neben dem Fenster stand. »Sie scheinen mir ein nettes Mädchen zu sein. Verstehen Sie mich nicht falsch, wenn ich das so sage. Ich habe Sie noch nicht auf unseren Partys angetroffen. Woher kennen Sie Jasper?«

Colina räusperte sich verlegen. »Äh, also kennen wäre zu viel gesagt. Er hat mich singen gehört. Im Pub. Wir haben uns unterhalten, und er hat mich zu einem Vorsingen bei sich eingeladen. Das war es auch schon. Nur hat mein Vater, wie gesagt, die Partitur zerrissen. Oh, das ist mir schrecklich peinlich. Mein Vater ist sonst nicht so. Er ist Fischer und hat nicht viel übrig für klassische Musik.«

»Ist das so? Ich schätze eher, dass Ihr Vater ein kluger Mann ist.« Struff nippte erneut an seinem Whisky und nahm ein silbernes Zigarettenetui vom Schreibtisch. »Möchten Sie?«

Diesmal nahm sie das Angebot an, doch Struff entzog ihr das Etui, bevor sie zugreifen konnte. »Tsts, denken Sie an Ihre Stimme. Wenn Sie tatsächlich singen wollen, müssen Sie sich einiges abgewöhnen.«

»Tut mir leid«, murmelte sie.

Struff zündete sich eine Zigarette an, behielt sie in einem Mundwinkel und durchsuchte einen Stapel Partituren, die auf dem Schreibtisch lagen. Während er paffte, zog er eine heraus und hielt sie Colina hin.

»Vielen Dank!« Ehrfürchtig nahm sie das Heft entgegen, das dem von Jasper Carlsen aufs Haar glich.

Timothy Struff blies den Rauch ins Zimmer und musterte sie interessiert.

»Ich kenne Jasper schon lange, aber dass er jemanden zum Vorsingen einlädt, den er im Pub gehört hat, ist mir neu. Na ja, Sie sind hübsch«, stellte er beinahe sachlich fest.

»Ich bin nicht nur hübsch«, verteidigte sich Colina. »Ich kann singen!«

Timothy stürzte den Rest seines Whiskys hinunter. »Mag sein. Und Sie sind hübsch. Das ist doch keine Strafe. Ohne Ihr Aussehen hätte Jasper Sie wohl kaum angesprochen.«

Colina senkte den Blick, und ihre Lippen wurden schmal.

»Kein Grund, beleidigt zu sein. Ich sage Ihnen nur, wie es ist. Jasper mag schöne Frauen. Ich mag …« Er grinste. »Ich mag vieles, aber ich komme Jasper nicht ins Gehege. So, und nun gehen Sie, ich habe zu tun.«

Wortlos wandte sich Colina um und verließ das Hotelzimmer. Sie lief die Treppen hinunter, als wäre der Leibhaftige hinter ihr her.

Im Foyer stieß sie mit einer Frau zusammen, und es schepperte.

»Herrgott noch mal, können Sie denn nicht aufpassen?!«, fluchte Gunnie Moberg und stellte ihre Kamerataschen und den Scheinwerfer ab.

»Es tut mir leid!«, rief Colina unglücklich und bückte sich.

»Ach, du bist das, Colina.« Gunnie hatte halblanges blondes Haar, weiche Züge und scharf beobachtende Augen.

Colina griff nach einem Schirm, der mit Folie bespannt war. »Er ist noch ganz.«

»Hm«, die Fotografin nahm den Schirm in die Hand. »Hilfst du mir, den Kram die Treppe hochzutragen?«

Das war das Mindeste, was sie tun konnte. »Natürlich.«

Colina griff sich den Schirm und eine Tasche, während Gunnie die Leuchte und eine weitere Tasche trug.

»Kommst du von einer Probe? Ihr tretet doch heute Abend hier auf, nicht wahr?«

»Äh, ja, das stimmt. Kommt ihr?«, wich Colina der Frage aus.

»Tam sicher, ich vielleicht. Ich muss diese Fotos noch entwickeln. Also die Fotos, die ich jetzt schießen werde. Tim ist ziemlich anspruchsvoll, auch wenn er immer so locker tut. Am schlimmsten ist der Pianist, Jasper. Himmel, der hat mich einmal fast zur Weißglut getrieben. Das Licht war nicht richtig, der Hintergrund stimmte nicht und überhaupt, und als die Bilder dann fertig waren, wollte er alles noch einmal neu machen!« Gunnie stöhnte theatralisch, während sie nebeneinander die Treppen hinaufstiegen.

»Lass dich nicht mit Künstlerdiven ein!«, lachte sie.

»Du bist doch auch eine Künstlerin und dein Mann auch. Er macht wundervolle Skulpturen. Ich mag deine Fotos sehr«, sagte Colina und stellte ihre Sachen oben im Flur ab. »Ich wünsche dir viel Erfolg und bis nachher, na ja, vielleicht.«

»Danke dir!« Gunnie sah sich um. »Wo ist die Nummer … ach ja, da vorn.«

Die Tür von Struffs Zimmer wurde geöffnet, und Colina eilte die Treppen hinunter.

Der Pub des Hotels hatte sich gefüllt. Die Stimmung war gut, und die Gäste spendeten begeisterten Applaus. Colina, Ty, Sam und Thomas verneigten sich nach ihrem zweiten Set und stellten die Mikrofone ab.

»Gehen wir was trinken!« Sam steuerte sogleich auf die Bar zu.

»Meine Kehle ist ganz ausgetrocknet.« Ty grinste und klopfte Sam auf die Schulter.

Colina schaute zum Eingang. Sie hatte seinen Blick gespürt, und dort stand er – Jasper Carlsen.

»Hey, Col, was möchtest du trinken?« Thomas legte den Arm um sie und wollte sie zur Bar begleiten, doch sie zögerte.

Er folgte ihrem Blick, drückte sie ein wenig dichter an sich und küsste sie auf die Wange.

»Was soll das, Tom?« Sie machte sich los.

»Seit wann darf ich dir keinen Kuss mehr geben? Du hast so schön heute gesungen, da kann ich dir ja wohl einen Kuss auf die Wange drücken! Oder soll der Hecht da drüben das nicht sehen? Hast du mit ihm was am Laufen?« Thomas ergriff ihren Arm. Fester als nötig.

»Au! Lass mich los! Was ich tue, geht dich überhaupt

nichts an!«, zischte sie und ging zur Bar. Sie mochte Thomas, war aber nicht verliebt in ihn.

»Ein Pint vom Hellen, bitte«, sagte sie, als der Barkeeper zu ihr kam.

Thomas stellte sich neben sie und bestellte ebenfalls ein Bier.

»Guten Abend, Colina.« Die männliche Stimme gehörte Jasper Carlsen. »Sie und Ihre Kollegen haben großartig gespielt.«

Der Pianist wandte sich an Thomas. »Ihr Akkordeonspiel hat mir gut gefallen. Haben Sie mal überlegt, die tragischen Songs noch dunkler zu gestalten? Die Klangschichten könnten sich mehr verdichten und so einen düsteren Kontrapunkt zu den heiteren Melodien bilden. Das würde den Liedern mehr Tiefe verleihen.«

Thomas' Miene versteinerte. »Was faselst du Pfeife da vom Kontrapunkt?«

»Nicht, Tom! Er hat es doch nur freundlich gemeint!«, versuchte Colina zu schlichten.

Doch Thomas stellte sein Glas lautstark auf die Bar und bedeutete dem Pianisten mit einem Finger, näher zu kommen. »Ich zeige dir mal, wie düster es hier werden kann! Na komm, wir gehen nach draußen! Da kannst du mal kämpfen wie ein Mann!«

Die Umstehenden drehten die Köpfe.

Ty beugte sich vor und sagte: »Mensch, Thomas, lass gut sein. Diese Typen verstehen nichts von unserer Musik.«

»Hier, Tom, trink einen Whisky!« Sam hielt seinem

Freund ein Glas hin. »Na los, runter damit. Und dann kann unser Klugscheißer hier ja mal zeigen, wie es besser geht. Bitte, die Bühne gehört Ihnen, Maestro!«

Jasper Carlsen holte tief Luft, nahm die Schultern zurück und nickte. »Fair enough! Ich habe mich aus dem Fenster gelehnt und werde nicht den Schwanz einziehen.«

»Hört, hört!«, rief Thomas, und ein Raunen ging durch die Umstehenden.

»Colina, darf ich Sie bitten, mit mir auf die Bühne zu kommen?«, bat er sie.

Erschrocken sah sie ihn an. Er meinte das doch nicht ernst? Er wollte doch hier im Pub nicht von ihr verlangen, dass sie die Arie sang, die sie mit ihm im Cottage geprobt hatte. »Das geht nicht«, sagte sie leise, doch er nahm ihre Hand und zog sie mit sich.

»Aber sicher geht das. Da steht ein Klavier, und wir zeigen den Leuten hier, wie man Leidenschaft in Noten packt!«, sprach Jasper leise an ihrem Ohr.

Die Blicke der Anwesenden hefteten sich auf sie, und Colina war klar, dass es kein Zurück gab. Er erwartete den Mut von ihr, sich neugierigen Blicken und Ohren zu stellen. Und er würde sie begleiten. Sie konnte nicht Nein sagen.

»Welches Lied?«, war daher alles, was sie fragte.

»Wie wäre es mit ›Wild Mountain Thyme‹? Eine schöne Melodie, und die Tonlage entspricht Ihrer Stimme. Ich kann nur hoffen, dass das Klavier dort oben gestimmt ist«, fügte er grinsend hinzu.

Als sie die kleine Bühne betraten, verebbten die Geräusche im Pub. Alle Augen waren auf sie gerichtet. Jasper rückte das Klavier etwas in die Mitte und setzte sich auf den Hocker. Dann schüttelte er die Hände, spielte eine Tonleiter und ein paar Akkorde und nickte ihr zu.

»Wird schon gehen. Ich spiele zwei Strophen, und dann setzen Sie ein.« Seine blaugrünen Augen sprühten voller Humor, und gleichzeitig schien ihm diese kleine Demonstration sehr ernst.

Colina stellte sich neben das Klavier und atmete tief ein und aus. In der Menge entdeckte sie Tam und neben ihm Timothy Struff mit seinem Sekretär. Ty und Sam hoben ihre Gläser, während Thomas sie düster anstarrte. Sie hatte ihn noch nie so wütend erlebt. Er hätte sich tatsächlich mit Carlsen geprügelt.

Der Pianist begann zu spielen. Und wie er spielte! Unter seinen Fingern erwachte der traditionelle Folksong zu neuem Leben. Die Töne perlten durch den rauchgeschwängerten Pub, und Gespräche und Gelächter verstummten nun vollends.

Als Colinas Einsatz kam, begann sie zu singen: »*Oh, the summer time is coming, and the trees are sweetly blooming, and the wild mountain thyme grows around the purple heather. Will you go, lassie go?*«

Sie liebte dieses Lied, hatte es tausendmal gesungen, doch heute fühlte sie die Sehnsucht und den Schmerz, der aus den Worten sprach. Mit jedem Ton wuchs ihre Sicherheit, und bei der letzten Strophe wandte sie sich Jasper zu.

»Willst du gehen, Mädchen, willst du gehen?«, sang sie, und ihre Blicke trafen sich.

Als der letzte Ton verklungen war, blieb es sekundenlang still im Pub des *Stromness Hotels*, doch dann brandete der Applaus auf. Als Colina zur Bar schaute, war Thomas verschwunden.

8

Quinn

Quinn verstärkte den Griff um Sams Hüfte, als der torkelnde Musiker nach vorn zu fallen drohte.

»Hey, mein Freund, schön langsam, gleich haben wir es geschafft.«

»Sam, wo sind deine Schlüssel?«, wollte Arline wissen.

»Schlüssel, Schlüssel …«, lallte Sam und versuchte, auf seine Jackentasche zu zeigen.

Arline griff hinein und zog ein Band mit mehreren Schlüsseln heraus. »Es ist das Haus dort oben. Das schmale mit der grünen Tür.«

Sie waren in eine der Gassen gebogen, die von der Victoria Street den Hügel hinaufführten. Alte Steinplatten aus einem Steinbruch von Mainland waren hier verlegt und reichten bis an die Fassaden der Häuser, die noch aus dem sechzehnten und siebzehnten Jahrhundert stammten.

Quinn hatte ein Faible für Historisches und schätzte den Charme von Stromness, auch wenn es hier im Winter recht einsam sein konnte. Doch ihm war die Ruhe, die Stille am Meer sehr willkommen. Bei langen Spaziergängen entlang der Klippen oder in den Buchten kamen seine Gedanken zur Ruhe, kreisten nicht mehr nur um das, was er erlebt hatte und zu verdrängen versuchte.

Arline schloss die Haustür auf und ging voraus. »Uhh, Sam, du musst mal lüften!«

Er folgte ihr mit Sam.

»Lass mich, bin doch kein Baby!«, beschwerte sich der Fischer, während er sich aus dem Griff zu befreien versuchte. Er stolperte zur Seite und suchte Halt an der Wand. Er bekam eine alte Harpune zu fassen, die neben anderen Walfang-Werkzeugen seine Wohnzimmerwand zierte. Seit Generationen gehörte die Familie von Sam Chalmers zu den Fischern auf den Orkneys.

Arline kam ihm zu Hilfe und hielt die Harpune fest. Neben dem stählernen Tötungswerkzeug, an dessen Ende noch das originale Seil aufgewickelt war, hingen Piken, ein Speckhaken und ein Flensing-Messer. Das Messer war gut erhalten, die Schneide nicht gesplittert, und der gedrechselte hölzerne Griff wies starke Gebrauchsspuren auf.

»Etwas makaber, die Waffen aufzubewahren, mit denen man getötet hat«, meinte Quinn.

Arline warf ihm einen fragenden Blick zu, doch Sam fuchtelte wild mit den Armen, bevor er auf ein durchgesessenes Sofa fiel.

»Was redest du da? Ich bin stolz auf meine Vorväter! Die waren mutig und haben den großen Bestien getrotzt, haben …« Sam sank nach hinten und musste sich festhalten. »Riesige Monster haben sie gefangen und nach Hause gebracht. Wie sollten sie denn die Winter überstehen?«

»Ja, schon gut, Sam«, meinte Arline und schob ihm ein Kissen unter den Kopf und griff sich die Wolldecke, die am Sofaende lag. »Schlaf, damit du morgen für Thomas spielen kannst.«

Widersprüchliche Gefühlsregungen schienen auf dem Gesicht des älteren Mannes miteinander zu kämpfen. Als seine Augen sich erneut mit Tränen füllten, sagte Quinn: »Komm, Arline, wir lassen ihn jetzt allein. Ist dir schlecht, Sam? Soll ich dir einen Eimer ans Sofa stellen?«

»Ach, verschwindet. Lasst mich zufrieden …«, murrte Sam und drehte sich so auf die Seite, dass er das Gesicht im Sofa vergraben konnte.

Quinn hob die Schultern und ging mit Arline nach draußen.

»Der hat gut getankt. Mehr, als er vertragen kann. Bei dir alles okay? Soll ich dich noch ein Stück begleiten?«

»Musst du nicht. Ich hab's nicht weit«, antwortete sie, doch ihre Stimme war brüchig.

Er legte ihr den Arm um die Schulter. »Na, komm. Wo lang?«

Sie lehnte sich an ihn und begann in Richtung des Hafens zu gehen.

»Verdammter Scheißtag«, flüsterte sie.

»Standet ihr euch nahe, du und dein Dad?« Er mochte den Duft ihres Haares und die Art, wie sie ging, selbstbewusst, aber nicht zu stolz, Schwäche zu zeigen.

»Irgendwie ja. War nicht einfach mit ihm. Aber er hat

sein Bestes versucht. Meine Mutter ist gestorben, da war ich fünf.«

Die Straße bog um die Kurve, und einige Nachtschwärmer kamen ihnen entgegen. Dem Sprachengemisch nach zu urteilen, waren es Touristen.

»Das ist hart. Tut mir ehrlich leid für dich. Hast du Geschwister?«

Sie schüttelte den Kopf, und an ihrer veränderten Körperspannung spürte er, dass sie sich distanzierte. Er ließ sie los.

»Nein. Ich habe mir immer einen Bruder oder eine Schwester gewünscht.« Der Wind fuhr durch ihre langen dunklen Haare. Ihr klassisches Profil zeichnete sich gegen die Lichter des Hafens ab.

Sie war ungeschminkt, hatte dunkle Ränder unter den Augen und war dennoch schön. Er hätte sie gern in die Arme genommen und ihr gesagt, dass alles wieder gut werden würde, aber das würde es nicht. Mit dem Verlust eines geliebten Menschen musste jeder selbst fertigwerden, auf die eine oder andere Weise.

»Ich habe zwei Schwestern. Das ist anstrengend, kann ich dir sagen.« Er grinste, versuchte, etwas Leichtigkeit in ihre Unterhaltung zu bringen.

»Sind sie älter oder jünger?«

Das Wasser schlug gegen die Kaimauer, und der würzige Geruch der See stieg zu ihnen herauf. Die Boote und Kutter schaukelten auf den kleinen Wellen. Irgendwo auf einem der Fischerboote plärrte ein Radio.

»Älter. Das macht es noch schlimmer. Ich habe drei

Mütter!« Er lachte leise. »Nein, es ist ganz in Ordnung. Sie waren immer für mich da, wenn ich von den Einsätzen zurückkam.«

Sie warf ihm einen prüfenden Blick zu. »Bist du hier auf Urlaub?«

»Zur Hölle nein, ich bin fertig mit der Armee.«

»Und was hast du gelernt, ich meine, was willst du machen?«, fragte sie und verlangsamte ihre Schritte.

Die Victoria Street ging in die Dundas Street über, wurde ein wenig breiter, und zwischen den Häusern öffneten sich Wege hinunter zum Hafen.

»Ich arbeite gern für Duff. Mal sehen, was sich ergibt. Es tut mir gut, unter Menschen zu sein, aber manchmal brauche ich auch meine Ruhe, dann wird mir alles zu laut, zu viel, zu …« Er schwieg und vergrub die Hände tief in seinen Hosentaschen. Das ging nur ihn etwas an. Sie steckte selbst in einer Krise.

»Magst du die Gedichte von George Mackay Brown?«, fragte er sie unvermittelt.

»Äh, ja, schon. Jeder, der auf den Orkneys lebt, kennt Brown. In der Schule mussten wir ›Hamnavoe‹ auswendig lernen.« Sie blieb stehen.

»Kannst du es noch?«, fragte er und blieb vor ihr stehen. Die Lichter im Hafen bewegten sich und warfen flackernde Schatten auf ihr Gesicht.

»Du stellst Fragen. Lass mich überlegen.« Sie runzelte die Stirn, und plötzlich stellte sie sich gerade hin, so wie man in der Schule vor der Klasse gestanden hätte.

»*My father passed with his penny letters, through closes*

opening and shutting like legends, when barbarous with gulls Hamnavoe's morning broke.«

Brown hatte das Gedicht über seine Heimatstadt Stromness geschrieben, die im Altnordischen Hamnavoe hieß. Es erzählte von seinem Vater, einem Briefträger, der seine Runden in der alten Wikingersiedlung am Hafen drehte.

»Wow! So, wie du es zitierst, klingt es fast wie ein Lied.« Duff hatte ihm erzählt, dass sie eine begabte Folksängerin war, die regelmäßig zum alljährlichen Festival mit ihrer Band auf die Insel kam.

Arline schlang sich die Arme um den Körper und schaute die Gasse neben dem Haus hinunter. Dort auf dem Wasser lag ein Fischkutter am Anleger. »Gedichte haben eine eigene Melodie.«

»Das haben sie.« Er hätte sich gern noch länger mit ihr unterhalten, doch es war spät, und er sollte Duff noch helfen, den Pub aufzuräumen.

»Danke, Quinn«, sagte sie leise und hielt ihm die Hand hin.

Er drückte sie und gab ihr einen Kuss auf die Wange, die kühl von der Nachtluft war.

»Jederzeit. Ist das dein Elternhaus?« Er betrachtete die graue Steinfassade, die abblätternde Farbe an der Haustür und den Fensterrahmen und konnte nur ahnen, wie ihr zumute war.

Sie nickte. »Gute Nacht.«

Dann drehte sie sich um. Er konnte hören, wie sie tief Luft holte, so als sammelte sie alle Kraft, um das Haus zu betreten.

9

Arline

Sie hätte nicht sagen können, was erdrückender war, die Stille oder der Gestank. Arline ging in die Küche und suchte nach einer großen Mülltüte. Rigoros warf sie alles weg, was schmutzig war. Zum Schluss folgte die Wachstuchdecke vom Küchentisch. Dann wusch sie mit heißem Wasser ab, was an Töpfen und Tellern übrig war. Während sie schrubbte und trocknete, sang sie ein Lied vor sich hin, das ihr Vater früher oft mit ihr gesungen hatte: »*Speed, bonnie boat, like a bird on the wing, onward, the sailors cry. Carry the lad that's born to be King over the sea to Skye.*«

Der Skye Boat Song beschrieb, wie Bonnie Prince Charlie in Frauenkleidern vor den Engländern in einem Boot nach Skye flüchtete. Dass sich ein Prinz als irisches Dienstmädchen verkleidete und von der mutigen Flora MacDonald nach Skye gebracht wurde, hatte Arline fasziniert. So hatte sie sich ihre Mutter vorgestellt, als eine mutige Frau. Mutig und schön.

Arline stellte die Töpfe in einen Schrank und zog die Gummihandschuhe aus. Die Oberschränke waren mit leeren Marmeladengläsern und Plastikgefäßen gefüllt. Sie nahm eine bunte Brotdose hervor, die sie früher mit in die Schule genommen hatte. Diese Dinge hatte er aufgehoben, dabei hätte sie viel lieber mit ihm über ihre Mutter gesprochen. Das Einzige, was er ihr ab und an gesagt hatte, war, dass sie Colinas Stimme geerbt habe. Irgendwann hatte Arline aufgehört zu fragen. Aber sie hatte gesungen, im Chor, in der Schule und später in einer Band. Wenn sie sang, war ihre Mutter bei ihr.

Arline stellte die beiden Müllsäcke vor die Tür. Die kalte Nachtluft schlug ihr wie ein nasses Tuch entgegen. In der Nähe mauzte eine Katze, und das Wasser plätscherte unten gegen den Anleger. Autos hörte man nachts nur selten im Ort. Das knirschende Geräusch von Autoreifen, die von einem Bootsrumpf gegen die Kaimauer gepresst wurden, ließ Arline zum Kutter schauen. Was sollte sie mit dem Kahn anfangen?

Und dann gab es noch den Pick-up ihres Vaters, der ein Stück weiter die Straße hoch stand. In Glasgow brauchte Arline kein Auto, auf den Inseln war das anders.

Arline schlug sich die Arme um ihren Körper. So viel stürzte auf sie ein.

»Warum, Dad?«, flüsterte sie. »Ich habe noch so viele Fragen, so viele Fragen ...« Ihre Stimme erstarb, und sie ging wieder ins Haus.

Vor dem morgigen Tag graute ihr. Die Menschen, die sie anstarren und ihr Mitleid bekunden würden. Der Abend im Pub hingegen hätte ihrem Vater gefallen. Musik und ein Bier mit Freunden.

Sie durchlebte die Beerdigung wie in einem dichten Nebel. Gesichter, Gespräche, Händeschütteln, Arline ließ alles über sich ergehen und tauchte erst aus ihrer lähmenden Trauer auf, als ihre Tante sie am Arm berührte.

»Schatz, sie sind fort. Komm, setz dich, du bist ganz blass.« Imogen dirigierte sie aus dem Wintergarten ins Wohnzimmer. Sie hatte die Feier in ihrem Haus organisiert.

»Danke, Mogs!« Arline umarmte ihre Tante und hielt sie fest an sich gedrückt. »Danke für alles. Ohne dich hätte ich das nicht geschafft.«

»Aber das ist doch selbstverständlich, Liebes. Na, komm, setz dich in einen Sessel und trink eine Tasse Tee. Du hast weder gegessen noch etwas getrunken. Du kippst uns noch um.« Imogen drückte Arline einen Teller mit Sandwiches in die Hand und holte einen Becher Tee.

Das Haus von Imogen und ihrem Mann lag etwas oberhalb des Hafens und bot einen weiten Blick über die Bucht Scapa Flow. Janet und ihr Bruder Peter kamen über den Rasen zurück ins Haus. Sie hatten die letzten Trauergäste verabschiedet.

»Sam hat den ganzen Whisky ausgetrunken. Dad ist ziemlich sauer. Das war der teure«, meinte Peter und grinste breit.

Ihr Cousin war groß und beleibt, denn er hasste Sport und verbrachte seine Zeit fast ausschließlich vor dem Computer. Auch jetzt sah er wieder auf sein Handy.

»Kannst du das bescheuerte Handy nicht mal aus der Hand legen, Peter? Das ist doch nicht normal!«, beschwerte sich Janet, die sich ihnen gegenüber aufs Sofa gesetzt hatte.

Peter warf ihr einen vernichtenden Blick zu, ließ sich in einen Sessel fallen und tippte ungerührt weiter.

»Wenn ich nicht wüsste, dass Sam so eng mit Thomas befreundet war, würde ich ihm eine Rechnung schicken!« Tavish MacConnachie betrat den Wintergarten und setzte sich neben seine Tochter auf das L-förmige Sofa.

Anders als sein Sohn spielte Tavish Golf und war für einen Mittsechziger ziemlich fit. Tavish hatte es zum Filialleiter der Bank von Kirkwall gebracht und betrieb nebenbei ein Immobilienbüro. Das Haus in Stromness hatte die Familie vor einigen Jahren umgebaut. Arline hatte sich schon mehrfach darüber gewundert, dass manche Leute die Genehmigungen für moderne Umbauten, die den alten Stil erheblich veränderten, erhielten und andere nicht.

»Bring mir bitte einen Kaffee, Mogs, und sind da noch diese Würstchen?«, rief Tavish seiner Frau zu, die wieder in die Küche gegangen war.

»Kaffee ja, Würstchen nein. Denk an dein Cholesterin«, rief Imogen aus der Küche.

»Ach zum Teufel, an irgendetwas muss der Mensch ja sterben«, brummte Tavish, doch als sein Blick auf seine Nichte fiel, räusperte er sich. »Sagt man so, na ja, du weißt, wie ich es meine. Hast du schon darüber nachgedacht, was du mit dem Haus und dem Boot machen willst? Ich kann dir einen Käufer besorgen.«

»Dad! Wirklich, nun lass sie doch zufrieden. Ihr Vater

ist gerade erst bestattet worden, meine Güte!«, schimpfte Janet.

»Das Leben geht weiter, mein Engel. So ist das nun mal. Wirst du auch noch feststellen, wenn erst einer von uns das Gras von unten sieht.« Tavish war ein durch und durch realistischer Mensch, manchmal unsensibel, aber nicht ungerecht. Jedenfalls hatte Arline ihren Onkel bislang stets so erlebt.

Janet knuffte ihren Vater in die Seite. »Hör auf, so zu reden.«

Peter wuchtete seinen massigen Leib aus dem Sessel und stapfte in die Küche. »Bei mir verteilen sich die Würstchen besser.«

Sie waren freundlich und hilfsbereit, dachte Arline, aber lange würde sie es hier nicht mehr aushalten.

»Wenn ich meinen Tee getrunken habe, muss ich noch zum Notar. Ich komme nachher gern wieder und helfe dir beim Aufräumen, Mogs«, sagte Arline so laut, dass ihre Tante sie hören konnte.

Doch Janet winkte sofort ab. »Das machen wir schon. Soll einer von uns dich begleiten?«

Arline schüttelte den Kopf.

»Du warst schon immer ein eigenständiges Mädchen, Arli«, sagte ihr Onkel. »Nun ja, du weißt, wir sind für dich da. Und ich meine es ernst. Wenn du verkaufen willst, frag mich zumindest vorher. Es gibt hier viele, die dich über den Tisch ziehen würden. Die Preise sind gestiegen. Vor zwei Monaten habe ich eine alte Hütte in Northdyke zum Doppelten ihres Wertes verkauft. Hey, aber der Engländer wollte das Haus unbedingt haben.« Tavish grinste.

Hier oben auf den Inseln fühlte man sich noch unabhängiger als auf dem Festland. Die Orkadianer sprachen einen eigenen schottischen Dialekt, der mit dem Altnordischen verwandt war. Die Spuren der Wikinger waren überall auf der Insel sichtbar und fest in Geschichte und Kultur der Insulaner verankert.

Arline lächelte. »Gut gemacht. Aber ich muss sehen, was wird.«

Bald darauf verließ sie das Haus ihrer Verwandten und ging den Hügel hinunter. Die kurvigen Wege mit ihren alten Steinplatten erzählten von Generationen, die sich auf den Inseln im Atlantik ein Leben erkämpft hatten. Vor ihr breitete sich Scapa Flow aus, spülte das Meer um Graemsay, wurde zum Hoy Sound vor der großen, spärlich besiedelten Insel Hoy. Das Wasser lag heute ruhig in der Sonne, die mit jedem Tag höher stieg.

Arline beobachtete die großen Möwen, die in der Hoffnung auf Beute kreischend über den Fischkuttern flogen. Die Fischer warfen immer etwas vom Beifang und von den Schalen der Krustentiere ins Meer. Unwillkürlich glitten ihre Gedanken zur *Colina*. Was sollte sie mit einem alten Kutter anfangen, wenn sie nicht fischen wollte? Über diese eine Sache zumindest war sie sich klar.

Unten im Hafen wuselten bereits Menschen um den Fähranleger, und in der Ferne hörte sie das Schiffshorn. Hier tickten die Uhren langsamer als in Glasgow. Ihr Telefon summte.

Sie schaute auf das Display.

»Hallo, Faith!«

»Wie geht es dir, Arli? Wir alle machen uns Sorgen um dich, aber wir wollten dich auch nicht nerven.«

Faith war eine gute Freundin. Eine zarte Person mit weißer Haut, Sommersprossen und roten Locken, und sie spielte Fiddle in ihrer Band und komponierte auch.

»Tust du nicht. Die Beerdigung war heute früh und danach das Übliche. Bin froh, dass ich das hinter mir habe. Jetzt noch der Notartermin. Ich bin auf dem Weg dorthin.«

Der Weg machte eine scharfe Linkskurve, und ein Jogger konnte ihr gerade noch ausweichen. Sie hob entschuldigend die Hand, denn sie hatte nicht nach vorn gesehen.

»Oh, du Arme. Das muss furchtbar sein. Wenn ich dir irgendwie helfen kann, du weißt, dass ich immer für dich da bin«, sagte Faith mitfühlend. »Es geht nur um das Festival. Wir haben die Fährtickets gebucht und fahren mit Alex' Bus. Kommst du vorher noch einmal nach Glasgow?«

»Nein. Oh Mann, daran habe ich gar nicht gedacht. Ich bin einfach mit dem ersten Bus los. Die Noten und die ganzen Papiere liegen in meiner Wohnung. Du hast ja einen Schlüssel und weißt, wo alles liegt. Danke, Faith. Tut mir leid.«

»Na hör mal, dir muss doch nichts leidtun. Das kam doch alles so überraschend! War es denn nur ein Sturz?«

Arline hatte die Victoria Street erreicht und suchte nach der Adresse des Notars.

»Offenbar das Herz, und dann ist er gestürzt. Aber ich will auf jeden Fall noch mit dem Arzt sprechen. Ich verstehe das einfach nicht. Mein Bauchgefühl sagt mir, dass da mehr war. Dass er sich vielleicht aufgeregt oder gestritten hat, ach, keine Ahnung.« Die Tränen stiegen ihr wieder in die Augen, und sie schluckte. »Ich freue mich auf euch! Ihr hättet auch in meinem Haus wohnen können, aber das sieht noch übel aus.«

»Nicht schlimm, wir haben das Apartment jetzt gemietet. Aber wir helfen dir beim Ausmisten, wenn du willst«, schlug Faith vor.

»Ihr solltet das Festival genießen und nicht in alten Sachen herumwühlen. Ist kein Vergnügen. Danke, Faith. Bis bald und grüß die anderen!«

»Mache ich. Bis bald, Arli!«

Arline stand vor dem Haus des Notars und ließ den Türklopfer gegen das Messingschild fallen.

Sie dachte schon, dass niemand käme, als der Notar selbst ihr die Tür öffnete. Walter Gilliam war Anfang siebzig und trug ein dunkles Jackett.

»Bitte, kommen Sie nur herein. Arline, mein herzliches Beileid!«, begrüßte er sie.

Sie kannten einander. Als Schulmädchen hatte sie für seinen Sohn geschwärmt, Guy, der sechs Jahre älter war als sie und später in St. Andrews Jura studiert hatte.

»Sind Sie ganz allein?«, fragte Arline und folgte dem Notar in sein Büro.

»Meine Sekretärin ist krank, tja, so ist das manchmal.

Aber nächste Woche kommt mein Sohn auf die Insel und löst mich hier ab. Bitte, nehmen Sie Platz.«

Arline setzte sich in einen modernen Schwingsessel. »Freut mich für Sie, dass die Kanzlei in der Familie bleibt. So was ist schön.« Sie machte eine kleine Pause. »Sagen Sie, Walter, wissen Sie mehr über die Umstände vom Tod meines Vaters? Er war doch nicht krank!«

Gilliam nahm hinter seinem Schreibtisch Platz und strich über ein Lederbüchlein, das neben einer Mappe lag. »Wie es um seine Gesundheit bestellt war, weiß ich nicht. Aber dass er in der letzten Zeit verändert wirkte, das ich kann ich wohl sagen.«

»Inwiefern verändert?«

»Nun, bei unseren zufälligen Begegnungen war er nervös, aufgewühlt, so, als bedrücke ihn etwas.« Der Notar setzte seine Brille auf. »Vielleicht wissen Sie mehr, wenn Sie das hier gelesen haben.«

Er reichte ihr das Büchlein.

»Was ist das?«

»Das Tagebuch Ihrer Mutter.«

Arlines Atem stockte. Sie hielt das abgegriffene Büchlein in den Händen. »Davon wusste ich nichts! Mein Vater hat das nie erwähnt!«

»Er wird seine Gründe gehabt haben«, sagte der Anwalt, bevor er das Testament verlas.

10

Das Meer hatte schon immer eine beruhigende Wirkung auf sie gehabt. Arline legte die Hand auf ihre Tasche. Warum hatte ihr Vater nie darüber gesprochen? Ihr nie von diesem Tagebuch erzählt? Wollte sie es überhaupt lesen? Noch hatte sie die Wahl.

Sie war ohne nachzudenken zum Fähranleger gegangen. Einige Autos standen bereits in den vorgezeichneten Linien. Familien warteten mit Kindern und Gepäck und vertrieben sich die Zeit damit, die Möwen zu füttern. Das war keine gute Idee, denn die schlauen Seevögel begnügten sich nicht mit ein, zwei Pommes, sondern übten sich in akrobatischen Sturzflügen. Die Kinder schrien, und die Erwachsenen fluchten.

Arline spazierte auf der Kaimauer bis zum *Beachcomber*. Sie brauchte einen Kaffee. Auf der Terrasse stand bequemes Gestühl mit Decken. Die Temperaturen stiegen selbst im Sommer selten über zwanzig Grad. Heute mochten es fünfzehn Grad und in der Sonne vielleicht etwas mehr sein. Das Wetter hatte Arline nie gestört. Im Gegenteil, sie mochte den Wind und die frische Luft. Unter anderen Umständen hätte sie die Insel vielleicht nicht verlassen, hätte sich hier ein Leben aufgebaut. Andererseits hatte sie es nie bereut, nach Glasgow gegangen zu sein. Sie hatte neue Freunde gefunden und die Band gegründet.

Die Türen des Pubs standen offen. Durch einen großen Vorflur kam man in den Gastraum mit der Bar. Bei Tageslicht wirkte alles noch moderner und sehr stylish. Duff und Skye hatten etwas aus dem *Beachcomber* gemacht.

»Hallo, Arli!«, wurde sie von Skye begrüßt, die dabei war, Blumenvasen auf die Tische zu stellen.

»Frische Blumen!«, meinte Arline anerkennend. »Euer Laden ist toll geworden!«

Skye war kleiner als sie, hatte halblanges hellblondes Haar und ein strahlendes Lächeln, das von ihren dunklen Augenringen ablenkte. »Danke. Da steckt viel Arbeit drin und unsere Ersparnisse, aber wir bereuen es nicht. Kann ich dir etwas bringen?«

»Ich komme zu dir an die Bar.« Arline wollte nicht allein an einem Tisch sitzen. Heute wäre sie sich verloren vorgekommen.

»Okay, bin gleich bei dir«, sagte Skye und verteilte die restlichen Vasen.

Nur ein Tisch war drinnen besetzt. Die Leute saßen lieber draußen und schauten auf den Hafen, die Bucht und die Schiffe. Kaum hatte Arline sich auf einen Barhocker gesetzt, hörte sie Sams vertraute Stimme.

»Hey, Arli, lag ich doch richtig. Meinte, du wärest es gewesen.« Der alte Freund kam zu ihr und kratzte sich an seiner Wollmütze.

»Heute früh, das war schön, wie du mit Ty auf der Beerdigung gespielt hast. Ihr wolltet, dass ich mich wegheule, oder?« Arline sah ihn mit einem schiefen Lächeln an.

»War schwer, auch für uns. Ich wollte mich noch bei dir bedanken. Wegen gestern Nacht. Bei dir und …« Er sah zur Bar. »Quinn ist wohl nicht da?«

Skye kam mit dem leeren Tablett zu ihnen. »Quinn müsste bald hier sein. Er soll mich ablösen. Duff ist mit unserem Jüngsten zum Fußball, und ich soll gleich in die Schule. Meine Tochter mag ihren Klassenlehrer nicht und hat irgendeinen dummen Streich ausgeheckt. Kinder!«

Sam grinste. »Ach, lass sie doch. Kinder werden viel zu schnell erwachsen. Für mich einen doppelten Espresso, und für dich, Arli?«

»Dasselbe.« Sie sah Sam an, der sich an die Bar lehnte. Seine geflickte Jeans, das verwaschene Flanellhemd, das unter der Fleecejacke hervorsah, und die Turnschuhe hatten ihre besten Tage längst gesehen.

Sam und Ty waren grundverschieden. Zusammen mit ihrem Vater hatten sie es dennoch geschafft, ihre Freundschaft und die Band über so viele Jahre zu retten. Sie dachte an ihren Ex-Freund, Gilbert, den ehemaligen Bandleader der *Saltyfish*. Ihretwegen wäre beinahe alles auseinandergebrochen. Aber es war nicht ihre Schuld gewesen.

»Sam«, begann sie. »Ich wollte dich noch was fragen.«

»Hm, ja klar, schieß los.«

»Der Abend, als mein Vater gestorben ist. Du warst doch dabei, oder?«

Sam kniff die Augen zusammen und veränderte seine Haltung. »Na ja, ich habe vorher mit ihm im Pub gesprochen. Da war er wie immer. Niemand hätte ahnen können, dass er so kurz darauf … Also, nein, das hätte man nicht wissen können.«

Skye schob ihnen die Espressotassen hin. »Geht aufs Haus!«

»Danke dir!« Arline gab Zucker in ihren Kaffee. »War denn irgendetwas anders als sonst? Hatte mein Vater Sorgen?«

Überrascht sah Sam sie an. »Wie kommst du darauf?«

»Ach, da seid ihr!« Tyler kam in den Pub und begrüßte Arline mit einem Wangenkuss. »Tapferes Mädchen.«

»Ty, Arli will wissen, ob Tom irgendwie anders war. Ist dir was aufgefallen?«, sagte Sam.

»Für dich einen Tee, wie immer«, sagte Skye und stellte Ty einen Becher hin.

»Du bist nicht nur wunderschön, sondern auch eine Hellseherin. Wenn ich jünger wäre, würde ich Duff Konkurrenz machen!«, flirtete Ty mit ihr.

Skye lachte. Sie kannte ihre Gäste.

»Hm«, überlegte Ty und legte die Hände um seinen Teebecher. Er musste nach der Beerdigung wieder auf dem Kutter gewesen sein, denn er trug seine alte Jeans und eine dicke Wolljacke.

»Vielleicht nachdenklich. Ja, das würde Thomas' Verhalten beschreiben. Er war in sich gekehrt. So, als ob ihn etwas bedrückte.«

»Aber er hat nicht mit euch darüber gesprochen?«, hakte Arline nach.

Ty schüttelte den Kopf.

»Nein. Du kennst doch deinen Vater, Arli. Der hat alles mit sich selbst ausgemacht«, meinte Sam.

Seufzend nickte Arline. »Einer der Gründe, warum es nicht leicht mit ihm war. Und jetzt das hier.« Sie klopfte auf ihre Umhängetasche. »Gilliam, der Notar, hat mir das Tagebuch meiner Mutter gegeben. Stellt euch das vor! Mein Vater hatte es bei einem Notar hinterlegt, damit ich es erst nach seinem Tod erhalten sollte. Ich kann das nicht fassen. Warum hat er nicht mit mir gesprochen? Ich habe noch so viele Fragen!« Sie wischte sich die Augen, die sich mit Tränen füllten.

»Colina hat ein Tagebuch geschrieben?«, sagte Ty. »Das könnte aufschlussreich für dich sein, Arli.«

»Hast du schon hineingeschaut?« Sam sah sie gespannt an. »Das waren wilde Zeiten damals.«

»Wilde Zeiten. Ich weiß nicht einmal, ob ich wissen will, was meine Eltern so getrieben haben. Sie waren jung, hatten Träume und Sehnsüchte, wie ich auch. Ach …« Arline trank ihren Espresso aus und erhob sich. »Ich muss darüber nachdenken«, sagte sie leise.

Ty biss in ein Stück Shortbread, das Skye ihnen hingestellt hatte.

»Wegen dem Kutter. Ty, da hast du noch nichts gehört, oder?«

Ty schüttelte den Kopf.

Zu allen sagte sie: »Muss verkaufen. Sonst fressen mich wohl die Kosten auf. Würdet ihr euch auch für mich umhören?«

Die Männer nickten, und Skye sagte: »Ich werd's Duff sagen, der kennt so viele Leute. Du könntest mal ein Informationsblatt zu eurem Kutter machen. Motorleistung, Länge und so weiter. Dann kann Duff das an Interessenten weitergeben.«

»Ihr seid die Besten!« Arline erhob sich, weil sie die Tränen nun nicht mehr zurückhalten konnte.

Unter den mitfühlenden Blicken ihrer Freunde verließ sie den Pub. Auch wenn es schwer war, Skye hatte recht, sie musste sich den Kutter ansehen und eine Bestandsaufnahme machen. Ein Schiff musste gepflegt werden, sonst war es in kürzester Zeit nichts mehr wert. Zögernd ging sie am Hafen entlang. Vielleicht nicht gleich. Sie hielt inne und schaute auf die dunkelgrüne See hinaus, die heute so ruhig in der Bucht lag. Der Pick-up stand an der Straße. Noch war es hell. Warum fuhr sie nicht einfach nach Yesnaby und wanderte dort an den Klippen entlang? Die wilde Natur dort hatte sie immer geliebt.

Auf dem Weg zu ihrem Elternhaus sah sie, wie Quinn ein Motorboot verließ und über einen der Anleger auf sie zukam.

Er winkte, und sie wartete, bis er sie erreicht hatte.

Nachdem sie einander begrüßt hatten, fragte Arline: »Dein Boot?«

»Ohne käme ich nicht nach Hoy. Da steht mein Cottage.« Seine Augen verdunkelten sich. »Manchmal ist mir selbst Stromness zu laut und voll. Dann ziehe ich mich nach Hoy zurück.«

»Wirklich? Den meisten reicht schon die Beschaulichkeit von Stromness.«

»Ich habe ein Bedürfnis nach Stille, weil …« Er brach ab. »Du hast selbst genug Probleme. Aber wenn du mal einen Ausflug nach Hoy machen willst, nehme ich dich gern mit. Mein Haus liegt am Rackwick Beach, und die Aussicht ist unschlagbar.«

»Vielleicht nehme ich dein Angebot sogar an. Aber ich will dich nicht aufhalten. Skye wartet auf dich.« Sie grinste. »Elternsprechtag oder so was.«

Quinn sog scharf die Luft ein. »Uh, davor graute ihr schon. Mach's gut!«

Arline setzte ihren Weg fort und dachte daran, wie sie mit ihrem Vater auf Hoy gewesen war. Die raue Insel war zwar beinahe so groß wie Mainland, aber es lebten nur knapp zweihundertachtzig Menschen dort. Wegen ihrer geschützten Buchten war sie bei den Wikingern beliebt gewesen, und auch Spuren von piktischen Siedlungen hatten sich dort gefunden. Die Klippen und Hügel waren unbeschreiblich schön, wild und ursprünglich. Mit ihrem Vater hatte sie in einer der versteckten Buchten dort Reusen eingeholt und manchmal auch einfach einen Ausflug gemacht. Dann hatte Thomas sie an die Hand genommen und war mit ihr gewandert. Seltene Augenblicke. Eigentlich hatte es nur das Fischen und die Musik mit der Band für ihren Vater gegeben. Sie hatte häufig das Gefühl gehabt, ihn zu stören. Womöglich hatte sie ihn auch zu sehr an Colina erinnert.

Sie würde es nie erfahren. Möglicherweise hatte ihre Mutter ihr etwas hinterlassen, das ihr helfen würde, die Eltern und damit auch sich selbst besser zu verstehen.

11

Die Wellen brachen sich an den monumentalen Klippen. Weißwasser spritzte auf, und Arline schmeckte das Salz der See auf den Lippen. Ihre Haare wirbelten in den Böen auf, die vom offenen Atlantik herüberwehten, und für einen Moment war sie ein Teil der Natur. Das Rauschen der Wellen war eine immerwährende Musik, die schon die Nordmänner, die Walfänger und die Entdecker gehört hatten, die von hier nach Grönland aufgebrochen waren. Welche Geschichten mochten sie zu erzählen haben?

Yesnaby. Braune Felsen, unter denen die Wellen rollten, brüllten, sich teilten und wieder vereinten. Blaugrün leuchtete die See, weiß schäumte die Gischt auf und umspülte die Felstafeln, die vor den zerklüfteten Klippen und der berühmten Nadel aus dem Meer ragten.

»Sieh mal, da sind Papageien!«, rief eine Kinderstimme und riss Arline aus ihren Gedanken.

Abrupt wandte sie sich um und verließ ihren Aussichtsplatz. Eine junge Familie kam den Weg herauf, und Arline musste an Quinn denken. Auf Hoy gab es mit Sicherheit noch weniger Touristen, aber wie viel Einsamkeit konnte ein Mensch ertragen?

»Nein, das sind Papageientaucher!«, rief der Vater, aber der kleine Junge lachte und rief immer wieder: »Papagei, Papagei!«

Arline lächelte. Sie war vierunddreißig Jahre alt und hatte selbst keine Kinder. Es hatte sich nicht ergeben. Und wenn sie an ihren Ex-Freund dachte, war das auch besser so. Gilbert Falconer. Wann immer sie sich an ihn erinnerte, zog sich ihr Magen zusammen. Die Beziehung war toxisch gewesen. Er hatte Liebe mit Besitzanspruch und Fürsorge mit Kontrolle verwechselt. Wie oft hatte sie sich bei Faith ausgeweint, die Gilbert nie hatte leiden können. Aber Falconer hatte viele Songs für die Band geschrieben und war drei Jahre lang der Bandleader gewesen – bis er sie auf dem Cambridge Folk Festival im letzten Jahr betrogen hatte. Ein bedeutungsloser Ausrutscher, hatte er behauptet, doch es war auch nicht sein erster Fehltritt gewesen.

Als Arline ihn mit der anderen gesehen hatte, konnte sie endlich die über Monate angestaute Wut auf den untreuen, selbstherrlichen Mann herauslassen. Hinter der Bühne hatte sie ihn angeschrien, sodass Gilbert aus allen Wolken gefallen war, denn es war nicht ihre Art, laut zu werden. Er packte sie am Arm und schlug ihr ins Gesicht. Glücklicherweise waren Faith und Alex, der Schlagzeuger der Band, dazugekommen und hatten den wütenden Gilbert zur Raison gebracht. Die Stimmung in der Band war schon lange angespannt gewesen, was vor allem an Gilberts autoritärem Führungsstil gelegen hatte. Als Arline dann spontan verkündete, dass sie aussteigen würde, hatten sich Faith und Alex angeschlossen.

Monate des Streits um Songrechte und Drangsalierungen durch Gilbert folgten. Eine Zeit, an die Arline nicht mehr denken wollte. Denn Gilbert hatte nicht aufgehört, sie mit Anrufen und Mails zu verfolgen. Seine Liebe war in Hass umgeschlagen, denn er machte sie dafür verantwortlich, dass die Band auseinandergebrochen war. Darüber hinaus konnte er ihr nicht verzeihen, dass sie ihn verlassen hatte. Seine Mails schwankten zwischen Bitten um einen Neuanfang und wüsten Beschimpfungen.

Der Tod ihres Vaters war ein trauriger Anlass gewesen, Glasgow zu verlassen, aber je länger sie hier war, desto mehr schätzte sie den Abstand.

Doch sie musste Dinge regeln. Seufzend zog sie ihr Handy hervor und machte sich auf den Rückweg.

»Hallo, Arli«, meldete sich Olive Fletcher, die Inhaberin des Red Cat Pubs in Glasgow. »Wie geht es dir?«

»Hm, ja, ist nicht leicht. Das Haus, der Kutter und Dads Auto. Es wird noch dauern, bis ich alles geklärt habe. Kannst du mich noch länger entbehren?«

Seit fünf Jahren arbeitete Arline im Red Cat und schätzte Olives faire Art.

»Eigentlich nicht. Aber ich könnte dich beurlauben, wenn du das willst. Für einen Monat oder zwei? Würde dir das helfen?«, schlug Olive vor.

Unbezahlter Urlaub. Die Miete für ihre Wohnung lief weiter. Aber ihr Vater hatte ihr eine kleine Summe hinterlassen, und wenn sie erst den Kutter verkauft hatte, würde es schon gehen. »Ja, das wäre großartig. Zwei Monate, Olive. Die Zeit würde ich mir gern nehmen.«

»Geht in Ordnung, Arli. Wir vermissen dich hier. Und dein Ex nervt mich dauernd mit Fragen nach dir. Wie hast du den Kerl bloß ertragen?«

»Das weiß ich auch nicht. Sag ihm bitte nicht, dass ich hier bin.«

»Oh, das wusste er schon. Er fragt mich ständig, wann du wieder zurückkommst.«

Arline biss sich auf die Lippen. Warum konnte er sie nicht in Ruhe lassen? »Das geht ihn nichts an. Verdammt, als hätte ich nicht schon genug Sorgen!« Sie stellte sich die lebenserfahrene Olive mit ihren kurzen schwarzen Haaren, den Tätowierungen an Armen und Hals vor, die sich von niemandem einschüchtern ließ.

»Von mir erfährt er nichts. Aber du musst ihm endlich Paroli bieten. So einer braucht eine klare Ansage, Arli!«

»Das habe ich doch getan! Er will mich einfach nicht verstehen!«, verteidigte sich Arline.

Ihre Chefin lachte leise. »Nein, Mädchen, du bist zu nett. Als er dich geschlagen hat, hättest du ihn anzeigen sollen. Immerhin hattest du Zeugen.«

»Und dann? Nein, so konnten wir immerhin die Rechte für zwei unserer erfolgreichsten Songs raushandeln. Er wird schon zur Besinnung kommen. Spätestens wenn er eine neue Freundin gefunden hat.«

»Wie du meinst, Arli. Zwei Monate. Ich kümmere mich um einen Ersatz. Mach's gut! Und grüß mir das Meer!«, beendete Olive das Gespräch.

Der Klippenpfad führte um einige große, kreisförmig angeordnete Felsen herum. Spuren ehemaliger Siedlungen oder Opferstätten. Die Spuren der Menschen in der Natur interessierten Arline weniger als die Natur selbst. Die rauen zerklüfteten Felsen mit ihren Gesteinsschichten würden auch in hundert Jahren noch den Wellen trotzen, dachte sie.

Sie hatte den Transporter, einen klapprigen Pick-up, etwas schräg am Hügel geparkt. Die graue Farbe blätterte stellenweise ab, und der Rost fraß sich durch die Holme. Doch der Dieselmotor sprang ohne zu murren an. Am Rückspiegel baumelte ein Haifischzahn an einem Lederband. In jungen Jahren war ihr Vater zeitweise auf großen Trawlern rausgefahren, um mehr zu verdienen. Nach seiner Heirat hatte er sich einen eigenen Kutter gekauft, der abbezahlt werden musste. Mit der Creel-Fischerei allein hätte er das nicht geschafft. Arline wusste nur, dass ihre Mutter die Hochseetrawler gehasst hatte, weshalb ihr Vater den Nebenjob irgendwann aufgegeben hatte.

Der Wagen holperte über Steine und Sand den abschüssigen Weg hinunter. Ihre Tasche rutschte nach vorn, und das Tagebuch schaute hervor. Was für ein Tag, dachte Arline.

Am Ortsrand von Stromness befand sich die Tauchschule von Neil. Unweit der Schule lagen in einem Teil von Scapa Flow Schiffswracks aus den Weltkriegen, die Taucher aus der ganzen Welt anlockten. Neil stand in einem Neoprenanzug vor einer Gruppe von Tauchern.

Als er ihren Wagen sah, winkte er ihr zu, und Arline fuhr auf den Seitenstreifen. Der Parkplatz der Tauchschule war besetzt, sodass sie an der Straße parkte.

»Okay, wir sehen uns dann morgen früh, und denkt daran, treibt es nicht zu bunt heute! Ihr müsst morgen fit sein. Das ist kein Spaziergang da unten!« Neil entließ seine Gruppe und kam zu ihr.

Seine Haare waren nass und die Haut gerötet von der Kälte des Wassers.

»Hey! Hast du einen Moment, Arli? Ich muss dir noch was über deinen Vater erzählen. Als wir uns das letzte Mal gesehen haben, war ich ziemlich hacke.« Er grinste entschuldigend.

»Du wirst dich erkälten, wenn du hier so klitschnass herumstehst, Neil.« Arline hatte einmal einen Tauchversuch unternommen, sich aber nicht mit dem Sauerstoffgerät anfreunden können. Außerdem fand sie die Neoprenanzüge furchtbar.

Neil zog an seinem Kragen, der ihm bis unter das Kinn reichte. »Wollen wir was essen? Nach dem Tauchen habe ich immer Hunger. Ich ziehe mich um, und dann gehen wir rüber zu Evi. Fish und Chips?«

»Gut. Ich warte im Wagen.« Sie sah nach oben. Graue Wolken zogen auf, und es begann zu nieseln. »Ich habe die Fenster aufgelassen.« Arline zog sich die Kapuze ihrer Windjacke über den Kopf.

Als sie sich auf den Fahrersitz fallen ließ, drehte sie zuerst die Scheiben nach oben. Dann suchte sie nach ihrer Tasche und stutzte. Die Tasche war weg! Hektisch suchte sie den Fußbereich der Beifahrerseite ab, stieg aus und rückte die Sitze vor und zurück. Die Tasche blieb verschwunden.

»Das kann doch nicht wahr sein!«, schimpfte Arline. »Ich war doch nur kurz weg!«

»Was denn?« Neil kam in trockenen Sachen und Sneakern zu ihr.

»Meine Handtasche! Weg, einfach weg!« Arline war den Tränen nahe. Wie hatte sie nur so unachtsam sein können!

»Hast du das Auto offen gelassen?«, fragte Neil und sah sich um.

»Ja. Aber wer macht denn so was?« Arline raufte sich die Haare. »Auch das noch. Als hätte ich nicht genug Ärger. Da war mein Führerschein drin, mein Ausweis und …« Sie hielt inne. »Das Tagebuch meiner Mutter. Das ist das Schlimmste. Es ist unersetzlich. Oh, nein …«

Neil sah sie an. »Hey, das war bestimmt nur ein Gelegenheitsdieb, der auf Geld aus war und deine Tasche ein Stück weiter wieder fortgeworfen hat. Soll es ja geben.«

»Hm. Jetzt muss ich zur Polizei.« Arline schüttelte den Kopf. »Was für ein verdammter Tag.«

12

Sie hatte Glück, dass überhaupt noch jemand in der Polizeistation abnahm.

»Polizeistation Kirkwall, Constable Ramsey.«

»Mir hat jemand die Handtasche aus dem Auto gestohlen!«, platzte es aus Arline heraus, deren Nerven zunehmend blank lagen.

»Nun mal ganz ruhig. Haben Sie alles abgesucht?« Der Beamte klang gelangweilt.

»Natürlich habe ich das! Die Tasche wurde gestohlen. Äh, das Fenster war auf«, fügte sie kleinlaut hinzu.

Sie hörte den Polizisten stöhnen. »Lady, dann wird man da nicht viel machen können. Lassen Sie Ihre Kreditkarten sperren. Ich habe jetzt Feierabend. Kommen Sie morgen auf die Wache, und wir nehmen Ihren Fall auf.«

Der Besetztton ertönte, und Arline starrte auf ihr Handy. Einfach aufgelegt.

Neil klopfte an ihr Fenster. »Hast du was erreichen können? Also, ich bin hier alles abgegangen, nichts zu finden.«

»Mist«, schimpfte Arline.

»Wie wäre es jetzt mit einem Drink?«, schlug Neil vor.

»Ich muss mich jetzt erst mal ans Telefon hängen und meine Karten sperren lassen. Dieser Ärger und dann die Extrakosten!« Sie startete den Motor.

Neil klopfte auf die Wagentür. »Alles klar. Wenn du Hilfe brauchst, ruf einfach an.«

»Hm, danke.« Gedanklich ging sie schon alle Karten durch, die sie erneuern musste. Glücklicherweise hatte sie ihre Kreditkarte und etwas Bargeld in ihrem Rucksack im Haus. Dieses Sicherheitsdenken hatte sie Gilbert zu verdanken. Sie brachte den Wagen direkt vor ihrem Elternhaus zum Stehen. Ihr Handy summte.

»Ja?«

Es meldete sich niemand, und der Anruf war anonym. »Ach, lasst mich doch alle in Ruhe.«

Arline ging ins Haus und riss die Fenster auf, um frische Luft hereinzulassen. Dann stellte sie den Wasserkocher an, warf einen Teebeutel in einen Becher und setzte sich an den Küchentisch, um die Bank anzurufen. Sie hatte gerade die Nummer gewählt, als das Display erlosch.

»Kabel«, murmelte sie, und dann fiel ihr ein, dass es in ihrer Handtasche war.

Sie ging ins Wohnzimmer und suchte im Sekretär ihres Vaters erfolglos nach einem Ladekabel. Widerwillig ging sie in sein Schlafzimmer. Das Bett war ungemacht, seine Kleidung lag noch auf einem Stuhl. Wie immer, dachte sie und unterdrückte die Tränen.

Auf dem Nachttisch fand sie das Telefonkabel für das Handy ihres Vaters. Seine Geldbörse und sein Handy hatte der Bestatter ihr in einer Plastiktüte übergeben. Die Tüte lag noch ungeöffnet auf dem Wohnzimmertisch. Das Ladekabel passte nicht, wäre ja auch zu schön gewesen. Arline ging zurück ins Wohnzimmer und riss die Tüte auf. Thomas' Telefon war mit einem Code geschützt, den sie nicht kannte. Sie versuchte es mit seinem Geburtsdatum, mit dem ihrer Mutter und hielt inne. Noch ein Versuch. Sie gab auf. Vielleicht hatte sie morgen eine Idee. Einen Festnetzanschluss hatte ihr Vater nicht.

Es half nichts, sie musste ihre Tante um Hilfe bitten. In den Sommermonaten ging die Sonne früh auf und spät unter. Das Licht hatte eine besondere Qualität, und wenn Arline nicht so angespannt gewesen wäre, hätte sie den Blick über die Bucht genießen können. So schnell sie konnte, lief sie den Hügel hinauf zum Haus ihrer Tante.

Die Fenster waren dunkel. Das durfte doch nicht wahr sein! Arline ging um das Haus herum, doch es war niemand da. Wahrscheinlich waren sie nach Kirkwall gefahren. Warum auch nicht, dachte Arline und ging denselben Weg zurück. Sie hatte ihrer Familie deutlich genug zu verstehen gegeben, dass sie lieber allein sein wollte. Aber sie musste endlich telefonieren!

Am Hafen brannten Lichter, und aus dem *Stromness Hotel* erklang Musik, es wurde gesungen. Ein mit Blumen geschmückter Wagen stand vor dem Hotel. Warum heirateten die Leute noch? Gab es überhaupt glückliche Ehen? Nicht zynisch werden, Arline, das steht dir nicht.

Die Angst vor ihrem möglicherweise schon geplünderten Konto stieg wieder in ihr auf, und sie eilte in den Pub.

Duff und Quinn standen hinter der Bar. Es war nicht so voll wie am Abend zuvor, und Arline steuerte direkt auf Duff zu.

»Du siehst furchtbar aus, Arli. Komm, setz dich, und ich spendiere ein Bier oder was Stärkeres«, begrüßte Duff sie.

Er und Quinn waren ein attraktives Barkeeper-Team, und die Damen himmelten die beiden an. Eine hübsche Brünette in einem offenherzigen Top flirtete mit Quinn.

»Duff, darf ich mal telefonieren? Mir ist die Handtasche gestohlen worden«, bat sie den Freund.

»Oh, das ist übel. Ja, sicher, komm nach hinten durch«, meinte Duff und klappte den Tresen hoch, um sie hindurchzulassen. An der Küche vorbei führte er sie in ein kleines Büro. »Du kannst den Computer benutzen, wenn du willst. Und hier ist das Telefon. Viel Glück!«

Sie setzte sich auf den Schwinghocker und versuchte ihr Glück mit der Notrufnummer ihrer Bank. Nachdem sie den wichtigsten Anruf erledigt hatte, rief sie Faith an und schilderte ihre Misere.

»Was machst du denn für Sachen, meine Süße? Das ist ja schrecklich! Soll ich was für dich erledigen? Ich muss morgen sowieso in die Stadt.«

»Noch nicht. Ich hoffe, dass ich das von hier aus regeln kann. Aber ich kann nicht fassen, dass das Tagebuch weg ist, Faith! Ausgerechnet!«

»Denkst du, dass das kein Zufall war?«

»Ich weiß gar nicht mehr, was ich denken soll. Nein, warum auch? Für wen könnte sonst wichtig sein, was da drinsteht? Das ist so persönlich. Ich bin kein uneheliches Kind oder so was. Dass meine Mum vor der Ehe einen anderen geliebt hat, weiß ich. Thomas war mein Vater. Keine Ahnung. Für mich ist es wichtig. Ich hätte so gern mehr über sie erfahren.«

»Ach, das tut mir so leid. Aber wir sind ja bald da, und dann reden wir, und es geht dir vielleicht schon besser.« Faith war ein durch und durch positiver Mensch, was Arline an ihr schätzte.

»Suchst du eigentlich noch nach einer Wohnung?«, fragte Arline unvermittelt.

»Wieso? Hast du eine für mich? Ja, klar, mein Loch ist eine Zumutung!«

»Tja, vielleicht kannst du meine übernehmen. Ich weiß noch nicht, wie lange ich hierbleiben muss oder will.«

»Aha? Es gefällt dir plötzlich so gut auf Mainland? Na, darüber reden wir, wenn wir da sind. Aber ich kann jemanden als Untermieter für dich finden.«

»Nein, nein, zwei Monate überstehe ich finanziell. Das ist erst mal mein Plan. Ich weiß auch nicht, wo das gerade herkam. Ich melde mich morgen wieder.« Arline stellte das Telefon auf die Basis zurück und barg das Gesicht in den Händen. Wollte sie wirklich hierbleiben? Oder wollte sie einfach nur weg aus Glasgow?

»Na, ist dein Konto blank?« Duff schaute um die Ecke

und grinste. »Skye ist das auch mal passiert. In Paris! Das wurde ein teurer Kurzurlaub. Aber wir hatten trotzdem Spaß. Lass dich nicht unterkriegen, das ist es nicht wert.«

»Es ist nichts passiert. Unglaublicherweise wurde noch kein Geld abgebucht. Da hatte ich Glück. Danke!« Sie erhob sich, und ihr Magen gab ein deutliches Geräusch von sich.

»Hast du Hunger? Unser Koch macht dir noch was.« Duff ging mit ihr auf den Gang.

»Gerne. Ein Käsesandwich wäre ein Traum.«

»Geht klar.« Duff sprach kurz mit seinem Koch, und Arline setzte sich wieder nach vorn an die Bar.

Sie hatte die Hälfte ihres Sandwiches verspeist, als sie Quinns Blick bemerkte.

»Hinter dir, Arli. Kennst du den?«

Sie drehte sich um. Der Mann kam ihr bekannt vor, aber sie konnte ihn nicht sofort einordnen.

Martin Scollie, der Bestatter, stand da und schien zu überlegen. »Oh, hallo. Entschuldigung. Ich wusste nicht, ob ich Sie ansprechen sollte oder nicht.« Ohne seinen schwarzen Anzug war er kaum wiederzuerkennen.

Eine Wollmütze bedeckte seine Glatze, und sein roter Pullover wirkte so unpassend heiter, dass Arline ihn verwirrt ansah.

Der Bestatter räusperte sich. »So wie Sie reagieren die meisten Leute, wenn sie mich außerhalb meines Tätigkeitsbereiches sehen.«

Arline wischte sich die Finger an einer Serviette ab und trank einen Schluck Bier.

»Ähm, ja, es gibt da was, das ich Ihnen sagen wollte.« Er sah sich unsicher um.

»Wir sind hier unter Freunden«, ermunterte Arline ihn.

»Ja, also, Ihr Herr Vater, ich wollte Ihnen das nicht direkt am offenen Sarg sagen, aber mir ist da etwas aufgefallen.« Der Bestatter beugte sich vor, sodass nur sie ihn hören konnte.

»Die Wunde. Ich hatte vor Jahren mal einen Fall. Das ging mir nicht aus dem Kopf, und ich habe meine alten Unterlagen durchgesehen. Der Arzt hat ja gemeint, der Sturz auf den Poller wäre die Todesursache gewesen, bedingt durch den Infarkt. Aber was ist, wenn es andersherum war? Wenn Ihr Vater einen Schlag auf den Kopf bekommen hätte und danach erst den Infarkt? Ich will Sie nicht unnötig aufregen, aber aus meiner Erfahrung würde ich sagen, dass man da noch einmal genauer hinsehen sollte.«

Martin Scollie hatte leise und schnell gesprochen, richtete sich auf und zupfte an seinem Hemdkragen.

»Das ist, ich weiß gar nicht …« Arline presste ihre zitternden Hände zusammen. »Mein Gefühl hat mich in eine ähnliche Richtung gezogen, aber es ist so ungeheuerlich. Danke, Mr Scollie. Ich nehme mir das zu Herzen.«

Scollie nickt. »Verzeihung und noch einen angenehmen Abend.«

Er wandte sich um, und Arline sah, wie er auf eine kleine Frau zuging und sie in den Arm nahm.

»Schlechte Nachrichten?«, fragte Quinn, als sie sich der Bar zuwandte und gedankenverloren nach ihrem Sandwich griff.

»Seltsame. Sehr seltsame Nachrichten«, murmelte sie.

13

Quinn

Quinn trat aus dem Orcadian Bookshop und klemmte sich sein Buch unter den Arm. Er fuhr gern für Erledigungen nach Kirkwall. Die Sonne war gerade durch die Wolken gebrochen und warf ihre Strahlen auf die imposante St. Magnus-Kathedrale, die zusammen mit dem Bischofssitz und dem Earl's Palace das Zentrum der Stadt bildete. Von hier aus erstreckten sich Gassen und Einkaufsstraßen, wie die Albert und die Bridge Street.

Unten am Hafen herrschte nach der Ankunft einer Fähre reges Treiben. Man spürte überall, dass das große Folkfestival kurz bevorstand. Hotels, Ferienhäuser und Pensionen waren ausgebucht, und im Gepäck hatten viele der Besucher ihre Instrumente. Die Stimmung auf der Insel war gelöst, vibrierte, denn alle freuten sich auf die internationalen Musiker, die hier zusammentrafen.

Heute war sein freier Tag, und er hatte sein Mobiltelefon wegen eines defekten Akkus zur Reparatur gebracht. Quinn hielt lieber an Dingen fest, als sie sofort gegen neue auszutauschen. An seinem Haus auf Hoy hatte er die Holzarbeiten gemacht, Wasserleitungen verlegt und das Dach repariert. Nur bei der Elektrik war er vorsichtig. Handwerkliche Arbeiten hatten etwas Meditatives, genau wie das Lesen und seine Gedichte. Nur wenigen erzählte er, dass er Gedichte schrieb. Damit begonnen hatte er im Einsatz. Erst waren es nur Fragmente, Momentaufnahmen gewesen, die sich dann später zu Gedichten geformt hatten.

Das erlebte Grauen in Worte zu fassen, hatte ihm geholfen, den Verstand nicht zu verlieren. Quinn spürte das Buch unter seinem Arm, eine neue Ausgabe von George Mackay Browns Gedichten. Es gab keinen Dichter, der die Atmosphäre von Stromness und den Inseln besser eingefangen hatte. Oft wünschte sich Quinn, er hätte den eigenwilligen Mann noch kennenlernen dürfen. Und dann las er seine Gedichte und sah die Klippen, die Fischerboote und die Gassen von Stromness oder Kirkwall mit seinen Augen.

»Hallo, Quinn!«

Er fokussierte seinen Blick, der gedankenverloren über die Silhouette der Stadt geschweift war.

Eine blonde Frau kam mit einem kleinen Mädchen an der Hand auf ihn zu.

»Claire und Susie, hallo, ihr beiden. Wie geht es euch?«, begrüßte er die junge Mutter.

Claire kam oft mit ihren Freunden in den *Beachcomber*. Sie arbeitete im Postamt von Kirkwall und war alleinerziehend, was sie ihm ungefragt mitgeteilt hatte. Dass er im Pub angeflirtet wurde, war nicht ungewöhnlich, doch Quinn hielt sich zurück.

»Na, du Hübscher!« Claire gab ihm einen Wangenkuss und deutete auf das Buch. »Ein Pubpoet?«

Er räusperte sich und sah Susie an, die eine Puppe im Arm hielt und sich nun einen Lolli in den Mund steckte. »Na, Susie, hast du eine neue Puppe?«

»Nee, die ist alt, und sie kann nicht mehr sprechen«, beschwerte sich das vierjährige Mädchen.

»Oh, dann müsst ihr sie mal zum Puppendoktor bringen. Da lässt sich bestimmt was machen«, schlug er vor, um von sich abzulenken, denn Claire strich sich durch ihre hellblonden Haare und zupfte an ihrer figurbetonten Bluse.

»So was gibt es auf dieser öden Insel doch nicht. Manchmal wünschte ich, dass ich in Aberdeen geblieben wäre. Aber mein ver… Ex hat uns ja sitzen lassen. Ich musste aus der Wohnung raus und konnte noch seine Schulden bezahlen. Wenn meine Eltern uns nicht bei sich aufgenommen hätten, hätte ich mit Susie in die Bahnhofsmission gehen können«, schimpfte Claire. »Hätte ich dich nur vor Leon kennengelernt!«

»Was ist eine Bahnhofmiss?«, wollte Susie wissen. Ihr Mund war rot von ihrem Lutscher.

»Eine Art Hotel«, kam Quinn ihr zu Hilfe und sah eine vertraute Gestalt die Straße überqueren.

»Tut mir leid, Claire, ich muss. Wir sehen uns. Alles Gute!« Er ging schnell weiter und winkte Arline zu, die aus der Polizeistation gekommen war.

»Hey, das ist ja eine nette Überraschung!«, sagte sie und blieb stehen.

Quinn lächelte sie an und sagte leise: »Du musst mich retten. Entschuldigung.«

Er nahm sie in den Arm und hauchte ihr einen Kuss auf die Lippen. Es hatte nur eine flüchtige Berührung sein sollen, doch als er sie in den Armen hielt, ihren Duft atmete und ihre warmen Lippen schmeckte, reagierte sein Körper wie elektrisiert, und er ließ sie sofort wieder los.

»Äh, also, das nenne ich mal eine Begrüßung«, meinte Arline und grinste. Sie schien zumindest nicht verärgert.

Er ergriff ihre Hand und zog sie mit sich die Straße hinunter. »Siehst du die Frau mit der Kleinen? Sie ist wie eine Klette. Aber ich denke, jetzt hat sie verstanden, dass ich keine Beute bin.«

Arline lachte. »Na, du bist ja gut! Von dir hätte ich nun wirklich gedacht, dass du dich gegen verliebte Frauen wehren kannst.«

Er hielt ihre Hand noch immer in seiner, und es fühlte sich vertraut an. »Nein, du hast recht, aber ich bin dann schnell ziemlich ungehalten, und das hat sie nun auch nicht verdient. Sie kommt oft in den *Beachcomber*.«

»Verstehe. Okay, das war also so eine Art Kundenmanagement. Kannst meine Hand loslassen, sie hat sich umgedreht und zieht von dannen«, meinte Arline.

»Entschuldige. Kann ich dich zum Lunch einladen? Das ist das Mindeste.«

Arlines dunkle Locken waren lose am Hinterkopf zusammengebunden, und sie trug Jeans, Regenjacke und Turnschuhe.

»Gerne. Meine Handtasche bleibt verschwunden. So ein Mist, sage ich dir!« Sie hielt inne. »Wohin?«

»St. Ola ist nicht übel. Die Fish Pie ist wirklich gut. Und der Ausblick ist unschlagbar.« Das Restaurant gehörte zum gleichnamigen Hotel und lag direkt am Hafen.

Auf dem Weg zum Hafen erzählte Arline von ihrem Besuch in der Polizeistation. »Du glaubst nicht, was ich da erlebt habe. Dieser Constable Ramsey ist eine Zumutung! Weil ich das Fenster offen gelassen habe, ist der Fall für ihn klar – ich hätte den Dieb eingeladen. Dummheit wird bestraft!«

»Du hast es zur Anzeige gegeben, das ist wichtig. Tut mir echt leid für dich.« Sie erreichten das St. Ola.

Das Erdgeschoss war weiß gestrichen, die Fassade im typischen Orkney-Stil erbaut. Das Haus stammte aus dem neunzehnten Jahrhundert, hatte Weltkriege und Flutkatastrophen überstanden und sich einen rustikalen Charme bewahrt.

Als sie einander gegenübersaßen, sagte Arline: »Weißt du, dass meine Handtasche weg ist, kann ich verwinden, aber das Tagebuch meiner Mutter! Das tut weh!«

»Verstehe ich gut. Doch was will ein Dieb damit? Vielleicht taucht es wieder auf? Was weißt du von deiner Mutter?«

Sie bestellten Fisch im Bierteig und eine Fish Pie, und als Starter teilten sie sich einen frittierten Käse.

»Wenig, das ist es ja. Mein Vater hat nie viel über sie gesprochen. Ihr Tod war ein Einschnitt in seinem Leben, den er nie verwunden hat.« Seufzend legte sie später ihre Gabel auf den Teller. »Das war sehr gut. Einfaches, gutes Essen.«

Er lächelte. »Kein Chichi, mag ich auch am liebsten. Was ist mit den Freunden deines Vaters? Ty und Sam? Würdest du mit ihnen über deine Eltern sprechen wollen – oder eher nicht?«

Sie schien nach Antworten zu suchen, Puzzlestücken, die ihre Vergangenheit vervollständigten. Er konnte das verstehen, auch wenn er selbst keine enge Bindung an seine Familie mehr hatte. Familie war ein Teil von einem, den man nicht abstreifen oder vergessen konnte. Man musste sich mit der eigenen Herkunft auseinandersetzen und entscheiden, wie viel sie einem bedeutete.

Ein tiefer Seufzer entfuhr ihr. »Ich weiß nicht. Vielleicht, wenn es sich ergibt. Am ehesten kommt wohl meine Tante infrage. Mogs war die Schwester meiner Mutter, aber die beiden waren sehr verschieden. Ich könnte mir vorstellen, dass meine Mutter ihr nichts anvertraut hat, was ihr wirklich wichtig war.«

»Hatte deine Mutter eine enge Freundin?«, überlegte Quinn.

»Keine Ahnung. Ich weiß nur von ihrer ersten großen Liebe zu dem Pianisten Jasper Carlsen. Das war meinem Vater immer ein Dorn im Auge, hat ihn gekränkt, würde ich sagen. Aber er hat nie darüber gesprochen. Irgendwann hat er mir das mal erzählt, dass meine Mutter vor der Ehe in Jasper Carlsen verliebt war, aber auf meine Fragen ist er nie eingegangen.« Ein trauriges Lächeln umspielte ihre Lippen. »So viel blieb ungesagt.«

Quinn musste an das Auftauchen des Bestatters im Pub denken. »Und Scollie? Konnte er dir irgendetwas Hilfreiches mitteilen?«

Sie hob die Schultern. »Eigentlich hat er nur mein Gefühl bestätigt, dass etwas beim Tod meines Vaters nicht stimmte. Aber das kann auch an mir liegen. Ich kenne ihn nur …« Sie schluckte. »Ich kannte ihn nur als kräftigen, gesunden Mann. Er war nie krank. Zumindest hat er mir das nie gezeigt.«

Quinn hätte sie gern in den Arm genommen und getröstet, aber das war es nicht, was sie brauchte. Sie suchte nach Antworten.

»Hast du mit seinem Hausarzt gesprochen? Wer hat den Totenschein ausgestellt?«

»Er ist in die Praxis von Milton & Paswan gegangen. Ja, das werde ich machen. Danke, Quinn. Es tut gut zu reden, einfach so. Meine Tante ist immer so fordernd, und ich habe das Gefühl, dass ich in ihrer Schuld stehe.«

Er grinste. »Familie. Nie einfach.«

»Wie ist das bei dir? Leben deine Eltern noch? Warum die Armee?« Sie rieb sich die Augen und trank den letzten Schluck Wasser aus.

»Möchtest du noch einen Kaffee?«

»Einen Espresso, ja gern.«

Er bestellte zwei Espressi und sagte: »Mein Vater und mein Großvater waren bei der Armee. Royal Airforce. Ich bin da so reingerutscht. Meine Liebe gehörte schon immer den Büchern, aber ich wollte meinen Vater stolz machen. Deshalb bin ich zur Armee. Falsche Entscheidung. Aber es war meine Entscheidung. Ich kann nur mir die Schuld geben. Und jetzt muss ich mit meinen Dämonen leben.«

Arline sah ihn aufmerksam an, schien etwas sagen zu wollen, legte jedoch stattdessen einfach nur ihre Hand auf seine. Sie sahen einander an, und eine tiefe Wärme durchströmte ihn.

14

Colina

Stromness, 1986

Ihr Auftritt im *Stromness Hotel* war Stadtgespräch. Colina hockte auf einem Schemel, band den Hummern die Scheren zusammen und legte die Tiere in eine Kiste. Sie war früh mit ihrem Vater in die Bucht hinausgefahren, und dabei hatten sie kaum miteinander gesprochen. Jetzt hievte ihr Vater die letzten vollen Reusen vom Kutter und sprang auf den Anleger.

»Dad, sag doch was, bitte! Wir sind eine Familie, und du kannst mich nicht einfach ignorieren. Ich habe nichts Falsches getan.« Sie ertrug es nicht, wenn ihr Vater sie missachtete. Auf seine raue Art hatte er ihr immer Respekt gezollt, ihre Arbeit auf dem Kutter geschätzt. Sie war der Sohn, den er nie gehabt hatte.

Mit leeren grauen Augen sah er sie an und durch sie hindurch. »Ich habe mich geschämt.« Lautstark setzte er die Reusen auf die Steine.

»Wie bitte? Warum? Alle haben meine Stimme gelobt!« Der große Hummer, den Colina sich griff, schnappte mit den Scheren nach ihr. Am liebsten hätte sie ihn zurück ins Meer geworfen. Er hatte viele Jahre auf dem Buckel und verdiente ein besseres Ende, als in einem Kochtopf lebendig zu Tode gegart zu werden.

»Das fragst du?« Fraser schnaufte abfällig und stiefelte zum Schuppen, wo weitere Holzkisten standen.

»Ja!« Einem Impuls folgend, nahm sie den großen Hummer, trat auf die Kaimauer und warf ihn mit Schwung in die Bucht.

»Verdammt, bist du jetzt vollkommen durchgedreht? Das Tier hätte uns ein paar Pfund eingebracht!«, brüllte ihr Vater und warf eine Kiste vor ihr auf den Boden.

Wütend starrte sie ihren Vater an. »Warum hast du dich für mich geschämt?«

Seine Miene wurde hart. »Weil jeder weiß, dass dieser Carlsen ein Frauenheld ist. Und du, du bist meine Tochter und kein …«

Seine Lippen waren weiß, als er sie aufeinanderpresste. Er musste das Wort nicht aussprechen.

»Flittchen? Sag es doch. Das wolltest du doch sagen, oder?«

Die Küchentür flog auf, und ihre Mutter kam heraus. »Was geht denn hier vor? Man hört euch ja bis nach Hoy!«

»Tja, dann wissen jetzt eben alle, dass mein eigener Vater mich für ein …«, fauchte Colina, konnte den Satz jedoch nicht beenden, weil Fraser ihr eine Ohrfeige gab.

»Es reicht!«, donnerte er und packte sie an den Armen. »Nimm dir ein Beispiel an deiner Schwester!«

Colinas Augen füllten sich mit Tränen. So hatte sie ihren Vater noch nie erlebt. Plötzlich ließ er sie los und wandte sich ab.

»Geh ins Haus, Colina!«, befahl ihre Mutter und ging zu ihrem Mann.

Noch nie hatte ihr Vater sie geschlagen! Wie konnte er nur so verletzend sein! Ihre Wange brannte, und ihre Arme schmerzten. Wahrscheinlich würde sie blaue Flecken behalten. Sie rannte nach oben in ihr Zimmer und warf sich aufs Bett. Ihr Vater dachte nur das Schlechteste von ihr! Er traute ihr nicht zu, dass es ihre Stimme war, die den Pianisten auf sie aufmerksam gemacht hatte. Gar nichts traute er ihr zu. Sie war eine Enttäuschung. Im Gegensatz zu Mogs.

Aber sie war nicht wie Imogen. Colina setzte sich auf und wischte sich die Tränen von den Wangen. Sie hatte nichts getan, was die Anschuldigungen ihres Vaters gerechtfertigt hätte. Die Begegnung mit Struff und dessen warnende Worte hatten sie nicht unbeeindruckt gelassen. Ob tatsächlich alle dachten, dass sie und Jasper …? Sie strich die langen Haare zurück und fuhr sich mit der Zunge über die Lippen. Er war attraktiv, und sie fühlte sich durchaus zu ihm hingezogen. Aber sie wollte nicht nur eine von vielen sein, wie es immer wieder in der Klatschpresse zu lesen war.

Es klopfte an ihrer Tür. »Colina?«

»Ja, Mum.«

Nur selten kam ihre Mutter zu ihr, um mit ihr zu sprechen.

»Meine Kleine.« Ihre Mutter setzte sich zu ihr aufs Bett. Sie strich ihrer Tochter über die Haare und legte eine Packung tiefgefrorene Erbsen auf die gerötete Wange.

»Es tut ihm leid«, sagte Mairead leise.

»Das sagst du! Er war so wütend. Nie wieder wird er mich schlagen. Ich gehe weg!«, schluchzte Colina und drückte sich die kalten Erbsen auf die geschwollene Wange.

»Du bist genauso impulsiv wie dein Vater und voller Träume, so wie ich damals. Aber nicht alle Träume sind es wert, dass man sie verfolgt. Manchmal begreift man das erst später.« Mairead berührte Colinas Arm.

Ihre Tochter zuckte zusammen.

»Er wollte dir nicht wehtun, Colina. Das musst du mir glauben. Ich kenne deinen Vater. Er liebt dich sehr.«

»Dann hat er eine beschissene Art, es mir zu zeigen!«, erwiderte Colina und verzog schmerzhaft das Gesicht.

»Er wollte nie so sein wie sein Vater. Du weißt, wie brutal dein Großvater war. Und dass ihm die Hand ausgerutscht ist, zeigt, wie sehr ihn dein Verhalten aufgebracht hat.« Mairead legte ihrer Tochter eine Hand unter das Kinn. »Und wenn du ehrlich mit dir selbst bist, weißt du genau, dass er im Recht ist.«

Colina drehte den Kopf zur Seite, um dem prüfenden Blick der Mutter zu entgehen. »Was meint ihr denn? Ich habe mit einem weltbekannten Pianisten ein Lied vorgetragen. Ich, eine Fischerstochter, ein Niemand! Meine Stimme hat ihn beeindruckt, nicht meine Titten!«

Maireads Miene wurde streng. »Sprich nicht so, Colina. Die Gossensprache steht dir nicht. So habe ich dich nicht erzogen. Wir sind nicht reich, aber wir sind anständige Leute.«

»Uh, anständig sind wir. Das hat euch weit gebracht!«, ätzte Colina und bereute ihre Worte sofort, als sie die traurigen Augen ihrer Mutter sah.

»Du bist verletzt und trotzig. Ich verstehe das. Sicher willst du nicht hören, was ich dir zu sagen habe, aber bitte, Colina, denk über meine Worte nach. Dieser Pianist ist nur wenige Wochen hier auf der Insel. Sein Leben ist mit unserem nicht vergleichbar, und du gehörst nicht in seine Welt. Dort gelten andere Regeln. Du bist so jung und hast noch alles vor dir. Die Welt steht dir offen. Wenn du nicht hierbleiben willst, dann geh nach Edinburgh oder nach London, such dir einen Job und sammle Erfahrungen. Aber mach sie, weil du dich dafür entschieden hast, nicht für einen Mann.«

So eindringlich hatte Mairead noch nie mit ihr gesprochen. »Was weißt du denn von der Welt da draußen, Mum? Du bist doch kaum auf dem Festland. Ihr habt ja noch nicht einmal Urlaub gemacht. Ich meine, richtigen Urlaub! Die verfluchten Krebse und Hummer bestimmen unser Leben!«

»Die Fischerei gehört nun einmal zu unserem Leben. Das ist seit Generationen so, und ich wusste, was mich erwartet, als ich mich für deinen Vater entschieden habe. Ich wollte es, Colina.« Mairead sah sie fest an.

»Wirklich? Ich habe gehört, wie du einmal mit Imogen gesprochen hast, als sie zum Studium aufs Festland gehen durfte. Du hast gesagt, dass du auch gern Lehrerin geworden wärest!«

Die dunklen Augen ihrer Mutter funkelten selbstbewusst. »Das habe ich gesagt, und es stimmt. Aber ich bin mit Mogs schwanger geworden, von deinem Vater. Und dann habe ich mich für die Familie entschieden. So ist das Leben nun einmal. Dinge passieren. Man kann nicht alles planen, und deshalb ist der eine Weg nicht schlechter als der andere.«

»Und wenn Jasper Carlsen mein Weg ist? Wenn ich Sängerin werden will? Eine richtige Sängerin? Wäre das schlecht?«

Mairead seufzte. »Du meinst, eine Opernsängerin? Mein Kind, du hast ja keine Vorstellung davon, was das bedeutet. Du musst üben, jeden Tag, stundenlang. Für so eine Karriere braucht es Disziplin. Talent und Schönheit allein reichen da bei Weitem nicht aus.«

»Du musst es ja wissen …«, meinte Colina zynisch.

»Was dieser Mann dir versprochen hat, weiß ich nicht. Aber meine Mutter hat gerne Opern im Radio gehört und mir von all den berühmten Sängern erzählt, die da in Mailand und New York auf den Bühnen standen. Glamourös ist deren Leben nur auf der Bühne. Hinter diesen glänzenden Augenblicken stecken Blut, Schweiß und Tränen.« Mairead faltete die Hände, die rau und schwielig waren.

»Ich habe keine Angst davor, hart arbeiten zu müssen. Das mache ich jetzt doch auch.«

»Das ist etwas anderes. Die Schule war nicht deine Stärke, das Lernen hat dir keine Freude gemacht, und das soll jetzt plötzlich anders sein?« Mairead rückte auf die Bettkante.

»Ach ja, Mogs ist klüger und fleißiger.« Sie warf die Erbsen zu Boden. »Danke, dass du mich daran erinnerst. Ich werde meinen eigenen Weg gehen. Ihr werdet schon sehen.«

»Nein, nein, so war das nicht gemeint, und das weißt du auch. Colina, verdammt, es geht um diesen Mann! Der will dich! Deine Stimme ist nur ein Vorwand, um dich in sein Bett zu bekommen!«

»Ihr kennt ihn nicht und habt ihn schon verurteilt. Habt ihr nicht immer gepredigt, dass man keine Vorurteile haben soll?« Colina zog die Beine an und schlang die Arme um ihre Knie. »Er hat mich nicht angerührt.«

»Weil er schlau ist und erfahren. Es ist leicht, ein junges, unerfahrenes Mädchen zu verführen.« Ihre Mutter erhob sich.

»Ich bin achtzehn und kein Mädchen mehr!«, erwiderte Colina zornig.

»Denk einfach über meine Worte nach. Wirf dich nicht weg«, sagte ihre Mutter flehentlich.

»Du traust mir gar nichts zu«, sagte Colina tonlos. Das traf sie am meisten. Ihre Eltern konnten sich nicht einmal vorstellen, dass sie Talent genug hatte, um eine Ausbildung als klassische Sängerin zu machen.

»Du bist meine Tochter. Ich wünsche mir für dich nur das Beste, und ich bin ehrlich zu dir. Nein, ich glaube nicht, dass du das Zeug zu einer Opernsängerin hast. Die Stimme allein ist es eben nicht. Wenn du mit deinen Leuten Folksongs singst, bist du in deinem Element. Ist das nicht genug?«

Colina sah ihre Mutter an. »Nicht mehr.«

15

»Lewis Cameron« sagten die großen Lettern auf einem Banner über dem Eingang der Galerie. Eine alte Dame stand, umringt von den Gästen der Ausstellungseröffnung, vor der Galerie. Margaret Gardiner persönlich hatte sich die Ehre gegeben und sprach zu den Anwesenden. Colina näherte sich zögernd. Sie hatte sich nach getaner Arbeit auf dem Kutter geduscht und umgezogen und gehofft, Jasper Carlsen in der Buchhandlung oder der Galerie anzutreffen.

Er stand neben dem Dirigenten, Struff, der einen Arm um die Schulter seines Sekretärs gelegt hatte. Colina sah bekannte Gesichter aus dem kulturellen Leben von Stromness und Kirkwall, elegant gekleidete Damen und Herren, die sie für Sammler oder Kunden hielt, den Künstler selbst und zwei junge Frauen, die durch die lauten Farben ihrer Kleider auffielen. Ruby und Phyllis durften natürlich nicht fehlen, dachte Colina und ging nun zielgerichtet auf die Versammlung zu.

Man hatte sich um ein Objekt aus rostigem Stahl und Stein versammelt, das vor der Galerie aufgestellt worden war. Colinas lange dunkle Haare fielen ihr offen auf den Rücken. Sie verzichtete auf Schmuck und trug ein schlichtes dunkelblaues Kleid mit weißer Ziernaht. Mit Make-up war sie sparsam, denn ihre langen dunklen Wimpern wirkten auch so. Nur ihre Lippen betonte sie gern mit einem Brombeerton. Die Auswahl im Supermarkt war nicht groß.

Ruby entdeckte sie zuerst und musterte sie von oben bis unten. Dann stieß sie ihre Freundin an und flüsterte ihr etwas ins Ohr. Phyllis drehte sich nicht einmal nach Colina um, die sich neben ein Paar in Kostüm und Anzug stellte.

»Ästhetik, anspruchsvolle Materialien und ein technisches und handwerkliches Können, das seinesgleichen sucht, zeichnen dieses Objekt aus«, sagte die Galeristin und Gründerin des *Pier Arts Centre.* »Ich finde ja, dass ›Strömungen‹ ganz ausgezeichnet zu uns nach Stromness passt, aber ich kann nicht alles behalten, was meine Künstler erschaffen. Deshalb, meine geschätzten Gäste und Freunde, schauen Sie sich um, und wenn Ihnen etwas gefällt, wenden Sie sich an meine Mitarbeiterin. Henrietta wird Sie gern mit Details versorgen. Und der Künstler steht für Fragen zur Verfügung.«

Applaus brandete auf, als Margaret Gardiner leicht den Kopf neigte und mit einer Handbewegung auf eine elegante Mittvierzigerin und einen jüngeren Mann mit struppigem Haar und Latzhose deutete. Colina wartete, bis sich die Versammlung auflöste, und ging um die Skulptur herum. Als sie ein rostiges Objekt berühren wollte, hörte sie Schritte.

»Seien Sie vorsichtig. Die Kanten sind rau und scharf.« Jasper war zu ihr getreten.

Colina zuckte zurück. »Wie dumm von mir.«

»Nein, gar nicht. Skulpturen sind dazu da, dass man sie berühren möchte. Deshalb mag ich diese hier nicht. Sie ist mir zu gefährlich.« Der Pianist lachte.

Er trug ein weißes T-Shirt unter seinem blaugrauen Anzug, wirkte entspannt und gut gelaunt. »Das steht Ihnen!«, sagte er mit Blick auf ihr Kleid.

»Danke«, antwortete sie verlegen und errötete. »Ich bin nur zufällig vorbeigekommen«, log sie.

»Tja, in Stromness bleibt es nicht aus, dass man sich über den Weg läuft, was mir in Ihrem Fall ausgesprochen gut gefällt.« Er bot ihr seinen Arm. »Begleiten Sie mich hinein? Wir können plaudern, Champagner trinken, und ich stelle Sie meinen Freunden vor. Das heißt, wer Sie noch nicht kennt. Nach unserem Auftritt im Pub sind wir Stadtgespräch!«

»Oh«, war alles, was sie herausbrachte, als sie sich bei ihm einhakte. Der Stoff war weich, und er roch nach einem teuren Rasierwasser.

»Das müssen Sie doch wissen! Und, freut es Sie nicht? Sie haben das großartig gemacht.« Er führte sie in die Galerie, in der die Gäste zwischen Skulpturen und den Gemälden an den Wänden herumschlenderten.

Eine junge Frau trat mit einem Tablett zu ihnen. »Champagner? Meine Kollegin hat auch Wein.«

»Danke.« Jasper nahm zwei Gläser und drückte Colina eines in die Hand. »Ich hoffe, dass ich Ihre, nein, deine Stimme noch oft hören werde. Und bitte, lassen wir das formelle Sie.«

»Jasper«, murmelte Colina und probierte den Champagner. Sie fühlte sich geschmeichelt von der Aufmerksamkeit, die er ihr schenkte. Er stand für all das, was sie nur aus Seifenopern kannte. Und sie wäre doch verrückt, wenn sie sich diese Chance entgehen lassen würde.

Ruby und Phyllis unterhielten sich mit Lewis und Milton Ward, einem Maler.

Sie spürte Jaspers Hand auf dem Rücken. Eine leichte, wie selbstverständliche Berührung, die ihr einen Schauer über die Haut jagte.

»Die beiden jungen Damen kennst du bereits? Dann Lewis und Milton. Ich mag Miltons Malerei, er ist ein rauer Geselle, stammt aus Aberdeen und hatte seine erste Ausstellung hier.« Er nickte dem Quartett zu.

»Kennen, na ja, flüchtig«, sagte Colina und lächelte.

»Ah, hier kommt mein lieber Freund Tim!« Jasper hob sein Glas, als Timothy Struff mit einer jungenhaften Blonden zu ihnen kam.

Die Frau hatte große blaue Augen und einen schön geschwungenen Mund.

»Meine Neuentdeckung«, verkündete der Dirigent stolz. »Liv. Sie ist Flötistin. Ich habe sie dem Boston Philharmonic Orchestra abspenstig gemacht.«

»Hallo. Freut mich. Ich bin zum ersten Mal auf den Orkneys und beim St. Magnus Festival.« Liv hatte einen nordischen Akzent. »Was spielst du?«, fragte sie Colina.

»Äh, ich singe«, erwiderte diese und wünschte sich

weit weg. Was hatte sie diesen Profimusikern zu sagen? Sie kam sich so naiv und ungebildet vor.

»Welches ist deine Lieblingspartie? Meine Großmutter war Opernsängerin, mein Vater spielt Cello. Wo hast du debütiert?«, wollte die Flötistin wissen.

Jasper schien zu spüren, dass sie sich unwohl fühlte, und sagte: »Wir sehen uns später, Tim. Hat mich gefreut, Liv. Ich muss noch jemanden begrüßen.«

Struff stellte sein leeres Glas auf ein Tablett und nahm sich ein volles. »Vergiss nicht unsere Probe morgen!«

»Nein, wie könnte ich!« Jasper klopfte dem Dirigenten auf die Schulter.

»Ha! Aber ich weiß ja, wo ich dich finde.« Plötzlich beugte Struff sich zu Colina und sagte dicht an ihrem Ohr: »Sagen Sie nicht, ich hätte Sie nicht vor unserem Herzensbrecher gewarnt.«

»Hör gar nicht hin, Colina. Unser Tim hier sitzt nämlich in einem höchst zerbrechlichen Glashaus …«, witzelte Jasper, und die Männer sahen einander vielsagend an und lachten.

Jasper ergriff ihre Hand und drückte sie ermutigend. »Wir sind ein bunter Haufen. Nimm uns nicht zu ernst. Es sei denn, es geht um die Musik, da verstehen wir keinen Spaß.«

Sie musste wohl ziemlich erschrocken ausgesehen haben, denn er lachte. »Du wirst dich schon an uns gewöhnen. Musiker sind launisch, exzentrisch und schreckliche Diven. Ja, ich gebe zu, dass ich auch meine Eigenheiten habe.«

An uns gewöhnen, hatte er gesagt. Das bedeutete, dass er sie unterrichten wollte? »Jasper, wie meinst du das? Willst du mich unterrichten?«

Sie standen vor einem Gemälde von Ben Nicolson, einem der Künstler aus der Kolonie von St. Ives. Margaret Gardiner war mit Nicolson und Barbara Hepworth befreundet gewesen und hatte die Kunst der berühmten Modernisten auf die Insel gebracht.

Jasper schien sie nicht gehört zu haben. »Ich liebe Nicolsons Werke. Diese Reliefarbeiten haben einen ganz besonderen Reiz. Scheinbar einfach und dabei komplex und voller Tiefe.« Er hielt inne. »So sehe ich dich. Das Fischermädchen mit der klaren Stimme. Ich kann dir einige Grundlagen vermitteln, und dann brauchst du einen Gesangslehrer oder gehst aufs Konservatorium.«

Sie schüttelte den Kopf. »Nein, nein, das kann ich nicht.«

Er nahm ihre Hand und presste sie an seine Lippen. »Ich habe immer zu viele Ideen auf einmal im Kopf. Schritt für Schritt. Komm, ich brauche frische Luft.«

»Jasper, wollen Sie schon gehen?«, rief eine elegante Dame.

»Mrs MacAdie, was für eine Freude.« Jasper ließ Colina los und begrüßte die Frau mit Wangenküssen.

»Ich hatte so gehofft, dass Sie für uns spielen würden!«, säuselte die Dame, an deren Hals ein Collier glitzerte, dessen Diamanten mehr wert waren als der Kutter ihres Vaters, vermutete Colina.

»Nicht heute, tut mir leid. St. Magnus ist ja bald«, versicherte Jasper und neigte leicht den Kopf. »Grüßen Sie Ihren Gatten!«

Er nahm wieder Colinas Hand und verließ die Galerie mit ihr, ohne sich weiter aufhalten zu lassen. Erst als sie den Parkplatz hinter dem *Stromness Hotel* erreicht hatten, hielt er an und atmete aus.

»Entschuldige, aber manchmal ist mir das zu viel. Die Leute kennen keine Grenzen. Die MacAdies spenden jedes Jahr großzügig für eine Krebsgala in London, und dann denken solche Leute, dass man ihnen quasi gehört. Aber ich bin kein Äffchen, das bei Bedarf zu spielen anfängt.«

Colina konnte nur ahnen, was es bedeutete, berühmt und gefragt zu sein. Und anscheinend gab es überall Licht und Schatten, auch wenn für sie der schillernde Glanz seines Lebens überwog.

Jasper stand vor einem Geländewagen und steckte den Schlüssel ins Schloss der Fahrertür. »Ich will rauf nach Norddyke, in der Bucht wandern, und danach könnten wir üben. Wenn der Kopf frei ist, fließt die Musik von allein.«

Gesangslehrer, Konservatorium! Für ihn schien das keine große Sache. Er verkehrte dauernd mit interessanten Menschen, reiste, spielte in renommierten Konzerthäusern. Sie hatte nur ein Tuch in ihrer Tasche. »Ich habe keine Jacke dabei.«

Er öffnete die Tür und nahm einen Pullover heraus, den er ihr um die Schultern legte. »Im Cottage habe ich sicher auch eine Windjacke für dich. Wenn das alles ist, was dich daran hindern sollte, mich zu begleiten.«

Es zuckte amüsiert um seine Mundwinkel. Als sie nichts sagte, fügte er hinzu: »Ich möchte dich kennenlernen, Colina, und mit dir arbeiten. Ich kann dir nichts versprechen. Du bist es, die entscheiden muss. Das ist das Schwierigste im Leben. Die richtigen Entscheidungen zu treffen.«

Sie sah ihn an. Der Wind fuhr vom Meer herauf und ließ sie frösteln. Dieser Tag, dachte sie, würde über den Rest ihres Lebens bestimmen.

16

Jasper hielt, was er versprach. Sie fuhren in sein Cottage, wo er ihr eine Jacke gab, ihre Hand nahm und sie durch seinen Garten auf einen Klippenpfad führte.

»Ich liebe es hier draußen«, sagte der Pianist und blieb stehen. Er zog sie zu sich, dass sie vor ihm stand und er sie umarmen konnte.

Sie spürte, wie er sein Gesicht in ihre Haare grub, und lehnte sich an ihn. Seine Lippen berührten ihren Hals, und sie schloss die Augen. Das Rauschen des Meeres unten am Strand, die Schreie der Möwen und ihr rasender Herzschlag ließen sie vergessen, wer sie war.

Er drehte sie zu sich herum und strich ihr die Haare aus dem Gesicht, die der Wind aufwirbelte. Mit einem verträumten Lächeln betrachtete er sie. »Du bist etwas ganz Besonderes. Wunderschön. Und als ich dich dann gehört habe …« Seine Fingerspitzen glitten leicht über ihren Kehlkopf. »Diese Stimme.«

»Ich bin nur ein einfaches Fischermädchen, Jasper«, flüsterte sie.

»Du bist viel mehr als das. Wenn du willst, gehört dir die Welt.« Seine Hände umfassten ihr Gesicht, und er sah sie an.

In Erwartung eines Kusses öffnete sie leicht die Lippen, doch er ließ sie los. »Hast du die Partitur studiert, die ich dir gegeben habe?«

Colina war verwirrt. Sie konnte ihn nicht einschätzen. »Wie meinst du das, studiert?«

Er ergriff ihre Hand und schlenderte mit ihr den Pfad die Klippen hinauf. »Intensiv gelesen, geprobt, studiert eben. Hast du deine Stimme trainiert, versucht, die Töne zu treffen?«

Sie holte tief Luft. »Na ja, weißt du, ich muss es dir einfach sagen. Mr Struff hat mir eine neue Partitur gegeben, weil mein Vater, nun, er hat sie zerrissen.« Schnell fügte sie hinzu: »Mein Vater ist ein guter Mann. Er tut alles für seine Familie.«

»Aber für klassische Musik hat er nichts übrig«, meinte Jasper Carlsen kühl.

»Nein, nein, er hört manchmal Radio, wenn sie aus der Royal Albert Hall übertragen. Er meint, ich …, also, für mich wäre das nichts.« Sie hatte leise gesprochen, und der Wind schien ihr die Worte aus dem Mund zu nehmen und sie über die See davonzutragen.

»Und? Hat er recht, dein Vater, der Fischer? Darf ein Mädchen keine Träume haben?«, wollte Jasper wissen. Er sah sie nicht an und folgte dem schmalen Pfad.

»Doch, natürlich!« Sie schmeckte das Salz der Gischt auf den Lippen. Die Wellen schlugen hoch gegen die Felsen, und sie war so aufgewühlt wie die dunkelgrüne See dort unten.

Sie hatten einen großen Felsen erreicht, der einmal zu

einem Steinkreis gehört hatte. Von hier aus hatte man einen weiten Blick über den Atlantik.

»Von diesen Inseln sind die Menschen über die Weltmeere gesegelt. Sie waren Walfänger und Abenteurer, haben Expeditionen vorbereitet, um ins ewige Eis zu gehen, und sich auf Seelenverkäufer gewagt, um den Atlantik zu überqueren. In deinen Adern fließt das Blut von Abenteurern, Weltumseglern und Wikingern.« Jasper legte ihr einen Arm um die Schulter. Ganz leicht und wie selbstverständlich.

»Es waren immer die Männer, die sich hinausgewagt haben. Die Frauen haben hier gewartet, die Kinder großgezogen oder begraben und einsame Nächte verbracht.« Colina hatte ihren Großeltern oft zugehört, wenn sie von alten Zeiten erzählten.

»Ist das so? Es gab immer Ausnahmen. Tapfere Frauen, die ihre Männer begleitet haben oder gar selbst ihr Schicksal in die Hand genommen haben.« Er hielt inne, und sie wandte den Kopf.

Seine Augen suchten ihren Blick. »Du musst entscheiden, was du willst, Colina. Es ist dein Leben. Einzig und allein dein Leben.«

»Das sagst du so leicht. Ich liebe meine Familie.« Ihre Stimme zitterte. Er klang fordernd, obwohl er nichts von ihr verlangt hatte.

»Hey, ich will dir nur Mut machen. Du bist niemandem verpflichtet. Wenn du singen willst, dann tu es.« Er legte ihr die Hand auf den Bauch. »Atme tief ein, und dann singst du einen Ton. Irgendeinen. Sing für das Meer, den Wind.«

Sie schloss die Augen und holte tief Luft. Seine Hand lag warm auf ihrem Bauch und schien den Ton zu formen, der sich in ihr bildete. Sie öffnete den Mund, und ein klares »La« tönte aus ihr heraus.

»Stärker und jetzt mit Gefühl!«, sagte Jasper.

Sie sang lauter, freier, und ein Vibrato begann mitzuschwingen. Jasper ließ sie los, und sie taumelte. Als sie die Augen öffnete und ihre Balance wiedergefunden hatte, lächelte sie. »Das war unglaublich.«

»Wenn du das technische Handwerkszeug lernst, wirst du deine Stimme erst richtig entdecken. Aber lass dich nicht täuschen. Der Weg zum Erfolg ist steinig. Du brauchst eine Menge Disziplin.«

Sie biss sich auf die Lippen. »Das ist nicht gerade meine Stärke. In der Schule …«

Er schüttelte den Kopf. »Vergiss die Schule. Du willst Sängerin werden. Die Musik ist in dir. Das ist etwas ganz anderes. Du machst das für dich. Alles, was du lernst, dient einem Ziel – deine Stimme auszubilden. Deine Stimme ist dein Kapital.«

Eine dunkle Wolkenfront trieb von Norden über die Insel, und erste Regentropfen klatschten ihr aufs Gesicht.

»Unser Wetter.« Colina grinste. »Warum hast du dir hier ein Cottage gekauft, wenn du auch in Südfrankreich oder sonst wo sein könntest?«

»Ich bin in Schweden geboren. Aber Südfrankreich ist auch sehr schön. Die Lavendelblüte in der Provence ist unvergleichlich.« Er schlug den Kragen seiner Jacke auf. »Komm, gehen wir zurück!«

Durchnässt und außer Atem kamen sie im Garten von Jaspers Cottage an. Er schob die Terrassentür auf und ließ sie eintreten.

Colina zog die nasse Jacke aus, aber auch ihr Kleid war vollständig durchweicht. Sie drehte die nassen Haare, und Wasser tropfte auf den Boden.

Jasper kam mit einem großen Handtuch zu ihr. »Am besten, du ziehst das aus. Ich mache ein Feuer. Du kannst auch duschen, und ich lege dir ein trockenes Hemd hin.«

»Und du?«, murmelte sie.

Er legte ihr das Handtuch um die Schultern und rieb sie. »Ich könnte einen Tee kochen und nachsehen, ob ich noch eine Suppe warm machen kann …«, sagte er langsam.

»Oder?« Sie stellte sich auf die Zehenspitzen und berührte mit den Lippen seine Wange.

Zwei junge Männer hatte es in ihrem Leben gegeben. Der erste, ein Mitschüler, hatte sie entjungfert. Eine Enttäuschung. In den zweiten war sie verliebt gewesen. Ein Gitarrist vom Festland, zehn Jahre älter als sie und ein besserer Liebhaber als ihr erster Freund. Allerdings war er ständig bekifft gewesen und hatte sie mit abstrusen Theorien über blaue Käfer und den Weltfrieden gelangweilt.

Dieser Mann war anders. Sie spürte eine tiefe Verbundenheit und ein wildes Verlangen nach ihm. Gleichzeitig fürchtete sie sich vor ihm, vor sich selbst und dem, was passieren würde.

»Oh, Colina. Ich bin kein einfacher Mensch, und ich will dich nicht verletzen, aber das werde ich, glaube mir.«

Er zog sie dichter an sich. Seine Augen verdunkelten sich, und jegliche Leichtigkeit war plötzlich verschwunden. »Ich bin selbstsüchtig, die Musik ist meine erste Geliebte, und wenn ein wichtiges Konzert bevorsteht, übe ich Tag und Nacht, bin unausstehlich und …«

Sie berührte seinen Mund mit den Fingerspitzen und küsste ihn. In diesem Augenblick vergaß sie, dass sie nur ein Mädchen von der Insel und er ein berühmter Pianist war. Hier und jetzt waren sie ein Mann und eine Frau.

Jasper ließ das Handtuch fallen und öffnete die Knöpfe ihres Kleides. Seine Hände glitten ihr über die Schultern und streiften die Träger ihres BHs ab. Als er ihre Brüste berührte, entrang sich ihr ein leises Stöhnen. Noch nie hatte sie einen Mann so begehrt wie ihn. Und als er sie küsste, wusste sie, dass es keinen Mann nach ihm geben würde.

Er nahm sie mit in sein Schlafzimmer, von dessen Fenster aus man das Meer sah. Seine Berührungen waren zärtlich, wurden fordernder, und schließlich liebten sie sich leidenschaftlich. Er ging an Grenzen, die sie nicht gekannt hatte, und als sie glaubte, ihr Körper könnte nicht mehr geben, brachte er sie zu einem Höhepunkt.

Irgendwann lagen sie verschwitzt und eng umschlungen auf dem großen Bett. Erst jetzt nahm Colina den Raum wahr. Alles war weiß, der Schrank, das Bett, die Tische und ein Sessel. Ein riesiger Spiegel hing gegenüber an der Wand und über dem Bett ein Gemälde. Es war das abstrakte Porträt einer Frau.

»Wer ist das?«, fragte Colina und hob das Kinn von seiner Brust. Er war erstaunlich muskulös.

Sie hätte gedacht, dass ein Pianist Sport vermeiden würde, um jeder Verletzungsgefahr zu entgehen. Unbewusst strich sie über seinen Rippenbogen.

Jasper hielt ihre Hand fest. »Eine Frau, die mir einmal viel bedeutet hat.«

Seine Stimme war hart, abschließend, das Thema geschlossen.

»Hm. Sie beobachtet uns.«

Seine Augen wurden kurz schmal, doch dann lächelte er. »Soll ich sie abhängen?«

»Bitte.« Colina streckte sich und drehte sich auf den Rücken. Ihr Magen gab ein leises Knurren von sich. Zum Abendessen würde sie nicht zu Hause sein, und sie blendete das vorwurfsvolle Gesicht ihrer Mutter aus.

Jasper sah sie an. »Wir sollten etwas essen, und dann wird geübt. Ich will dich aufzeichnen und die Aufnahme an einen Freund schicken.«

»Was? Jetzt?« Das konnte doch nicht sein Ernst sein! Sie hatten sich gerade geliebt, und er wollte, dass sie sang!

»Sicher. Das Bad ist links. Trockene Sachen findest du in dem Schrank im Nebenzimmer.«

Es war sein Ernst. Und sie sollte feststellen, dass Jasper Carlsen nie das tat, was man erwartete.

17

Arline

Seit dem Essen mit Quinn in Kirkwall waren drei Tage vergangen. Arline hatte große Müllsäcke gekauft und Tag und Nacht damit verbracht, ihr Elternhaus zu entrümpeln. Sie hatte sich vorgenommen, einen radikalen Schnitt zu machen. Doch das war leichter gesagt als getan. Weinend stopfte sie die Kleider ihres Vaters in die Säcke. Mit dem Hausrat war es einfacher. Bis sie auf ihr Kindergeschirr stieß. Ihr Vater hatte tatsächlich die Micky-Maus-Teller und den angeschlagenen Becher aufgehoben. Arline warf sie weg. Auch ihre alten Schulhefte und die kleinen Hefte mit den Stickern wanderten in den Müll.

Nur bei den Noten hielt sie inne. Die Songbooks ihres Vaters hob sie auf. Zahlreiche Lieder hatte er selbst geschrieben. Arline hockte auf dem Sofa und blätterte ein zerfleddertes Notenheft durch.

»My Love« stand über einem angefangenen Lied. Die Melodie war einfach und eingängig. Leider hatte ihr Vater nach der ersten Strophe aufgehört. Ein Datum stand nicht dabei. Arline summte die Melodie und bekam sie nicht mehr aus dem Kopf. Das Lied hatte Potenzial. Warum hatte ihr Vater es nicht zu Ende komponiert? Vielleicht war ihre Mutter in jenem Jahr gestorben. Seufzend strich Arline über das zerknitterte Papier, das braune Flecken hatte. Sie war jetzt bereits älter, als ihre Mutter geworden war. Mit nur siebenundzwanzig Jahren war sie gestorben. Ein tragischer Unfall. Arline legte das Heft auf den Stapel, den sie noch einmal durchsehen wollte. Die zwei Schlafräume im ersten Stock waren nun gänzlich ausgeräumt. Als sie die Möbel von den Wänden gerückt hatte, waren Schmutzränder und klebrige Staubschichten zum Vorschein gekommen. Im Untergeschoss gab es das Wohnzimmer, einen winzigen Raum neben der Küche und eine Toilette. Im ausgebauten Dachboden hatte sie ihr Zimmer gehabt.

Wenn sie nur wüsste, was sie mit dem Haus machen sollte. Und mit dem Kutter.

»Die Liste!«, stöhnte Arline. Sie wollte ja noch ein Informationsblatt für den Kutter erstellen. Vielleicht fand sie im Führerhaus noch ein altes Handbuch. Es war sowieso Zeit, frische Luft zu tanken.

Arline stand auf und dehnte sich. Ihre Schultern waren vom Kellnern verspannt, und auch ihr Rücken schmerzte oft. Die Zwangspause tat ihr gut, immerhin. Sie steckte ihr Telefon in die Hosentasche und verließ das Haus. In der Praxis von Milton & Paswan hatte sie noch niemanden erreichen können. Sie sah auf ihre Uhr. Kurz vor zwölf. Vielleicht hatte sie heute Glück.

Kaum hatte sie sich auf den Weg gemacht, klingelte

ihr Telefon. Constable Ramsey meldete sich. »Hören Sie, Mrs Nicolson, jemand hat Ihre Tasche abgegeben.«

»Was? Das gibt es ja nicht! Wer? Was ist noch drin?«, wollte Arline aufgeregt wissen.

»Kommen Sie einfach vorbei und holen Sie die Tasche ab. Sie müssen ein Formular unterschreiben.« Ramsey klang mürrisch.

»Wie lange sind Sie da? Wenn ich jetzt losfahre?« Arline ging wieder zum Haus zurück, um den Autoschlüssel zu holen.

»Ich mache um zwölf Mittag. Kommen Sie um zwei. Aber ich bin nur eine Stunde in der Station.« Aufgelegt.

»Ah!«, schimpfte Arline und machte sich erneut auf den Weg zur Praxis.

Diesmal bat die Sprechstundenhilfe sie, Platz zu nehmen. »Dr. Milton hat gleich Zeit für Sie.«

Aus gleich wurde eine Stunde, und Arline wurde unruhig, weil sie fürchtete, es nicht mehr nach Kirkwall zu schaffen. Doch dann ging die Tür eines Behandlungsraumes auf, und der Arzt nickte ihr zu.

Milton war Anfang sechzig, eher klein und musterte sie durch eine runde Brille. Sie hatte ihn nie persönlich kennengelernt, denn während ihrer Aufenthalte auf Mainland war sie nie krank gewesen.

»Wie kann ich Ihnen helfen? Mrs Nicolson?« Mit gerunzelter Stirn suchte er auf seinem Schreibtisch nach einer Krankenakte.

»Es geht nicht um mich, sondern um meinen Vater, Thomas Nicolson. Sie haben den Totenschein ausgestellt.«

»Ach, Sie sind die Tochter? Mein herzliches Beileid, Mrs Nicolson.« Mit neu erwachtem Interesse sah er sie an.

»Danke. Ich brauche Ihre Hilfe. Mein Vater verstarb so unerwartet. Er war nicht krank. Ich verstehe das nicht. War er denn bei Ihnen in Behandlung?« Arline saß vor dem Schreibtisch des Arztes in einem unbequemen Schalenstuhl.

Eine Behandlungsliege, ein Waschbecken und ein Medizinschrank gehörten zur zweckmäßigen Ausstattung des Zimmers. An einer Wand hing ein großes Foto von einem Leuchtturm. Wenig originell, fand Arline und konzentrierte sich auf den Mediziner, der mit einem Kugelschreiber spielte.

»Dazu kann ich Ihnen nichts sagen. Die ärztliche Schweigepflicht verbietet mir, über meine Patienten zu sprechen.« Er legte die Hände auf den Kugelschreiber. Abschließend, so als wäre alles gesagt worden.

»Bitte, das kann doch nicht sein! Mein Vater ist gerade gestorben! Es ist doch normal, dass ich mir Gedanken um seinen gesundheitlichen Zustand mache. Wie es zu diesem Unfall am Hafen kommen konnte.«

»Sie hatten keinen Kontakt zu Ihrem Vater? Andernfalls hätten Sie gewusst, wie es um ihn stand«, meinte der Arzt.

»Was soll das denn bedeuten? Wie es um ihn stand? Herrgott, nun sagen Sie mir doch bitte, was los ist! War mein Vater herzkrank?«

Dr. Milton lehnte sich zurück. »Mäßigen Sie Ihren

Ton, Mrs Nicolson. Ich verstehe Ihre Situation. Aber es ist nun einmal, wie es ist. Ein Infarkt kann plötzlich auftreten, und unter unglücklichen Umständen kann ein Sturz eben tödlich enden. So, und nun möchte ich Sie bitten zu gehen. Patienten mit echten Problemen warten.«

Wütend erhob sich Arline. »Hoffentlich sind Sie da einfühlsamer. Ich möchte jedenfalls nicht Patientin bei Ihnen sein!«

»Ganz, wie Sie wünschen.« Mit kaltem Lächeln drückte der Mediziner auf einen Knopf seiner Telefonanlage: »Bringen Sie mir einen Kaffee, Mrs Stevens.«

Wortlos verließ Arline den Behandlungsraum und ging langsam in Richtung Patiententoilette. Als sie hörte, wie ein Patient zu Dr. Milton ging, wandte sie sich an die Sprechstundenhilfe.

»Mrs Stevens, nicht wahr?«

Die junge Frau nickte und sah zu ihr auf. »Ja?«

»Mein Vater ist verstorben. Sagen Sie, was mache ich mit seinen Medikamenten? Kann ich die zu Ihnen bringen?«

»Äh, nun ja. Sicher. Das tut mir leid. Er war Patient bei uns?«

»Thomas Nicolson. Ja. Er war herzkrank und länger in Behandlung«, log Arline und hoffte auf eine Reaktion.

Tatsächlich verzog die Sprechstundenhilfe das Gesicht. »Hm, nein, nicht, dass ich wüsste. Sind Sie sicher, dass die Medikamente von Ihrem Vater sind? Ihre Mutter lebt auch im Haus?«

Arline schüttelte den Kopf. »Nein. Wie merkwürdig.«

»Warten Sie. Ich sehe mal nach.« Mrs Stevens nahm eine Krankenakte aus einem Rollschrank und blätterte sie durch. »Äh, also ich kann nichts finden. Er kam nur manchmal wegen einer Grippe. Hier eine Verletzung an der Hand. Nein, eigentlich war Ihr Vater für sein Alter sehr gesund. Aber man weiß ja nie, leider.« Mitfühlend hob sie den Blick.

In diesem Moment kam Dr. Milton aus seinem Zimmer.

»Danke sehr!«, sagte Arline hastig und lief hinaus.

Auf der Straße holte sie tief Luft und knetete ihre zitternden Hände. Ihr Vater hatte keine Vorgeschichte als Herzpatient! In Gedanken versunken ging sie die Victoria Street entlang, wich einer Gruppe von Menschen aus und stutzte. Sie trugen Instrumentenkoffer. Ihre Freunde und Bandmitglieder müssten auch heute oder morgen ankommen. Heute? Arline schaute in ihren Telefonkalender. Morgen!

Auf dem Weg nach Kirkwall rief Arline ihre Freundin an.

»Hey, Arli! Wir sind startklar!«, meldete sich Faith.

»Ich habe ein schlechtes Gewissen, dass ich euch so hängen lasse. Aber wir haben zwei schöne Konzerte, darauf freu ich mich. Und überhaupt, dass ihr kommt!«

Sie fuhr gerade durch Finstown, und zu ihrer Linken breitete sich die Bay of Firth aus. Zwei kleine Inseln ragten aus dem Wasser. Holm of Grimbister war eine Gezeiteninsel und über einen schmalen Damm mit Finstown verbunden. Das Geschrei der Möwen musste bis nach Glasgow dringen, denn Faith sagte: »Möwen und Meer, herrlich. Ich freue mich auch schon sehr. Auf dich, auf die Insel und unsere Konzerte. Ich hatte ein paar Gigs und einen Studiojob, das war okay, aber wenn wir zusammen spielen, ist das magisch!«

»Das stimmt!«, pflichtete Arline bei und dachte an die vielen gemeinsamen Auftritte, bei denen das begeisterte Publikum sie nicht von der Bühne hatte gehen lassen wollen. »Übrigens bin ich gerade auf dem Weg zur Polizeistation. Meine Tasche ist wiederaufgetaucht.«

»Das ist ja großartig! Ich muss auflegen, Arli, stehe hier ganz doof an der Kreuzung.«

»Alles klar. Wenn ich Glück habe, sind die Ausweise noch da. Ich melde mich nachher wieder. Mach's gut und grüß die Jungs!«

»Oh, ich wollt's dir nicht sagen, um dich nicht zu beunruhigen. Rick hat sich beim Squash die Hand verletzt. Er kann aber spielen, keine Sorge!« Faith legte auf und ließ eine äußerst beunruhigte Arline zurück.

Rick, eigentlich Patrick, war ihr Gitarrist. Ein talentierter Musiker mit Banderfahrung und ein begeisterter Squashspieler und Radfahrer. Leider, fand Arline, denn der letzte Radunfall war nicht ohne gewesen. Nach weiteren fünf Minuten erreichte sie die Polizeistation. Sollten sie sich als Band für eine Tournee entschließen oder mehr Auftritte annehmen, musste sich Rick entscheiden. Das Verletzungsrisiko war einfach zu hoch.

Der Constable war noch in seinem Büro. Er schob ihr die Tasche über den Tisch. »Sehen Sie nach, was fehlt, und dann unterschreiben Sie dieses Protokoll.«

»Ich kann mein Glück gar nicht fassen!« Arline ließ sich von dem schlecht gelaunten Constable nicht irritieren. »Wer hat sie denn abgegeben?«

»Ein Touristenpaar aus Dänemark. Sehr freundlich.« Der Polizist schaute auf sein Handy.

Arline leerte ihre Tasche und stieß einen Freudenschrei aus. »Das Tagebuch und mein Portemonnaie!«

Ihr Bargeld fehlte, aber das war zu verschmerzen, denn Ausweis und Führerschein und sogar ihre EC-Karte waren noch da.

»Und wo haben die beiden meine Tasche gefunden? Kann ich mich bei ihnen bedanken?« Arline notierte, dass Geld fehlte, und sah den Beamten an.

»An der Straße von Stromness nach Norden, auf einem Rastplatz nahe der Brücke von Quholmslie soll die Tasche gelegen haben. Machen Sie sich keinen Kopf deswegen. Das war ein Gelegenheitsdieb.«

Sein Telefon summte, und Ramsey sah sie ungehalten an. »Das Festival steht bevor. Jedes Jahr dasselbe. Ein Riesenaufwand, und wer hat den Ärger?«

Arline nahm ihre Tasche. »Danke, Sir.«

18

Mit der Tasche unter dem Arm ging Arline die Broad Street entlang. Der Himmel zog gerade zu, und gleich würde es regnen. Sie wollte noch nicht zurückfahren, sondern sich mit dem Tagebuch in ein Café setzen. Sie erinnerte sich an das Café Lolz. Ein familiengeführter Betrieb mit hausgemachten Scones und Sandwiches. Arline beschleunigte ihre Schritte und stand bald darauf vor dem Café, das nicht weit von der Kathedrale entfernt war. Nur war heute Ruhetag. Sie spürte einen Regentropfen auf der Nase, zog sich die Kapuze ihrer Fleecejacke über den Kopf und machte sich auf den Weg zu ihrem Wagen.

Ein lautes Geräusch riss sie aus ihren Gedanken. Sie stand vor den Schaufenstern eines Immobilienbüros, und jemand klopfte vehement gegen die Scheibe. Als sie genauer hinsah, erkannte sie ihren Onkel. Tavish winkte und deutete auf die Tür.

»Arline, komm doch rein! Du wirst ja ganz nass!« Tavish hatte die Tür aufgeschlossen und ließ sie eintreten.

Das Büro war nicht groß, aber sehr elegant eingerichtet. Hochglanzprospekte lagen auf einem Designertisch aus Glas und Stahl, und an den Wänden hingen zeitgenössische Drucke schottischer Künstler.

»Ich bin gleich mit deiner Tante zum Lunch verabredet. Dürfen wir dich einladen?« Tavish trug ein dunkelblaues Sakko, Krawatte, und aus den Ärmeln blitzten Manschettenknöpfe hervor.

»Ich sehe aber furchtbar aus. Habe ausgeräumt und geputzt«, sagte Arline mit Blick auf ihre verschmutzte Jeans.

»Ach, das fällt nicht auf. Wir freuen uns, und deine Tante ganz besonders.« Fürsorglich legte Tavish den Arm um sie. »Na, komm, sie spricht dauernd von dir. Wie geht es dir jetzt?«

Gemeinsam verließen sie das Büro, und Tavish schloss ab. »Wir könnten zu Fuß gehen, aber bei dem Wetter … Mein Wagen steht gleich hier.«

Sie eilten durch den dichten Regen zu seinem Land Rover und fuhren zum Storehouse in der Bridge Street. Das einstige Lagerhaus am Hafen stand unter Denkmalschutz und war aufwendig restauriert und modernisiert worden.

»Onkel Tavish, das ist ein edler Schuppen, da kann ich unmöglich so …«, zweifelte Arline, als sie in die Eingangshalle traten.

»So ein Unsinn, du bist von Natur aus hübsch. Ah, da ist Mogs!« Tavish begrüßte seine Frau.

»Arli! Das ist aber eine schöne Überraschung!« Ihre Tante drückte ihr einen Kuss auf die Wange. »Du siehst mitgenommen aus. Kein Wunder, wenn du die ganze Zeit allein in dem alten Haus bist.«

Arline strich sich die Haare aus dem Gesicht und zog ihre Fleecejacke aus. Immerhin war ihr Sweatshirt ohne Flecken. Das Restaurant gehörte zu einem Boutique Hotel und war auf moderne Art gemütlich eingerichtet. Als sie an einem eingedeckten Tisch Platz genommen hatten, erzählte Arline, warum sie nach Kirkwall gekommen war.

»Das ist ja wundervoll, was für ein Glück!« Mogs sah sie an. »Und wo ist das Tagebuch deiner Mutter? Darf ich es mal sehen?«

Arline zog es hervor und reichte es der Tante.

Mit tränenfeuchten Augen strich Imogen über das Buch, dessen Ecken angestoßen waren. »Hast du es schon gelesen?«

»Nein, deshalb war ich ja so verzweifelt. Ich wollte dich ohnehin nach meiner Mutter fragen. Hatte sie Geheimnisse, Mogs? Stand etwas zwischen ihr und meinem Vater? Ich werde das Gefühl nicht los, dass es da etwas gab, dass mein Vater etwas vor mir verheimlicht hat oder, ach, ich weiß nicht …«

Ihr Onkel sprach mit dem Kellner, der an ihren Tisch gekommen war.

»Ich habe nichts von diesem Tagebuch gewusst, Arli«, sagte ihre Tante und gab es ihr zurück. »Deine Mutter war sehr eigenwillig. Sie hat es sich und uns nicht leicht gemacht. Damals, als sie in diesen Pianisten verliebt war.«

»Ich habe für uns alle Fisch bestellt«, unterbrach Tavish sie. »Wein oder Bier, Arli?«

»Wasser für mich, danke.« Zu ihrer Tante sagte sie: »Wie lange war sie denn mit dem Mann zusammen? War sie auch mal weg von der Insel?«

Ihre Tante nickte. »Jasper Carlsen hat sie einmal mit nach Europa genommen. Das muss schon gegen Ende ihrer Beziehung mit ihm gewesen sein. Danach bröckelte es, und sie haben sich getrennt. Ich war zu der Zeit gerade frisch verheiratet.«

Tavish grinste. »Meine Güte, das ist schon eine Weile her. Wir waren so jung, was, Mogs?«

»Zu jung zum Heiraten, meinst du? Nein, ich habe es nie bereut.« Liebevoll sah Imogen ihren Mann an, der ihr einen Kuss gab.

»Keine Sekunde. Deine Mutter war eine Schönheit, Arli. Und sie hatte eine Stimme wie ein Engel. Wenn sie sang, blieb die Zeit für einen Moment stehen«, sagte ihr Onkel und legte seine Hand auf die seiner Frau. »Nicht eifersüchtig sein, deine Schwester war immer außer Konkurrenz, nicht für ein Leben auf den Inseln bestimmt. Deshalb haben sich ja alle gewundert, dass sie deinen Vater geheiratet hat.«

»Na ja, also so war das auch nicht, Tavish«, wandte Imogen ein. »Colina und Thomas kannten sich schon lange, bevor sie Jasper Carlsen kennenlernte.«

»Waren sie da schon zusammen?«, fragte Arline.

»Oh nein. Sie hat in der Band gesungen und wurde von allen angehimmelt. Da war sie noch sehr jung, siebzehn, achtzehn. Ich weiß gar nicht, wer ihr erster Freund war. So was hat sie mir nicht erzählt.« Imogen klang traurig und enttäuscht. »Heute bedaure ich, dass ich mich nicht mehr um sie gekümmert habe. Aber wie gesagt, sie war dickköpfig und hat immer getan, was sie wollte. Sie hat es Mum und Dad nicht leicht gemacht.«

Tavish räusperte sich, und Mogs sagte: »Wir wollen aber nicht nur über die Vergangenheit reden. Arli, hast du Pläne für dein Erbe? Die Immobilienpreise sind gestiegen.«

»Euer Haus hat eine Toplage. Dafür könnte ich sofort einen Käufer finden. Wie ist die Bausubstanz? Die Bäder? Müssen die Leitungen erneuert werden?« Tavish war ganz in seinem Element. »Die Stromleitungen sind wahrscheinlich auch alt. Der Sicherungskasten? Habt ihr öfter einen Kurzschluss? Funktioniert der Abzug von eurem Kamin?«

»Bitte nicht, Onkel Tavish. Ich räume gerade aus und sortiere. Dann sehe ich weiter. Den Kutter will ich aber auf jeden Fall verkaufen.«

Das Essen war ausgezeichnet, und Arline war dankbar, dass ihr Onkel und ihre Tante sich bemühten, sie aufzuheitern. Beim Hinausgehen blieb ihre Tante stehen und sagte leise: »Darf ich das Tagebuch später auch lesen? Ich würde meine Schwester gern besser verstehen.«

»Lass es mich zuerst lesen, und dann überlege ich es mir. Warst du wirklich eifersüchtig? Ihr wart doch so verschieden.«

Tavish war zum Wagen vorgegangen.

»Das schon, ja. Aber sie war so hübsch, wie ich es nie sein konnte. Ich habe immer versucht, das durch meinen

Ehrgeiz wettzumachen. Sie brauchte nur mit dem Finger zu schnipsen, und die Männer taten alles für sie.«

»Glücklicher war sie deswegen wohl nicht«, meinte Arline.

»Sie war immer auf der Suche nach etwas. Unzufrieden, zerrissen, tja, vielleicht findest du die Antwort in ihrem Tagebuch.« Imogen streichelte Arlines Wange. »Du bist ihr ähnlich, bist aber stärker und selbstbewusster. Das ist gut so, Arli, und daran hat dein Vater großen Anteil.«

Sie schien noch etwas sagen zu wollen, doch Tavish rief: »Was ist, wollt ihr nicht mitfahren?«

»Ich laufe gern noch ein Stück, Onkel Tavish. Danke! Das Essen war wunderbar!«

»Jederzeit wieder, Arli. Mogs, wir müssen, ich habe gleich einen Kundentermin.« Ihr Onkel zog die Wagentür zu.

Arline winkte und ging dann nachdenklich weiter.

19

Quinn

»Hey, Quinn, wo ist die neue Kiste Brewdog Dead Pony Club?«, rief Duff von hinten.

»Oh, verdammt, habe ich vergessen, auf die Liste zu setzen. Soll ich kurz zum Getränkemarkt fahren? Tut mir leid!«, versicherte Quinn zerknirscht.

Duff kam mit einer Kiste Belhaven Scottish Oat Stout nach vorn und stellte sie lautstark auf den Boden. »Was ist los mit dir, Quinn? So kenne ich dich gar nicht. Bist du verliebt, oder was?«

»Äh, nein, natürlich nicht, wie kommst du denn darauf?«, wehrte Quinn ab, doch sein Freund und ehemaliger Armeekamerad sah ihm in die Augen und grinste breit. »War eigentlich als Witz gemeint, aber da gibt es jemanden. Ha! Ich hatte die Hoffnung für dich schon aufgegeben, sah dich als verrückten Verseschmied einsam auf Hoy versauern.«

Duff legte ihm beide Hände auf die Schultern. Noch waren sie allein im Pub, der in eineinhalb Stunden öffnete. »Raus mit der Sprache. Wie heißt sie?«

»Nein. Jetzt hör aber auf, Duff. Ich hole gleich zwei

Kisten Dead Pony. Die Leute stehen momentan drauf.« Quinn wollte sich unter Duffs Armen durchducken, doch der ließ sich nicht so leicht abwimmeln.

»Lass mich raten. Die Schwedin, die vor zwei Tagen mit ihrer Freundin hier war? Die waren süß«, versuchte Duff ihn zu locken.

»Das habe ich gehört!«, rief seine Frau aus dem Gastraum. Skye wischte die Tische und dekorierte Blumen.

»Du bist außer Konkurrenz, Schatz!«, versicherte Duff ihr.

»Hör dir das an. So klingt das, wenn man verheiratet ist!« Doch Skye warf ihrem Mann eine Kusshand zu. »Du kannst das heute Abend wiedergutmachen. Die Kinder sind bei meiner Mutter.«

»Uh, jetzt wird es nicht jugendfrei«, meinte Quinn lachend. »Soll ich rausgehen?«

»Nicht bevor wir wissen, wer dich nervös macht, Quinn«, beharrte nun auch Skye. »Und da ich eine Frau bin und deshalb einfühlsamer als dieser schottische Klotz von einem Mann, sage ich dir, dass es unsere Arline ist, die es dir angetan hat. Habe ich recht?« Skye kam zu ihnen an den Tresen.

Quinn fuhr sich verlegen durch die Haare. Das war ihm schon lange nicht mehr passiert. Aber tatsächlich hatte sich Arline in sein Herz geschlichen. Sie hatte eine Art, sich zu bewegen, die er sexy fand, und er hörte ihr gern zu. Ihre Stimme war warm und samtig. Im Winter hatte er sie einmal im Pub gehört. Gemeinsam mit ihrem Vater und den *Herrings* hatte sie »Auld Lang

Syne« gesungen. Damals hatte er noch nicht im *Beachcomber* gearbeitet und mitten in der Renovierung seines Cottage auf Hoy gesteckt.

Duff begann, die Flaschen in die Kühlung zu stellen. »Ich sollte Arli vor dir warnen, Quinn«, meinte er scherzhaft.

»Und wer hat mich vor dir gewarnt?«, wollte Skye wissen.

Es dauerte nur Sekunden, und Duff schwang sich sportlich über den Tresen und nahm seine Frau in die Arme, um sie ausgiebig zu küssen.

»Ehrlich, Leute, ich fahre jetzt das Bier holen«, sagte Quinn lachend und schnappte sich die Autoschlüssel.

Er lächelte noch, als er schon im Pick-up des Pubs saß und die Ferry Road entlangfuhr. Arline war seit dem Lunch in Kirkwall nicht mehr im *Beachcomber* gewesen. Hätte er sie nicht küssen dürfen? Er hatte aus einem Impuls heraus gehandelt, was eigentlich nicht seine Art war. Sie machte gerade eine schwere Zeit durch, und er fühlte mit ihr. Dabei schien sie nicht der Typ, der Mitleid wollte. Eher Unterstützung in ihrer Suche nach der Geschichte ihrer Eltern.

Der Co-op war um diese Zeit gut besucht, doch er fand einen Parkplatz und hatte wenig später die Bierkisten auf der Ladefläche verstaut. Bis zur Öffnung des Pubs war noch Zeit, und Quinn nahm sein Telefon zur Hand. Duff hatte ihn mit John Dunn bekannt gemacht. Der alte Dunn war ein Urgestein der Inseln. Er stammte von der kleinen Insel Shapinsay, hatte als Fischer gearbeitet und gemalt. In der Kunst ein Autodidakt, hatte er sich auf naive Malerei spezialisiert und damit ähnlich viel Erfolg gehabt wie Alfred Wallis aus St. Ives. Was ihn für Quinn interessant machte, war die Tatsache, dass Dunn mit Margaret Gardiner und ihrem Kreis bekannt gewesen war.

»Hallo, John, hier ist Quinn, wie geht es Ihnen?«

Der alte Mann hatte nach langem Klingeln abgenommen. Er war schwerhörig, konnte kaum noch gehen und lebte seit einigen Jahren bei seiner Tochter in Finstown.

»Quinn? Wer ist Quinn?«, kam es rau zurück.

»Der Freund von Duff. Wir haben vorgestern im *Beachcomber* miteinander gesprochen, erinnern Sie sich?«

Es dauerte einen Moment, bis Dunn antwortete: »Ja, ich bin zwar alt, aber nicht dämlich. Was gibt es?«

»Ich würde Sie gern zum Kaffee einladen, bin gerade auf dem Weg nach Kirkwall. Passt es Ihnen?« Quinn wollte Duff und Skye etwas Zeit für sich geben. Die beiden hatten mit den Kindern und dem Pub viel zu viel zu tun. Da blieb das Privatleben oft auf der Strecke.

»Meine Tochter ist nicht da. Sie ist ständig unterwegs und lässt mich allein. Ich weiß gar nicht, warum ich überhaupt in dieses Kaff gezogen bin. Auf meiner Insel habe ich mich wohlgefühlt. Ja, kommen Sie vorbei und bringen Sie Shortbread mit. Das nehmen die mir hier immer weg.«

»Dad? Was erzählst du denn da?«, hörte Quinn die Tochter von Dunn im Hintergrund.

Das Gespräch brach ab, und Quinn folgte der A965 nach Finstown. Dann rief er Duff an und erklärte, dass er in einer Stunde zurück sei.

»Hast du das Bier?«, fragte Duff.

»Yep, bin auf dem Weg zu John Dunn, ein kauziger Typ.«

Duff lachte. »Das kannst du laut sagen. Bis nachher.«

Die Straßen waren belebter, weil das große Folkfestival bevorstand. Touristen, Musikfans und natürlich die Musiker bevölkerten die Insel. Quinn mochte die Atmosphäre während der jährlichen Festivalwochen, vor allem die Folkmusik. Einige Bands waren so berühmt geworden, dass sie inzwischen durch Europa tourten. Manche hatten sich hier auf den Orkneys ein Publikum erobert. Er fand, dass Arline das Zeug zu einer Profimusikerin hatte. Quinn wich einem Lastwagen aus. Was hielt sie zurück? Vielleicht lag es am Schicksal ihrer Mutter?

Wie immer, wenn er über die Insel fuhr, war er von der rauen Schönheit der Landschaft beeindruckt. Nahe Finstown gab es ein Waldstück und einige bedeutende archäologische Stätten aus der frühen Vorzeit. Quinn war mehr an der Geschichte der Nordmänner auf den Inseln interessiert, die hier einige Hundert Jahre geherrscht hatten. Sattes Grün zog sich über die Hügel bis zum Ufer der Bucht, an der sich die Stadt längs der Hauptstraße erstreckte.

Quinn hielt an einem Minimarkt und kaufte Shortbread und Scones. Das einstöckige Haus von John

Dunns Tochter lag an der Old Finstown Road, direkt neben einer Autowerkstatt. Ein kleines Blumenbeet vor dem Haus belebte die triste graue Fassade.

Quinn klingelte und wurde von Dunns Tochter empfangen. »Sie müssen Quinn sein. Ich bin Judy, seine Tochter, die ihn angeblich ständig allein lässt.« Judy war um die fünfzig, klein und zierlich, hatte halblanges graubraunes Haar und dunkle Augenringe.

Quinn schüttelte ihre Hand. »Freut mich, Judy. Hey, keine Sorge, ich habe ihm das hier mitgebracht.«

Sie nahm die Kekse entgegen und verdrehte die Augen. »Wissen Sie, ich habe den ganzen Schrank voll, aber er vergisst immer, wo sie liegen, und beschuldigt dann meine Kinder. Ach, kommen Sie nur mit durch. Verzeihen Sie meinen Aufzug. Ich hatte Nachtschicht, arbeite im Pflegeheim.«

Sie führte ihn durch einen dunklen Flur in ein Wohnzimmer, von dem aus man auf die Bucht sehen konnte. Ihr Vater saß in einem Ohrensessel vor dem Fernseher, der in voller Lautstärke lief.

»Dad!«, rief Judy, nahm die Fernbedienung und schaltete den Fernseher aus.

Ihr Vater musste eingenickt sein, denn er schreckte auf, als es leise wurde, und murrte: »Wieso stellst du das aus? Ich will wissen, wer die verdammte Million in dieser bescheuerten Show gewinnt. Warum machst du da nicht mit, Judy? Oder eins deiner Kinder!«

Quinn sah sich um. An den Wänden hingen Gemälde, die von Dunn zu stammen schienen, jedenfalls entsprachen sie seinem Stil. Immer waren weiße Häuserreihen entlang eines Ufers, Boote und das Meer zu sehen.

»Dein Besuch ist da, Dad. Soll ich Tee oder Kaffee kochen?«, bot Judy an.

»Tee, gern«, sagte Quinn. »Aber machen Sie sich keine Umstände.«

Sie schenkte ihm ein warmherziges Lächeln. »Er freut sich immer über Besuch.«

John Dunn hatte wache Augen, die Quinn unter struppigen weißen Augenbrauen musterten. Der alte Herr trug eine Wolljacke über einem karierten Flanellhemd und eine Jogginghose und Filzpantoffeln. Neben seinem Sessel stand ein Handstock.

»Ah, da sind Sie ja! Wo ist das Shortbread?«, fragte Dunn.

Quinn zog sich einen Stuhl heran. »Habe ich Ihrer Tochter gegeben. Sie kocht uns Tee. Danke, dass Sie Zeit für mich haben. Ich hätte Sie auch gern in ein Café eingeladen.«

Der Alte winkte ab. »Wozu? Ich habe hier alles, was man braucht, wenn man auf das Ende wartet.«

»Sind das Ihre Bilder?«, lenkte Quinn ab.

»Sicher. Sonst kann hier keiner malen. Gefallen sie Ihnen?«

»Sehr sogar. Besonders das mit dem Boot, das ganz allein auf dem Meer draußen ist.« Quinn mochte die Arbeiten des Künstlers tatsächlich.

»Haben sich mal gut verkauft. Heute kennt mich niemand mehr, aber damals! Ha, das waren Zeiten! Wissen Sie, dass ich mit Margaret Gardiner befreundet war? Oh ja, die große Dame hat mich zu ihren Vernissagen eingeladen, und ich kannte sie alle, die wichtigen Leute, die schönen Frauen.« Ein verschmitztes Lächeln huschte über das runzlige Gesicht.

»Sie fanden mich exotisch, die reichen Damen der besseren Gesellschaft. Der malende Fischer.« Der Alte kicherte. »Das waren Zeiten. Wilde Jahre, oh ja!«

Judy kam mit einem Tablett herein. »Was erzählst du da von wilden Jahren?«

»Ach, das ist nichts für dich. Da kannte ich deine Mutter noch nicht.« John Dunn schickte seine Tochter mit einer Handbewegung weg.

»Das stimmt doch gar nicht, Dad«, beschwerte sich Judy.

»Schsch, lass uns allein, Judy.«

Quinn hob entschuldigend die Schultern, und Judy ging davon. Eine Tür knallte, und Dunn sagte: »Sie will nichts von diesen Zeiten wissen. Aber ich war nicht immer nur der alte Greis, der jetzt im Sessel verrottet.«

Quinn reichte Dunn eine Tasse Tee. »Milch? Dann kannten Sie sicher auch Colina Nicolson und Jasper Carlsen?«

Der Alte schnalzte mit der Zunge. »Das war ein Paar! So schön und jung war sie, und dann das tragische Ende.«

20

Arline

Bevor sie aus Kirkwall weggefahren war, hatte sie das Tagebuch kurz durchgeblättert. Die Handschrift ihrer Mutter war teilweise schwer zu entziffern, die Einträge oft kurz und kryptisch. Sie würde sich einlesen müssen. Doch es war wieder bei ihr. Mit den Gedanken bei ihren Eltern hatte sie nicht genügend auf den Verkehr geachtet und konnte gerade noch auf die Bremse gehen.

Kurz hinter Finstown gab es eine Baustelle mit einer Ampel, die sie übersehen hatte. Der Fahrer des schwarzen Pick-up vor ihr streckte den Kopf aus dem Fenster und grinste, als er sie erkannte.

»Hey, Arline, alles in Ordnung? Wir haben eine Anhängerkupplung, aber deinem Wagen wäre ein Rums ziemlich übel bekommen.«

»Quinn, o Mann, tut mir leid. Ich habe nicht aufgepasst«, rief Arline.

Die Ampel schaltete auf Grün, und Arline rief spontan: »Ich komme heute Abend in den Pub!«

Der *Beachcomber*-Pick-up rollte bereits an, und Quinn streckte die Hand aus dem Fenster. Arline fuhr den Rest der Strecke bis Stromness konzentrierter, fand einen Parkplatz vor ihrem Haus und nahm ihre Tasche mit hinein. Es roch nicht mehr so streng wie zuvor, und die Küche war sauber und aufgeräumt. Ein Anfang. Hier hielt sie sich lieber auf als im Wohnzimmer, wo sie alles an ihren Vater erinnerte. Sie hängte ihre Fleecejacke zum Trocknen auf und hockte sich im Schneidersitz auf einen Stuhl.

Erinnerungen und Gefühle schnürten ihr die Kehle zu, als sie das Büchlein aufschlug und die jugendliche Handschrift ihrer Mutter las.

»*August 1986*«, stand dort. »*In den letzten Wochen ist so viel passiert. Ich fühle mich, ach ich weiß gar nicht, wie ich mich fühlen soll. Er ist ein wundervoller Mann. Dass er sich ausgerechnet in mich verliebt hat, kann ich oft gar nicht glauben. Aber es ist so. Der berühmte Jasper Carlsen und die Tochter einer Fischerfamilie. Ich sitze hier in meinem winzigen Zimmer unter dem Dach auf dem Bett und muss doch unentwegt an ihn denken. Noch nie hat mich ein Mann so geliebt, war so zärtlich und hat mich überall berührt, ohne Scham. Ich wusste nicht, wie es sein kann. Ich fließe über vor Liebe, und doch … Er hat Freundinnen, das weiß ich. Und sein Freundeskreis ist voll von genauso berühmten Leuten. Struff ist ein interessanter Mann. Ich mag ihn, aber ich kann nie genau sagen, ob er etwas ernst meint oder sich über mich lustig macht. Aber das ist so seine Art. Ich gehöre ja nicht dazu. Es gibt so vieles, was ich lernen muss. Da ist Jasper unerbittlich, und ich habe manchmal*

Angst, dass ich ihn enttäusche. Er ist schrecklich anspruchsvoll. Muss er ja auch sein, wie kommt man sonst so weit wie er? Aber man kann doch nicht jeden Tag stundenlang Klavier spielen! Doch das tut er. Besonders vor einem Konzert.

Mum und Dad sehen mich an, als hätte ich etwas verbrochen. Dabei arbeite ich weiter mit Dad auf dem Kutter. Herrgott, ich bin ja noch hier. Mogs hat sich aus dem Staub gemacht. Sie ist weg und hat studiert. Ich bin hier, hier mit den verdammten Krebsen und den Reusen, den Netzen, dem Gestank, den man nicht aus den Haaren bekommt, selbst wenn man sich schrubbt und schrubbt und die Haare dreimal wäscht. Warum können sie mir das bisschen Glück nicht gönnen? Immer machen sie alles schlecht, was ich anfange. Nichts mache ich richtig, und das ist einfach nicht fair.

Es kann doch nicht jeder wissen, was er mal will im Leben. Jedenfalls nicht sofort. Ich will singen. Das weiß ich. Und ich will mit Jasper zusammen sein. Aber dafür muss ich singen lernen. Ich kenne ihn schon so gut, dass ich seinem Blick ansehen kann, wenn er enttäuscht ist von mir. Dann atmet er tief ein, so als müsse er sich zusammenreißen, um nicht wütend zu werden. Ich glaube, er kann ziemlich wütend werden. Am Telefon schreit er schon mal, wenn etwas nicht gut läuft.

Heute ist mir ein Tau durch die Hände gelaufen. Ich habe nicht aufgepasst beim Rausziehen der Reusen. Die waren alle voll und verflucht schwer. Da sind sie wieder zurück, und das Tau hat sich in meine Hände gebrannt. Mist! Richtig aufgerissen und blutig waren die. Dad meinte, das konnte nur passieren, weil ich mit dem Kopf woanders bin. Dann hat er mir Whisky auf die Hände gegossen. Ich habe nicht geschrien oder so, nicht mit der Wimper gezuckt. Dann habe ich mir Handschuhe übergezogen und weitergemacht. Gesagt hat Dad nichts mehr. Das kann ich nicht ertragen, dieses Schweigen, dieses vorwurfsvolle Schweigen.

Morgen hat Jasper sein großes Konzert. Danach muss er weg. Fliegt nach Paris und Rom und Mailand. In New York soll er auch spielen. Was für ein Leben! Ich wünsche mir so sehr, dass ich es schaffe, aber es ist nicht einfach, nein, das ist es nicht. Die Übungen, die ich für meine Stimme machen muss, sind so langweilig. Aber notwendig, meint Jasper. Er muss es wissen. Seine Ex-Frau war Sängerin. Er spricht nicht über sie, und ich frage nicht.

Ich höre Mum unten im Haus. Morgen muss ich mit ihr reden.«

Arline fühlte sich wie ein Eindringling im Leben ihrer Mutter. Mehr über diese junge Frau zu erfahren, die ihr das Leben geschenkt hatte, war ihr großer Wunsch. Aber hatte sie das Recht, die intimsten Gedanken ihrer Mutter zu lesen? Andererseits wusste sie so wenig über die junge Colina, und ihr Vater hatte das Tagebuch gewiss nicht ohne Grund für sie aufgehoben.

Sie blätterte durch das Büchlein und überflog die Jahreszahlen. Der letzte Eintrag war im Todesjahr ihrer Mutter entstanden. Überhaupt wurden die Einträge nach der Hälfte knapper. Oft gab es nur einen Satz oder ein paar Stichworte. Wenn Arline an ihre Mutter dachte, hatte sie den Duft von Apfelshampoo in der Nase, hörte ihr Lachen und ihren Gesang. Abends hatte sie ihr immer vorgesungen. Ein Lied hatte sie besonders gern gehört, und ihre Mutter musste es oft zweimal singen, damit sie einschlafen konnte.

»*Guten Abend, gut' Nacht, mit Rosen bedacht, mit Näglein besteckt, schlupf unter die Deck …*«, begann Arline leise zu singen.

Ihre Stimme wurde brüchig und erstickte in Tränen. Sie schloss das Büchlein und nahm es mit in ihr Schlafzimmer. Dort legte sie es auf ihr Bett. Mit dem Tod ihres Vaters brachen die lang verdrängten Erinnerungen mit Macht über sie herein. Sie trat ans Fenster und stieß es auf. Kühle Luft strömte vom Hafen herein. Die Kutter liefen ein, und Menschen versammelten sich an den Anlegern, um zu schauen oder sich fangfrischen Fisch zu sichern.

Arline lehnte das Fenster an. Der Holzrahmen brauchte einen frischen Anstrich, und die einfache Verglasung müsste erneuert werden. Der nächste Winter kam bestimmt, und es zog überall im Haus. Aber so war das mit alten Häusern. Immerhin leckte es nicht durchs Dach, und die alte Ölheizung bollerte brav vor sich hin. Außerdem hatte sie den Kamin.

Arline bürstete ihr Haar, band es am Hinterkopf zusammen, zog sich die Windjacke über und nahm die Schlüssel des Kutters mit. Der Hof, die Kisten und Reusen, ihr Vater müsste eigentlich gleich vom Schiff springen und ihr zuwinken. Verdammt, hör auf zu heulen, befahl sie sich. Du musst damit klarkommen.

Sie fuhr sich über die Augen und ging den Anleger entlang, bis sie zur *Colina* kam, die im Wasser schaukelte. Alte Autoreifen verhinderten, dass das Schiff gegen die Steinmauer stieß.

Arline schwang sich an Bord und sah sich um.

»Deine besten Tage sind vorbei, meine Schöne«, murmelte sie, »aber vielleicht weiß dich ja doch noch jemand zu schätzen. Auf den Schrott gebe ich dich nicht.«

»Hey, Arli!«, rief Ty von seinem Kutter, der oberhalb von ihr festgemacht hatte.

»Ty! Guten Fang gemacht?«

»Na ja, war schon besser.« Der Fischer stützte sich an der Reling ab. »Was ist mit deinen Reusen? Ich kaufe sie dir ab.«

»Wirklich? Okay, gern. Ich will hier gerade mal eine Bestandsaufnahme machen.« Arline stand an Deck und sah den Rost und die altersschwachen Winden mit den Augen eines potenziellen Käufers.

»Sehen wir dich heute Abend im *Beachcomber*?«, fragte Ty.

»Ja. Bis später!« Sie winkte und ging in die Kajüte. Dort standen noch die Thermoskanne und der Becher ihres Vaters.

»Dad«, murmelte sie und stellte die Sachen in die Spüle.

Der Kutter war einfach, aber gut ausgerüstet, verfügte über Plotter, Radar, Echolot, Funk und Radio. Unten hatten sie einen Gaskocher, und es gab eine Deckwaschpumpe. Arline notierte sich alles auf einem Notizblock, den sie samt dem alten Handbuch neben dem Steuerstand fand. Der Kutter war mit acht Metern nicht lang, aber kompakt, und der Motor mit einem Verbrauch von 3,7 Litern sparsam. Mast sieben Meter und Besan sechs Meter, schrieb Arline auf. Stauräume und eine Spüle außen, Deckbeleuchtung, der Tiefgang lag unter einem Meter. Zwei Rettungsringe hingen am Heck, daneben die Bojen und die Reusen, die Ty kaufen wollte. Ein Boot, das man auch umfunktionieren konnte, dachte Arline und schob den Zettel in ihre Hosentasche.

Schließlich steckte sie den Schlüssel ins Schloss und drehte ihn, bis der Motor ansprang. Ein sonores Tuckern erklang, und es roch nach Diesel und See. Sie schaltete den Motor aus. Für heute reichte es ihr. Trotz allem musste sie sich auch um ihre Band und den Auftritt kümmern.

Bevor sie sich auf den Weg zum Pub machte, duschte sie und tauschte das legere Sweatshirt gegen ein figurbetontes schwarzes T-Shirt. Als sie im Spiegel ihr blasses, angestrengtes Gesicht sah, griff sie spontan zu einem dunklen Lippenstift. Das Leben ging weiter, auch wenn man es manchmal gern zurückdrehen oder anhalten wollte.

Der Sonnenuntergang war spektakulär und der Hafen bevölkert von Spaziergängern. Wie Glühwürmchen schwebten die Positionslichter in der Bucht, und sie hörte Musik. Ah, dachte Arline, die ersten Folkmusiker proben bereits. Lächelnd betrat sie den Pub und musste sich durch die dicht stehenden Gäste zum Tresen drängen.

Duff zapfte Bier, und Quinn nahm die Bestellung einer jungen Frau auf. Arline hatte nicht vergessen, wie er sie geküsst hatte. Auch wenn er das vielleicht denken mochte. Oh nein, ganz im Gegenteil.

»Hallo, Arli!«, begrüßte Duff sie zuerst. »Ein Bier?«

»Gerne ein Dunkles.« Sie stellte sich an den Tresen.

Duff stellte ihr ein Pintglas hin und beugte sich zu ihr. »Da war ein Kerl und hat nach dir gefragt. Kam mir irgendwie komisch vor. Ich habe nichts gesagt. Er wollte später noch mal kommen.«

Ihr Magen zog sich zusammen. »Wie sah er aus?«

Der muskulöse Duff rieb sich das Kinn. »Nicht sehr groß, braunes Haar, bisschen länger, ah, und er hatte eine Tätowierung am Hals.«

Arline presste eine Hand auf den Tresen. »Kann er mich nicht endlich in Ruhe lassen!«

Quinn war zu ihnen gekommen. »Hi, Arline, schön, dass du da bist!« Neugierig sah er von ihr zu Duff. »Ist was passiert?«

»Anscheinend war mein Ex hier. Das ist eine komplizierte Geschichte, hängt mit der Band zusammen. Aber ich will ihn einfach nicht mehr sehen.« Sie biss sich auf die Lippen.

Quinn sah sie eindringlich an. »Verfolgt er dich?«

Sie nickte.

21

Der Pub, der zu den beliebtesten Treffpunkten in Stromness zählte, füllte sich. Quinn und Duff hatten gut zu tun, waren aber nicht allein hinter dem Tresen. Zwei Aushilfen packten mit an, und in der Küche hörte Arline den Koch Anweisungen erteilten. Skye und ein junger Mann räumten die Tische ab und wischten sie sauber.

»Braucht ihr noch zwei Hände? Ich helfe gern aus«, schlug Arline vor, als Skye mit rotem Gesicht und leicht außer Atem ein volles Tablett herbeitrug.

Duff beobachtete seine Frau. »Skye, wie geht es deiner Schulter?«

Seine Frau verzog schmerzhaft das Gesicht. »Muss.«

Schon eilte sie mit dem Geschirr in die Küche.

»Sie hat schon länger Probleme. Eigentlich soll sie sich schonen, damit sich die Sehne erholen kann«, sagte Duff.

»Berufskrankheit. Hatte ich auch mal. Aber seit ich regelmäßig Krafttraining mache, geht es«, meinte Arline. »Im Ernst, ich übernehme für Skye.«

Duff seufzte. »Ich will dich nicht ausnutzen, Arli. Du hast doch wirklich genug Sorgen.«

»Das lenkt mich ab. Also abgemacht. Gib mir eine Schürze und eine Karte.« Arline ging zum Ende des Tresens.

Als Skye zurückkam und sich die Schulter rieb, gab Duff nach.

»Hey, Darling, du kannst Pause machen. Arli hilft aus. Die Abrechnungen warten noch. Wie wäre es, wenn du dich darum kümmerst, und wir regeln das hier draußen?«

Skye sah Arline an. »Du bist doch nicht zum Arbeiten hier. Nein, das geht nicht.«

»Doch, das geht, und ich mache es gern«, bestand Arline auf ihrem Angebot.

Eine Gruppe von Leuten kam in den Pub, und der Lärmpegel stieg an. Jemand rief nach der Bedienung, und irgendwo klirrte Glas.

Skyes Servicemitarbeiter kam zu ihnen. »Schaufel und Besen! Wo haben wir die?«

»Neben den Kisten im kleinen Raum, Toby«, erwiderte Skye.

Der junge Mann eilte Richtung Küche und Lagerraum. Seufzend band Skye ihre Schürze ab und gab sie Arline. Dann nahm sie auch ihren Ledergürtel mit der Tasche für das Portemonnaie und das Mobiltelefon mit der integrierten Gastrokasse.

»Kennst du das System?«, fragte Skye.

»Haben wir auch. Und wenn ich nicht weiterweiß, frage ich Toby oder Duff.«

Skye nannte ihr den Code. »Ich bin dir wirklich dankbar, Arli. Du hast was gut bei mir. Ich habe schon zwei

Tabletten genommen«, sagte Skye so leise, dass Duff sie nicht hören konnte.

Arline strich ihr über den Arm. »Geh schon. Ich stürze mich in die Schlacht!«

Sobald sie inmitten der Leute mit ihrem Tablett hin und her eilte, Bestellungen aufnahm, kurz mit einigen plauderte und schmutziges Geschirr einsammelte, wurde sie von einem Adrenalinschub erfüllt. Sie mochte ihren Job. Natürlich gab es Tage, an denen nichts stimmte und die Gäste anstrengend waren, aber Arline hatte eine umgängliche und gleichzeitig bestimmte Art. Anzügliche Bemerkungen überhörte sie, und wenn es gar nicht anders ging, wurde sie deutlich.

Als sie sich mit ihrem Tablett elegant zwischen den Gästen hindurchschlängelte und am Tresen stehen blieb, sah Quinn sie bewundernd an: »Respekt, Arli. Du machst das großartig. Ich habe einige Zeit gebraucht, bis ich das mit den Bieren und den Cocktails draufhatte.«

Sie griff nach einer Schale mit Oliven und steckte sich eine in den Mund. »Irgendwie musste ich mich durchschlagen, und es macht mir Spaß. Nur mit der Band aufzutreten, ist besser.«

Quinn füllte ein Glas mit Wasser und stellte es vor sie hin. »Ich freue mich schon auf euren Auftritt hier. Möchtest du was essen?«

Sie leerte das Glas in einem Zug. »Später. Auf geht's.«

Schwungvoll nahm sie ein Tablett mit neuen Bestellungen mit und brachte die Getränke an einen Tisch am Fenster.

»Arli?«

Sie hob den Blick und stellte ein Weinglas ab. »Hey, nein, das ist aber schön! Chris und Angi! Ihr seid schon hier!«

Die beiden standen auf und umarmten Arline. Sie waren Mitte vierzig und tourten seit einigen Jahren als das Duo Snowdrop durch Großbritannien. Angela spielte Fiddle und ihr Mann Gitarre, Drums und sang.

»Arbeitest du jetzt hier?«, wollte Angela wissen. Sie trug ein buntes Kleid und Sandalen und hatte ein weiches, verträumtes Gesicht.

Hinter ihnen drängten Leute vorbei, und Arlines Bekannte setzten sich wieder.

»Ich helfe nur aus. Mein Vater ist gestorben. Deshalb bin ich eigentlich hier.« Sie würden es ohnehin erfahren.

»Oh nein, unser herzliches Beileid, Arli«, sagte Chris, der einen Dreitagebart und Wollmütze trug.

»Hallo, können wir uns hier hinsetzen? Macht hier mal jemand sauber?« Eine ungehaltene männliche Stimme ließ Arline herumfahren.

»Sofort, einen Moment Geduld, dann bin ich bei Ihnen«, sagte Arline.

»Wir wollen dich nicht aufhalten. Deine Band steht auch auf dem Programm. Wir sehen uns, Arli.« Chris zog eine Grimasse in Richtung der ungeduldigen Gäste, und Arline verdrehte die Augen.

Arline räumte den Tisch ab und ignorierte das arrogante Gehabe des Engländers, der sich vor seiner Gruppe wohl profilieren musste. Mit dem vollen Tablett schob sie sich an einem Pfeiler vorbei und spürte plötzlich eine Hand am Arm. Der Griff war fest, und sie erschauerte, als sie das Gesicht des Mannes sah, der sie abgepasst hatte.

»Du weichst mir aus, du blockierst meine Anrufe, obwohl wir noch nicht miteinander fertig sind, Arli!«, zischte Gilbert Falconer dicht an ihrem Ohr.

»Wir sind miteinander fertig, und jetzt lass mich los!« Das Tablett kam ins Schwanken, und die Gläser klirrten gefährlich.

»Arbeitest du hier? Ich dachte, du bist in tiefer Trauer. Wann bist du fertig? Ich warte draußen auf dich!«, sagte Gilbert aggressiv. »Das schuldest du mir!«

»Gar nichts schulde ich dir, und jetzt verschwinde!«

Er ließ sie los, und sie ging wütend weiter. Noch als sie am Tresen ankam, zitterten ihre Hände, und sie musste tief einatmen.

»Was war denn dahinten los?« Quinn stellte zwei Pintgläser auf ein Tablett.

»Ach, nichts weiter. Er ist weg.« Arline setzte ein zuversichtliches Lächeln auf. »Die Leute an Tisch zehn …«

»Hey, du bist hier unter Freunden, Arline«, sagte Quinn. »Du kannst uns alles sagen.«

»Ich muss damit klarkommen. Ist eine längere Geschichte und nicht wert, erzählt zu werden. Es gibt Menschen, die vergisst man lieber.« Sie zog eine Grimasse.

Quinn runzelte zweifelnd die Stirn. »Du hast gesagt, dass er dich verfolgt. Das ist kein Spaß.«

»Ach, wirklich, Quinn, lass gut sein. Gilbert ist auch Musiker, und wir laufen uns auf Festivals immer wieder mal über den Weg.« Sie schaute auf Skyes Telefon. »Jetzt noch ein Schwung, und dann haben wir es fast geschafft.«

Sie hätte nichts über Gilbert sagen sollen, dachte Arline. So gewann er nur noch mehr an Bedeutung, und das war das Letzte, was sie wollte.

Der Rest des Abends verlief ohne Zwischenfälle. Glücklich und erschöpft standen sie alle am Tresen, nachdem Duff den letzten Gast hinausbegleitet hatte. Skye kam zu ihr und umarmte sie. »Danke, Arli! Du hast mich heute gerettet. Hier, das ist für dich. Trinkgeld ist auch dabei.« Sie drückte Arline ein paar Geldnoten in die Hand.

»Hey, ich habe das gern getan«, wehrte Arline ab, doch Skye schob ihre Hand zurück.

»Wir haben einen super Umsatz gemacht. Das ist das Mindeste, was ich dir geben kann.« Skye wandte sich an Duff. »Wir räumen hier auf, und ihr könnt gehen, Leute, ihr wart einfach toll!«

Skye und Duff klatschten, und das Team fiel ein.

Die beiden machten ihre Sache als Chefs fantastisch, fand Arline. Die Mitarbeiter waren motiviert und hatten Spaß bei der Arbeit. Als sie das Geld in die Tasche steckte, schaute sie nur kurz hin. Skye war mehr als großzügig gewesen, und fast schämte sich Arline. Sie hatte gern geholfen.

»Ich kann mir vorstellen, was du denkst«, sagte Quinn neben ihr und reichte ihr ihre Jacke. »Duff und Skye sind immer fair. Nimm es an, sonst ist sie beleidigt. Ich begleite dich nach Hause.«

»Äh, habe ich dazu auch was zu sagen?«, beschwerte sich Arline halbherzig.

»Nein, na komm«, meinte Quinn schlicht.

Arline verabschiedete sich und verließ an Quinns Seite den Pub. Draußen schlug ihnen kalte Seeluft entgegen, und sie war schlagartig wieder munter. Das Wasser plätscherte an der Hafenmauer, der Mond spiegelte sich in der Bucht, und die Masten der Kutter und Segler wiegten sich sacht hin und her.

»Als Teenager wollte ich immer weg. Aber heute denke ich, dass das hier einer der verdammt schönsten Orte ist, die ich kenne«, sagte Arline, während sie neben Quinn am Hafen entlangschlenderte.

»Nur Hoy ist schöner«, meinte er.

»Na, ich weiß nicht. Landschaftlich reizvoll, aber einsam. Musst du jetzt etwa noch rüberfahren?« Sie balancierte auf der Kaimauer und wich einer schlafenden Möwe aus.

»Eigentlich ja, aber ich kann auch im Pub schlafen, wenn ich will. Duff hat da ein Zimmer für mich reserviert. Er ist ein guter Freund. Der beste, den man sich wünschen kann. Ich weiß nicht, was ich ohne die beiden gemacht hätte, damals, nachdem ich zurück war.«

»Ich mag die beiden auch sehr. Vor dem Tod meines Vaters war ich hier immer nur kurz, eigentlich immer auf dem Sprung.« Sie blieb stehen, weil die Trauer sie überfiel. Mit feuchten Augen sagte sie zu Quinn: »Wir Menschen sind so schrecklich dumm. Erst wenn es zu spät ist, begreifen wir, was wir hatten, was wichtig ist, was wir hätten tun sollen.«

»Hey«, sagte er sanft und reichte ihr seine Hand. Er half ihr von der Kaimauer und zog sie in seine Arme.

Es tat gut, sich anzulehnen und seinen starken regelmäßigen Herzschlag zu spüren.

»Wir können die Zeit nicht zurückdrehen. Es ist so, wie es ist. Das ist das Leben. Gib dir keine Schuld, Arli, an was auch immer. Als Teenager weiß man es nicht besser, und dein Vater war vielleicht auch kein einfacher Mann. Aber er hat dich geliebt, das habe ich gesehen.«

»Ja? Wann denn?«, schluchzte sie.

»Als du über Neujahr hier warst und mit deinem Dad und seiner Band gesungen hast. Da wart ihr euch so nahe. Er hat dich angesehen, wie nur ein Vater seine Tochter ansehen kann, auf die er unglaublich stolz ist.« Er strich ihr über die Haare.

»Danke, Quinn. Das war das Netteste, was je jemand über meinen Dad gesagt hat«, murmelte sie.

Er ließ sie los und holte ein Taschentuch aus seiner Jackentasche. »Bitte.«

Sie putzte sich die Nase. Schweigend gingen sie weiter. Als ihre Hände sich zufällig berührten, flochten sich ihre Finger ineinander, ganz zufällig und wie selbstverständlich. Ihre Schritte fanden einen Rhythmus, und Arline versöhnte sich mit ihren traurigen Gedanken.

Durch die Lichter im Hafen war es nicht ganz dunkel, als sie in der Gasse vor ihrem Haus ankamen. Quinn hielt inne, plötzlich angespannt. Sein Blick wurde hart, und er schob sie hinter sich.

»Bleib hier stehen!«, flüsterte er. Dann war er mit zwei Sätzen um die Hausecke.

Arline hatte nichts bemerkt, als etwas in ihrem Hof zu Bruch ging, und Quinn kam mit Gilbert im Schwitzkasten zurück. Ihr Ex-Freund fluchte und wehrte sich nach Kräften, doch gegen Quinn hatte er keine Chance.

»Sag diesem Schlägertyp hier, dass er mich loslassen soll. Sonst rufe ich die Polizei!«, schimpfte Gilbert.

Quinn stieß ihn von sich und wischte sich die Hände ab. »Ich mache mir nicht gern die Hände schmutzig. Aber manchmal lässt es sich nicht vermeiden.«

»Gil, was soll der Mist? Sieh endlich ein, dass es vorbei ist!«, sagte Arline scharf.

»Es gibt noch ungeklärte Fragen zwischen uns, Arli«, meinte Gilbert dreist.

»Wenn es um die Songrechte geht, das klären unsere Anwälte. Sonst ist da nichts, aber auch gar nichts, über das ich mit dir reden möchte«, fauchte Arline den Mann an, dem sie einmal vertraut hatte.

»Arli«, begann Gilbert erneut und machte einen Schritt auf sie zu.

»Hast du was mit den Ohren? Lass sie in Ruhe!« Quinn stieß Gilbert mit einem Finger so heftig vor die Brust, dass dieser aufschrie.

»Das lasse ich mir nicht gefallen, du …«, hob Gilbert an, sah Quinn in die Augen und machte einen Schritt rückwärts.

»Das wirst du bereuen!«, schrie er und lief davon.

Arlines Puls raste. »Und das meint er auch so«, flüsterte sie.

»Er wird dir nichts antun, Arline. Jedenfalls nicht, wenn ich es verhindern kann.«

»Oh, Quinn, was mache ich nur?«, seufzte Arline.

Er strich ihr über die Wange und nahm ihre Hand. »Ich hätte da eine Idee.«

22

Quinn

Arline sah ihn ein wenig unsicher an. Was sie gewiss nicht brauchte, war bedeutungsloser Sex. Er wäre zwar nicht abgeneigt, aber es wäre falsch. Sie steckte in einer emotionalen Ausnahmesituation, die er keinesfalls ausnutzen wollte.

»Wir fahren jetzt nach Hoy«, schlug er vor. »Ich nehme die Couch, und du kannst dich richtig ausschlafen und morgen früh die Sonne aufgehen sehen. Ich habe morgens frei, mache dir ein Frühstück und fahre dich zurück. Andere Umgebung, weg von diesem unverschämten Ex. Was sagst du?«

Sie schien zu zögern, legte dann den Kopf schief und nickte. »Das ist ein großzügiges Angebot, Quinn. Ich hole nur rasch eine Tasche und das Tagebuch.«

Wenig später tuckerten sie in seinem Boot gemächlich durch die Bucht. Quinn saß in der Kajüte am Steuer, und Arline hockte sich auf die Sitzbank neben ihm. Das kleine Kajütboot war schlicht und zweckmäßig ausgestattet. Quinn war die Strecke so oft gefahren, dass er kaum auf die Instrumente schauen musste.

»Da vorn sind Felsen, Quinn. Ganz dicht unter der Wasseroberfläche«, sagte Arline, als sie um Graemsay herumfuhren.

Die kleine Insel und ein paar winzige unbewohnte Felseilande lagen direkt vor Hoy.

»Danke«, rief Quinn, um den Motorenlärm zu übertönen. »Mit denen hätte ich zu Anfang fast mal Bekanntschaft gemacht.«

Arline stellte sich neben ihn und hielt sich an dem Griff oberhalb des Steuerrads fest. »Ich weiß es, weil wir da oft zum Fischen raus sind. Da verstecken sich die Krebse gern.« Sie hielt inne und starrte in die Dunkelheit hinaus.

In der Ferne blinkte es, und Flammen loderten zum Himmel. Auf der kleinen Insel Flotta standen die großen Ölterminals. Flotta lag am Rande der Bucht Scapa Flow, dieser riesige natürliche Hafen bot den Schiffen schon seit Jahrtausenden Schutz. Bereits die Nordmänner hatten das für sich genutzt. Es war ein Jammer, dass man hier in der Nordsee Öl förderte, fand Quinn. Aber kein noch so gutes Argument für den Umweltschutz würde die Gier der Menschen nach Rohstoffen aufhalten.

Kurz darauf fuhren sie in die Meerenge vor Moaness, dem kleinen Hafen von Hoy, und wenig später lenkte Quinn das Boot an seinen Liegeplatz. Arline ging nach vorn und warf die Fender über die Reling, damit die Bordwand beim Anlegen geschützt wurde. Sie war unkompliziert und packte mit an. Und heute Abend hatte sie ihren Freunden ausgeholfen, ohne etwas dafür zu erwarten. Arline hatte ein großes Herz, und er fand es umso schlimmer, dass jemand wie ihr Ex sie so verletzt hatte.

Als Quinn den aufdringlichen Mann gemaßregelt hatte, war er kurz davor gewesen, ihm ernsthaft etwas anzutun. Vermutlich war es den vielen Sitzungen mit seinem Therapeuten zu verdanken, dass er seine Wut und seine Ängste in den Griff bekommen hatte.

»Quinn?«

Er nahm den Schlüssel und ihre Tasche und sperrte die Kajüte ab. Arline war bereits auf den Anleger gesprungen.

»Oh, du hast an meine Tasche gedacht. Danke!«

Sie streckte die Hand nach ihrer Tasche aus und half ihm gleichzeitig nach oben.

»Du bist angeheuert«, meinte Quinn.

Sie lachte. Ein warmes kehliges Lachen. »Dein Boot gefällt mir. Wo müssen wir lang?«

Der Hafen war kaum mehr als eine lange Mole, die gewunden ins Meer hinausragte, und war nicht beleuchtet. Ein Stück weiter lag das alte Steinhaus, in dem Sir Walter Scott vor über einhundert Jahren zum Tee eingekehrt war, als er an einer Geschichte über einen Piraten schrieb. Für manchen Touristen war es ein Abenteuer, den Wagen von der Fähre über die schmale Mole an Land zu fahren. Die Insulaner waren daran gewöhnt.

Kalte Böen brachten feuchte Atlantikluft mit sich, und Arline sagte fröstelnd: »Uh, ich hätte mir noch einen Pullover mitnehmen sollen. Aber hör dir die Wellen an. Das wird mir nie über. Wenn es mir in Glasgow nicht gut geht, dann gehe ich spazieren, in ein Café, oder ich rufe meine Freunde an. Aber hier gehe ich ans Meer, und alles wird weniger wichtig. Es ist so … so erfüllend.«

Von der Mole führte nur eine schmale Straße in die Hügel, vor ihnen rauschten die Wellen auf den Strand und die Felsen und umspülten die alte Mole. Weit draußen blinkten Positionslichter eines großen Schiffes.

»Geht mir ähnlich. Deshalb liebe ich es hier draußen. Hier komme ich zur Ruhe. Wenn ich Zeit habe, laufe ich nach Rackwick.«

»Du meinst sicher den alten Pfad durch die Heide und die Dünen? Wo sie früher den Torf transportiert haben?« Arline ging neben ihm.

Der Weg stieg leicht an und gabelte sich. Quinn führte sie zu einem Parkplatz, der zu einem Farmhaus gehörte. Vor einem alten Kastenwagen blieb er stehen, bückte sich und fingerte den Autoschlüssel unter einem Radkasten hervor.

»Du hast ja großes Vertrauen in die Menschheit«, meinte Arline.

Quinn hob die Schultern und öffnete ihr die Beifahrertür. »Nur in die Leute auf Hoy. Hier kommt so gut wie nie etwas weg. Dass man deine Tasche in Stromness gestohlen hat, ist wirklich ein blöder Zufall. Das kann nur ein Tourist gewesen sein. Ich habe die Community hier als freundlich und offen kennengelernt. Aber hey, man weiß eben nie, was hinter einer Stirn vor sich geht.«

Er setzte sich hinter das Steuer seines uralten Renault und drehte den Schlüssel. Ohne zu murren sprang der Motor an. »Braves Mädchen. Sie ist Französin und manchmal etwas kapriziös. Aber sie weiß, was sich gehört.«

Der alte Wagen rumpelte über die einspurige Landstraße, vorbei an Überresten des marinen Abwehrsystems des Zweiten Weltkriegs. Auf Hoy hatte man wie auf den Inseln Suchscheinwerfer aufgebaut. Während der Weltkriege waren zahlreiche Soldaten auf den Inseln stationiert gewesen. Teilweise mehr, als es Einwohner gab. Scapa Flow war durch seine geschützte Lage nicht nur bei den Wikingern beliebt gewesen.

»Manchmal fragen Touristen nach Bunkern oder Luftabwehranlagen«, meinte Quinn, während sie durch die geschichtsträchtigen Hügel fuhren. »Dann schicke ich sie zum alten Stützpunkt nach Lyness.«

»Das Besucherzentrum, ja, ich kenne es. Tja, ich weiß auch nicht, ob es sinnvoll ist, diese alten Bunker und dergleichen wieder herzurichten. Kostet viel Geld und erinnert nur an schreckliche Zeiten.«

Die Scheinwerfer des klapprigen Renault erfassten einen Hasen. Quinn stellte das Licht ab und hielt kurz an. Als sie weiterfuhren, sagte Arline: »Das ist so entschleunigend hier.« Sie seufzte. »Danke, Quinn.«

»Du hast mein Cottage noch nicht gesehen. Es liegt gleich da vorn, neben dem ehemaligen Haus von Struff. Der wusste, wo es am schönsten ist.«

Arline horchte auf. »Struff? Der Dirigent? Der hatte hier ein Haus?«

»Ja, gleich da vorn.« Er fuhr an einem schlichten Steinhaus vorbei, das nur einen Steinwurf vom Strand entfernt lag. »Bunnertoon. Und jetzt sind wir da!«

Er war einen Kiesweg, der von knorrigen Bäumen gesäumt wurde, bis zu seinem Steincottage gefahren. »Morgen zeige ich dir alles. Jetzt ist nicht viel zu sehen.«

Er parkte direkt vor dem Haus, und als sie zur Tür gingen, wurden sie vom Grollen der Wellen begleitet, die unten auf die Felsen und den Strand liefen.

»Oh, das ist wundervoll!«, rief Arline begeistert, nachdem er Licht angeschaltet und den Kamin in Gang gebracht hatte. »Wie schön du es hier hast!«

Der große Wohnraum ging in eine offene Küche über, und ein Sofa stand so, dass man den Kamin und das Meer im Blick hatte.

»Kann ich bitte auf dem Sofa schlafen?«, fragte sie, und er lächelte.

»Wenn du möchtest. Klar. Du musst doch erledigt sein von dem Tag heute. Ich hole dir Decke und Kissen und …«

Arline hatte ihre Tasche auf das Sofa gelegt und kam auf ihn zu, um ihn zu umarmen. »Ich mag gar nicht daran denken, wenn ich in meinem muffigen Haus mit all den Sachen, den … ach, wenn ich dagehockt und immer gelauscht hätte, ob Gil zurückkommt.« Sie gab ihm einen Kuss auf die Wange. »Der ist für die Einladung und der dafür, dass du Gil in seine Schranken gewiesen hast. Ich hoffe, dass er darüber nachdenkt. Reden hilft bei ihm nämlich nicht.«

Als sie ihn zärtlich auf den Mund küsste, zog er sie an sich und vertiefte den Kuss. Auf ihren Lippen schmeckte er das Salz der See, und in ihren wilden dunklen Haaren roch er den Wind des Atlantiks und einen Hauch von Honig.

»Hm.« Er öffnete die Augen und strich ihr über die Schultern. »Decke und Kissen.«

Ihre Augen sahen ihn verträumt und dunkel an, doch heute war sie sein Gast und sollte sich geborgen fühlen. Er ging nach oben, um das Bettzeug zu holen, und als er wieder ins Wohnzimmer kam, hatte sie sich ins Sofa gekuschelt und war bereits eingeschlafen. Quinn deckte sie zu, schob die Glasscheibe vor das offene Feuer und ging langsam hinaus. Auf der Treppe drehte er sich noch einmal um. Er hatte noch nie eine Frau mit in sein Cottage gebracht. Die Einsamkeit hier draußen war seine Kur gewesen. Aber er hatte sich verändert. Duff und Skye hatten ihm geholfen. Freunde, dachte er. Und nun Arline.

23

Arline

Der Duft von frisch aufgebrühtem Kaffee zog in ihren Traum. Sie saß mit ihrem Vater am Frühstückstisch, aber es war für drei gedeckt. »Deine Mutter kommt gleich«, sagte Thomas, und dann wachte Arline auf.

»Guten Morgen. Ich hoffe, du hast Hunger«, begrüßte Quinn sie.

Blinzelnd stützte sich Arline auf. Das Sofa – und sie trug noch die Kleidung vom Vortag. »Hey, guten Morgen. Oh, ich bin wohl gleich eingeschlafen.« Sie zupfte verlegen an ihrem Shirt. »Auf einmal war ich so müde. Tut mir leid, da war ich sehr ungesellig.«

Doch Quinn lächelte. Dieser gut aussehende toughe Kerl sah sie an, als wäre sie frisch geduscht und frisiert und sähe nicht übernächtigt und zerknittert aus. Dabei müsste er nur zwinkern und hätte zehn Frauen am kleinen Finger.

»Es ist elf Uhr. Du hast volle zehn Stunden geschlafen, und das hast du gebraucht. Jetzt gibt es Rührei, Pfannkuchen und Beeren. Das ist so das, was ich im Kühlschrank hatte. Und mein Kaffee ist spitze.« Er grinste und reichte ihr die Hand.

Sie ließ sich von ihm auf die Füße ziehen. »Ich muss furchtbar aussehen. Dusche?«

»Vor der Treppe links.« Seine blauen Augen lagen voller Wärme auf ihr und machten sie noch verlegener.

»Hast du vielleicht ein Shirt für mich?« Fehler, dachte sie. Aber vermutlich war es ohnehin zu spät. Je näher sie ihn kennenlernte, desto mehr mochte sie ihn.

Die heiße Dusche tat ihr gut. Sie war so müde gewesen, dass sie noch nicht einmal mehr im Tagebuch gelesen hatte. Quinn hatte sie auf andere Gedanken gebracht, und die Last der Trauer und des Verlusts schien weniger schwer. Aber es lag noch ein langer Weg vor ihr, das war ihr bewusst. Die vielen offenen Fragen musste sie zuerst für sich klären, bevor sie Frieden mit dem Tod des Vaters schließen konnte.

Ihre Füße standen auf dunkelgrauen Fliesen. Schiefer, dachte sie. Quinn hatte gute Arbeit bei der Renovierung geleistet. Natürliche Materialien und moderne Technik. In ihrem Haus musste eine Menge getan werden, damit es auch nur annähernd so schick und annehmlich wurde wie dieses Cottage. Auf einer Holzbank lag ein weißes Shirt, das sie dankbar überzog, bevor sie in ihre Jeans schlüpfte.

Als sie ihre Haare gebürstet und aufgesteckt hatte, sah ihr aus dem Spiegel ein frisches Gesicht entgegen. Sie streckte sich die Zunge heraus und ging ins Wohnzimmer.

»Es duftet so gut!« Genießerisch sog sie die Gerüche aus der Küche ein.

Quinn hatte Teller und Schüsseln auf eine schmale Bar gestellt, die die Küche vom Wohnzimmer trennte.

Davor standen drei hohe Hocker, deren Sitze mit bunten Farben bezogen waren. Eine Wand war von einem gut bestückten Bücherregal bedeckt, und über dem Kamin und an der anderen Wand hingen Schwarz-Weiß-Fotografien von Berglandschaften. Sie entdeckte keine Porträts, nur ein zotteliger Hund saß auf einem Bild am Strand.

»Deiner?« Arline zeigte auf das Bild.

Quinn füllte einen Becher mit Kaffee, und sie setzte sich auf den Hocker. »Murphy. Ich habe ihn in Griechenland auf der Straße aufgesammelt. Er war sechs Jahre bei mir. Der Tierarzt meinte, er sei wohl an die zwölf gewesen, und für einen Straßenhund sei das ein gutes Alter gewesen. Er war mein Kumpel, und ich vermisse ihn heute noch. Hattest du mal einen Hund?«

Arline gab Zucker in ihren Kaffee und schüttelte den Kopf. »Ich habe mir lange einen gewünscht. Aber Dad meinte, wir hätten keine Zeit. Vielleicht hätte ich mich dann nicht so allein gefühlt und wäre länger zur Schule gegangen. Keine Ahnung. Meine Kindheit war, na ja, okay, würde ich sagen. Die Musik hat mich und meinen Dad verbunden.«

Er setzte sich ihr gegenüber und bot ihr den Teller mit den Pfannkuchen an. »Bitte, greif zu.«

Er füllte sich selbst Rührei auf seinen Teller und trank seinen Kaffee schwarz. »Die Musik ist ein Teil von dir, oder? Und deine Mutter war doch auch Sängerin. Ich finde, das ist etwas sehr Besonderes, das dich mit deinen Eltern verbindet.«

»Hm, ja, das stimmt. Es tröstet mich, und gleichzeitig frage ich mich, warum mein Dad so gut wie nie über meine Mum gesprochen hat. Ich habe ihre alten Noten gefunden und das Tagebuch. Darin schreibt sie über ihre erste große Liebe und erwähnt auch diesen Struff.«

»Ja? Wie interessant. Soweit ich weiß – und ich habe das von dem Farmer, dessen Wiesen bis zum Strand reichen –, war Struff berüchtigt.« Quinn salzte sein Ei nach.

»Als Dirigent war er ein Star, genau wie dieser Jasper Carlsen«, meinte Arline. »Was aber nichts über den Menschen sagt.« Sie nahm sich einen weiteren Pfannkuchen. »Die sind fantastisch!«

Lächelnd schob er ihr die Beeren hin. »Danke. Wie es hinter der schillernden Fassade aussieht, ist oft erstaunlich. Glen, der Farmer, meinte, dass Struff andersherum gewesen sei, so hat er sich ausgedrückt. Er hatte wohl nur junge Männer zu Gast.«

»Das war wohl zu viel für die konservativen Insulaner«, meinte Arline. »Andersherum, meine Güte, die scheinen ja noch immer Probleme mit Homosexualität zu haben. Wenn man die auf LGBTQ anspricht, drohen sie einem wahrscheinlich mit dem Exorzisten.«

»Weiß ich nicht. Eigentlich macht Glen einen ganz netten Eindruck. Er ist zumindest hilfsbereit, und der Dirigent hat bei ihm Milch und Eier gekauft.«

»Vorurteile sind leider verbreitet. Immer noch.« Sie wischte die Beerensoße mit dem Pfannkuchen auf. »Ich will nicht verbittert klingen, aber der Bruder meiner

Freundin Faith hat wegen seiner Homosexualität als Jugendlicher viele Anfeindungen einstecken müssen.«

»Und deine Mutter? Wie kamen ihre Eltern damit klar, dass sie mit dem Pianisten zusammen war? Warum ist das auseinandergegangen?«, wollte Quinn wissen.

»Weiß ich noch nicht. Einfach war es für sie nicht, in diese andere Welt zu tauchen.«

»Oh, da fällt mir ein, das muss ich dir erzählen. Ich habe mit dem alten John Dunn gesprochen. Der Künstler. Kennst du ihn?« Quinn aß sein Ei auf und nahm sich einen Pfannkuchen.

»John Dunn, naive Malerei? Ja, ist mir ein Begriff, kennen wäre allerdings zu viel gesagt. Mein Dad hat mal von ihm gesprochen. Lebt Dunn noch immer auf Sanday?«

»Nein, bei seiner Tochter in Finstown. Er ist ein knurriger alter Mann, weiß aber genau, was Sache ist. Die Gardiner hat ihn ausgestellt, und er hat wohl einiges verkauft damals. Und deine Mutter hat er gekannt.«

Aufmerksam sah sie ihn an. »Ja? Was hat er erzählt?«

»Dass Colina und der Pianist ein schönes Paar waren. Aber Carlsen soll auch schwierig gewesen sein. Dunn mochte ihn nicht, hielt ihn für überheblich und manipulativ«, sagte Quinn.

»Manipulativ? Wie kommt er darauf?«

Quinn legte die Gabel zur Seite. Das Porzellan war grünblau und passte zum natürlichen Stil des Cottage. »Dunn erzählt, was ihm gerade in den Sinn kommt. Wie ich es verstanden habe, soll Carlsen kein Kind von Traurigkeit gewesen sein. Colina hat sich auf einer Feier mal bei Dunn ausgeweint, fühlte sich überfordert und hat angedeutet, dass man Carlsen nicht reizen dürfe.«

Ein Stich fuhr durch Arlines Magen. »Er hat sie geschlagen?«

»Kann ich nicht sagen. Da blieb Dunn vage. Gewalt kann ja auch psychisch ausgeübt werden. Deine Mum war in der Beziehung die Schwächere, würde ich sagen, und das kann er auf vielerlei Weise ausgenutzt haben. Ich bin davon überzeugt, dass es kein allzu großes Ungleichgewicht in einer Beziehung geben sollte. Das führt zu Spannungen. Was nicht heißen soll, dass Gegensätze sich nicht anziehen können.«

»Mag sein. Bei Gilbert hatte ich gedacht, dass wir zusammenpassen, weil wir beide Musiker sind. Weit gefehlt …« Sie hob den Blick. »Warst du mal verheiratet oder lange in einer Beziehung?«

Quinn nickte. »Ist kaputtgegangen, während ich im Einsatz war. Als ich mal überraschend auf Heimaturlaub kam, lag sie mit dem Nachbarn im Bett.«

»Tut mir leid«, sagte Arline.

»Muss es nicht. Wäre sowieso auseinandergegangen. Und als ich dann meine Anfälle hatte, ist sie damit überhaupt nicht fertiggeworden. Na ja, es war ziemlich schlimm damals.«

»Und jetzt?«, fragte sie.

Er zuckte die Schultern. »Ich habe gelernt, damit zu leben. Mein Therapeut hat mir gezeigt, was ich tun muss, wenn die Albträume kommen. Das Schreiben hat mir geholfen.«

»Darf ich mal was lesen?«

Quinn sah sie an. »Vielleicht. Jetzt ist es nur Gekritzel.«

»Okay, ich kann warten.« Arline deutete auf die anderen Fotos. »Hast du die gemacht? Die sind toll!«

Er seufzte. »Tom hätte sich über das Kompliment gefreut. Er war ein großartiger Fotograf, hat uns in Afghanistan begleitet und ist bei einem Angriff auf unseren Konvoi ums Leben gekommen.«

»Ich wollte keine alten Wunden aufreißen«, sagte sie leise, und es tat ihr leid, dass sie so neugierig war.

Quinn stand auf. »Inzwischen kann ich darüber sprechen. Ich habe die Bilder bewusst aufgehängt. Meine Vergangenheit gehört zu mir, auch wenn sie schmerzt.«

Sie rutschte ebenfalls von ihrem Hocker und wollte die Teller zusammenstellen. Quinn kam um die Bar herum und berührte ihre Wange. »Als es ganz schlimm war, habe ich mich hier draußen verkrochen.«

Sie legte ihm die Hand auf die Brust. Was er erlebt hatte, konnte sie erahnen, ansatzweise. Vorstellen wollte sie es sich nicht.

»Das Alleinsein gehörte zur Therapie. Ich musste mich aushalten, und das war das Härteste«, flüsterte er.

Sie lehnte sich an ihn und schlang die Arme um seinen Körper. Es gab nichts, was sie ihm sagen konnte. Worte konnten die Bilder und den Schmerz in ihm nicht auslöschen. Aber es gab etwas, das sie für ihn tun konnte, ihm zuhören und ihn in den Arm nehmen.

24

Mit Quinn war das Schweigen beredt. Sie fühlte sich ihm nahe, weil sie ihm vertraute. Dass ihr das ausgerechnet hier und jetzt mit einem Mann passieren würde, war das Letzte, was sie erwartet hatte. Und sie wusste noch nicht, wie sie damit umgehen sollte. Ihm schien es ähnlich zu gehen, denn er ließ sie los, strich ihr über die Haare und räusperte sich. Bevor er sprechen konnte, klingelte sein Telefon, er entschuldigte sich und nahm das Gespräch an.

Arline begann, das Geschirr abzuräumen, während er allem Anschein nach mit Duff sprach. Es dauerte nicht lange, und er kam zu ihr.

»Lass ruhig alles liegen. Wir müssen los. Duff braucht mich. Skye geht es nicht gut.«

Erschrocken fragte Arline: »Was ist mit ihr? Sie war ja gestern schon ziemlich erschöpft.«

»Kann er nicht sagen. Sie geht selten zum Arzt, schwört auf gesunden Lifestyle und Homöopathie.« Quinn stellte die Schüsseln mit den Lebensmitteln in den Kühlschrank. »Aber es gibt Grenzen, und dann sollte man zum Arzt, finde ich.«

»Sehe ich genauso. Okay, ich packe noch rasch das Bettzeug …«

»Du bist mein Gast.« Er sah sie an und seufzte. »Schade, dass wir losmüssen. Ich wäre gern noch mit dir zum Dwarfie Stane gewandert. Für mich einer der faszinierendsten Orte hier auf der Insel.«

»Der Zwergenstein, oh ja, da war ich als Kind mit meinem Vater. Ein mystischer Ort.«

Mit ihm zu reden war leicht, unbefangen und freundschaftlich, und dennoch gab es eine Spannung zwischen ihnen, diesen Wunsch, ihn zu berühren.

»Scott hat sich von dem Stein inspirieren lassen. In ›Der Pirat‹ ist das Grab, glaube ich, das Haus von einem Troll.« Er sah sich um. »Fenster sind zu. Aber hier kommt ohnehin nichts weg. Die Kriminalitätsrate auf Hoy geht gegen null.«

»Anders in Stromness …« Arline holte ihre Tasche und stopfte ihr schmutziges Shirt hinein. »Ich kann mein Glück immer noch nicht fassen. Der Dieb muss ziemlich enttäuscht gewesen sein.«

Im Wagen sah Quinn sie fragend an. »Das ist schon eine seltsame Geschichte. War dein Ex da schon auf der Insel?«

»Keine Ahnung. Gilbert ist ein schräger Typ, hat mich gestalkt und auch bedroht und …« Sie schluckte. »Dass er mir die Songrechte nehmen will, lasse ich mir nicht gefallen.«

Der Renault brauchte zwei Anläufe, bevor er ansprang, doch dann brachte er sie ächzend zur Mole. Dort legte gerade die Fähre an. Nur wenige Passagiere stiegen aus.

»Hallo, Quinn!«, rief eine jüngere Frau aus einem Kleinbus.

»Hi, Maggie, wir hätten dich heute besucht, aber der Pub ruft.«

»Alles klar, nächstes Mal!« Der Bus fuhr weiter.

»Sie führt das Café in Rackwick und macht exzellente Sandwiches«, erklärte Quinn.

»Kann sie davon leben? So viele Touristen kommen ja nicht nach Hoy.«

»Du wirst dich wundern, was hier los ist.«

Bald darauf steuerte Quinn das Boot aus der Bucht hinaus in die Meerenge zwischen Hoy und Graemsay. Diesmal schlug er die nördliche Route ein, die kürzer, aber gefährlicher war. Sie mussten einige Felsen umfahren, die mitten aus dem Meer ragten und zwischen denen sich Strömungen bildeten.

Der Motor röhrte, die Gischt spritzte auf, und der Rumpf des Bootes schlug in regelmäßigen Abständen auf die Wellen. Links von ihnen öffnete sich der Atlantik. Von hier aus waren die großen Segelschiffe nach Amerika aufgebrochen und hatten Auswanderer mit bangen Herzen und zerbrechlichen Hoffnungen auf ein besseres Leben mitgenommen.

»Dahinten, siehst du das, Quinn?« Arline hatte am Horizont einen riesigen Trawler entdeckt.

Quinn drosselte den Motor und holte sein Fernglas hervor. »Das ist ein Supertrawler.«

Er reichte ihr das Fernglas.

Arline stellte es scharf. »Ein Krilltrawler. Verdammt,

sind die dicht an den Inseln. Diese Supertrawler machen alles kaputt. Die fischen alles weg. Schau doch! Da, das sind Wale! Oh Mann, Quinn, die sind einer Walschule hinterher, weil sie wissen, dass da der Krill ist.«

»Die machen es, weil sie es dürfen. Das ist die Krux an der Sache. Die Regierungen erlauben es, und die nutzen es schamlos aus.«

»Ich habe es immer gehasst, die Krebse zu verpacken, den Hummern die Scheren zubinden zu müssen und, ach …« Sie biss sich auf die Lippen. »Die ziehen ihre Scheißnetze durch die ganze Walschule.«

Sie setzte das Fernglas ab und stieß hörbar die Luft aus. »Es gibt einige Dinge, die mich wirklich wütend machen.«

Quinn warf ihr einen amüsierten Blick zu. »Ich glaube, du würdest dem Kapitän auf dem Trawler da draußen ganz schön zusetzen. Nach der Flagge zu urteilen, war es ein Chinese.«

Sie grinste. »Der hätte mich schon verstanden.«

Sie sahen einander an und lachten.

Bei der Einfahrt in den Hafen von Stromness begegneten sie Sam. Sein Kutter tuckerte gemächlich an ihnen vorbei, und er winkte ihnen zu.

»Ty hat einen Interessenten für dich!«, brüllte er.

Arline hob zustimmend den Daumen. »Danke. Ich rufe ihn an!«

Während Quinn anlegte, klingelte Arlines Telefon. Faith. Ihre Band war eingetroffen, und sie machte sich einen schönen Tag.

»Hi, Arli, wir sind da. Kommst du zu uns?«

»Äh, ja. Muss noch was klären und melde mich, okay? Gil ist hier, Faith.« Sie ging an Land und half, das Tau um einen Poller zu legen.

»Das Festival, das nutzt er natürlich aus. Wir sind ja da. Bleib einfach bei uns. Ich zieh ihm eins über, wenn er wieder Stunk macht.« Faith lachte.

»Das würdest du. Bis später, grüß alle!«

Quinn kam zu ihr. »Arli, es war wirklich schön, dass du mit auf Hoy warst. Du bist immer willkommen. Ich muss jetzt in den Pub, und du hast ja noch ein Konzert vorzubereiten. Darauf freue ich mich.« Er legte ihr die Hände auf die Schultern. »Sehr.«

Sie sahen einander an, und Arline sagte: »Aber vielleicht braucht ihr noch eine Aushilfe, wenn Skye ausfällt? Das tut mir so leid. Ich könnte …«

Entschieden schüttelte er den Kopf. »Das regeln wir schon. Wir haben Back-ups, die einspringen können. Mach dein Ding, Arli. Falls sich dein Ex wieder blicken lässt und komisch wird, grüß ihn von mir, okay?«

Sie öffnete den Mund, um etwas zu erwidern, doch er beugte sich vor und küsste sie. Aus einem leichten Abschiedskuss wurde ein langer Kuss, der ein Versprechen auf mehr war. Als er sie losließ, hatte sie weiche Knie, und er starrte sie an, als sähe er sie zum ersten Mal.

Dann nickte er und ging davon. Ein großer, breitschultriger Mann mit einer verletzten Seele, dachte Arline, während sie ihm nachsah.

Als sie zu ihrem Haus kam, erwartete sie beinahe, dass

wieder jemand eingebrochen hatte. Doch alles war so, wie sie es verlassen hatte. Nachdem sie in Quinns hübschem Cottage gewesen war, wuchs ihr Bedürfnis nach Renovierung noch mehr. Das Haus hatte Potenzial. Und ja, sie würde es behalten.

Eine wichtige Entscheidung hatte sie mal eben aus dem Bauch heraus gefällt. Aber waren das nicht die besten Entscheidungen? Arline nahm ihre Tasche von der Schulter und zog das Tagebuch heraus. Bevor sie sich mit ihren Freunden traf, musste sie wissen, wie es ihrer Mutter ergangen war. Dieser Pianist schien nicht ganz der strahlende Held auf dem weißen Pferd oder vielmehr am Flügel gewesen zu sein. Oh, Mum, dachte Arline und setzte sich mit dem Tagebuch in die Küche.

25

Colina

Stromness, Weihnachten 1986

Das Essen war vorüber, und im Fernsehen flimmerte die Christmas-Episode von *EastEnders*. Colina trug die Teller des Weihnachtsessens in die Küche. In einem Eimer sammelten sie die Reste von den Tellern und brachten sie zu Angus, der damit seine Schweine fütterte. Einmal im Jahr erhielten sie dann ein halbes Schwein. Colina graute jetzt schon davor, wenn die frisch geschlachteten Teile in Plastikwannen in die Küche gebracht und die Innereien für den Haggis vorbereitet werden mussten.

»Was ziehst du denn für ein Gesicht!?« Ihre Mutter kam mit zwei Schüsseln herein und stellte sie ab. »Was müssen die immer so schwer sein. Oder ich werde alt.«

»Mum, lass mich das doch tragen.« Colina hatte schon seit Längerem den Verdacht, dass ihre Mutter ihr etwas verschwieg.

Immer häufiger überraschte sie ihre Mutter dabei, dass sie sich irgendwo abstützte und ihre Miene schmerzverzerrt war. Wenn sie sie darauf ansprach, winkte sie ab. Ihr Vater schien es nicht zu bemerken.

»Mai! Bring die Flasche mit, die Mogs uns geschenkt hat. Wir wollen doch ordentlich anstoßen!«, rief Fraser Nicolson aus dem Wohnzimmer, in dem sie den großen Esstisch aufgestellt hatten.

Der Tannenbaum war aus Plastik und verschwand unter einem Haufen bunter Kugeln. Fraser fand es praktisch, dass der Baum eine Lichterkette hatte, die man einfach in die Steckdose steckte. Und schon blinkte das Bäumchen abwechselnd rot, grün und gelb.

Colina hätte gern einen echten kleinen Baum gehabt, den sie selbst dekoriert hätte, aber erstens war sie in Ungnade gefallen, und zweitens fand Mogs den künstlichen Baum witzig. Und wenn Mogs etwas gut fand, gab es keine zwei Meinungen mehr. Ihre Schwester saß neben ihrem neuen Freund am Tisch. Tavish arbeitete in der Bank. Ihre Eltern waren begeistert von dem adretten jungen Mann, der zielstrebig und fleißig war. Seine Eltern besaßen vier Schiffe, darunter ein Trawler, und sein Bruder hatte gerade sein Kapitänspatent gemacht. Eine respektable Familie, in die man gern einheiratete.

»Coco, komm schon, du verpasst ja das Beste!«, rief Mogs.

»Nenn mich nicht Coco!«, rief Colina zurück. »Ich bin kein Papagei!«

»Jaja, aber jetzt komm. Du hast doch sonst keine Folge verpasst. Ah, ich werd nicht mehr!« Im Fernseher wurde gestritten. »Wer denkt sich denn so was Bescheuertes aus!«

»Genau, weil's so bescheuert ist, brauche ich es mir nicht anzusehen«, meinte Colina.

Ihre Mutter stand am Spülbecken und stöhnte auf.

»Mum! Bitte, setz dich. Ich wasche hier ab. Das ist doch schnell erledigt.« Flehentlich sah Colina ihre Mutter an und legte ihr den Arm um die Schultern. »Und morgen gehst du zum Arzt, bitte«, flüsterte sie am Ohr ihrer Mutter.

Mairead strich ihr über die Wange. »Ist schon gut, mein Liebling. Ich habe mich nur verhoben. Das lange Stehen heute in der Küche war eben zu anstrengend. Danke, dass du hier bist. Ich weiß, dass du andere Pläne hattest.«

Colina stutzte. »Das weißt du? Aber …«

Sie hatte nicht darüber gesprochen, dass Jasper sie eingeladen hatte, ihn über die Feiertage und den Jahreswechsel nach Sankt Moritz zu begleiten. Er fuhr gern Ski, und in jedem Winter traf er sich in dem Schweizer Nobelskiort mit seinen Freunden. Struff war natürlich auch dort.

»Du hast telefoniert, da habe ich es aufgeschnappt.« Maireads Stimme klang matt, und sie sank auf einen Küchenstuhl.

Mogs kam herein. Ihre Wangen waren gerötet von Essen, Wein und Glückseligkeit. Ihre Schwester war so verliebt in Tavish, dass Colina sich fragte, wie er das aushielt. Er schien ihr ein ziemlich vernünftiger Mann zu sein. Mogs hingegen klebte an ihm wie eine Klette. Das musste einem schier die Luft nehmen, aber es ging sie nichts an.

»Was machst du denn?« Mogs hielt inne, als sie ihre Mutter mit blassem Gesicht und weißen Lippen am Tisch entdeckte. »Geht es dir nicht gut, Mum? Soll ich dir ein Aspirin bringen? Coco, gib Mum eine Tasse Tee und einen Schluck Whisky. Nach dem vielen Essen muss einem ja ganz unwohl werden.«

Colina knallte die Whiskyflasche auf den Tisch. »Nenn mich nicht Coco!«, zischte sie wütend.

»Kinder, bitte. Heute ist Weihnachten!«, sagte Mairead und hob beschwichtigend die Hände. »Tee und Whisky sind eine gute Idee. Für alle. Mach doch ein Tablett fertig, Colina.«

Mogs kam zu ihr und half ihr mit den Teetassen. »Was ist denn nun mit deinem Supertypen? Hat er dich schon satt? Meine Güte, Colina, lass dich nicht ausnutzen. Du …«

Das Telefon klingelte in der Diele. Colina eilte hinaus, um als Erste abnehmen zu können.

»Ja?«, fragte sie atemlos.

Die Verbindung war schlecht, es knisterte in der Leitung. »Bist du das, Colina? Frohe Weihnachten!«, rief Jasper fröhlich.

Sie hörte an seiner Stimme, dass er getrunken hatte, im Hintergrund klirrten Gläser, und Menschen lachten ausgelassen bei lauter Musik. Ein Familienmensch war er nicht. Er liebte große Gesellschaften und war gern mit seinem illustren Freundeskreis zusammen.

»Frohe Weihnachten! Wo bist du denn?«

»In einem Chalet. Würde dir gefallen. Draußen gibt es einen Whirlpool. Es schneit, und du kannst die Sterne sehen, während du im heißen Wasser sitzt.« Jemand sprach mit ihm, und er lachte. »Hey, Colina, ich rufe dich im neuen Jahr an, okay? Üb fleißig. Im Januar komme ich für zwei Wochen, versprochen.«

»Ja, oh, du kommst wirklich? Ich vermisse dich!«

»Was? Feierst du mit deiner Familie? Gott, wie lange ist es her, dass ich meine gesehen habe, ich Unmensch!« Er lachte, doch es klang nicht fröhlich. »Hast du dein Geschenk schon geöffnet?«

»Nein, noch nicht. Das mache ich nachher, wenn ich allein bin«, sagte sie leise.

»Wie bitte? Es ist so laut hier. Liebling, ich hoffe, es gefällt dir. Wir sollen jetzt raus in den Schnee. Du kennst ja Struff, immer eine verrückte Idee. Schade, dass du nicht dabei bist. Grüß deine Familie, ah, besser nicht. Bis bald, meine Süße!«

Die Verbindung brach ab, und Colina legte den Hörer sorgsam auf die Gabel. Er feierte mit Freunden, aber er hatte sie nicht vergessen. Sein Geschenk lag oben unter ihrem Kopfkissen. Es war klein und sicher kostbar.

»War das dein Lover?«, meinte Mogs provozierend, als sie in die Küche zurückkehrte.

Mairead war ins Wohnzimmer gegangen, und Colina sagte kühl zu ihrer Schwester: »Nur damit du endlich den Mund hältst, Jasper hatte mich nach Sankt Moritz eingeladen. Aber ich habe abgesagt. Dad hat Rheuma in den Händen, auch wenn er das nicht zugibt, und dass es Mum nicht gut geht, hast du ja wohl gesehen.«

Ihre Schwester hob die Augenbrauen. »Ach, tatsächlich? Und da hast du aus reiner Herzensgüte abgesagt? Das nehme ich dir nicht ab. Ich bin ja auch noch da und hätte mich gekümmert.«

»Sicher, so, wie du es bis jetzt getan hast?«, ätzte Colina.

»Du bist doch hier. Wenn ihr mich braucht, müsst ihr das sagen. Ich habe keine telepathischen Fähigkeiten!« Mogs machte eine vage Geste mit den Händen. »Da ist mehr. Du verschweigst mir etwas. Wenn du gewollt hättest, wärest du ohne mit der Wimper zu zucken nach Sankt Moritz gefahren. Darauf verwette ich meinen Hintern!«

26

Stromness, Januar 1987

Jasper war zurück! Sie zog sich ihre neue Jeans, eine Bluse und einen dunklen Pullover an, föhnte ihr Haar ausgiebig, sodass es sich wellte, und trug Lippenstift auf. Dann zog sie Wintermantel und Handschuhe an und ging leise die Treppe hinunter. Im Wohnzimmer lief der Fernseher. Ihr Vater war mit Freunden, ebenfalls Creel-Fischer, zu einer Veranstaltung der Orkney Fishermen's Society gefahren. Die Fischereigenossenschaft war als Kooperative von den Fischern vor dreißig Jahren gegründet worden und hatte bereits viel erreicht, vor allem bessere Preise. Fraser würde erst spät zurückkommen, denn solche Treffen endeten immer im Pub.

Sie hatte die letzte Stufe vergessen. Das Knarzen war deutlich zu hören.

»Colina?«, rief ihre Mutter.

Seufzend ging sie ins Wohnzimmer, wo ihre Mutter mit einer Wolldecke auf dem Sofa lag. Das Feuer im Kamin war ausgegangen, und es wurde kalt.

»Mum, warum sagst du denn nichts? Du erkältest dich noch.« Rasch legte Colina alte Zeitung und Holz nach.

Mairead war sehr blass. »Lass mal, ich bin ja nicht krank. Wohin willst du bei der Kälte? Ein Sturm zieht auf. Du solltest nicht zu weit wegfahren.«

»Nein, mache ich nicht.« Unter ihrer Bluse spürte sie die kostbare Kette, die Jasper ihr zu Weihnachten geschenkt hatte. Sie war aus Gold, genau wie der Anhänger, ein Panther, der eine Note im Maul hielt. Das Auge des Panthers war ein Diamant. Dass dieses Schmuckstück ein Vermögen gekostet haben musste, war ihr klar geworden, als sie das rote Lederkästchen des Edeljuweliers geöffnet hatte. Sie hatte es niemandem gezeigt und versteckte es unter ihrem Bett.

Ihre Mutter griff nach ihrer Hand, als Colina zu ihr trat, um sich zu verabschieden. »Ich weiß, wohin du willst. Er ist wieder hier, nicht wahr?«

Colina sah sie an. »Mach es mir nicht so schwer, Mum. Das mit mir und Jasper ist etwas Besonderes. Er … er zeigt mir eine Welt, die mir sonst verschlossen geblieben wäre. Und egal, was ihr denkt, er will mir wirklich zu einer Karriere als Sängerin verhelfen.«

»Du bist so jung, meine Kleine. Ich habe Angst, dass du dich selbst verlierst, bevor du überhaupt weißt, wer du wirklich bist.«

Colina beugte sich vor und küsste ihre Mutter auf die Wange. »Ich passe schon auf mich auf, Mum. Es wird später. Und morgen sollten wir endlich einen Termin beim Arzt für dich machen.«

Mairead lächelte wenig überzeugend und drückte zum Abschied ihre Hand.

Colina fuhr mit dem Fahrrad hinauf zu Jaspers Cottage. Der Wind nahm bereits zu, und die Kälte biss in Wangen und Lippen. Im Winter waren die Einheimischen meist unter sich. So gut wie kein Tourist verirrte sich auf die Orkneys, deren Stürme legendär waren. Eine Böe peitschte von den Klippen über die Felsen und brachte salzige Gischt mit herauf. Die See donnerte unten gegen die Felsen. Morgen würden sie kaum mit dem Boot hinausfahren können.

An vielen Stellen lag noch Schnee, und dort, wo der Weg sandig und unbefestigt war, bildeten sich Schlammlöcher. Colina hatte Mühe, ihr Fahrrad durch ein großes Loch zu manövrieren, verlor die Kontrolle, als sie von einer Sturmböe erfasst wurde, und stürzte zu Boden.

»Mist!«, fluchte sie, stand langsam auf und fluchte erneut. Ihre Hose war durchnässt, der Mantel am Saum eingerissen, und ihre Stiefel hatten sich mit Wasser vollgesogen.

In diesem abgerissenen Zustand hatte sie Jasper nicht wiedersehen wollen. Aber sie war fast da. Sie konnte nicht nach Hause zurück, um sich umzuziehen. Der Sturm würde zu heftig werden und eine erneute Fahrt unmöglich machen. Entschlossen schob sie ihr Rad durch den Schneematsch, zog die Wollmütze tief ins Gesicht und kam nach endlosen Minuten erschöpft vor Jaspers Cottage an.

Erstaunt sah sie zwei Wagen auf dem Hof, und die Fenster waren hell erleuchtet. Er hatte Besuch, dachte sie enttäuscht. Dabei hatte er sie eingeladen und gesagt, dass er sich auf sie freue. Ob Struff mitgekommen war? Colina lehnte ihr Fahrrad gegen die Garage und zog an der Türglocke.

Im Haus lief klassische Musik. Jasper hörte fast nie etwas anderes, auch wenn er ihr gegenüber gern betonte, dass er jede Art von Musik schätze, wenn sie gut gemacht sei. Die Tür schwang auf, und eine blonde Frau stand vor ihr. Sie sah aus wie eine schwedische Filmschauspielerin, deren Namen Colina nicht einfiel.

»Hallo!«, sagte die Frau mit schwedischem Akzent. »Komm herein. Jasper hat mir viel erzählt. Du bist Colina, ja?«

Überrascht trat Colina ein und sah verlegen an sich hinunter. »Ich bin gestürzt. Soll ich die Schuhe ausziehen?«

»Ach, du armes Ding. Ist dir kalt? Die Winter hier sind nichts für mich. In Schweden haben wir wenigstens Schnee. Richtigen Schnee, meine ich. Na, komm mit durch.«

Verlegen stellte Colina ihre Stiefel in die Diele und folgte der Fremden in das große Musik- und Wohnzimmer. Jasper stand mit dem Rücken zu ihr vor der Stereoanlage und hörte konzentriert zu.

»Hallo«, sagte Colina zaghaft und war den Tränen nahe. Es war ein Fehler gewesen zu kommen.

Doch als er sich umdrehte und sie mit einem breiten Lächeln ansah, wusste sie, dass alles gut werden würde.

»Meine Süße«, murmelte er, breitete die Arme aus und zog sie an sich. Dann umfasste er ihr Gesicht mit den Händen und küsste sie sanft auf die Lippen. »Ganz kalt und nass bist du auch. Komm, wir trocknen dich erst einmal ab, und du bekommst neue Klamotten. Anni, wir haben doch sicher das Passende für Colina?«

»Aber ja.«

Er nahm Colinas Hand und führte sie in sein Schlafzimmer. Dort war es warm, viel wärmer als in ihrem Haus am Hafen.

»Du bist so schön, Colina. Ich habe dich vermisst«, sagte er und half ihr, den Pullover über den Kopf zu ziehen. Mit den Fingerspitzen strich er über den Anhänger an ihrem Hals und berührte dabei die Ansätze ihrer Brüste.

Colina seufzte, und eine Hitzewelle durchströmte sie. Sie knöpfte langsam ihre Bluse auf und sah ihn unverwandt an.

»Ich glaube, wir brauchen etwas mehr Privatsphäre.« Er ging zur Tür und ließ sie ins Schloss fallen.

Als er zu ihr kam und sie küsste, vergaß sie ihre Verlegenheit und ließ sich fallen. Seine Berührungen und zärtlichen Liebkosungen waren alles, was sie wollte. Eng ineinander verschlungen lagen sie später in seinem Bett.

Colina spielte mit den Haaren auf seiner Brust. »Wer ist Anni?«

Seine Brust bewegte sich, weil er leise lachte. »Mach dir keine Gedanken, sie ist meine Managerin. Sie organisiert mein Leben. Ohne sie wüsste ich nicht, wann ich wohin fliegen muss.«

»Das entscheidet sie für dich?«

»Meistens fragt sie mich vorher, aber ja, manchmal schließt sie Verträge, und ich wundere mich, warum ich in zwei Wochen nach Boston oder Paris fliegen muss. Aber diese zwei Wochen habe ich für mich herausgeschlagen. Nur für mich und für dich.« Er drehte sich mit ihr auf die Seite, legte ihr eine Hand auf die Hüfte. Und zog ihr Bein über seine Hüfte.

Sie spürte seine wachsende Erregung und schloss die Augen. Langsam fielen sie in einen Rhythmus, der sie Zeit und Raum vergessen ließ. Als sie aus ihrer rauschhaften Vereinigung auftauchten, glaubte Colina zu hören, wie sich die Tür öffnete. Plötzlich spürte sie eine Hand auf ihrem Rücken, die eindeutig nicht Jasper gehörte, denn der lag auf dem Rücken neben ihr und verschränkte die Arme hinter dem Kopf. Erschrocken wandte Colina den Kopf und sah in Annis grüne Katzenaugen.

Diese trug nur einen seidenen Kimono und sah zu Jasper. Der nickte, doch Colina setzte sich auf. »Was soll das werden?«

Jasper verzog amüsiert die Lippen. »Was denkst du denn? Anni mag dich.«

Colina zog die Beine an ihren Körper und umschlang sie mit den Armen. »Nein, ich, nein …«, stammelte sie, und Tränen füllten ihre Augen.

Jasper gab Anni einen Wink, und diese strich Colina über die Haare und ging hinaus.

»Du und Anni?«

»Nein, du Schäfchen. Anni mag Frauen, und sie findet

dich attraktiv. Ich habe nichts dagegen. Aber wenn du nicht willst, ist das völlig in Ordnung.«

Sie entspannte sich ein wenig und schmiegte sich an ihn. »Ich liebe dich, Jasper, nur dich«, flüsterte sie.

Das hatte sie noch nie gesagt, nicht zu einem anderen und nicht zu ihm. Jasper antwortete nicht sofort, doch dann erwiderte er sanft: »Ich liebe dich auch, Colina. Du bist meine Inselprinzessin, und du kannst viel mehr sein, wenn du es nur willst.«

Fragend sah sie ihn an.

»Hast du die Gesangsübungen gemacht? Übermorgen kommt Andrew mit seiner Frau zu Besuch. Er hat Familie in Kirkwall. Er hat sich bereit erklärt, mit dir zu üben. Seine Stimmlage ist Tenor, er versteht sein Metier.«

Andrew, überlegte Colina. »Der Andrew Campbell? Hat er nicht auch im ›Phantom der Oper‹ gesungen?«

Sie hockte sich neben Jasper auf die Knie. *Das Phantom der Oper* war ein neues Musical von Andrew Lloyd Webber. Colina hatte es im Radio gehört und war von den schönen Melodien ganz hingerissen gewesen.

Jasper grinste. »Ich sehe schon, du bist der leichten Muse mehr zugetan. Aber das wird schon noch. Die Musik ist wirklich ganz schön. Seine Frau ist auch begeistert. Gut, das wäre geklärt. Jetzt wollen wir aufstehen, und ich möchte hören, welche Fortschritte du gemacht hast.«

Das war typisch für ihn. Er verfiel von einer Minute auf die andere in eine vollkommen andere Stimmung.

Als sie bald darauf in trockenen Sachen, von denen sie annahm, dass sie Anni gehörten, neben dem Klavier stand, musste sie sich konzentrieren, um den unangenehmen Zwischenfall zu vergessen. Sie wollte auf keinen Fall als prüdes Landei gelten, doch überrumpeln lassen wollte sie sich auch nicht. Und während sie die Tonleitern intonierte, dachte sie an die Worte ihrer Mutter: »Verlier dich nicht, bevor du dich gefunden hast.«

27

Seit drei Tagen fegte der Sturm über die Inseln. Es war einer dieser Winterstürme, die den Menschen zeigten, dass sich die Elemente nicht beherrschen ließen. Das Boot der Nicolsons wurde gegen die Kaimauer geschleudert und erlitt schwere Schäden. Thomas war zu ihnen gekommen, um Fraser um Hilfe zu bitten.

»Hey, Colina«, sagte der junge Fischer, als er in die Küche schaute.

»Tom, hallo! Tut mir leid mit eurem Boot. Habt ihr schon überlegt, was ihr machen wollt?«

Er lehnte in der Tür, die Wollmütze noch auf dem Kopf. Sein Gesicht war von Kälte und Wind gerötet, die Stiefel nass. Sein Leben war hart, aber er beklagte sich nie, und die Musik war seine Zuflucht.

»Dein Vater hat meist eine Idee. Wir kriegen das schon hin. Kommst du heute Abend in den Pub? Sam wird auch da sein. Wir könnten Musik machen. Was meinst du?«

»Vielleicht.« Sie schälte Kartoffeln für das Püree.

Er runzelte die Stirn. »Ich weiß schon. Hab sein Auto gesehen. Reicht es nicht, dass sie im Sommer hier sind? Sam hat einen von denen übergesetzt. Ich hätte das nicht gemacht. Da hätte bös was schiefgehen können. Aber die haben Geld, diese feinen Klimperheinis.«

»Übergesetzt? Nach Hoy oder wohin?«

»Jaja, Hoy, verrückt. Aber Sam brauchte das Geld.« Thomas klopfte gegen den Türrahmen, als er Fraser kommen hörte. »Na, dann mach's mal gut, und vergiss nicht, wo du herkommst.«

»Brauchst du mir nicht zu sagen!«, knurrte Colina und warf die Kartoffeln in den mit Wasser gefüllten Topf.

Nachdem die Männer sich ihr Ölzeug übergezogen und das Haus verlassen hatten, ging Colina ins Wohnzimmer, wo ihre Mutter in einem Sessel saß und strickte. »Mum, wir können jetzt zu Dr. Elton gehen. Zieh dir deinen Mantel an. Dauert ja nicht lange, und dann wissen wir endlich, was dir fehlt. Vielleicht braucht es nur eine Tablette.« Colina berührte ihre Mutter an der Schulter und wartete, bis sie das Strickzeug in den Schoß legte.

»Na schön, du gibst ja doch keine Ruhe. Dann gehen wir jetzt. Hast du die Kartoffeln aufgesetzt? Die Männer werden hungrig sein, wenn sie vom Hafen kommen.« Mit einem unterdrückten Stöhnen erhob sich Mairead. Ihr Zustand hatte sich seit Weihnachten nicht gebessert.

Als Colina kurz darauf mit ihrer Mutter aus dem Haus trat, wurden sie vom Wind gegen die Hausmauer gedrückt. Colina hakte ihre Mutter unter und zog sie mit sich die Victoria Street entlang. Hier und dort lag noch etwas Schnee, und die Pflastersteine waren glatt. Es war niemand unterwegs. Warum auch? Bei solch einem Sturm hielt man sich am Ofen auf, flickte Netze oder Reusen oder schaute *EastEnders*.

Dr. Elton war seit vielen Jahren der Inselarzt. Er brachte die Kinder auf die Welt, schiente gebrochene Beine, hatte eigene Rezepturen für Hustensäfte und nähte Schnittwunden. Auf den Kuttern passierten Unfälle mit schwerwiegenden Verletzungen. Aber noch hatte Dr. Elton jeden wieder hinbekommen.

Seine Frau leitete die Praxis und begrüßte sie freundlich: »Hallo, Mairead! Was führt dich zu uns? Wir haben dich lange nicht gesehen.«

Mairead murmelte: »Ist ja auch nichts. Meine Tochter macht ein Aufhebens um mich, ach.«

Colina trat an den Schreibtisch, hinter dem Bessie Elton saß. Die Krankenakten der Patienten waren in Rollschränken hinter ihr abgelegt. Eine Topfpflanze stand traurig in einer Ecke. Doch im Wartezimmer gab es Zeitschriften und Bauklötze für die Kinder.

»Meiner Mutter geht es schon länger nicht gut. Können wir zum Doktor rein?«, fragte Colina.

»Geht nur durch. Heute kommt kaum jemand. Du siehst gut aus, Colina«, meinte Bessie Elton und musterte sie neugierig.

»Danke. Na komm, Mum.«

Sie legten ihre Mäntel ab und gingen durch die offen stehende Tür in das Behandlungszimmer. Dr. Elton hatte struppiges graues Haar, einen Vollbart und trug eine große Hornbrille. Er blätterte in einem Buch und hob den Kopf. »Na, was bringt uns der Sturm heute herein?«

Als er Mairead sah, stand er auf und rückte ihr einen Stuhl hin.

»Ich darf bleiben, ja?«, fragte Colina.

»Wenn deine Mutter es möchte?« Fragend sah er zu Mairead, doch die schüttelte den Kopf.

»Dann tut es mir leid. Bitte warte draußen, Colina.«

Dr. Elton begleitete Colina zur Tür und schloss diese hinter ihr.

»Möchtest du eine Tasse Tee?«, fragte Bessie Elton fürsorglich und ging in einen Raum hinter dem Schreibtisch. Geschirr klapperte, und Bessie kam mit einer Tasse heißem Tee zurück.

Colina musste sie mit beiden Händen halten, weil sie plötzlich zitterte. »Danke!«

»Auch Eltern werden mal krank«, sagte Bessie. »Setz dich doch. Wenn Hugh sich Zeit für eine gründliche Untersuchung nimmt, kann es dauern.«

Und es dauerte sehr viel länger, als Colina erwartet hatte. Kein gutes Zeichen, dachte sie und legte das Magazin zur Seite, in dem es einen Bericht über Struff in Boston gab. In einer anderen Zeitschrift war Jasper mit einer Gruppe prominenter Gäste in Sankt Moritz zu sehen. Ein kleiner Stich durchfuhr sie. Sie hätte dabei sein können.

»Und machen Sie sich keine Sorgen, wir warten das Ergebnis ab, und dann sehen wir uns wieder und besprechen die Behandlung. Bessie, haben wir noch eine Probepackung von diesen Tabletten?«

Dr. Elton und ihre Mutter waren in den Eingangsbereich getreten. Colina ging zu ihnen. »Und? Konnten Sie etwas feststellen?«

Ihre Mutter war blass und legte die Hand auf den Arm der Tochter. »Alles in Ordnung, nur eine kleine Blutarmut.«

Die Miene des Arztes war ernst, doch er reichte Mairead zum Abschied die Hand und lächelte. »Bis bald. Und schonen Sie sich! Aber Sie haben ja eine Tochter im Haus.«

Mairead nickte. Erst als sie auf der Straße standen, fragte Colina: »Mum, was hat er gesagt? Was fehlt dir?«

»Hast du nicht zugehört? Eine leichte Blutarmut. Das renkt sich wieder ein.« Mairead packte ihren Arm. »Kein Wort zu deinem Vater oder zu Mogs!«

»Warum denn nicht?«

»Weil ich es nicht will!«, kam es scharf zurück. Sanfter fügte Mairead hinzu: »Ich brauche kein Mitleid.«

»Aber Mum! Wir sind eine Familie, da steht man doch zueinander«, versuchte es Colina erneut.

»Nein! Ich habe dich nie um etwas gebeten. Aber diesmal ist es mir ernst. Nein! Hörst du?«

In der Stimme ihrer Mutter schwang ein ungewohntes Flehen mit, und Colina nickte stumm.

»Fallen lassen! Hast du dich noch gedehnt? Wie in einer Gymnastikstunde. Noch einmal!«, befahl Andrew Campbell.

Der Tenor stand neben Jaspers Flügel und dirigierte Colinas Bewegungen. Aufwärmübungen. Wenn sie ehrlich war, hatte sie Jaspers Empfehlungen nicht ernst genommen und die Übungen, bei denen man die Arme warf, die Lippen aufpustete und komische Babylaute machte, zu Hause nicht gemacht.

Andrew war eine imposante Erscheinung. Groß, mit vollem dunkelblondem Haar, einem vorstehenden Leib, der sich hob und senkte, wenn er sang, und ihn nicht zu behindern schien. Im Gegenteil, der Bauch schien sein Resonanzraum zu sein. Das Eindrucksvollste an ihm waren seine grünen, leicht vorquellenden Augen, die einen unerbittlich fixieren und bestrafen konnten. Sie fühlte sich unter seinem kritischen Blick nackt und ungebildet, wie ein krähender Säugling.

Colina ließ den Oberkörper nach vorn fallen, schüttelte die Arme und richtete sich wieder auf. Dabei stieß sie die Luft aus.

»Öffne den Mund, lass den Kiefer fallen, locker, ganz locker, spür deinen Körper! Wenn du nicht weißt, wie er funktioniert, wie willst du dann perfekte Töne erzeugen?« Andrew holte tief Luft und sang dann einen Ton, kraftvoll, klar und voller Vibrato.

Seine Stimme füllte den Raum und rief eine Gänsehaut bei ihr hervor.

»Das willst du erreichen, verstanden?«, sagte er.

Stumm und voller Bewunderung sah sie ihn an.

»Welcher Ton war das?«, wollte Andrew wissen.

»Was? Äh, ein A.«

Er rang die Hände zum Himmel. »Hast du keine Ohren?«

Der Tenor ging zum Klavier und schlug einen Akkord an.

»Oh, ein C-Dur Akkord. Dann war es ein G.« Sie war sich nicht ganz sicher, doch das Aufleuchten in seinen Augen ließ sie innerlich einen erleichterten Seufzer ausstoßen.

»Immerhin. So, jetzt schüttle die Füße, Beine, den Hintern, spür deine Wirbelsäule, roll die Schultern, dann den Nacken, und zum Schluss spürst du deinen Schädel«, wies Andrew sie an.

Es war ungewohnt für Colina, sich auf einzelne Teile ihres Körpers zu konzentrieren, und es kam ihr ein wenig albern vor, doch sie tat, wie man ihr sagte. Durch das Fenster sah sie, wie Jasper, Anni und Andrews Frau Debbie zu einem Spaziergang aufbrachen. Der Sturm schien ihnen nichts auszumachen. Sie lachten und zogen die Mützen tief in die Gesichter.

Ein lautes Krachen ließ sie zusammenfahren. Andrew hatte mit der Hand auf den Flügel geschlagen.

»Ich mache das hier nicht zum Spaß! Konzentrier dich! Oder wir lassen es, und ich sage Jasper, dass du keine Lust hast. Ist es so?« Verärgert sah der Tenor sie an.

»Nein. Natürlich möchte ich lernen«, sagte sie kleinlaut. »Es tut mir leid, aber ich habe das noch nie gemacht. Es ist ungewohnt für mich.«

»Dann wird es Zeit, dass du begreifst, was es bedeutet, ein Musiker zu sein. Disziplin, Disziplin und noch mal Disziplin. Eine schöne Stimme allein reicht nicht.« Er schien noch mehr sagen zu wollen, klatschte stattdessen in die Hände und fuhr fort: »Jetzt stellst du dir dein gesamtes Skelett vor. Jeden Knochen in deinem Körper, bis in den Kopf. Dein Skelett hält dich, nicht dein Bauch. Denke an deine Bauchmuskeln, und atme nach innen, schließ die Augen und stell dir die innere Landschaft deines Körpers vor.«

Immer weiter führte er sie zur Wahrnehmung ihres Körpers, bis sie verstand, wo das Zentrum ihrer Stimme saß – in ihrer Körpermitte und nicht in ihrem Kehlkopf. Sie machte unzählige Übungen auf verschiedene Laute, brabbelte, summte und gähnte, und immer mehr begriff sie, dass die Membran tief in ihr der Resonanzboden für ihre Stimme war. Sie legte sich die Hand unter den Brüsten auf die Rippen und konnte die Schwingungen, das Vibrieren fühlen, das beim Singen entstand.

»Zum Abschluss machen wir die NG-Übung. Deine Zunge sollte den Zahnfleischrand deiner Zähne im Unterkiefer berühren. Es geht um Nasallaute und den Aufbau von Kopf- und Nasenresonanz.«

Sie hörte ihm zu und versuchte, alles zu verstehen und sich zu merken. Er sprach von verbesserter Flexibilität der Stimme, von Glissando-Sirenen, die man so besser singen könne.

»Basta! Für heute ist es genug!«, rief Andrew. »Wie ist dein Italienisch?«

»Äh, nun ja, also …«, sagte sie hilflos.

»Nicht existent. Dann solltest du das ändern. Zumindest die Aussprache musst du beherrschen. Wie willst du sonst italienische Opern singen?« Der Tenor lachte sein tiefes, klangvolles Bühnenlachen und sang eine Verdi-Arie an. »*De'miei bollenti spiriti / il giovanile ardore / ella temprò col placido / sorriso dell'amore*!«

»Dies jugendliche Feuer meines brennenden Gemüts kühlt sie mit dem sanften Lächeln der Liebe!«, flüsterte Jasper ihr ins Ohr.

Sie war so versunken gewesen, dass sie ihn nicht hatte kommen hören. Er legte ihr die Hände auf die Schultern und küsste ihre Haare. »Wie hat sich unsere junge Elevin angestellt?«

»Es besteht Hoffnung«, sagte Andrew.

28

Der Sturm hatte sich gelegt, aber der eisige Wind fuhr durch jede Faser ihres Mantels. Kleine Schneeflocken trieben ihr beim Fahren in die Augen, und ihre Lippen zitterten vor Kälte. Durchgefroren kam sie mit der aufgehenden Sonne vor ihrem Elternhaus in Stromness an. Sie hatte gehofft, dass die Eltern noch schliefen. Doch in der Küche brannte Licht, und ihr Vater stapfte in Wollpullover, Ölzeug und Gummistiefeln über den Hof.

»Guten Morgen, Dad«, rief sie betont fröhlich.

»Was an diesem Morgen gut sein soll, weiß ich nicht. Kommst du mit raus, oder willst du dich nur umziehen und dann wieder weg?«, blaffte Fraser seine Tochter an.

Er hatte tiefe Schatten unter den Augen, und die Furchen um Mund und Nase schienen tiefer als sonst.

»Ich komme mit und würde dir dann gern etwas erzählen«, sagte Colina und stellte das Rad an die Hauswand.

Fraser gab keine Antwort, sondern warf eine Reuse nach der anderen auf den Kutter. Das Wasser war noch aufgewühlt vom Sturm, aber es schlug nicht mehr hoch gegen die Kaimauer.

»Habt ihr das Boot der Nicolsons reparieren können?«, wollte Colina wissen.

»Ein Ersatzteil fehlt. Muss er aus Kirkwall oder von weiter weg holen. Kostet ihn ne Stange Geld.« Fraser packte eine Holzkiste und warf seiner Tochter einen harten Blick zu. »Aber wir halten zusammen.«

Sie biss sich auf die Lippen und ging ins Haus. »Hi, Mum!«

Mairead stand am Herd und briet Eier und Speck. In einer Schüssel dampfte heißer Haferbrei. Fraser fuhr nicht los, ohne sein geliebtes Porridge gegessen zu haben. Als die Düfte in ihre Nase zogen, knurrte auch Colinas Magen. Sie umarmte ihre Mutter von hinten und drückte ihr einen Kuss auf die Wange. »Wie geht es dir?«

»Besser, meine Kleine. Viel besser! Die Tabletten von Dr. Elton wirken Wunder!« Sie schüttelte die Pfanne. »Setz dich und iss. Und wenn du willst, erzähl mir von deinem Pianisten.«

Überrascht von der Offenheit ihrer Mutter, hängte Colina den Mantel in der Diele auf und setzte sich an den Küchentisch. Es musste Mairead deutlich besser gehen. Colina war erleichtert.

Als ihre Mutter ihr eine Schüssel mit Brei und einen Teller mit Ei und Speck vorsetzte, seufzte Colina. »Danke, Mum. Das ist das beste Essen der Welt!«

Ihre Mutter stellte eine Kanne Tee und eine Milchflasche auf den Tisch und setzte sich mit einer Schüssel Porridge zu ihr. Das Radio plärrte im Hintergrund. Erst als ein Lied aus dem Musical *Das Phantom der Oper* gespielt wurde, hörte Colina hin. Die Haustür ging auf, und sie hörten ihren Vater eintreten.

»Ich hatte Gesangsunterricht von einem berühmten Tenor, Mum. Er singt zurzeit die Titelrolle im ›Phantom‹! Und er hat gesagt, dass ich Potenzial habe.«

»Wofür Potenzial? Um das Bett dieser reichen Promis zu wärmen?«, schimpfte Fraser, warf seine Mütze auf die Küchenbank und setzte sich.

»Sei nicht ungerecht, Fraser. Sie erzählt doch gerade, dass sie Gesangsunterricht hatte«, versuchte Mairead ihren Mann zu beschwichtigen.

Fraser rieb die verarbeiteten, schwieligen Hände und goss sich Tee in seine Tasse. Er gab drei Löffel Zucker und Milch dazu. Als seine Frau ihm das Porridge hinstellte, gab er auch darüber viel Zucker.

»Dad, warum willst du mir das nicht gönnen? So eine Chance bekommt man nur einmal im Leben!«, versuchte Colina zu erklären.

Seine Miene war angestrengt, doch als er sie ansah, wurde sein Blick weich. »Ich gönne dir alles Glück dieser Erde, Colina. Aber ich kenne die Welt schon länger als du, und ich sage dir, dass das nicht gut ausgehen kann. Deshalb will ich nicht, dass du dich dauernd mit diesen Musikerschnöseln herumtreibst.«

»Ich will sie ja gar nicht verteidigen. Struff ist ein Exzentriker und Andrew Campbell ziemlich arrogant, aber Jasper liebt mich, und er …«

Ihre Mutter seufzte hörbar. »Ach, Kind, was ist schon Liebe? Im Leben zählen andere Dinge.«

Colina sah von ihrer Mutter zu ihrem Vater, der die Stirn runzelte, aber nichts sagte.

»Ich will ja nur, dass ihr euch keine Sorgen macht. Jasper kümmert sich um mich. Seine Managerin hat mich sogar schon eingeplant, sodass ich ihn im März zwei Wochen nach London begleiten kann. Da könnte ich dann am Konservatorium vorsingen.«

»Aha, seine Managerin und ein Konservatorium? Für die Geliebten der Stars, oder wie?«, meinte Fraser trocken. »Mach dir doch nichts vor. Du hast die Schule abgebrochen, kannst gerade mal Noten lesen. Was glaubst du denn, was du alles lernen musst? Mädchen, ich kenne dich besser als du dich selbst.«

In Colinas Hals bildete sich ein Klumpen. Er traute ihr nicht zu, dass sie den Anforderungen einer Ausbildung zur klassischen Sängerin gewachsen war. Das tat weh.

»Ich habe eben noch nie etwas getan, das mir wirklich am Herzen lag. Aber für das Singen brenne ich!«

»Kann ich eine Portion Ei bekommen?« Fraser legte den Löffel in seine leere Schüssel.

Jasper hielt sein Versprechen und ging in London mit ihr in eine Vorstellung vom *Phantom der Oper*. Colina war hingerissen von den schönen Melodien, dem opulenten Bühnenbild und den Spezialeffekten.

Sie trug ein dunkelgrünes Abendkleid, in dem sie die Blicke auf sich zog. Jasper hatte sie mit Anni zum Einkaufen geschickt. Die Managerin hatte sie in edle Boutiquen geführt und ihr mit viel Gefühl für den richtigen Stil ein wundervolles Kleid, Schuhe, eine Handtasche und einen Abendmantel ausgesucht.

»Du siehst umwerfend aus, Colina«, flüsterte Jasper an ihrem Ohr, als sie die Loge verließen.

»Anni hat einen guten Geschmack«, erwiderte Colina leise. Sie standen dicht hintereinander und warteten, bis die anderen Besucher durch die schmale Tür gegangen waren.

»Hat sie, aber du bist so schön, dass alles an dir gut aussieht, wobei ich zugeben muss, dass du mir so sehr gefällst.« Seine Hand glitt über den dünnen seidigen Stoff an ihrem Rücken und blieb kurz auf ihrem Gesäß liegen.

Colina unterdrückte ein Kichern, und Jasper kniff sie in den Hintern.

»Morgen wirst du dich besser benehmen müssen, meine Süße«, sagte er und nahm ihren Arm.

Auf dem Flur nickte er einem Herrn im Frack zu. Die Damen trugen auf dieser Etage alle edle Roben und die Herren dunkle Anzüge oder Frack.

»Warum?«, fragte Colina leise. Ihre langen dunklen Haare waren von einem Friseur zu einer festlichen Frisur aufgesteckt worden.

»Weil du dich am Konservatorium vorstellen wirst. Guten Abend!«, grüßte Jasper ein älteres Paar.

Während er Höflichkeiten austauschte, rauschte es in Colinas Kopf. Morgen schon! Wie sollte sie denn bestehen, wo sie doch nichts vorzuweisen hatte? Nichts außer der Tatsache, dass sie von Jasper protegiert wurde.

»Colina, wir nehmen ein Glas Champagner an der Bar.« Er stellte ihr seine Bekannten vor, deren Namen sie sofort wieder vergaß.

Auf dem Weg durch die dicht gedrängten Besucher hielt sie ihn zurück. »Jasper, ich kann nicht!«

»Morgen meinst du? Doch, natürlich. Ich habe mit der Direktorin gesprochen. Sie weiß, dass du keine Ausbildung hast. Aber es gibt immer wieder Talente, für die Ausnahmen gemacht werden. Überzeug sie.« Er gab ihr einen Kuss auf die Lippen. »Es liegt jetzt bei dir.«

Sie sah aus den Augenwinkeln, wie einige Frauen sie neugierig beobachteten. »Jasper, und dann? So eine Ausbildung dauert doch und kostet und …«

»Ein Schritt nach dem anderen. Morgen machst du den ersten, dann sehen wir weiter.«

In dieser Nacht wälzte sich Colina unruhig von einer Seite auf die andere, bis sie aufstand, in Jaspers Wohnung auf den Balkon trat und auf den Fluss schaute. Er lebte in Richmond in einer riesigen Altbauwohnung. Der größte Raum gehörte dem Flügel, dem er sein Leben gewidmet hatte. Überwältigt von dem Luxus, der für ihn selbstverständlich war, hatte sie ihn kurz nach ihrer Ankunft zu seinem Konzert in der Royal Albert Hall begleitet. Das Publikum hatte ihn frenetisch gefeiert, und er genoss den Applaus und die Bewunderung. Er nahm sie überallhin mit, stellte sie seinen Freunden und Bekannten vor und schien zu erwarten, dass sie sich in sein Leben einfügte. Das war einerseits überaus großzügig und zeugte von seinem Vertrauen in sie. Andererseits machte es ihr Angst, nun ein Teil seiner Welt zu sein. Sie hatte Angst, zu versagen, ihn zu enttäuschen, sich zu blamieren, vor sich selbst nicht bestehen zu können und davor, dass ihre Eltern recht behielten.

»Hey«, erklang seine Stimme hinter ihr. Er war nackt und legte die Arme um sie. »Bedenken?«, murmelte er an ihrem Ohr.

Sie lehnte sich in ihrem Morgenmantel an ihn. »Was, wenn ich versage? Du denkst, ich schaffe das, aber was, wenn nicht?«

»Du musst an dich glauben, Colina. Nur so wirst du erreichen, was du dir wünschst. Ich weiß, dass ich dich ins kalte Wasser geworfen habe. Aber ich dachte, dass du endlich sehen musst, was auf dich wartet. Stromness ist deine kleine heile Welt. Dorthin kannst du immer zurück. Aber es gibt mehr, viel mehr. Und du bist so jung. Ich brauche dich, Colina. Es tut mir gut, dich bei mir zu haben.« Er drehte sie zu sich um und legte ihr einen Finger unters Kinn. »Es gab Phasen in meinem Leben, in denen ich mich fast zerstört hätte. Ich koste alles aus, bis zum Exzess. Struff und ich, wir haben eine Menge zusammen erlebt.« Er räusperte sich. »Du kannst dir nicht vorstellen, was das für ein Stress ist. Ich muss immer funktionieren, perfekt sein, mein Terminkalender ist auf Jahre verplant. Und dann kamst du daher, so jung und frisch, und gehörst nicht zu meinem abgefuckten Kreis von Freunden und solchen, die es sein wollen.«

Er brauchte sie tatsächlich, dachte sie überrascht und versank in seinen dunklen Augen.

»Jasper«, flüsterte sie und küsste ihn.

29

Arline

Ihre Mutter war also mit Jasper Carlsen in London gewesen. Und anscheinend hatte der Pianist es tatsächlich ernst mit ihr gemeint. Arline blätterte fasziniert weiter, doch ihr Telefon klingelte.

»Ja?«

»Sind Sie das, Mrs Nicolson?«

Überrascht setzte sich Arline auf. »Äh, ja.«

»Hier Dr. Milton. Sie waren doch bei mir. Sie erinnern sich?«

»Ja, natürlich erinnere ich mich. Ich wollte wissen, ob mein Vater herzkrank gewesen ist. Sie waren sehr, nun ja, verschlossen.« Arline stand auf und legte das Tagebuch auf den Küchentisch.

»Es gibt Vorschriften. Aber ich muss ganz ehrlich sagen, dass mich Ihre Frage nicht losgelassen hat. Haben Sie Zeit, in meine Praxis zu kommen?«

»Wann denn?«, fragte Arline.

»Jetzt sofort? Ich muss in einer halben Stunde zu einem Hausbesuch. Aber ich würde Ihnen gern persönlich erzählen, was ich herausgefunden habe.«

Sie sah auf die Uhr. Eigentlich sollte sie sich mit der Band treffen. »Ja, gut, ich mache mich auf den Weg.«

Das Gespräch war beendet. Arline steckte das Tagebuch in ihre Tasche. Sie hatte es neugierig durchgeblättert und die Zeilen überflogen. Später würde sie Mogs das Buch geben. Es würde ihrer Tante helfen, genau wie es Arline half, ihre Mutter kennenzulernen. Sie verstand Colinas Unzufriedenheit mit ihrem Leben in Stromness. Man musste erst in die Welt hinaus und sich selbst entdecken, bevor man sich für einen Ort, der extreme Anforderungen an einen stellte, entscheiden konnte.

Die Praxis war geschlossen, und Dr. Milton öffnete auf ihr Klingeln persönlich. Er trug ein Tweedsakko, und auf dem Schreibtisch der Rezeption stand seine Arzttasche.

»Sie müssen verstehen, dass ich grundsätzlich keine Auskünfte über meine Patienten erteile. Aber wissen Sie, es hat mich nachdenklich gemacht, dass Sie nach einer Herzerkrankung Ihres Vaters fragten. Und vor allem, wie Sie fragten.« Der Mediziner ging in sein Behandlungszimmer und bot ihr den Besucherstuhl an.

Arline setzte sich. Mit dieser Eröffnung hatte sie nicht gerechnet. »Der Tod meines Vaters kam für mich zu überraschend. Die Umstände, etwas stört mich, passt nicht ins Bild, das ich von ihm habe.«

»Unfälle passieren, und ein Herzinfarkt kann aus den unterschiedlichsten Gründen auftreten. Es kommt oft genug vor, dass Menschen nichts von einer Herzerkrankung wissen, damit jahrelang leben, und dann reicht ein

Auslöser, eine Überanstrengung, Stress, und es kommt zum fatalen Infarkt.« Milton trommelte mit einer Hand auf ein Blatt Papier.

»Und war es so bei meinem Vater?«

Am Empfang klingelte das Telefon. Milton ignorierte es. »Nein. Ich habe mir meine Unterlagen noch einmal genau angesehen. Ich bin gründlich, wissen Sie? Einen Totenschein stelle ich nicht leichtfertig aus.«

Ihre Blicke trafen sich, und Arline erwiderte: »Das wollte ich Ihnen auch nicht unterstellen. Es ist nur so, dass ich an der Leiche meines Vaters an der Schläfe eine Wunde gesehen habe, die auch Mr Scollie aufgefallen war.«

Die Finger legten sich auf das Papier. »Hm. Ich habe tatsächlich Aufnahmen von der Kopfverletzung gemacht. Das mache ich sonst nicht. Jedenfalls nicht bei einem Fall wie diesem. Aber genau wie Sie war ich irritiert. Jedenfalls habe ich meine Ergebnisse und die Fotos an einen Kollegen nach Glasgow geschickt. Er ist Pathologe in der Rechtsmedizin.« Milton räusperte sich und sah Arline durch seine Brille an. »Ich will keine Gerüchte verbreiten und Ihnen keinen unnötigen Kummer bereiten. Gleich vorweg – beweisen lässt sich nichts. Ihr Vater wurde eingeäschert, damit sind alle möglichen Beweise vernichtet.«

Gespannt hörte Arline dem Mediziner zu. »Aber?«

»Nun, mein Kollege hat sich die Wundränder genauer angesehen und denkt, dass auch ein Schlag für diese Wunde verantwortlich sein könnte, ein runder Stock oder der Griff eines Werkzeugs.«

»Nein!«, entfuhr es Arline. »Das würde ja bedeuten, dass jemand …? Ich hatte ja diesen Verdacht, aber …«

Milton hob die Hände. »Das könnte es bedeuten, aber, wie gesagt, es gibt keine Beweise für diese Theorie. Der Infarkt ist nach dem Sturz eingetreten. Davon ist auch mein Kollege überzeugt. Und Ihr Vater hatte keine Vorerkrankung. Das wollten Sie doch wissen.«

»Ja, ganz genau. Meine Güte, ich kann Ihnen gar nicht sagen, was mir das bedeutet, Dr. Milton.« Arline schluckte. »Und Ihr Kollege meint, dass es keine Möglichkeit gibt, daraus einen Fall zu machen?«

»Ich fürchte, nein. Und da vertraue ich ihm.« Mitfühlend sah er sie an.

Constable Ramsay würde sicher keinen Finger rühren, dachte Arline und erhob sich. Sie gab Milton die Hand. »Vielen Dank, wirklich, das bedeutet mir sehr viel!«

»Ich würde gern mehr für Sie tun. Aber es gibt manchmal Todesumstände, die nicht vollständig geklärt werden können und die einen einfach nicht loslassen.« Milton begleitete sie zum Ausgang.

»Danke. Ich danke Ihnen sehr.« Arline verließ die Praxis und machte sich direkt auf den Weg zum Apartment ihrer Freunde.

Bei jedem Schritt durch die engen Gassen dachte sie an ihren Vater, der womöglich hinterrücks erschlagen worden war. Vielleicht. Vielleicht war es auch nur ein Unfall gewesen. Aber was, wenn nicht? Dann lief der Mörder ihres Vaters frei herum! Sie hatte von Anfang an nicht recht an einen Unfall glauben können. Und Scollie und Milton hatten sie nun darin bestätigt. Wenn sie auch nur eine winzige Chance haben wollte, mehr herauszufinden, durfte sie ihre neu gewonnenen Erkenntnisse nicht herausposaunen. Sie musste sich genau überlegen, wen sie ins Vertrauen zog.

Vor einer blauen Tür in einem modernen Apartmentblock blieb sie stehen. Aus Fenstern im ersten und zweiten Stock ertönte Musik. Zwei Bands in einem Haus. Lächelnd klopfte Arline an die blaue Tür.

Es dauerte nur Sekunden, und Faith fiel ihr um den Hals. »Hey, Arli! Wir haben dich vermisst! Wie geht es dir?«

Ihre Freundin drückte sie fest an sich, und Arline spürte, wie ihr die Tränen in die Augen stiegen. Sie schniefte und versuchte, sich nicht gehen zu lassen. »So schön, dass ihr da seid.«

»Ich wäre auch ohne das Festival gekommen, wenn du mich gebraucht hättest.« Die zarte Faith mit den wilden roten Locken nahm Arlines Gesicht in die Hände. »Erzähl mir alles, wenn du willst, okay?«

Arline nickte. Dann lachte sie, denn Alex und Rick kamen durch die Tür und warfen die Arme in die Luft. »Unser Bandleader ist da!«

Sie begrüßten sich herzlich, tauschten Neuigkeiten aus, und für eine Weile konnte Arline die Traurigkeit verdrängen. Die Musik verband die Freunde und erfüllte sie voll und ganz. Wenn sie probten, gab es nichts Wichtigeres.

»Rick, was macht deine Hand?«, wollte Arline schließlich wissen.

Der Gitarrist mit den raspelkurzen Haaren schüttelte die rechte Hand. »Geht schon. Ich bin nur froh, dass es nicht die Griffhand war.«

Sie diskutierten Akkordfolgen, die Reihenfolge der Songs, die sie spielen wollten, und probten, bis Alex seine Bodhrán so laut schlug, dass sie aufhorchten.

»Leute, mein Magen knurrt. Lasst uns was essen gehen, okay?« In seiner Freizeit ging Alex ins Fitnessstudio, um seinen Körper für das anstrengende Trommeln fit zu halten. Seine halblangen dunkelblonden Haare hatte er zusammengebunden. Oft versteckte er sie auch unter einer Mütze.

»Wir spielen ja auch schon vier Stunden«, meinte Arline. »Gehen wir in den *Beachcomber*.«

»Ob wir da einen Platz finden? Auf der Fähre waren schon massig Leute«, meinte Faith.

»Stan und Jimmy sind auch hier«, meinte Rick. Die beiden Musiker waren alte Bekannte.

»Wir bekommen auf jeden Fall etwas zu essen«, versicherte Arline. »Duff und Skye sind Freunde von mir.« Hoffentlich ging es ihrer Freundin wieder besser.

Sie machten sich auf den Weg zum Hafen, trafen Bekannte und genossen das milde Wetter. Kurz vor dem *Beachcomber* tauchte Sam auf.

»Arli, wie geht's?«, fragte er und setzte eine Kiste mit Krebsen ab.

»Muss ja. Spielst du eigentlich mit Ty auf dem Festival? Ich meine, ohne Dad?« Arline konnte sich die *Herrings* nicht als Duo vorstellen.

Ein Schatten huschte über Sams Gesicht. »Nicht in diesem Jahr. Nein. Habe noch nicht mit Ty darüber gesprochen. Vielleicht hatten die *Herrings* ihre Zeit. Dein Dad fehlt.«

Arline nickte. »Wir sehen uns.«

Der Fischer hob die Kiste wieder auf und stapfte davon.

30

Stromness vibrierte. Gut gelaunte Musiker kamen in den Pubs zu Sessions zusammen und spielten aus der reinen Freude an der Musik. Waren schon jemals so viele Menschen auf Stromness gewesen?, wunderte sich Arline, als sie mit ihren Freunden vor dem Pub stand.

»Hey, da spielen The Chair!«, rief Alex begeistert.

Die achtköpfige Band stammte von den Orkneys und war für einen mitreißenden Mix aus Folk, Blues, Klezmer und Rock bekannt. Der stampfende Sound von Fiedel, Akkordeon, Banjo und Percussion brachte jede Location zum Kochen.

»Uh, das wird kein ruhiger Abend, so viel ist sicher«, rief Faith, als sie den Pub betraten.

Der Lärmpegel war ohrenbetäubend, die Gäste groovten mit, tranken Bier und unterhielten sich, indem sie einander anschrien. Hinten auf der Bühne spielten die acht Musiker, und Toby balancierte ein volles Tablett durch die Menge. Duff und Quinn standen hinter dem Tresen und schienen sich trotz des Ansturms nicht aus der Ruhe bringen zu lassen. Während der Festivalwoche herrschte Ausnahmezustand auf den Inseln und vor allem in Stromness.

Mit einem Ohr bei einem Gast, ein Bier zapfend, behielt Duff den überfüllten Pub im Blick und grinste, als er Arline sah.

»Hallo, Duff!«, rief Arline, denn Quinn war am anderen Ende damit beschäftigt, eine Weinflasche zu öffnen. »Wie geht es Skye?«

»Besser. Sie war einfach überanstrengt. Niedriger Blutdruck. Der Arzt hat ihr eine Tablette verschrieben. Wird wieder!« Er schob das Pintglas über den Tresen. »Ich sehe Alex und Faith. Nach dem Spektakel heute wird es erholsam sein, euch morgen hier zu haben.«

»Ja, die Jungs hauen ganz schön rein!« Arline rieb sich ein Ohr, denn es gab eine Rückkopplung, und der quietschende Ton schoss ihr direkt unter die Schädeldecke.

»Wir haben noch nicht gegessen. Kann ich was für uns bestellen, oder seid ihr am Limit?« Ein junger Mitarbeiter kam mit drei Tellergerichten aus der Küche.

Es duftete nach Pommes und Fisch, und Arline lief das Wasser im Mund zusammen.

»Für euch immer. Was wollt ihr denn haben?«, fragte Duff und sagte zu einem Gast, der sich zu ihm beugte: »Einen Moment, geht gleich weiter.«

»Zweimal Fisch & Chips, einen Salat und einen Burger. Und ein alkoholfreies Helles für mich, danke!«

Duff tippte ihre Bestellung ein und schob ihr einen Buzzer zu. »Um einen Tisch müsst ihr kämpfen. Da kann ich heute nicht helfen. Vielleicht esst ihr lieber draußen.«

»Gute Idee, wenn ich doch aushelfen soll?« Arline

steckte den runden Buzzer ein, der anzeigen würde, sobald das Essen fertig war.

Duff schüttelte vehement den Kopf. »Wir haben alles im Griff. Skye kommt nachher auch.« Er bückte sich und holte zwei Flaschen Tonic nach oben.

Arline verstand nur zu gut, dass jetzt keine Zeit zum Plaudern war, und ging zum Tresenende, wo Quinn ein Tablett mit Weingläsern bestückte. Er sah verdammt gut aus, fand sie und bewunderte die Leichtigkeit, mit der er die Gläser befüllte, die Flasche schwungvoll wegstellte und das Tablett zur Abholung bereitstellte. Eine junge Frau mit kurzem blondem Haar nahm das Tablett. »Danke, Quinn. Du bist der Beste!«

Quinn wischte den Tresen trocken und entdeckte Arline. Seine Augen leuchteten auf, und er trat hinter dem Tresen hervor.

»Hallo, Arli«, sagte er mit rauer Stimme, und für einen Moment wurde die Musik leise, und die Menschen um sie herum verblassten. Sie berührte seinen Arm, und er strich ihr übers Haar.

»Hey«, war alles, was sie sagte.

»Was ist mit unserer Bestellung?«, rief ein korpulenter Mann mit amerikanischem Akzent. »Fünf Dunkle, zwei Whisky und eine Flasche Chardonnay.«

Arline hob die Augenbrauen, und Quinn zuckte die Schultern. »Später?«

Sie nickte.

Als Arline, Faith, Alex und Rick kurz darauf mit ihrem Essen an einem der langen Holztische vor dem

Pub saßen, wehte ein frischer Wind vom Hafen herauf. Aus den umliegenden Pubs klangen Melodiefetzen herüber.

»Die Sessions während des Festivals sind mir fast noch lieber als die Konzerte«, meinte Rick. Der Gitarrist improvisierte gern und spielte auch auf der Straße, wenn ihm danach war.

»Mag ich auch«, sagte Arline und ließ den Blick über den Hafen mit seinen Fischkuttern und den Jachten schweifen.

»Aber du bist mit deinen Gedanken gerade ganz woanders, hey?« Faith stieß sie sanft an. »Ist nicht leicht für dich, kann ich verstehen, Arli. Vor allem, weil du keine Geschwister hast. Meine Schwestern haben mich genervt, als ich jung war, aber jetzt kommen wir alle ganz gut miteinander aus.«

Arline schaute auf die Lichter, die sich im Hafenbecken spiegelten. »Hm, ich weiß nicht, allein sein kann ich ganz gut, aber ich habe so viele Fragen an meine Eltern. Und wenn ich jetzt lese, wer meine Mutter war, schmerzt es noch mehr, dass ich sie kaum gekannt habe.«

»Carpe diem, sag ich doch immer. Nichts aufschieben«, sagte Alex und biss in seinen Burger.

»Ach, da ist ja die feine Gesellschaft versammelt«, ertönte die ätzende Stimme von Gilbert.

Faith stöhnte. »Mann, verzieh dich, Gil! Du siehst doch, dass wir unter uns sein wollen.«

Arlines Ex stellte sich vor ihren Tisch. Eine Hand in der Hosentasche, in der anderen eine Bierflasche, musterte er sie abschätzig. »Ohne mich seid ihr doch nur ein Haufen kopfloser Amateure.«

Direkt über seiner Tätowierung am Hals schwoll eine Ader an. Ein sicheres Zeichen, dass er kurz vor einem Wutausbruch stand.

Alex legte seinen Burger hin und wischte sich die Finger an einer Serviette ab. »Ich sage das nur einmal, Gil, verpiss dich!«

Gil sog scharf die Luft ein und spuckte auf den Boden. Die Leute an den Nebentischen horchten auf, und ein großer Mann mit Baseballkappe drehte sich um: »Krieg dich mal ein. Wir wollen hier keinen Ärger!«

Gils Augen wurden schmal, und er leerte die Bierflasche und packte sie am Hals, als wollte er sie dem Mann über den Schädel ziehen. Doch kaum holte er aus, da wurde er von hinten gepackt und zu Boden geworfen. Quinn musste sie beobachtet haben und war gerade noch rechtzeitig gekommen. Er stemmte Gil sein Knie in den Rücken und hielt dessen Arme hinten fest.

»Geht es, oder soll ich den Inselsheriff holen? Der hat überhaupt keine Lust auf Typen wie dich«, knurrte Quinn.

»Jaja, schon gut. Ich habe doch gar nichts getan!«, maulte Gil und schlug mit den Beinen, doch Quinn war größer, kräftiger und kampferfahren.

»Okay, dann hoch!« Quinn riss den Unruhestifter auf die Füße und stieß ihn zwischen den Tischen hindurch zum Hafen. »Du solltest dich abkühlen. In unserem Pub hast du Hausverbot. Das gilt auch für den Außenbereich!«

Gilbert stieß ein paar nicht jugendfreie Flüche aus und verschwand zwischen den Leuten.

Als Quinn zu ihnen zurückkam, sagte Faith: »Danke. Das war unser Ex-Bandleader. Kein Verlust.«

Quinn fuhr sich über die kurzen Haare. »Der Typ hat ein Problem. Ich kenne diese Sorte, mit denen gibt es immer Ärger, die legen es drauf an. Alles okay bei euch? Die nächste Runde geht aufs Haus!«

Er klopfte auf ihren Tisch, sah Arline an und ging davon.

»Oho, Arli«, meinte Faith vielsagend.

Rick und Alex grinsten. »Wir hätten Gil auch zusammengefaltet, aber dein Typ da eben weiß genau, was er tut. Kampfsportler?«

»Also, das ist nicht mein Typ, jedenfalls, ach ...« Arline stopfte sich den Mund mit Pommes voll und zog es vor, den Vorfall nicht zu kommentieren.

Gegen Mitternacht verabschiedeten sich die Freunde voneinander.

»Wo treffen wir uns morgen früh zum Proben?«, wollte Rick wissen, der seine Hand schüttelte und die Finger dehnte.

»Ähm, bei euch, würde ich sagen. Und dann können wir eine Stunde mehr für den Soundcheck einplanen. Ich bespreche das mit Duff.« Arline umarmte ihre Freundin.

»Mit Duff? Jetzt sag schon, was läuft da mit dir und diesem heißen Typen, diesem Quinn?«, flüsterte Faith.

»Gute Nacht!«, sagte Arline.

Als Arline in den Pub ging, waren die meisten Gäste

bereits gegangen. Die Band packte letzte Kabel ein, und die Tische wurden bereits abgeräumt und gewischt. Skye stand am Tresen und machte die Kasse.

»Skye, wie geht es dir?«, fragte Arline.

Sich die blonden Haare hinter die Ohren streichend, hob Skye den Kopf. »Alles halb so wild. Duff macht immer einen Riesenaufstand, dabei war ich nur etwas überanstrengt.«

»Das habe ich gehört!«, rief Duff von hinten. »Einer muss schließlich auf dich aufpassen.«

Skye schmunzelte. »Oh, warte mal, da fällt mir ein, dass Ty diesen Zettel für dich dagelassen hat. Er wollte eigentlich noch mit dir sprechen. Aber er ist rauf nach Dounby.«

Sie kramte einen zerknitterten Zettel aus der Hosentasche. »Die Nummer gehört einem Typen, der den Kutter kaufen will. Aber vielleicht sprichst du vorher noch mal mit Ty.«

»Danke, hatte ich sowieso vor.« Arline las eine Handynummer.

»Sam war auch da. Ihr müsst euch verpasst haben. Ich glaube, die beiden vermissen deinen Dad sehr«, meinte Skye.

Duff kam nach vorne. »Sam hat davon gesprochen, uns seine Sammlung an Walfangmessern und Harpunen zu schenken, für den Pub. Aber ich will das Zeug nicht, auch nicht zur Deko«, meinte Duff.

Skye schüttelte den Kopf. »Nein, das kommt nicht infrage. Kann er das Zeug nicht dem Museum geben?«

Jetzt kam auch Quinn nach vorn. Er trug bereits seine Jacke. »Harpunen im Pub? Keine gute Idee, und schon gar nicht, wenn Idioten wie der vorhin das sehen. Die kommen glatt auf komische Gedanken.«

»Tut mir leid, dass Gil schon wieder Ärger gemacht hat«, sagte Arline zerknirscht.

»Dafür kannst du doch nichts«, meinte Quinn. »Ich begleite dich nach Hause. Wer weiß, was dein Ex noch vorhat.«

»Vielleicht sollte ich mir eins von Sams Walmessern ausleihen«, scherzte Arline.

Als sie Quinns Gesichtsausdruck sah, bereute sie ihre Worte.

31

Quinn

Noch immer spazierten Menschen durch die Straßen von Stromness. Lichterketten schmückten den Platz vor dem *Pier Arts Centre*, vor dem einige rostige Gebilde standen.

»Ist das Kunst oder Schrott?«, sagte er und machte ein nachdenkliches Gesicht.

»Banause«, meinte Arline lachend.

Ihre Augen leuchteten, als sie ihn ansah, und die düsteren Bilder, die Sam mit seinen versprochenen Walfangmessern heraufbeschworen hatte, verblassten. Der Wind ließ die bunten Glühbirnen hin und her schwingen, und die seltsamen scharfkantigen Skulpturen schienen sich in der Dunkelheit zu bewegen.

Arline berührte eine eiserne Stele mit ausgefransten Löchern. »Das ist jetzt auch nicht so meins. Dann lieber die Skulpturen von Barbara Hepworth. Warst du mal in St. Ives?«

»Leider noch nicht. Alle, die dort waren, schwärmen von dem Ort und der Bucht«, antwortete Quinn.

»Der Ort hat sich verändert, leider, aber er ist immer noch malerisch schön auf dem Hügel gelegen. Früher muss das ein Paradies gewesen sein. Ich kann verstehen, dass es die Künstler dorthin gezogen hat. Ich war mal mit Faith da. Nur ein langes Wochenende, aber es hat sich gelohnt. Die Tate Gallery dort ist eindrucksvoll, so mediterran. Und nicht weit davon liegt das ehemalige Atelier der Bildhauerin.« Arline ging langsam zwischen den Skulpturen hindurch. »Ihre Skulpturen stehen im Garten und sind ganz anders. Weich, fließend, stark. Du möchtest sie umarmen oder dich in ihnen verkriechen.«

»Jetzt möchte ich sie wirklich sehen«, sagte Quinn, und ein Gedicht von Mackay Brown kam ihm in den Sinn: *»How many thousands of years she has travelled to come to this place. Above, burning wind broken stone and water …«*

Wie ein Tausendjähriger fühlte er sich selbst oft genug, gefangen in dunklen Nebeln der Erinnerung, Bildern, die niemand sehen sollte, Schreie, die niemand hören sollte. Doch ihre Stimme erreichte ihn, inmitten von brennendem Wind und zerborstenen Steinen.

Ein Schrei zerriss die friedliche Stimmung am Hafen. Quinns Muskeln spannten sich, und er war im Kampfmodus. »Arline?«

Es war dunkel zwischen den Skulpturen, und er konnte nur Schatten erkennen, die sich bewegten.

»Gil, lass mich los, verdammt!«, rief Arline und stolperte ins Licht.

Ihr Ex hatte sie am Arm gepackt und wollte sie mit sich ziehen. Mit einem Satz war Quinn bei ihr und schlug Gil auf den Arm. Diesmal war er zu weit gegangen.

»Arli, bleib hinter mir«, wies er sie an.

Gegen Quinns stählernen Griff hatte Gilbert keine Chance. Es wäre ein Leichtes, ihm die Finger zu brechen, schoss es Quinn durch den Kopf, und er drückte die Hand des Musikers etwas kräftiger zusammen. Gil trat mit den Füßen nach ihm und versuchte, ihm eine Kopfnuss zu verpassen.

»Das würde ich nicht versuchen«, zischte Quinn und zog ihn mit sich. Als sie auf dem freien Platz vor den Skulpturen standen, ließ er den Musiker los. Gil taumelte leicht und wollte sich sofort wieder auf Quinn stürzen, doch der stieß ihn hart mit den Fingern vor die Brust.

»Benutz deine Fäuste und kämpfe ehrlich. Aber du bist ein Feigling, oder, Gil? Du vergreifst dich nur an Schwächeren. Bei einer Frau fühlst du dich stark, was? Typen wie du sind das Allerletzte!«, provozierte Quinn ihn.

Gil brüllte und hob die Fäuste.

»Nein! Hört auf, bitte!«, rief Arline.

Quinn atmete schneller und spürte, wie ihm das Blut durch die Adern rauschte. Er begann zu tänzeln, wich Gilberts erstem Schlag aus und traf den Musiker mit der Faust in den Magen.

»Spinnst du?«, entfuhr es Gil, und er ging zu Boden.

Wären sie allein gewesen, hätte Quinn ihm ganz anders zugesetzt, aber als er Arlines verängstigtes Gesicht sah, trat er von Gil zurück, der sich am Boden zusammenkauerte.

Arline kniete sich neben den wimmernden Gil. »Bist du okay?«

»Scheiße, nein, der Kerl hat mich verprügelt! Ich werde dich anzeigen!«, schimpfte Gil.

Arline stand auf. »Nein, das wirst du nicht. Und wenn du das machst, werde ich aussagen, dass du mich verfolgst, belästigst und mich angegriffen hast.«

»Das wagst du nicht«, sagte Gil lauernd und setzte sich auf.

Ein paar Passanten waren auf sie aufmerksam geworden und kamen dazu.

»Hey, alles im Griff hier«, rief Quinn und machte eine Geste mit den Armen, die bedeutete, weiterzugehen.

»Wenn ich morgen nicht spielen kann, ist das deine Schuld!« Gil stand auf und hielt sich den Magen. »Du tickst doch nicht ganz richtig, Arli! Wir kannst du dich mit so einem Schläger abgeben?«

Arline ging zu Quinn. »Lass uns gehen.«

»Nein, wir klären das jetzt endgültig. Was willst du von Arline?« Quinn stellte sich dicht vor Gil und sah ihm in die Augen.

»Wir gehören zusammen, und sie hat mich bestohlen! Sie hat unsere Band zerstört, und dafür will ich Schadenersatz!«, erwiderte Gil aggressiv.

»Träum weiter! Du kannst dich freuen, dass ich dich nicht angezeigt habe. Du bist doch krank!« Arlines Stimme zitterte, und Quinn spürte, dass sie noch immer Angst vor dem Mann hatte. Leise sagte er: »Heute hast du Glück gehabt, das nächste Mal nehme ich keine Rücksicht.«

»Das nächste Mal bin ich besser vorbereitet«, meinte

Gil noch leiser und wischte sich den Schweiß von der Stirn.

Das Schlimme war, dass Quinn ihm glaubte. Er drehte sich um und nahm Arlines Hand. »Lass uns gehen.«

Er sah, dass ihre Augen verdächtig schimmerten, und ging rasch mit ihr weiter. Der Kerl sollte nicht sehen, wie sehr sie das alles mitgenommen hatte. Denn genau das wollte jemand wie Gil, sich an der Angst seines Opfers weiden.

»Quinn, es tut mir so leid, dass du schon wieder in meine Probleme reingezogen worden bist«, sagte Arline nach wenigen Schritten. »Ich weiß nicht, was ich noch tun kann! Gil hat sich da in etwas hineingesteigert. Ich verstehe ihn überhaupt nicht mehr.«

»Ich wüsste, was ihn kurieren würde …«, meinte Quinn düster.

»Das habe ich gesehen. Ich hatte Angst, Quinn. Nicht um Gil, sondern um dich.« Arline blieb stehen.

Sie waren die Victoria Street hinuntergegangen. Hier wurde es ruhiger. Blumenkübel mit duftenden Stauden standen vor einem Hauseingang, und vom Hafen war das Plätschern des Wassers zu hören.

»Das ist Unsinn«, blockte er ab. »Ich kann gut auf mich selbst aufpassen.«

»Genau das meine ich. Du schaltest von jetzt auf gleich in einen Kampfmodus. Jedenfalls kommt mir das so vor. Gil ist es nicht wert, dass du dich seinetwegen so, ich weiß nicht, in Rage bringst.« In ihren Augen mischten sich Besorgnis und Zweifel.

»Ich habe mich im Griff, falls du das meinst. Aber ja, wenn es darauf ankommt, weiß ich, wie man sich verteidigt. Und dein Gil ist einer, der irgendwann ausrastet und dir vielleicht richtig wehtut.«

Er hätte sie gern in den Arm genommen, aber er befürchtete, dass sie eine Seite an ihm gesehen hatte, die ihr Angst machte. Er nahm es ihr nicht übel, hatte er doch selbst lange genug an sich arbeiten müssen, um wieder normal zu funktionieren.

»Nein, nein, so schlecht ist er nicht. Das wäre ja absurd. Gil ist ein intelligenter Mensch«, verteidigte Arline den Ex-Freund, doch sie klang nicht überzeugend.

»Tja, wenn du meinst …« Quinn nahm ihre Hand von seiner Brust und drückte sie kurz an seine Lippen.

Ein Moped knatterte dicht an ihnen vorbei, und Quinn musste einen Schritt nach vorn machen. Als er Arlines weiche Haut am Hals spürte und ihre Haare sich in seiner Hand verfingen, hielt er sie einen Moment im Arm. Arline nahm den Kopf zurück, und ihre Lippen öffneten sich leicht. Es wurde ein langer Kuss. Die Anspannung wich aus ihren Körpern, und er drückte sie fest an sich. »Du darfst keine Angst vor mir haben, Arline, niemals. Dafür gibt es keinen Grund«, murmelte er.

Sie sah ihn an und legte ihm den Finger auf die Lippen. »Habe ich nicht. Ich möchte nur nicht, dass dich so ein Idiot wie Gil triggert. Verstehen könnte ich es, ich hätte ihm gern selbst eine geklebt. Aber …« Sie senkte den Blick.

»Du hast es erlebt, dass er ausrastet, oder? Hat er dich schon mal geschlagen?«

Sie sagte nichts und hob langsam die Lider. »Einmal, aber …«

»Hey, da gibt es kein Aber. Das darf nicht passieren!«

»Es war nichts, wirklich. Ein Ausrutscher, und danach habe ich mich von ihm getrennt.«

Schritte näherten sich. Ein Mann kam in der Dunkelheit auf sie zugetorkelt. »Hallo, hallo!« Sam hielt eine Bierflasche in die Höhe. »So spät noch unterwegs?«

»Sam, alles klar?« Quinn machte sich zunehmend Sorgen um den Fischer, der viel zu oft viel zu viel trank.

Jaja, klar, alles klar, alles sonnenklar. Colina, du hättest nicht …«, lallte Sam und starrte Arline an, die neben Quinn stand.

»Was faselst du denn da. Nun mal weiter, alter Freund.« Quinn schob ihn in die Richtung seines Hauses. »Zehn Meter und dann links.«

»Aber warum darf ich nicht mit Colina sprechen? Thomas ist doch nicht da!«, fantasierte der Betrunkene und drehte wieder um.

»Nicht, Sam«, flüsterte Arline, unangenehm berührt.

»Es reicht für heute. Da geht es lang!« Quinn packte Sam und drehte ihn erneut in die Richtung, in der sein Haus stand.

Endlich torkelte der Fischer weiter, und Arline fragte leise: »Was ist denn heute los? Sind denn alle verrückt geworden?«

32

Arline

Vor ihrem Haus sagte Quinn: »Ich bleibe heute Nacht im Pub. Wenn irgendwas ist, ruf mich an, okay?«

Er fragte nicht, ob er mit hineinkommen durfte, bat nicht um einen Kaffee. Dafür war sie ihm dankbar, denn ihr war nach Alleinsein. Sie musste ihre Gedanken und Gefühle sortieren.

»Wir sehen uns morgen zum Soundcheck.« Sie stellte sich auf die Zehenspitzen und küsste ihn.

Er strich ihr über die Haare und nickte. »Bis morgen.«

Vielleicht ging es ihm genauso? Sie betrat ihr Elternhaus und verriegelte die Tür hinter sich. Oh, Dad, dachte sie, legte den Schlüssel in der Küche auf den Tisch und stellte den Wasserkocher an. Hätte sie damals bleiben sollen? Ihr Vater hatte sich nie beklagt, nie über Einsamkeit gesprochen, und sie war sich ziemlich sicher, dass es nie eine andere Frau in seinem Leben gegeben hatte. Nicht einmal eine Affäre.

Sie holte eine Packung PG Tips aus dem Schrank und legte einen Teebeutel in ihren Becher. Es war der blaue Becher mit dem Logo der Fischereigenossenschaft, den ihr Vater gern benutzt hatte. Mit seinen rauen Händen hatte er den Becher an kalten Wintertagen umfasst und seine Füße in dicken Wollsocken vor dem Kamin auf einen Hocker gelegt.

Arline goss Milch ein, bevor sie das heiße Wasser darübergab. Mit dem Becher in der Hand verließ sie die Küche, schaltete das Licht aus und ging ins Wohnzimmer. Sie drückte auf die Fernbedienung des Fernsehgeräts und stellte den Ton leise. Das Programm interessierte sie nicht, aber das Flimmern des Bildschirms hatte etwas Tröstliches. Auf diesem Sofa hatten sie oft nebeneinandergesessen, und ihr Vater hatte von seinen Treffen in der OFS, der Fischereigenossenschaft, erzählt. Meist hatte sie nicht richtig zugehört, dabei war es sein Leben gewesen. Mit der Hummer- und Krebsfischerei hatte er seinen Lebensunterhalt verdient, hatte sie ernährt und großgezogen. War sie undankbar gewesen? Im Nachhinein fürchtete sie, ein gleichgültiger, egoistischer Teenager gewesen zu sein.

Es hatte Tage gegeben, an denen sie gern mit ihrem Vater hinausgefahren war. Sie liebte das Meer. Nur das Herausholen der Reusen hatte sie nie leiden können. Die zappelnden Tiere, unter denen manchmal große, alte Exemplare waren, zu verpacken, war keine leichte Arbeit. Das ist Tradition, hatte Thomas gesagt, als sie ihn zweifelnd ansah und den Krebs über die Bordwand hielt. Wenn du ihn zurück ins Meer wirfst, kann ich die Stromrechnung nicht bezahlen, hatte ihr Vater gesagt. Das zog. Schuldbewusst hatte sie die Krebsscheren mit Gummibändern fixiert. Einmal hatte ein Hummer sie so stark gezwickt, dass sie blutete. Aber wie hätte sie dem armen Tier böse sein sollen? Es wollte leben, wie sie auch.

Der Kutter hatte bereits einen Interessenten. Das war entschieden. Mit dem Haus verhielt es sich anders. Sie nahm einen Schluck Tee und schloss die Augen. Sam hatte sie Colina genannt. Das hatte er noch nie getan. Lag es daran, dass er betrunken war und ihm nach dem Tod des Vaters die Erinnerungen einen Streich spielten? Oder verlor er langsam den Bezug zur Realität? Armer Sam, er hatte niemanden, der sich um ihn kümmern konnte.

Sie sah ihre Mutter vor sich, wie sie mit ihren langen Haaren neben ihr am Hafen stand und den auslaufenden Booten hinterherschaute. Daddy kommt bald wieder, hatte sie gesagt und ihre Hand genommen. Sie hatte bunte Kleider geliebt. Große Blumendrucke in leuchtenden Farben. Arline freute sich immer darauf, mit ihrer Mutter zu singen, wenn sie in der Küche stand und das Essen vorbereitete, fegte oder die Betten bezog. Dann half sie mit ihren kleinen Händen, rieb Karotten, pulte Bohnen oder zog die Bettlaken glatt. Colina lachte und alberte viel mit ihr herum, doch genauso schnell konnte ihre Stimmung umschlagen. So wie an jenem Tag am Hafen. Ein Eis, Mum, ich will ein Eis, hatte sie gerufen und war um ihre Mutter herumgehüpft. Doch ihre Mutter hatte durch sie hindurchgesehen und zum *Pier Arts Centre* geschaut, vor dem eine Gruppe von Leuten gestanden hatte.

Arline öffnete die Augen. Noch nie hatte sie diese Szene so klar vor Augen gehabt. Das Lesen von Colinas Tagebuch holte verschüttete Erinnerungen zurück. Ob sie ihn wiedergesehen hatte? Immerhin hatte Jasper Carlsen ein Haus auf Mainland besessen. Arline zog ihr Handy hervor und gab den Namen des Pianisten ein. Der Mann war tatsächlich ein gefeierter Klassikstar gewesen, hatte mit weltberühmten Orchestern und Dirigenten gespielt. In den Achtzigern war er Teil des Jetset-Lebens und auf Bildern mit Models und Schauspielerinnen zu sehen. Es gab nicht viele Fotos von ihm, und ihre Mutter tauchte nur selten auf. Ende der Neunzigerjahre verblasste sein Stern. Von verpatzten Auftritten und einer Krankheit war die Rede. Carlsen zog sich ins Privatleben zurück, gab keine Interviews und trat nicht mehr auf. Es hieß, er lebe hauptsächlich in seinem Haus in der Provence.

Ob er das Cottage bei Northdyke noch besaß? Das Cottage, in dem er sich mit ihrer Mutter getroffen hatte? Morgen früh, dachte sie, vielleicht werde ich morgen früh hinfahren. Sie war zu müde, um noch zu lesen, und ging ins Bett.

Ein schrilles Geräusch drang durch ihre Träume. Eine Sirene? Was war passiert? Arline setzte sich auf und rieb sich die Augen. Das Geräusch war real, und es kam von unten. Abwechselnd drückte jemand die Türklingel und klopfte gegen die Haustür. Lieber Himmel, was war denn los?

Im T-Shirt tappte sie die Treppe hinunter, schnappte

sich unten ihre Strickjacke und zog die Gardine am Fenster zur Straße zurück. In der Morgendämmerung stand Sam dort in seiner Arbeitskleidung und hielt die Mütze in den Händen. Sie öffnete.

»Hallo, Arli, ich wollte mich für gestern Nacht entschuldigen. Tut mir leid. Ich muss immer an Thomas denken, an den Abend, weißt du. Vielleicht hätte ich etwas bemerken müssen. Er war mein Freund, und ich habe nicht gesehen, dass es ihm nicht gut ging.« Zerknirscht sah der Fischer sie an.

»Willst du einen Kaffee? Ich könnte einen brauchen«, meinte Arline und zog die Tür auf.

»Gern.« Sam trat sich die Schuhe umständlich ab und betrat das Haus.

Arline ging vor in die Küche, wo sie den kleinen Espressokocher aus dem Schrank holte. Den hatte sie ihrem Vater vor Jahren zum Geburtstag geschenkt. Benutzt hatte er ihn kaum. Während sie den oberen Teil abschraubte und Wasser in den unteren füllte, fragte sie Sam: »Kommst du heute Abend mit Ty zu unserem Konzert?«

Sam kratzte sich das unrasierte Kinn. Er dünstete noch immer Alkohol aus, und seine Kleidung müffelte.

»Das lassen wir uns bestimmt nicht entgehen!« Er setzte sich und streckte die Beine aus. »Würde mich nicht wundern, wenn Thomas hereinkäme. Ich kann's einfach immer noch nicht fassen.«

Arline drückte das Kaffeepulver, das wahrscheinlich

auch uralt war, in das Sieb und schraubte den Kaffeekocher zusammen. »Hm, warum hast du mich gestern Abend Colina genannt, Sam?«

Das zerfurchte Gesicht wirkte noch zerknitterter. »War neben der Spur. Ich bin noch nicht senil. In der Dunkelheit sahst du deiner Mutter so ähnlich. Sie war wunderschön, genau wie du, Arli.«

Arline hatte die Herdplatte hochgestellt, und es dauerte nicht lange, und das Wasser begann zu sprudeln und zischte in dem Espressokocher nach oben.

»Du hast sie doch genauso lange gekannt wie Dad, oder?«

Sam blinzelte. »Wir sind zusammen aufgewachsen. Das weißt du doch.«

»Aber sie hat sich zuerst in Jasper verliebt und dann erst in Dad. Denkst du, sie hat es jemals bereut? Ich meine, was ich von ihr lese, ist so ganz anders als das, was ich noch weiß. Sie hatte große Träume.« Arline holte zwei Tassen aus dem Schrank und stellte sie mit einer Packung Zucker auf den Tisch.

»Wir waren alle mal jung. Sie wollte weg von der Insel, und das hat sie geschafft. Der Klavierfritze hat ihr die große Welt gezeigt, aber sie hat eingesehen, dass sie hierhergehört. Sie war eine echte Insulanerin, Arli. Ihr Herz schlug hier, für ihre Familie und ihre Freunde.«

Sie betrachtete den Freund ihres Vaters, wie er da in seinen abgewetzten Arbeitssachen saß und von ihrer Mutter sprach. Hatte Colina das wirklich gewollt, dieses harte Leben als Frau eines Fischers? Oder hatte sie schlicht keine Wahl gehabt? Sie musste unbedingt weiterlesen.

»Was ist aus Jasper Carlsen geworden? Hast du ihn gut gekannt?«

Sam verzog abfällig den Mund. »Pah, wo denkst du hin. Der und seinesgleichen haben sich nicht mit uns einfachen Leuten abgegeben. Mit den hübschen Mädchen der Insel, ja, das schon. Die haben sie ausgenutzt, und manche hat das nicht verkraftet. Nein, nein, die feinen Herren waren gar nicht so fein …«

Kaffeeduft zog durch die kleine Küche, und Arline schenkte ihnen ein. »Wen meinst du? Mein Vater hat ja nie darüber gesprochen.«

»Ach, Arli, ich will nicht schlecht über Tote reden.« Sam gab zwei Löffel Zucker in seine Tasse.

»Etwa über meine Mutter?«, fragte Arline geschockt.

»Was? Nein, natürlich nicht! Die kleine Ruby meine ich. Ein hübsches Ding, bisschen flatterhaft.« Sam rührte in seiner Tasse und sprach weiter. »Aber das ist ja kein Grund, sie so zu behandeln. Sie hing immer mit einer Freundin herum. Ich komme jetzt nicht auf den Namen. Die hat gemalt oder getöpfert, was weiß ich, war jedenfalls immer mit den Leuten von der Galerie und den Musikern zusammen. Die Clique um diesen Struff war ziemlich übel drauf.«

Arline nippte an ihrem Kaffee und verzog den Mund. »Wenn er dir nicht schmeckt, ist das in Ordnung. Wieso übel drauf?«

»Na ja, die haben wilde Partys gefeiert. Jeder mit

jedem, Pillen eingeworfen und getrunken. Die Gerüchte waren heiß. Und Ruby immer mittendrin, hat mehr getrunken, als sie vertrug, und nichts mehr auf die Reihe bekommen. Ich weiß das nicht mehr genau, aber Ruby war auch mit denen in Europa. Ganz stolz hat sie erzählt, dass sie auf einer Jacht im Mittelmeer war und wen auch immer getroffen hat.«

Sam trank seinen Kaffee und schien nichts daran auszusetzen zu haben. »Und dann war das St. Magnus Festival, wieder mal. Alle waren sie da. Struff war der große Zampano. Wie der das gemacht hat, weiß ich nicht, aber Weltstars sind plötzlich auf unsere Insel gekommen, um hier zu spielen und zu singen. Nicht nur die Folkmusiker, nein, die Klassikfuzzis, die sich alle für was Besseres halten. Hast du noch einen? Der ist gut.«

So aufgewühlt hatte Arli Sam noch nie erlebt. Sie goss ihm noch von dem starken, etwas seltsam schmeckenden Kaffee ein.

»Mit wem genau Ruby liiert war, weiß ich nicht. Das wurde alles unter den Teppich gekehrt. Geld genug hatten die ja. Jedenfalls fand man Ruby in der Festivalwoche auf einem Parkplatz von einem der Hotels. Sie soll an ihrem Erbrochenen erstickt sein. Aber wenn du mich fragst, war da was faul.«

»Wie schrecklich. Und ihre Freundin?«

Sam hob die Schultern und leerte seine Tasse. »Ist nicht mehr hier. Ach so, der blonde Klimperheini, in den deine Mutter so verknallt war, der ist auch weg. Irgendwann war der Spuk vorbei. Die Zeiten haben sich geändert.« Sam klopfte sich auf die Oberschenkel. »So, ich muss dann mal. Danke für den Kaffee.«

Arline brachte ihn zur Tür.

»Deine Mutter war ein feiner Mensch, Arli. Nicht, dass du das jetzt falsch verstehst«, sagte Sam im Hinausgehen.

Sie sah ihm nachdenklich nach, wie er mit leicht humpelndem Gang die Straße entlangging.

33

Es war noch immer früh, als Arline das Haus durch die Hintertür verließ und zum Anleger hinunterging. Da lag die *Colina*, bereit zum Auslaufen. Die anderen Kutter waren schon draußen. Arline hatte sich im Internet die aktuellen Preise für Creel-Boote angesehen, um vorbereitet zu sein, falls es zu einem Verkaufsgespräch kam. Nur ein paar Nachzügler tuckerten jetzt noch aus dem Hafen. Sie zog die Ärmel ihres Fleecepullovers über die Hände. Der Wind war kalt und feucht, der Himmel wolkenverhangen. Sie beobachtete die rasch wechselnden Wolkenformationen. Mit den Gezeiten veränderte sich das Wetter.

Rot und blau leuchtete das Boot. Arline erinnerte sich an einen stürmischen Märztag. Ihr Vater war noch vor Sonnenaufgang rausgefahren, und ihre Mutter saß weinend in der Küche. Ihre Eltern hatten sich gestritten. Das taten sie oft. Worum es ging, verstand Arline nicht. Was sie verstand, war, dass ihre Mutter unglücklich war. Und weil sie ein Kind war, dachte sie, sie wäre schuld daran, dass ihre Mutter weinte. Aber sie wollte nicht, dass ihre Mutter so traurig war. Deshalb nahm sie ihre neuen breiten Filzstifte und bemalte ein Plattencover, auf dem nur ein weißes Klavier und ein blonder Mann zu sehen waren, mit bunten Blumen. Als sie es stolz ihrer Mutter zeigte, hörte diese zwar auf zu weinen, sah sie aber an, als hätte sie etwas sehr Schlimmes getan.

Ihre Mutter sprach von Entscheidungen und Veränderungen und dass sie das nicht verstehen könnte. Manchmal müssten Erwachsene auch allein sein, und deshalb müsse sie heute zu einer Freundin gehen und warten, bis Daddy zurückkäme. Daddy würde sie abholen. Aber Arline wollte nicht gehen. Sie wollte bei ihrer Mum bleiben und mit ihr Kekse backen, das hatte sie versprochen. Ein anderes Mal, sagte ihre Mum und packte eine Tasche mit Spielzeug und Kleidern zum Wechseln für Arline. Dann zog sie ihr die warme Jacke an, setzte ihr die Wollmütze auf und nahm sie an der Hand. Arline weinte und zerrte an Colinas Hand, die sie unbarmherzig mit sich durch die leeren Straßen von Stromness zog. Der Wind blies ihr ins Gesicht, die Wollmütze kratzte, und ihre kurzen Beine konnten kaum Schritt halten. Eine Haustür wurde geöffnet, und der Geruch von Fisch und Kartoffeln schlug ihr entgegen. Kinder kamen angerannt und rissen ihr die Mütze vom Kopf. Eines zog an ihren Haaren. Es war der Tag, an dem sie ihr Kaugummi in die Haare geklebt hatten. Ihr Vater war außer sich vor Wut, als er abends entdeckte, dass dicke Strähnen ihrer braunen Haare mit rosafarbenem und weißem Kaugummi verklebt waren. Kurzerhand griff er zur Schere.

Heute wünschte sich Arline, dass es ein Foto von jenem Tag gäbe. Sie musste wie ein gerupftes Huhn ausgesehen haben. Damals war sie am Boden zerstört gewesen, hatte geweint und war nur noch mit Mütze nach draußen gegangen. Zu welchem Haus hatte ihre Mutter sie gebracht? Wie hatte die Freundin geheißen? Sie wusste es nicht. Danach hatte ihre Mutter sie nie wieder dorthin gebracht, und wenige Wochen später war Colina verunglückt.

»Hey, Arli!« Ty stand mit zwei Männern oben am Hafen und winkte. »Hast du kurz Zeit?«

Arline nickte. »Ja. Was gibt es?« Und dann erinnerte sie sich an seine Nachricht. »Wir kommen rüber!«

In Tylers Mundwinkel hing eine Zigarette, als er wenig später auf den Anleger trat. Er nahm sie aus dem Mund und trat sie aus, bevor er sie umarmte.

»Siehst besser aus, Arli«, sagte er und klopfte ihr auf die Schulter. »Das sind Dan und sein Sohn Ross.«

»Hallo.« Vater und Sohn gaben ihr die Hand. Ihr Händedruck war kräftig, und alles an ihnen sprach von einem Leben auf See. Ross hatte ein kantiges Gesicht, mochte in ihrem Alter sein. Sollte sie ihn von früher kennen?

Sie kniff die Augen zusammen. »Ross, Schule?«

Der junge Mann grinste und zeigte einen schief stehenden Schneidezahn. »Schule war nicht dein Ding. Und meins auch nicht. Du hast in der Schulband gesungen. Gute Stimme. Machst du das jetzt beruflich?«

»Ich würde gern von der Musik leben können. Vielleicht klappt es irgendwann. Und du?«

Die beiden älteren Männer zündeten sich eine Zigarette an und gingen zum Kutter.

»Ich will heiraten. Wir erwarten unser erstes Kind, und Dad will noch nicht aufhören. Deshalb wollen wir dein Boot kaufen.«

»Das freut mich für dich. Du siehst eine Zukunft in der Creel-Fischerei?« Die Frage war ihr herausgerutscht, und seine Miene sprach Bände.

»Sicher! Es wird immer Creel-Fischer geben. Krebse und Hummer haben eine große Nachfrage. Die Leute sind doch ganz verrückt nach dem Zeug.« Ross sah zur *Colina.* »Läuft sie noch rund?«

»Ja. Der Motor ist in Ordnung. Mein Vater ist ja bis zum Schluss damit unterwegs gewesen. Ty, willst du die Reusen noch?«, rief sie zu Ty hinüber, und als er abwinkte, fuhr sie fort: »Also, die Reusen, Bojen, alles eben – das ist im Preis mit drin.« Arline nannte ihm einen akzeptablen Preis. Eine junge Familie sollte es nicht zu schwer haben.

Ross nickte. »Das ist ein fairer Preis. Aber ich muss mir das Boot genau ansehen. Wie wäre es jetzt?«

»Klar. Dein Vater und Ty sind ja schon drauf. Du willst dein eigener Herr sein. Kann ich verstehen«, meinte Arline und ging mit ihm zum Kutter.

Ihr Blick streifte die Reusen, die Taue, die Gerätschaften, die ihr Vater so viele Jahre im Gebrauch gehabt hatte. Die Bojen, die sie gemeinsam ins Wasser gelassen hatten, Jahr für Jahr. Eine konnte sie in den Hof stellen und vielleicht einen kleinen Garten anlegen.

»Eine Boje möchte ich behalten«, sagte sie mehr zu sich.

Ross sah sie kurz an. »Von mir aus. Davon haben wir genug.«

Ty und Dan hatten sich bereits einen Überblick verschafft, und Dan schien zufrieden. Als Ross ihm den Preis nannte, hob sein Vater die Augenbrauen. »Ich war auf harte Verhandlungen vorbereitet, aber wenn du dazu stehst, würde ich sofort einschlagen.« Dan streckte ihr die Hand hin.

Arline schlug ein.

»Ist mein Hochzeitsgeschenk für die beiden«, sagte Dan mit Blick auf seinen Sohn.

»Freut mich, dass ihr die *Colina* kauft, wirklich. Ihr werdet sie umtaufen und streichen und alles, aber wenn ich sie dann ab und zu hier vorbeischippern sehe, denke ich an meinen Vater«, sagte Arline wehmütig. Jetzt, wo der Deal stand und es kein Zurück gab, zog es schmerzlich in ihrem Magen.

Ty schüttelte zuerst ihr und dann den Männern die Hand. »Glückwunsch!«

»Danke, Ty. Wartet mal, da muss noch eine Whiskyflasche in der Kajüte sein.« Arline ging in die Kajüte und holte die Flasche aus dem Fach, dessen Tür quietschte und sich bei Wärme kaum noch öffnen ließ. Zum letzten Mal, dachte sie und strich über die abgenutzten Oberflächen.

Draußen nahmen sie nacheinander einen Schluck aus der Flasche.

»Auf Thomas und die *Colina*!«, sagte Dan.

»Allzeit gute Fahrt!« Arline trank einen weiteren

Schluck. Der Whisky rann ihr warm die Kehle hinunter und entzündete ein Feuer in ihrem Magen. Ob es die widersprüchlichen Gefühle in ihr verbrennen konnte?

»Wir hatten nie wirklich Kontakt, Arli, aber ich kannte deine Mutter. Klassische Musik ist meine Leidenschaft«, sagte Dan zu ihrer Überraschung.

Ross sah gen Himmel. »Wir sind leidgeprüft, ich sag's dir!«

»Dann hast du auch ihre Freunde aus der Szene gekannt? Struff und Carlsen?«

Der grauhaarige Fischer machte eine vage Handbewegung. Auf seiner Fleecejacke war das Logo der Fischereigenossenschaft zu sehen. »Nicht richtig. Jedenfalls nicht so wie deine Mutter. Wir alle wussten, dass sie und Jasper Carlsen ein Paar waren, bevor sie Thomas geheiratet hat. Er war ein Glückspilz.«

War er das?, fragte sich Arline. »Ich weiß nicht, ob meine Eltern glücklich waren.«

»Eine Ehe ist nie einfach«, kommentierte Dan.

»Nein, sicher nicht. Meine Mutter hatte andere Träume. Weißt du, warum sie nicht mit Jasper zusammengeblieben ist?«

»Nein, wir waren nicht so eng befreundet. Sie hat mir Karten für die Konzerte des St. Magnus Festivals besorgt. Ein paarmal war ich dann mit hinter der Bühne und habe die Stars gesehen.« Dan rieb sich das Kinn mit dem struppigen Bart. »Struff war immer aufgekratzt und hat alle unterhalten. Das war eine Type! Ich mochte ihn, auch wenn er mich gar nicht wahrgenommen hat. Carlsen wirkte total erschöpft, richtig ausgelaugt, und Colina hat sich um ihn gesorgt wie um eine Diva.« Dan machte eine Pause und sah sie an. »Klingt blöd, aber Carlsen war eine launische Diva. Struff auch, aber anders, der war mehr nach außen, hat gelebt und gefeiert bis zum Umfallen. Seine Exzesse füllten die Klatschpresse. Das fand meine Frau wiederum interessant. Die Musik eher weniger.«

Ross nahm die Flasche und hielt sie Ty hin. »Könnt ihr euch vorstellen, dass ich mit Chopin und Bach einschlafen musste? Aber dann habe ich Heavy Metal für mich entdeckt.«

»Ich bin mit dir sogar nach Glasgow zu einem Konzert gefahren. Wie hießen die noch? Ein Höllenlärm. Ich hatte eine Woche lang Ohrengeräusche!« Dan lachte, und Ross knuffte ihn freundschaftlich.

»Das war ausgleichende Gerechtigkeit.«

»Dan, erinnerst du dich noch, wie Carlsen zu meiner Mutter war?«, wollte Arline wissen.

»Er hat sie geliebt, denke ich. Jedenfalls hat er sie nicht runtergeputzt oder so.« Dan überlegte. »Es war eine Art gegenseitige Abhängigkeit, würde ich sagen. Aber was weiß ich schon.«

Ross'Telefon klingelte. »Schatz, wir haben ein Boot!« Er entfernte sich ein paar Schritte.

»Und mein Vater? Tut mir leid, dass ich dich so ausquetsche, aber ich versuche zu verstehen, wer meine Eltern gewesen sind.« Arline lehnte an einer Seilwinde und spürte das Meer mit jeder Bewegung des Kutters.

»Thomas war schon immer in Colina verliebt, oder, Ty? Du hast ihn besser gekannt als ich.« Dan sah seinen Kollegen an.

»Wer war nicht in Colina verschossen? Sie war eine Schönheit und so talentiert. Insgeheim haben wir dennoch gehofft, dass sie diesen Jasper Carlsen heiratet und ganz groß rauskommt«, sagte Ty. »Wir wären so stolz auf sie gewesen. Eine von uns, eine von der Insel hätte es geschafft.«

»Du hast so gedacht, aber Sam nicht und mein Vater eh nicht, oder? Er hat nie über Jasper gesprochen, und wenn, dann abfällig.«

Ty setzte die Whiskyflasche an die Lippen und sagte, nachdem er sich den Mund abgewischt hatte: »Kann ich ihm nicht verdenken. Er hatte Angst, dass sie ihm wegläuft, dass sie enttäuscht ist von dem, was er ihr zu bieten hat.«

»Aber sie hat doch gewusst, was sie in einer Ehe mit Vater erwartet.« Arline seufzte. So viele Geheimnisse und unterdrückte Sehnsüchte.

»Sie wird ihre Gründe gehabt haben, warum sie nicht mit Jasper Carlsen gegangen ist.« Ty sah auf seine Uhr.

»Und war Jasper nach der Trennung noch hier?« Arline musste auch los, aber das wollte sie wissen.

»Hm, Dan?«, fragte Ty.

»Die Gruppe um Struff hat sich nach und nach aufgelöst«, sagte Dan. »Es gab noch Konzerte, aber die Kernclique war irgendwann weg. Eigentlich war das schade. Das waren schon Paradiesvögel. So was hatten wir danach nicht wieder in Stromness.«

»Hey, Dad, wir müssen los. Arzttermin und so.« Ross schwenkte sein Handy.

Das Tagebuch, dachte Arline. Sie musste es endlich lesen.

34

Colina

London, März 1987

Jasper begleitete sie bis zum Haupteingang der Royal Academy of Music. Das denkmalgeschützte Gebäude mit seiner rot-weißen Fassade war imposant und erdrückend. Wie viele junge Musiker waren hoffnungsvoll durch das ehrwürdige Portal gegangen und desillusioniert wieder herausgekommen? Colina zupfte an ihrem Seidenschal, ein Geschenk von Jasper, und spürte einen Frosch im Hals.

»Ich bin heiser. Ich kann nicht singen«, krächzte sie.

Jasper ergriff ihre Hände und sah ihr in die Augen. »Du kannst singen. Deine Stimme ist wundervoll, ausbaufähig, und du hast ein unbestechliches Gehör. Darauf wirst du aufbauen.«

»Aber all diese theoretischen Dinge, die ich nicht weiß. Sie werden mich auslachen. Ich kenne doch gerade mal die Komponisten, die du mir nahegebracht hast, die wenigen Arien, die ich mit Andrew geübt habe. Ich bin eine blutige Dilettantin.« Die Angst breitete sich in ihrem Körper aus und lähmte ihre Gedanken.

»Lampenfieber gehört dazu. Vor jedem Auftritt wirst du zittern und denken, dass du versagst, und dann trittst du auf die Bühne, und sie gehört dir. Das Adrenalin schießt dir ins Blut, und du wirst beflügelt singen.« Er gab ihr einen zärtlichen Kuss auf die Lippen. »Sie wissen, dass du keinerlei Ausbildung hast. Es kommt immer wieder vor, dass Studenten angenommen werden, die ein großes Talent, aber keine Vorbildung mitbringen. Sie suchen das Besondere, und du bist etwas Besonderes. So, und jetzt hinein mit dir!« Er warf einen Blick auf die Uhr. »Wir treffen uns zum Dinner. Ich habe einen Tisch im L'Escargot reservieren lassen.« Für ihn stand fest, dass sie bestehen würde. Als Wunderkind hatte er schon mit zehn Jahren sein erstes Klavierkonzert gegeben. Sie hingegen hatte im Kirchenchor gesungen und trat in Pubs auf. In seiner Familie spielte jeder ein Instrument, sein Vater war Professor für Kammermusik in Stockholm, seine Mutter gab Meisterkurse für Cellisten.

Ihre Hände zitterten, als sie durch die Glastüren trat.

Jasper hatte ihr den Namen der Dozentin genannt, bei der sie sich melden sollte. Sie fand Dr. Sophia de Moncada nach einigem Suchen und mit der Hilfe eines freundlichen jungen Flötisten in ihrem Zimmer. Von außen wirkte die Academy altehrwürdig, eine royale Institution, doch innen gab die Musik den Ton an. Junge Musiker unterschiedlicher Nationalitäten gingen durch die teils modern umgestalteten Gänge, redeten, lachten oder übten. Aus vielen Räumen erklang Musik, und der

Standard erschreckte Colina. Was wollten diese Musiker noch lernen? Sie waren doch alle schon so gut!

Dr. Sophia de Moncada mochte gerade dreißig Jahre alt sein, und sie war sehr attraktiv. Als Colina die selbstbewusste Frau mit der Geige sah, sank ihr Mut, und sie wäre am liebsten sofort gegangen.

»Kommen Sie nur herein. Ich beiße nicht.« Die Musikerin ließ die Violine sinken und winkte Colina zu sich. »Mögen Sie Vivaldi? Was für eine Frage. Jeder mag Vivaldi. Ich arbeite an einer Neuinterpretation der *Vier Jahreszeiten*. Wie gefällt Ihnen das?«

Sophia legte sich die Violine unter ihr Kinn und spielte eine Passage mit atemberaubender Schnelligkeit. Plötzlich machte sie eine Pause und spielte eine folkloristisch anmutende Melodie.

Colina erkannte einen traditionellen Reel und lächelte. »Oh, das war ein Reel, wie wir ihn auf Ceilidhs spielen!«

»Sie müssen Colina sein. Jasper hat mir viel von Ihnen erzählt. Ja, das war ein Reel. Musik ist eine universelle Sprache. Wir kommunizieren durch Musik.« Große dunkle Augen musterten sie eingehend. »Wir gehen jetzt gleich in den kleinen Saal. Da steht ein Klavier, und drei meiner Kollegen warten. Ein Pianist wird Sie begleiten. Normalerweise wird erwartet, dass die Kandidaten vier Arien vorbereiten.«

Sophia de Moncada sprach von den Kriterien, die üblicherweise angewandt wurden, um Kandidaten auszuwählen. Colina erfüllte nicht einmal die Voraussetzung eines mittleren Schulabschlusses. Ihr wurde immer elender zumute, und sie fühlte sich so fehl am Platze wie ein Hummer an Land.

»Aber«, sagte Sophia und legte ihre Geige in einen offenen Geigenkasten, »wir machen Ausnahmen. Deshalb sind Sie ja hier. Wenn wir großes Potenzial in Ihnen sehen, können Sie Aufbaukurse belegen und alles nachholen, was Ihnen an Ausbildung fehlt.«

Colina schluckte. »Das ist wirklich nett«, stotterte sie.

»Nett sind wir nicht. Ganz im Gegenteil. Bitte!« Sophia ging zur Tür und öffnete sie. »Wir sind streng, und wir erwarten viel, nein, alles von Ihnen. Wenn Sie hier unter den Besten der Besten bestehen wollen, müssen Sie uns Ihr Herz und Ihre Seele schenken.«

Die zierliche Frau mit den tiefschwarzen Haaren schritt energisch neben ihr her. Ihre Marlene-Hose flatterte bei jedem Schritt, und ein Hauch edlen Parfums haftete an ihrer Seidenbluse.

»Für die Dauer Ihrer Ausbildung gehören Sie uns. Sie werden bis an Ihre Grenzen gehen, verzweifeln, weinen, lachen und denken, dass Sie es nicht schaffen. Aber Sie können es schaffen. Die Musik wird Sie das Leben lehren.«

Die Musikerin blieb vor einer Flügeltür stehen. »Bereit?«

Nein, dachte Colina, nein, ich kann das nicht! Ihre Knie fühlten sich weich an, ihr Magen rebellierte, Schweiß perlte von ihrer Stirn, und ihre Hände waren kalt und feucht. Die Tür schwang leise auf, und vor ihr öffnete sich ein intimer Konzertsaal. Die Bühne war gerade groß genug für einen Flügel und ein paar Stühle, vor denen Notenständer standen. Rote Sessel standen in wenigen Reihen im Zuschauerraum. In der ersten Reihe saßen zwei Männer und eine Frau.

Was dann passierte, erlebte Colina wie in Trance. Sie wurde den Dozenten vorgestellt, ging auf die Bühne, sah den jungen Mann am Flügel und stellte sich vor, es wäre Jasper. Sie nannte die Arie, die sie mit Andrew geübt hatte. Die Musik setzte ein, und sie öffnete den Mund, doch sie brachte keinen Ton heraus. Schuhe scharrten, das Prüfungskomitee tuschelte, man gewährte ihr einen zweiten Versuch. Dieses Mal konnte Colina ihre Stimme finden. Sie schloss die Augen, weil sie die kritischen Blicke nicht ertrug, nicht sehen wollte, was die Mienen ihr verrieten, dass jemand wie sie hier nichts verloren hatte.

Der letzte Ton war verklungen, der junge Pianist legte die Hände in den Schoß und blätterte in seiner Partitur. Als Colina die Hand vom Flügel nahm, blieb ein feuchter Abdruck. Einer der Herren sah sie immer wieder an. Anzüglich, fand Colina, dachte er sich seinen Teil? Die Frau im kobaltblauen Kleid war eine Sopranistin. Colina hatte sie bei einer Gala im Fernsehen singen gehört. Sie steckten die Köpfe zusammen und tauschten sich aus. Colina wäre am liebsten im Boden versunken.

Es dauerte nicht lange, und das Komitee erhob sich. Das schien das Zeichen für den Pianisten zu sein, der seine Noten zuklappte und ging. Ohne Colina noch einmal anzusehen, verließ das Komitee den Saal. Nur Sophia war noch da. »Das war Ihr erstes Vorsingen, was?«

Colina nickte. »Ich war furchtbar. Es tut mir leid, dass ich Ihre Zeit gestohlen habe.«

»Aber nein, Ihre Stimme hat einen sehr individuellen Klang. Vielleicht nicht der perfekte Sopran, aber wenn Sie an sich arbeiten …«, begann Sophia.

»Sie nehmen mich nicht auf, nicht wahr?«

Die Musikerin schüttelte bedauernd den Kopf. »Tut mir leid. Aber das ist nicht das Ende der Welt. Suchen Sie sich einen Gesangslehrer, und versuchen Sie es wieder. Im Dezember haben wir offizielle Aufnahmetage. Und es gibt andere Institute. Jasper hat es gut gemeint. Aber er ist ein Besessener.«

Colina stieg die Stufen an der Seite der Bühne hinab und folgte Sophia zum Ausgang.

»Muss man nicht von der Musik besessen sein, um so erfolgreich zu werden?«, fragte Colina.

»Leidenschaft gehört dazu, ja, ich liebe, was ich tue, könnte mir nichts Schöneres vorstellen, aber ich habe auch ein Leben neben der Musik. Seit zwei Jahren bin ich Mutter einer zauberhaften Tochter. Das hat mich verändert.« Die Geigerin grüßte eine Gruppe Studenten. »Wissen Sie, vor der Geburt meiner kleinen Isabella hatte ich Angst davor, mich zu verletzen, nicht mehr spielen zu können, keine Buchungen mehr zu bekommen oder vor schlechten Kritiken. Wie albern mir das heute erscheint. Ich sehe in Isas Augen, nehme ihre zarten Finger in meine und bin einfach nur glücklich, dass sie gesund ist. Dass sie da ist.«

Aber du hast eine Karriere, du lehrst an einer der renommiertesten Akademien der Welt, dachte Colina. »Bevor ich eine eigene Familie gründe, möchte ich zumindest herausfinden, was ich erreichen kann.«

Sie standen an der Treppe, die hinunter ins Foyer führte. Sophia reichte Colina die Hand.

»Ich habe mich gefreut, Sie kennenzulernen. Die Liebe zur Musik kann Ihnen niemand nehmen, Rückschläge gehören dazu. Sie sind nur Umwege auf dem Weg zum Erfolg. Grüßen Sie Jasper!«

Sie ging durch das Foyer. Jemand übte Waldhorn. Einsame, perlende Töne zogen durch die Räume. Letztlich sind wir allein, dachte Colina, müssen kämpfen, um zu erreichen, was wir uns erträumen. Sie hatte sich verführen lassen – zu Träumen, denen sie nicht gewachsen war.

35

Colina packte ihren Koffer, als sie Geräusche an der Tür zu Jaspers Wohnung hörte. Rasch nahm sie den Koffer vom Bett und schob ihn in die Ecke. Sie strich ihre Bluse glatt und wischte sich die Augen, die vom Weinen gerötet waren. Warum war er schon zurück? Er hatte doch eine Probe.

»Está usted ahí, Sr. Carlsen?«, ertönte eine weibliche Stimme. Ein dumpfes Geräusch, als würde jemand etwas zu Boden fallen lassen, erklang.

Colina schaute in den Flur und wurde von einem Schwall spanischer Worte empfangen. Eine kleine Frau mittleren Alters krempelte sich die Ärmel ihrer geblümten Bluse auf und sah Colina erwartungsvoll an. Neben der Tür stand ein Rucksack.

»Ich spreche leider kein Spanisch«, sagte Colina, und die Frau verdrehte die Augen und sagte in gebrochenem Englisch: »Sr. Carlsen spricht gut meine Sprache. Ich bin Rosa und mache jetzt sauber. Gehen Sie weg, ja?! Ich muss alles sehr sauber machen!« Energisch ging sie weiter in die Küche, machte sich an den Unterschränken zu schaffen und förderte einen Eimer, Putzmittel und Gummihandschuhe zutage.

Colinas Herzschlag verlangsamte sich wieder, und sie warf den Rest ihrer Sachen in ihren Koffer. In wenigen Minuten hatte sie alles zusammengepackt, ihren Mantel angezogen und zögerte. Sie musste ihm zumindest eine Nachricht hinterlassen. Im Musikzimmer stand ein Mahagonisekretär mit klappbarer Schreibfläche. Edwardianische Zeit, hatte Jasper ihr erklärt und auf die kunstvollen Intarsien hingewiesen. Colina zog sich den Stuhl heran und nahm ein Blatt handgeschöpftes Papier aus einer Schublade. Sie legte es auf die mit Leder bezogene Schreibfläche und schraubte einen Füller auf. Jasper hatte ein Faible für exquisite Schreibgeräte und Möbel. Sie legte den Füller an die Lippen und hätte beinahe auf der Spitze gekaut, besann sich gerade noch rechtzeitig und schrieb:

Lieber Jasper, es tut mir so leid. Ich habe versagt und dich enttäuscht. Was musst du nur von mir denken? Ich halte mich ja selbst nicht aus. Es ist besser, wenn ich aus deinem Leben verschwinde. Danke für alles.

Ich liebe dich, immer, aber ich verdiene dich einfach nicht.
Colina

Sie faltete den Bogen, schob ihn in einen Umschlag und nahm die Kette ab, die er ihr geschenkt hatte. Kette und Brief legte sie in eines der offenen Fächer des Sekretärs und schloss die Klappe. Da er jeden Abend dort saß und etwas schrieb, nahm sie an, dass er ihren Brief finden würde.

Mit der U-Bahn fuhr sie zum Bahnhof King's Cross. Sie hatte Glück und erwischte einen Zug nach Peterborough. Von dort verkehrten direkte Züge nach Edinburgh. Sie kam am späten Abend in der schottischen Hauptstadt an und suchte sich ein günstiges Zimmer in einem Hostel. Sie teilte sich ihr Zimmer mit einer jungen Engländerin.

»Hi, ich bin Sandy«, sagte die Backpackerin, die gerade zur Tür hereingekommen war.

Colina schüttelte ihre Hand. »Colina.«

»Ich schnarche nicht, aber manchmal schlafwandle ich«, meinte Sandy lachend. »Nicht, wenn ich einen Wein intus habe. Wollen wir was essen gehen? Ich esse nicht gern allein. Oder hast du schon was vor?«

Gemeinsam gingen sie in die Altstadt, schlenderten die Royal Mile entlang und fanden ein günstiges indisches Restaurant. Sandy redete ununterbrochen, erzählte von ihren Reisen als Backpackerin. Zugegebenermaßen hatte Colina großen Respekt vor der abenteuerlustigen und furchtlosen jungen Frau, die mit vierundzwanzig Jahren schon um die halbe Welt gereist war.

»Work and travel ist eine coole Sache, ein Programm, weißt du? Hast du das auch schon mal gemacht? Ich rede und rede. Jetzt bist du dran. Was machst du so, und wohin willst du?« Sandy hatte raspelkurzes braunes Haar, ein Nasenpiercing und große blaue Augen, die sie neugierig musterten.

Es war Colina unangenehm, zugeben zu müssen, dass sie gerade auf der Flucht vor sich selbst war. »Ich habe Mist gebaut, und jetzt muss ich's ausbaden. Meine Schuld.«

Sandy wartete, und als Colina nicht weitersprach, bestellte sie zwei große Gläser Rotwein. Nachdem sie angestoßen hatten, sagte Sandy: »Wir sind hier quasi zwei Fremde, die sich aller Wahrscheinlichkeit nicht wiedersehen. Ich kann zuhören, und dir tut es gut, wenn du dir mal alles von der Seele redest. Ich habe mit so was Erfahrung, glaub mir.« Sandy hob erneut ihr Glas und sagte: »Cheers! Auf das Leben, das manchmal verdammt kompliziert ist.«

Colina trank den Wein, und als sich der Alkohol langsam in ihrem Körper verteilte und sie sich etwas entspannte, seufzte sie. »Ich hatte eine große Chance und habe sie verbockt. Der Mann, den ich liebe, hat mir eine Tür geöffnet, die ich ohne ihn niemals auch nur gesehen hätte. Aber ich hatte keine Nerven und habe beim Vorsingen versagt. Noch nie habe ich mich so blamiert. Es war schrecklich, einfach schrecklich.«

»Du kannst singen? Wow! Das ist toll! Ich kann weder singen noch ein Instrument spielen. Was singst du denn?«

Ein schmales Lächeln umspielte Colinas Lippen. »Folkmusik. Aber der Mann, den ich liebe, ist Pianist. Er denkt, dass ich das Zeug zu einer Opernsängerin habe.«

»Ja, hey, na, das sind ja zwei verschiedene Paar Schuhe! Oper? Puuh, nicht so mein Fall, aber Respekt, wirklich. Da musst du eine verdammt große Stimme haben.« Sandy sah sie bewundernd an. »Warum hat es denn nicht geklappt?«

»Ich war nervös, musste zweimal ansetzen, und dann

habe ich gepresst beim Singen. Da kamen die Töne nicht so, wie ich es sonst kann, sondern …, ach, es war furchtbar. Kein Wunder, dass sie mich nicht wollten.«

Der Kellner kam an ihren Tisch, und Sandy bestellte zwei Mangoschnäpse.

»Wer wollte dich nicht?«, hakte Sandy nach. Ihre Fingernägel waren schwarz lackiert, und sie trug mehrere Ringe, an denen sie drehte, während sie Colina zuhörte.

Colina biss sich auf die Lippe. Ach, was machte es schon aus. Morgen gingen sie ihrer Wege. »Die Royal Academy.«

»Holy Shit!«, rief die Engländerin. »Da durftest du vorsingen? Allein, dass die dich angehört haben, ist doch schon ein Ding. Ein Normalsterblicher kommt da nicht mal über die Türschwelle. Ich weiß das von einer Freundin, deren Schwester Oboe spielt. Richtig gut und so. Im Orchester. Die wollte immer an die Academy und übt wie verrückt.«

Genau das war ihr Problem, dachte Colina. Sie hatte nicht genug geübt, war zu nervös gewesen, und wahrscheinlich hatte Jasper sie einfach überschätzt. Wenn sie an das Vorsingen dachte, zitterten ihre Hände noch immer. Die Realität war ernüchternd.

»Hey, jetzt sei mal locker. Hier, total lecker!« Sandy drückte ihr den Schnaps in die Hand, der gerade auf ihren Tisch gestellt worden war.

»Auf den Mut, etwas zu wagen!«, sagte Sandy.

Colina stürzte den süßen Schnaps hinunter, der ihren Magen in Aufruhr versetzte. Morgen hatte sie mit

Sicherheit einen dicken Kopf. Aber gerade jetzt tat es gut, dass ihr Gehirn sich verflüssigte und Jasper so weit weg war.

»Ich meine das so. Es gehört Mut dazu, sich vor solche oberwichtigen Profimusiker zu stellen und zu singen. Also, ich hätte nicht den Mumm dazu. Mal abgesehen davon, dass ich nicht mal in der Dusche singe.« Sandy grinste.

Sie meinte es gut und versuchte Colina aufzuheitern, doch ihr Herz war sogleich wieder schwer, und sie schniefte. »Ich liebe ihn so sehr. Und ich wollte ihn nicht enttäuschen. Das macht mich am meisten fertig.«

Sandy stopfte sich ein Stück Naan, Fladenbrot, in den Mund und sagte noch während des Kauens: »Sollte es aber nicht. Wenn er dich liebt, stört es ihn nicht, dass du durchgefallen bist. Er sollte dich so lieben, wie du bist. Ich meine, guck dich mal an, du siehst toll aus!«

»Du bist nett, Sandy«, schniefte Colina.

»Nee, bin ich nicht. Das ist eine Tatsache. Aber was willst du eigentlich? Willst du Opern singen oder lieber Folkmusik? Machst du das für ihn oder für dich?«

Beim Reden hatten sie die Zeit vergessen, und der Kellner kam an ihren Tisch, um zu kassieren.

»Komm, noch ein Absacker im Pub. Dann haben wir die richtige Bettschwere«, schlug Sandy vor.

»Hilfe, mir dreht sich ja schon alles. Der Mangoschnaps war ein Killer«, meinte Colina und hielt sich an der Hauswand fest.

Auf den nächtlichen Straßen von Edinburgh war

immer etwas los. Touristen und Einheimische mischten sich in den zahlreichen Pubs, und an einer Ecke stand noch immer ein Dudelsackspieler.

»Und wo lebst du?«, wollte Sandy wissen. Sie legte den Arm um Colinas Hüfte und half ihr, das Gleichgewicht zu halten.

»Stromness«, murmelte Colina.

»Orkneys, da will ich auch noch hin. Muss toll sein, da zu leben, oder? Bisschen einsam im Winter, aber im Sommer sicher der Wahnsinn. Das Meer und so!«, schwärmte die Engländerin.

»Das Meer, ja, aber nicht das Fischen. Meine Freunde und meine Familie, wir leben vom Hummer- und vom Krebsfang. Das ist harte Arbeit.«

»Nicht ein bisschen romantisch? So mit dem Boot durch die Wellen, den Wind im Gesicht, hach!« Sandy sog betont laut die Luft ein. »Ich komme aus Blackpool. Mein Vater war Tanzlehrer, bis er so viel getrunken hat, dass er einen Jive nicht mehr von einem Walzer unterscheiden konnte, und meine Mutter hat uns verlassen, als ich zehn war. Meine Schwester hat mit vierzehn ihr erstes Kind bekommen.«

Colina starrte Sandy an. »Tut mir leid. Ich wollte nicht … das war dumm von mir.«

Als Colina in ihrem schmalen Hostelbett lag, das Hirn vernebelt von zu viel Wein und Whisky, war ihr noch elender zumute als am Nachmittag. Sie hatte sich wie ein trotziges Kind verhalten. Es war nicht Jaspers Schuld, dass sie versagt hatte. Und jetzt war es zu spät.

36

Stromness, Mai 1987

Sie arbeiteten Hand in Hand. Ihr Vater zog die Reusen herauf, und Colina stapelte sie an Deck und begutachtete den Fang. Das Boot schaukelte auf dem kabbeligen Atlantik, und Gischt spritzte ihr ins Gesicht. Sie ankerten in einer kleinen Bucht an der Westseite von Hoy.

»Schau, Dad, der ist blau!« Sie legte einen riesigen blau schimmernden Hummer in eine Holzkiste.

Das Krustentier reckte die Scheren und sah sie mit schwarzen Augen an. Eine Laune der Natur. Es gab nur selten blaue oder rosafarbene Hummer.

Fraser warf die letzte Boje mit dem Tau an Deck und kam zu ihr. »Ein Prachtexemplar. Den bieten wir Angus direkt an. Wetten, dass er heute Abend bei ihm auf der Speisekarte steht!«

»Aber sieh ihn dir an. Er ist mindestens dreißig Jahre alt oder noch älter! Wie er die rechte Schere schwenkt! Die ist größer als die linke, und er weiß genau, dass wir seine Feinde sind.«

Fraser fuhr sich übers nasse Gesicht. Seine Mütze war ebenfalls nass. Nur das Ölzeug hielt sie einigermaßen trocken. Auf dem Kutter roch es nach Diesel und Meer, das Wasser war kalt und machte die Hände steif.

»Ach was, gar nichts weiß der. Binde ihm die Scheren zusammen und lass ihn allein in der Kiste. Der ist so groß, der macht uns die anderen kaputt. Dann hol den Anker ein. Wir fahren zurück.«

Fraser wandte sich um und ging in die Kajüte.

Traurig sah Colina den blauen Hummer an, der verzweifelt mit seiner Schere in die Luft stieß. Im Fernsehen hatte sie einen Bericht über die Tiere gesehen und war erstaunt über deren Fähigkeiten gewesen. Hummer konnten über hundert Jahre alt werden. Und wären sie nicht in ihrem Panzer gefangen oder würden von anderen Meerestieren oder den Menschen angegriffen, könnten sie ewig weiterwachsen. Die Hummer hatten ein Enzym, das sie nicht altern ließ. Unverwandt starrte Colina den Hummer an. Wer war sie, dass sie diesem Wunder der Natur das Leben nehmen durfte? Kurz entschlossen ergriff sie den großen Hummer und warf ihn zurück ins Meer.

»Lass dich nicht wieder erwischen!«, sagte sie und holte die Ankerkette ein.

In der Kajüte machte sie Wasser heiß und goss es in die Thermoskanne, in der noch ein Teebeutel hing. Sie wickelte die Sandwiches aus, die ihre Mutter vorbereitet hatte, und legte eines zusammen mit einem gekochten Ei auf den Teller ihres Vaters. Dann riss sie eine Tüte Chips auf und stellte sie daneben.

Ihr Vater manövrierte den Kutter an den Felsen vorbei nach Norden. Der Dieselmotor stampfte. Ein verlässliches, beruhigendes Geräusch, fand Colina. Wenigstens eine Konstante gab es in ihrem chaotischen Leben. Für das Chaos war sie allein verantwortlich. Für ihr Versagen auch. Sie war weggelaufen. Feige hatte sie sich aus dem Staub gemacht, nachdem ihre Träume wie eine Seifenblase zerplatzt waren. Ihre oder seine Träume? Hatte sie sich nicht von ihm verführen, anstecken lassen? Jasper war es, der die Sehnsucht nach der Oper in ihr geweckt hatte. Aber es wäre unfair, ihm die Schuld zu geben.

In den ersten Tagen nach ihrer überstürzten Abreise aus London hatte er einige Male bei ihr angerufen. Sie hatte sich am Telefon verleugnen lassen, sich in ihrem Zimmer vergraben und geweint. Seine Stimme zu hören, hätte sie nicht ertragen. Sie schämte sich so sehr. Ihr Verhalten war nicht zu entschuldigen, nicht nach allem, was er für sie getan hatte. Feige hatte sie sich davongeschlichen. Ob er ihr jemals verzeihen würde? Sie konnte sich ja selbst nicht verzeihen, hasste sich für ihr Versagen und ihre überstürzte Flucht. Seit Wochen hatte er sich nun nicht mehr gemeldet, und sie erwartete nicht, jemals wieder von ihm zu hören. Es war vorbei. Sie musste sich neu einrichten in ihrem Leben auf der Insel, endlich lernen, sich mit dem zu bescheiden, was sie hatte.

Ihr Vater sprach sie nicht auf Jasper an und fragte auch nichts. Dafür war sie ihm dankbar. Er machte ihr keine Vorwürfe oder rieb Salz in ihre Wunde. Er hatte noch nicht einmal ein Wort über den Hummer verloren, den sie in die Freiheit entlassen hatte. Warum nur musste alles so verdammt kompliziert sein? Mogs war glücklich mit ihrem Beruf und ihrem Tavish. Es war nichts falsch an einem Leben auf Mainland. Und dennoch, dachte Colina und seufzte. Sie vermisste ihn mit jeder Faser ihres Herzens.

Es regnete schon den ganzen Tag. Colina legte ihr Tagebuch zur Seite und ging nach unten. Ihre Mutter stand am Küchentisch vor einer großen Schüssel, Mehltüte, Zucker und ein Pfund Butter lagen bereit. Doch sie stand einfach nur da und hielt sich an der Tischkante fest.

»Mum!«, rief Colina und eilte zu ihrer Mutter, die aufsah und nach dem Mehl griff.

»Ich will Scones machen. Hilfst du mir?«

»Natürlich«, erbot sich Colina und schnitt die Butter in kleine Würfel. Sie machten immer zwei Bleche. Das Gebäck ließ sich gut ein paar Tage aufheben.

»Fühlst du dich nicht gut? Geh lieber noch mal zum Arzt. Vielleicht wirken die Tabletten nicht mehr.«

Ihre Mutter war blass, doch sie winkte ab. »Es geht schon wieder. Bin zu schnell aufgestanden. Knetest du den Teig? Bei dir wird er luftiger.«

Kommentarlos vermengte Colina die Zutaten in der großen Schüssel und kippte alles auf den Holztisch. Ihre Mutter machte die besten Scones und bat Colina normalerweise nicht um Hilfe.

»Hier sind die Rosinen. Gib ordentlich dazu.« Mairead stellte das Glas mit den Rosinen auf den Tisch und ging zum Wasserkessel, in dem das Wasser gerade zu sprudeln begann.

»Willst du ihn nicht mal anrufen, Colina? Es zerreißt

dich doch. Ich sehe dir an, wie sehr du leidest«, sagte ihre Mutter leise und goss Tee auf.

Colina klopfte und warf den Teig unnötig heftig hin und her. »Nein. Ihr seid doch froh, dass es aus ist.«

»Wir haben ihn nie kennengelernt. Was soll ich also zu ihm sagen? Er kommt aus einer anderen Welt. Dass das schwierig ist für eine Beziehung, ist doch nicht von der Hand zu weisen. Und du bist so jung, Schatz!«

Colina rollte den Teig zu einer fünf Zentimeter dicken Wurst. »Gibst du mir bitte das Messer?«

Ihre Mutter reichte ihr ein großes Messer. »Bitte. Ich lege mich etwas hin.«

Mairead wusch sich die Hände, band ihre Schürze ab und hängte sie über einen Stuhl.

»Ach, das hatte ich vergessen«, sagte ihre Mutter. »Gestern habe ich Thomas im Minimarkt getroffen, und er hat nach dir gefragt. Es ging um heute Abend. Er meinte, du wüsstest Bescheid?«

»Hm, jaja. Sie spielen im *Beachcomber*.« Colina schnitt daumendicke Scheiben von der Teigrolle und legte sie auf ein gebuttertes Backblech.

»Du solltest hingehen. Du singst doch so gern«, meinte ihre Mutter.

Colina warf ihr einen verärgerten Blick zu und legte den nächsten Teigrohling auf das Blech.

Der Duft der fertigen Scones hing noch im Haus, als Colina in ihrem Dachzimmer vor dem Kleiderschrank stand. Sie hatte sich entschieden, auszugehen. Was sollte sie auch sonst tun? Morgen früh würde sie allein zu den

Reusen hinausfahren, weil ihr Vater zur Fischereigenossenschaft fuhr. Sie nahm ein gelb-rotes Kleid heraus. Jasper hatte es ihr gekauft. Ein Designerstück, mit dem sie im *Beachcomber* furchtbar overdressed sein würde. Aber wenn sie schon mit den *Herrings* singen würde – sie war davon überzeugt, dass Thomas und die anderen nichts dagegen hatten –, dann sollten sich die Leute gleich richtig das Maul zerreißen.

Mit knallroten Pumps und einer roten Windjacke ging sie wenig später die Treppe hinunter. Sie musste die Türklingel überhört haben, denn aus dem Wohnzimmer erklangen Stimmen. Ihr Magen zog sich schmerzhaft zusammen, und ihre Hände wurden kalt. Jasper!

»Sie ist oben«, hörte sie ihre Mutter sagen, und die Wohnzimmertür öffnete sich, bevor sie verschwinden konnte.

»Schatz, hier ist Besuch für dich«, sagte ihre Mutter mit einem Lächeln, das ihr bedeutete, zumindest der Höflichkeit Genüge zu tun.

Jasper Carlsen war ihr gefolgt. Er wirkte in ihrem Elternhaus so unpassend wie ein Fabergé-Ei in einem Hühnerstall.

»Hallo, Colina. Ich glaube, du hast etwas vergessen.« Seine Stimme klang beherrscht, voller unterdrückter Emotionen, genau wie sein Blick.

Sie fühlte sich ertappt, gefangen und stand wie erstarrt.

»Jasper«, flüsterte sie.

Ihre Mutter trat zur Seite, um dem Besucher Platz zu machen. »Also, es hat mich gefreut, Mr Carlsen.«

»Ganz meinerseits, Mrs Finlayson«, erwiderte Jasper, ohne Colina aus den Augen zu lassen. In seiner Hand lag ein Schmuckkästchen.

»Ich, ich …, es tut mir so leid«, sagte Colina leise und wusste nicht, wohin.

»Immerhin tut es dir leid, mich ohne ein Wort verlassen zu haben. Ohne ein Wort! Weißt du, welche Sorgen ich mir gemacht habe? Deine Notiz habe ich erst zwei Tage später gefunden. Da warst du schon zu Hause, nehme ich an.« Seine Nasenflügel bebten, und er drückte ihr das Kästchen in die Hand. »Ich will es nicht. Es gehört dir. Du kannst damit machen, was du willst. Verkauf es, wenn du möchtest. Es wird eine schöne Stange Geld einbringen.«

Colina schluchzte. Ihre Augen füllten sich mit Tränen. »Nein, nein, ich würde es niemals verkaufen! Jasper, nicht, sprich nicht so, als wäre es mir leichtgefallen.«

»Ach, ist es nicht? Es kam mir aber so vor. Wir waren verabredet. Erinnerst du dich? Ich habe einen Tisch im L'Escargot für uns bestellt. Da habe ich eine Stunde auf dich gewartet. Das war ein Abend, den ich nicht vergessen werde, glaub mir.« Er stand dicht vor ihr. Seine Brust hob und senkte sich, weil er tief einatmete. Dass er wütend war, stand außer Frage, aber er war hier.

»Warum bist du gekommen?«, wollte sie wissen. »Ich bin es nicht wert, ich habe versagt, es war so beschämend …«

»Deshalb? Wirklich nur deshalb hast du mich verlassen?« Jasper Carlsen riss sie in seine Arme und drückte sie fest an sich.

Er fuhr ihr durch die Haare, nahm ihr Gesicht in die Hände und küsste sie. Einfach so, in der Diele ihres Elternhauses. Colina schloss die Augen und schlang die Arme um ihn.

»Komm mit mir, Colina«, sagte er leise. »Ich brauche dich so sehr.«

»Aber ich bin nicht wie du. Ich werde es nicht schaffen. Diese Aufnahmeprüfung, alles, was man da lernen muss. Ich kann das nicht und …«

»Das ist mir egal. Ich habe dich überfordert. Es war mein Fehler, hörst du? Mein Fehler. Du brauchst mehr Zeit, Unterricht, Vorbereitungskurse. Und wenn du bereit bist, versuchst du es erneut. Ja? Ja, klingt das gut? Mein Engel, bitte, lass mich nie wieder allein. Ich ertrage das nicht.« Er küsste sie auf die Wange. »Als du weg warst, bin ich in ein Loch gefallen, ich war nicht mehr ich selbst. Ich habe Dinge getan, auf die ich nicht stolz bin, von denen ich dachte, dass ich sie hinter mir gelassen habe.«

Erschrocken sah sie an. »Was? Was hast du getan, Jasper?«

Gequält wandte er den Blick von ihr. »Alte Laster, Colina. Mit dir bin ich sicher, kann ich der Jasper sein, der ich sein will. Bitte, ich habe es versucht, aber es zerstört mich, ohne dich zu sein.«

Sie hielt das Kästchen noch immer in der Hand. Es wog schwer, so schwer wie die Entscheidung, die er von ihr forderte. Aber konnte sie ihm widerstehen?

37

Arline

Es war eine Schnapsidee. Sie sollte zu ihren Freunden zum Proben gehen, aber sie konnte nicht anders. Verbissen drückte Arline aufs Gaspedal. Langsam tuckerte der alte Transporter die Steigung hinauf. Irgendwo dort Richtung zum Meer musste Carlsens Cottage liegen. Nur ein Haufen Felsen, eine öde Inselgruppe mitten im Atlantik, sagten manche, wenn sie erzählte, dass sie auf den Orkneys aufgewachsen war. Als Jugendliche hatte sie manchmal selbst so gedacht, aber im Grunde liebte sie ihre Heimat. Es lag an einem selbst, was man aus dem machte, was man hatte, wie man mit den Menschen und dem Ort umging, in dem man gerade lebte.

Ihre Mutter hatte mit sich gehadert, für eine Liebe gekämpft, die unmöglich schien. Sie hatte noch ein paar Seiten im Tagebuch gelesen, bevor sie losgefahren war. Oh, Mum, ich wünschte, du hättest dein Glück gefunden. Wie auch immer man sich entschied, man musste mit der Entscheidung leben können, sie aus tiefstem Herzen akzeptieren, nein, begrüßen. Dann war es die richtige Entscheidung. Mit halbem Herzen durfte man nichts tun. Das konnte nicht gut gehen.

Der Atlantik donnerte gegen die Felsen. Arline hatte das Fenster heruntergedreht und hielt auf dem Sandweg an. Rechts lag ein Farmhaus. Die ehemaligen Stallungen waren Ferienhäusern gewichen. Kleinen Blockhütten, die in die Landschaft passten. Schafe grasten in der Nähe, und ein Hofhund lief bis zum Gatter und sah sie kurz an. Er entschied, dass sie keine Bedrohung war, und drehte ab.

Arline fuhr weiter und entdeckte zwischen Büschen einen Weg, der zum Meer führte. Sie hatte sich die Gegend in Google Earth angesehen. Hier musste es sein. Oberhalb gab es nur noch eine Farm und sattes Weideland. Mit dem Fahrrad im Winter hier herauszufahren, muss eine Herausforderung gewesen sein, dachte Arline und fuhr unter tief hängenden Zweigen hindurch. Die Zuwegung wirkte verwildert, doch es gab Reifenspuren im sandigen Kiesbett. Früher musste das ein beeindruckendes Anwesen gewesen sein. Zwei Pfeiler mit Granitkugeln markierten die Einfahrt zum Hof. Ein Tor hing schief in den Angeln, und auf dem verwitterten Schild war gerade noch »Saltwater Sands« zu entziffern.

Arline überkam ein beklemmendes Gefühl. Hier war ihre Mutter mit dem Rad hindurchgefahren, um den Mann zu sehen, den sie liebte. Und der sie geliebt hatte? Wie definierte man Liebe?, schoss es Arline durch den Kopf. War es ein Gefühl von Zugehörigkeit, mehr als die Lust, Leidenschaft, Besitzanspruch, Mitgefühl, die Hoffnung auf eine Zweisamkeit, die einen vor der Einsamkeit beschützte? Musste man nicht sich selbst ertragen können, bevor man sich auf einen Menschen einließ? Was erwartete man von einer Beziehung? Seit sie Quinn kennengelernt hatte, kämpfte sie mit einem Haufen widersprüchlichster Gefühle. Quinn. Sie lächelte.

Schließlich fuhr Arline den Wagen in den Hof, in dem ein Kastenwagen mit der Aufschrift »Stevenson's Gartenarbeiten & Hausmeisterdienste« stand. Das Haus war beeindruckend. Sie korrigierte sich, es war es gewesen. Jetzt wirkte es heruntergekommen, das Dach musste erneuert werden, an den Fensterrahmen blätterte Farbe ab, und ein Kabel hing unter der Regenrinne hervor, die ebenfalls reparaturbedürftig wirkte. Sie stieg aus und zog die Fleecejacke zu. Der Wind war hier noch frischer. Kurz schloss sie die Augen, um den Wellen zu lauschen. Ein lautes Geräusch ließ sie aufhorchen.

Das hörte sich nach einem Trimmer oder einer Heckenschere an. Arline ging auf bemoosten Steinen um das Cottage herum und blieb auf einer Terrasse mit atemberaubendem Blick stehen. Oh ja, Jasper Carlsen hatte zu leben verstanden.

»Hallo, kann ich Ihnen helfen? Sind Sie eine Interessentin?«

Das Gartengerät war ausgeschaltet worden, und ein Mann mit Käppi und grüner Arbeitskleidung kam hinter einer Hecke hervor.

»Äh, ja, eine Interessentin«, sagte sie vorsichtig.

Der Mann kam näher und musterte sie skeptisch. Anscheinend wirkte sie nicht wie eine potenzielle Käuferin.

Sie lächelte. »Wenn ich ehrlich bin, wollte ich mit Mr Carlsen sprechen. Ich habe gehofft, ihn hier zu finden.«

Der Gärtner schob das Käppi aus der Stirn. Er mochte in ihrem Alter sein. »Der lebt hier nicht mehr. Ein Jammer ist es, dieses wunderschöne Haus so verkommen zu lassen. Ich arbeite erst seit einem Jahr für Stevenson. Unser Budget ist begrenzt, sonst hätten wir sehr viel mehr in Ordnung gebracht. Vielleicht rückt der alte Geizkragen jetzt mehr heraus, wo er sich zum Verkauf entschieden hat.«

»Dann lebt Mr Carlsen noch?« Hoffnungsvoll sah sie den Gärtner an.

Der zog eine Packung Zigaretten aus der Hosentasche und bot ihr eine an. Sie schüttelte den Kopf und wartete, bis er den ersten Zug genommen hatte.

»In Südfrankreich, glaube ich. Am besten, Sie fragen meinen Boss, der kennt Carlsen persönlich.«

»Danke, das mache ich gern. Sagen Sie, wäre es vielleicht möglich, dass ich mir das Haus ansehe? Es geht um etwas Persönliches. Meine Mutter und Carlsen, also, jedenfalls ist sie sehr früh gestorben, und ich habe keine Erinnerungen an sie und weiß nur, dass Carlsen und sie, dass es die große Liebe war«, brachte Arline etwas unzusammenhängend heraus.

Der Mann sah zum Haus, überlegte kurz und deutete auf die Terrassentür. »Von mir aus, gehen Sie ruhig hinein. Das Reinigungsteam kommt heute Nachmittag.«

»Wissen Sie, welcher Makler das Objekt betreut?« Arline konnte ihr Glück kaum fassen. Sie war gerade noch rechtzeitig gekommen.

»Einer vom Festland. Morris & Granger oder so ähnlich. Nur hochpreisige Hütten. Ich muss dann mal weitermachen.«

»Vielen Dank!« Vorsichtig zog Arline die Terrassentür auf, die knarrte und klemmte.

Der Raum war lichtdurchflutet und der Holzfußboden noch intakt. Es gab keine Möbel, keine Bilder, lediglich einen weißen Flügel. Ergriffen ging Arline zu dem hochwertigen Instrument und öffnete die Tastaturabdeckung. Der Flügel des berühmten Jasper Carlsen. Sie drückte eine weiße Taste, dann die nächste, und schließlich setzte sie sich auf den Hocker und spielte eine Melodie. »Scarborough Fair«. Ihre Mutter hatte es mit ihr gesungen. Der Flügel war nicht verstimmt. Ein Wunder, wenn er hier jahrelang unberührt gestanden hatte. Aber vielleicht war er gespielt worden, vielleicht war Carlsen hier gewesen, irgendwann.

Sie begann zu singen: »*Are you going to Scarborough Fair? Parsley, sage, rosemary, and thyme. Remember me to one who lives there. She once was a true love of mine…*«

Eine Tür klappte, und Arline hörte auf zu spielen. Sie erwartete, jemanden zu sehen, doch der Raum war leer. Draußen im Garten bearbeitete der Gärtner die Buchsbäume mit der Heckenschere. Der Wind, dachte sie, klappte den Deckel zu und erhob sich. Jasper Carlsens Flügel. Sacht streichelte sie den weißen Lack. »Steinway« stand auf der goldenen Plakette.

Sie zögerte, sah sich um, machte ein paar Schritte und spähte in den Flur. Einem Impuls folgend, wandte sie sich ab und verließ das Haus, in dem sie sich mit einem Mal wie ein Eindringling fühlte.

38

Quinn

»Hey, Quinn, wo ist der Chardonnay?«, rief Duff aus dem Abstellraum hinter der Bar.

Quinn hielt eine Kabeltrommel in der Hand, die von Rick gebraucht wurde. Arline stand am Mikro und machte Sprechproben. Die *Saltyfish* waren mitten in ihrem Soundcheck.

»Steht die Kiste da nicht? Ich habe sie vorhin aus dem Wagen reingebracht. Gleich vorn links, Duff.« Quinn reichte dem Gitarristen die Kabeltrommel.

»Danke, Mann.« Rick ging in die Knie und sortierte einen Haufen Stecker und Kabel, die zu dem Mischpult, den Boxen und den Instrumenten gehörten.

Arline sah in ihrer Jeans und dem schwarzen Top umwerfend aus, aber das dachte er eigentlich immer, wenn er sie sah. Heute wirkte sie zum ersten Mal seit ihrer Ankunft hier auf Mainland befreit, lächelte viel und scherzte mit ihren Freunden. Das war ihre Welt, dachte er. Sie sollte hauptberuflich Musik machen, aber das sagte sich leichter, als es sich realisieren ließ.

Ihre Blicke trafen sich, und Arline sang ins Mikro:

»*O my Luve is like a red, red rose That's newly sprung in June* …«

Er kannte das Gedicht von Robert Burns, und es gab einige Vertonungen. Aber so, wie sie es sang, hatte er es noch nie gehört und blieb stehen. Faith hob die Fiddle ans Kinn und begleitete Arline. Die zarte Rothaarige und die dunkle Arline verstanden sich nicht nur musikalisch. Der Zusammenhalt der Band war von Anfang an spürbar gewesen.

Der Pub hatte bereits geöffnet, und viele Gäste waren zum Abendessen gekommen. Skye eilte mit vollen Tellern zu einem Tisch. Es ging ihr besser, aber es war klar, dass sich etwas ändern musste. Auf Dauer konnte Skye nicht jeden Abend im Pub arbeiten.

Arline kam nun zu der anspruchsvollen Passage, und ihre samtige, klare Stimme erfüllte den Raum und erreichte die Herzen der Menschen. Skye blieb stehen, die Leute hörten auf zu essen, und Duff stand hinter der Bar und hörte verträumt zu.

»*So deep in luve am I And I will luve thee still, my dear…*«, sang Arline, hielt das Mikro mit den Händen so sacht, als wäre es eine Rosenblüte, und schloss die Augen. Als sie sie wieder öffnete, fanden sich ihre Blicke erneut, und Quinn bekam eine Gänsehaut.

Rick stöpselte seine Gitarre an und schlug einen dissonanten Akkord an. Die Zuhörer schreckten zusammen, und Rick lachte und rief: »Sorry, Leute, wir machen hier einen Soundcheck. Das Konzert beginnt um zwanzig Uhr!«

Arline trat vom Mikro zurück und sprach mit Faith, dann sprang sie von der Bühne und kam auf Quinn zu. Etwas war anders heute, dachte er. Sie leuchtete von innen, strahlte eine neu gefundene Kraft aus, die ihre Trauer überdeckte.

»Hey«, sagte sie und fuhr sich durch die langen Haare. »Einer meiner Lieblingssongs von Burns.«

»Ging mir richtig unter die Haut.«

Bevor sie antworten konnte, wurde es laut, weil Alex und Rick Percussion und Gitarre testeten. Arline hob die Schultern und lächelte. »Habt ihr noch drei Flaschen Wasser für uns?«

»Klar. Wollt ihr jetzt noch essen oder nach dem Auftritt?« Quinn ging mit ihr zum Tresen.

»Danach. Mit vollem Magen kann ich nicht singen.« Arline nahm die drei Wasserflaschen, die Quinn ihr auf den Tresen stellte, und ging zurück zur Bühne.

»Was für eine Stimme! Heute singt sie besonders schön!«, meinte Skye und stellte einen Teller ab.

Sam und Tyler waren hereingekommen und stellten sich zu ihnen.

»Heute habe ich gedacht, dass da ihre Mutter singt«, meinte Sam.

Er trug seine Wollmütze und hatte seinen Bart gestutzt. Seine Kleidung wirkte sauber und die Augen klar, stellte Quinn erleichtert fest. Er mochte den knurrigen Creel-Fischer.

Tyler nickte und klopfte mit der flachen Hand auf die Bar. »Hallo zusammen. Ja, das stimmt, Sam. Sie singt wie Colina. Ein Jammer ist das, ein großer, schrecklicher Jammer, ja, das ist es.«

Sam brummte Unverständliches und sagte dann: »Whisky für mich, Duff.«

Sein Freund sah ihn kurz an. »Für mich ein Helles.«

Quinn meinte: »Warum wird eigentlich bei uns im Pub keine live Radioübertragung gemacht? Das wäre doch mal eine gute Sache!«

Duff stellte lautstark eine Kiste ab. »Ha, hier ist der Chardonnay. Jemand hatte seine Klamotten daraufgelegt. Was sagst du? Radio? Die sind schwierig, Beziehungen und so … Skye hatte schon mal angefragt.«

Skye nickte. »Ja, nicht nur einmal. Wir hatten schon viele erstklassige Musiker hier und Geschichtenerzähler. Aber der Typ, der bei Radio Orkney das Sagen hat, meinte, wir würden genug verdienen. Dabei geht es doch gar nicht darum!«

Ty zog sein Handy aus seiner Cordhose: »Na, das werden wir gleich mal klären. Den Typen kenne ich nämlich. Du meinst doch Connor?«

»Connor Daws, ja, genau den.« Skye verdrehte die Augen. »Führt sich auf wie der Inselkönig!«

Ty grinste. »Das klingt nach Connor.«

Er wählte eine Nummer und ging ein paar Schritte.

Quinn schaute auf das Programmplakat des Festivals, das an der Wand neben der Bar hing. »Morgen überträgt BBC Radio Orkney live aus dem Community Centre.«

»Da spielt ja auch die Prominenz«, meinte Arline.

»Charm of Finches, Ivan Drever, Rum Ragged …«, las sie die Namen der bekannten Folkmusiker vor.

»Wird Zeit, dass die *Saltyfish* auch dazugehören«, meinte Quinn.

Sam stürzte seinen Whisky hinunter und schob das Glas über den Tresen. »Auffüllen.«

»Du fängst ja früh an, Sam«, meinte Duff, goss jedoch nach. Es war nicht seine Aufgabe, die Gäste zu erziehen.

In einer Stunde würde das Konzert beginnen, und es gab noch einiges zu tun. Aus der Küche kam die Nachricht, dass es nur zwanzig Portionen Muscheln gebe, und Quinn setzte sich ins Auto, um Nachschub zu holen. McCarthy betrieb einen Fischhandel neben der Tauchschule und hatte ihnen schon oft ausgeholfen.

Als Quinn vierzig Minuten später mit einer Kiste Muscheln über den Parkplatz ging, war das Gedränge vor dem Eingang bereits groß. Er trug die Kiste zum Hintereingang, wo er freudig vom Koch begrüßt wurde. Sofort wies der seinen Gehilfen an, die Muscheln zu säubern und vorzubereiten.

»Quinn? Komm mal her!« Duff winkte ihn nach vorn. »Siehst du den Typ da? Bauch, Brille, blaues Hemd.«

»Äh, ja, wieso?« Quinn gab Desinfektionsmittel auf seine Hände und rieb sie ineinander.

»Das ist Connor Daws vom Radio.«

»Ach nee! Wie ist der denn so schnell hergekommen?« Quinn beobachtete, wie der Radiomoderator zur Bühne ging und mit Arline sprach.

»Frag Ty, da kommt er.« Duff ging zu einem Gast.

Tatsächlich kam Ty mit einem Ausdruck tiefer Zufriedenheit zu ihnen. »Na?«

»Wird das jetzt eine Liveschalte?«, wollte Quinn wissen und band sich seine Schürze um die Hüften und scannte den Raum. Volles Haus.

»Das war nun nicht mehr möglich, aber er macht ein paar Aufnahmen und sendet dann einen Zusammenschnitt mit einem Interview der *Saltyfish*. Ich habe ihm erklärt, dass Arline von hier stammt. Orkney, Familie, musikalisches Erbe und so. Darauf legen sie Wert. Morgen beispielsweise veranstaltet Margaret Bennett eine Feierstunde für ihren Sohn in St. Mary's Kirk. So was hätten wir für Thomas machen sollen. Zu dumm, dass ich nicht daran gedacht habe.«

Als Quinn ihn irritiert ansah, erklärte Ty: »Ich vergesse immer, dass du noch nicht so lange hier lebst. Martyn Bennett war ihr Sohn, ein außergewöhnlicher Musiker, hat den Glenfiddich Spirit of Scotland Award erhalten. Mit seiner Band Cuillin hat er beim Millennium Hogmanay in Edinburgh gespielt. Und dann ist er mit dreiunddreißig gestorben. Scheiß Krebs.«

»Ah, okay, ja, Cuillin, die habe ich gehört. Eine Gedenkfeier kann man vielleicht im nächsten Jahr für Thomas und seine Frau machen. Falls Arline das möchte.« Quinn nickte einem jungen Mann zu, der ein leeres Glas hochhielt.

Ty strich sich über das Kinn. »Hm, sicher. Colina, ja. Aber die alten Geschichten sind nicht alle hübsch, verstehst du?«

In diesem Moment kam Scollie mit Begleitung in den Pub, und Quinn wurde an die zweifelhaften Umstände von Thomas' Tod erinnert. »Die Geister der Vergangenheit verlieren aber am ehesten ihren Schrecken, wenn man sie endgültig vertreibt.«

Tys Miene verriet nicht, was er dachte, doch es war nichts Heiteres. Rick schlug einen Akkord auf seiner Gitarre an, und Arline trat ans Mikrofon. Und für die nächsten zwei Stunden wurde der Pub von mitreißender Musik erfüllt.

39

Arline

»Danke, dass du an mein Mikro gedacht hast«, sagte Arline während der Pause zu Faith.

»Ich weiß doch, dass du am liebsten in dein Shure 58 singst.« Faith nippte an einem Glas Weißwein. »Rick macht das super mit dem Soundcheck und so.«

Arline sah zu ihrem Gitarristen, der mit Alex fachsimpelte. Die beiden verstanden sich gut und tauschten sich immer über die neuesten technischen Entwicklungen aus. Das Mischpult war eine Neuanschaffung von Rick gewesen, und es hatte sich ausgezahlt. Die Sounds waren besser einzustellen, neue Effekte möglich und das Auspegeln deutlich einfacher. Rick hatte sich viel Zeit genommen, hatte den Klang im Raum geprüft und die Anlage per EQ so eingestellt, dass es auch später mit Publikum keine bösen Überraschungen gegeben hatte.

»Ja, das muss ich auch sagen. Besser als Gil damals«, meinte Arline mit gerümpfter Nase.

»Himmel, ja, der aufgeblasene Kerl hat immer so getan, als wäre er Bon Jovi oder wer auch immer, und dann dröhnte der Bass doch wieder.« Faith warf die roten

Locken auf den Rücken. »Vielleicht schneide ich sie ab, dauernd hängt mir eine Strähne vor der Geige.«

»Nein! Tu das nicht, ich liebe dein Haar! Ich habe eine Klammer. Willst du die?« Arline griff in ihre Hosentasche.

»Danke. Ich finde ja immer, dass man meine krumme Nase so sehr sieht, wenn ich die Haare aufstecke.« Faith schielte und strich über ihre Nase, die sie sich als Kind bei einer Rauferei gebrochen hatte.

»Die macht dich nur interessanter. Du bist so eine tolle Frau, Faith.«

»Und du hast gleich mehrere Verehrer.« Faith stand so, dass sie zu den großen Fenstern schaute, während Arline zur Bühne sah.

»Mehrere?« Arline hob die Augenbrauen.

»Na ja, Quinn. Wie der dich ansieht, ist zum Dahinschmelzen. Und dann Ty und Sam. Okay, die sorgen sich um dich, als wärest du ihre Tochter. Und dann ein eleganter älterer Herr. Groß, schlank, weißes Haar und ein vergeistigtes Gesicht. Ein Professor? In jüngeren Jahren war der sicher ein Frauenschwarm.«

Bevor Arline sich umdrehen konnte, kam Rick zu ihr und fragte sie nach der Reihenfolge der Songs im nächsten Set.

»Habe ich doch aufgeschrieben«, meinte Arline.

»Jaja, aber ich dachte, wir fangen vielleicht mit dem flotteren Reel an. Einige wollen tanzen. Was sagst du?« Rick machte sich wirklich Gedanken, und das fand Arline gut.

»Okay, machen wir.« Sie drehte sich zu ihrer Freundin um.

»Zu spät. Ist eben rausgegangen. Vielleicht kommt er nachher wieder.« Faith stellte ihr Weinglas auf den Tresen. »Sollen wir?«

Arline schaute in die Menge und zuckte die Schultern. »Ja.«

Während sie auf der Bühne stand, vergaß sie alles andere und fühlte nur noch die Musik. Sie gab Zeichen, wenn Alex, Rick oder Faith ein Solo spielen sollten, und fand, dass sie heute so gut wie lange nicht mehr miteinander harmonierten. Das Publikum schien das ebenfalls zu spüren und spendete reichlich Applaus. Nach drei Zugaben rief Arline ins Mikro: »Danke, Leute! Ihr wart großartig! Ihr könnt uns übrigens noch mal hören. Am Sonntag in Kirkwall im Pickaquoy Centre. Cheers!«

Arline ging nach hinten und wischte sich mit einem Handtuch den Schweiß ab. Sie verausgabte sich bei jedem Auftritt und liebte das Gefühl, wenn das Adrenalin in ihren Körper schoss, sobald sie die Bühne betrat. Ihren Freunden ging es nicht anders.

Rick hatte sich sein Handtuch um den Hals gelegt. »Heute waren wir erstklassig, oder? Seht ihr das nicht genauso?«

Alle nickten, und Faith berührte Arlines Arm. »Und das, obwohl du gerade eine schwere Zeit durchmachst.«

Alex packte seine Bodhrán in eine Stoffhülle. »Musik heilt die Seele. Ich hatte heute einen interessanten Anruf von einer Agentur. Lasst uns das mal besprechen.«

Faith verzog das Gesicht. »Agentur? Ach, die wollen nur abkassieren, und wir sind dann gebunden.«

»Kommt darauf an. Das Angebot ist gar nicht so verkehrt. Ah, da kommt der Radiotyp.« Alex zog den Stoffbeutel zu. »Ich habe Hunger. Bin da vorn an unserem Tisch.«

Ty trat gemeinsam mit Connor Daws zu ihnen. Der alte Freund ihres Vaters umarmte Arline. »Ihr wart alle fantastisch. Und du hast gesungen, dass mir die Tränen in den Augen standen. Unglaublich, wirklich! Dass dein Vater das nicht erleben kann …« Die Stimme versagte ihm, und er zog Arline noch einmal an sich. »Tut mir leid. Bin heute so gefühlig.«

»Danke, Ty.« Arline mochte den raubeinigen Mann, der sie in vielerlei Hinsicht an ihren Vater erinnerte. Ty mehr als Sam, der immer eine gewisse unterschwellige Aggressivität in sich zu tragen schien. Sie wusste nicht, warum er so viel trank. Das tat er, solange sie sich erinnern konnte. Alkohol veränderte die Menschen.

Das blaue Oberhemd schob sich in ihren Sichtbereich, und Connor streckte ihr eine fleischige Hand entgegen. »Freut mich, Arline.« Sein Lächeln war nicht aufgesetzt, und sie spürte echte Begeisterung für die Musik, als er sprach. »Ich bin froh, dass Ty mich heute hergezerrt hat. Eigentlich war ich verplant, aber der Kinderworkshop in der Parish Church war auch mehr was für Norah. Sie volontiert gerade bei uns im Sender. Okay, wo wollen wir uns unterhalten?«

»Kommen Sie doch mit an unseren Tisch. Wir essen

jetzt etwas, und Sie sind eingeladen, wenn Sie möchten«, schlug Arline vor.

Der Moderator klopfte auf seinen mächtigen Leib. »Lieber nicht. Aber zu einem Pint sage ich nicht Nein.«

Connor machte sich Notizen, wollte wissen, wie sie zusammengekommen waren, welche Auftritte sie für wichtig hielten, welche Stilrichtung sie bevorzugten, ob sie auch eigene Songs schrieben und vieles mehr. Arline begriff erst jetzt, wie wichtig die Musik eigentlich für sie geworden war. Sie konnte sich ein Leben ohne ihre Band, ohne die Auftritte nicht mehr vorstellen.

»Ohne euch wäre ich in ein tiefes Loch gefallen«, sagte sie und sah ihre Freunde an. »Das heute war für mich, als hätte sich ein Schalter umgelegt. Klingt blöd, oder? Was ich sagen will, ist, dass wir noch viel öfter auftreten sollten. Wir müssen uns mehr dahinterklemmen!«

Alex nickte. »Und da kommt die Agentur ins Spiel. Aber Connor, ich will Sie nicht unterbrechen. Nur ist das immer so bei uns. Wir sind zusammen, und die Ideen sprudeln. Mal bei dem einen, mal bei dem anderen. Das macht unsere Band aus.«

Arline sah gerade noch, wie Gilbert sich näherte, doch es war zu spät. Er hatte die letzten Worte aufgeschnappt, drängte sich neben Arline und stützte die Hände auf den Tisch.

»Da haben wir ja die Verräter. Ohne mich seid ihr nichts! Euer Auftritt war eine Farce! Und ohne meine Songs werdet ihr nie einen Fuß auf den Boden bekommen!«

Rick war aufgesprungen und packte Gilbert am Arm. »Verzieh dich, Mann, und zwar schnell!«, zischte er.

»Connor, tut mir leid. Das war mein Ex«, sagte Arline verlegen und funkelte Gilbert böse an.

Der wurde von Rick in Schach gehalten, gab aber erst klein bei, als Quinn sich näherte.

»Deine Bulldogge ist im Anmarsch.« Gilbert zog eine wütende Grimasse. »Komm nach Glasgow, und wir bringen das zu Ende.«

Doch Quinn stieß Gilbert mit dem Finger hart vor die Brust. »Raus. Sofort.«

Arline schenkte Quinn einen dankbaren Blick und wandte sich wieder dem Radiomoderator zu. »Bitte, nehmen Sie keine Notiz von diesem Vorfall. Unsere Band ist stark, so, wie sie ist. Gilbert war mal dabei, aber wir haben uns weiterentwickelt. Das will er nicht wahrhaben.«

Connor Daws schaute sie durch seine Brille an. »Das ist ja nun wahrlich nicht die erste Band, in der es zu Streitigkeiten kommt. *Van Halen* haben mehrfach ihren Frontmann ausgetauscht. Oasis mit den zerstrittenen Brüdern Liam und Noel oder die Libertines. Also, das macht die *Saltyfish* nur interessanter. Und wie ich höre, haben Sie Pläne für die Zukunft?«

Alex nickte, genau wie Faith und Rick. Arline lächelte. »Haben wir.«

»Wir sollten uns noch einmal ganz in Ruhe unterhalten. Wie wäre es mit einer Studiosession? Als Nachschlag zum Festival«, schlug der Moderator vor. »Wie lange sind Sie alle hier?«

»Bis Montag«, kam es einstimmig von Arlines Freunden.

»Fähre oder Flieger?«, fragte Daws.

»Fähre. Da könnte man verschieben, aber wir haben keine Unterkunft«, meinte Rick.

»Ihr könnt zu mir. Für eine Nacht wird's gehen«, meinte Arline.

»Mein Cottage auf Hoy steht auch zur Verfügung«, kam es von Quinn, der mit zufriedener Miene zurückgekommen war.

»Ja dann? Wollen wir einen Studiotermin für den Montagvormittag um zehn Uhr vereinbaren? Ich kann meine Sendung frei gestalten und würde Sie heute noch ankündigen. Mir gefällt Ihre Band, und außerdem sind Sie doch die Tochter von Thomas und Colina Nicolson.«

»Aber es geht um die Band, nicht um mich«, sagte Arline.

Connor warf einen Blick in die Runde. »Abgemacht. Bis Montag!«

»Schafft ihr das denn zeitlich?« Arline wollte ihre Freunde nicht unter Druck setzen, schließlich hatten sie alle noch einen Brotjob neben der Musik.

»Klar. Das ist doch die beste Werbung«, meinte Rick.

Faith sah Quinn an. »Du hast ein Cottage auf Hoy? Das klingt romantisch. Warte mal, da hat doch auch der berühmte Dirigent gelebt. Dieser Struff, oder?«

»Hm, ja, nicht weit von mir.« Ein Tumult vor dem Eingang des Pubs erregte Quinns Aufmerksamkeit. »Das sind Ty und Sam!«

Arline sprang auf und lief mit Quinn nach draußen, wo die alten Freunde ihres Vaters sich lautstark stritten.

»Was geht es dich an, Ty? Damit hast du nichts zu tun. Also hör auf …« Sam stand wie ein wütender Stier vor seinem Freund, der ihn am Arm festgehalten hatte.

Als die Streithähne Arline sahen, ging ein Ruck durch beide, und sie grinsten verlegen. »Alles im Griff!«, rief Ty.

Sam nahm eine Whiskyflasche vom Tisch und sagte: »Gutes Konzert. Gute Nacht!«

»Ja, dann bis demnächst!«, verabschiedete sich auch Ty.

»Na so was«, murmelte Quinn.

Arline drückte ihm einen Kuss auf die Wange. »Danke.«

Er drehte sich zu ihr. »Jederzeit, das weißt du.«

Und dann sah sie ihn. Groß, sehr schlank und trotz seines Alters eine Erscheinung. Sie stutzte. Das konnte doch nicht …, aber ja, sie dachte an das Foto, auf dem er neben ihrer Mutter gestanden hatte.

Jasper Carlsen.

40

»Alles in Ordnung, Arli?« Quinn warf ihr einen besorgten Blick zu.

Sie schüttelte den Kopf und blieb wie versteinert stehen, als Jasper Carlsen näher kam.

Blaue Augen sahen sie mit einer Mischung aus Verwunderung und Neugier an. Beinahe zögerlich hob er den Arm und streckte ihr die Hand entgegen. Er trug ein Tweedsakko, Schal und eine dunkle Hose.

»Carlsen. Das Konzert hat mir gefallen.«

Sie erwiderte seinen Händedruck. »Danke.«

»Quinn, kannst du mal kommen?«, rief Skye von drinnen.

Arline hätte ihn gern bei sich gehabt. Seine Nähe gab ihr Sicherheit, aber Carlsen war nicht Gil. Als Quinn sie fragend an der Schulter berührte, nickte sie, und er eilte davon.

Mit heiserer Stimme sagte Carlsen: »Darf ich Sie etwas fragen?«

Wenn sie nicht gewusst hätte, dass er ein Pianist war, hätte sie es an seinen Händen gesehen. Lange, feingliedrige Finger mit ausgeprägten Fingerkuppen. Ausdrucksvolle Hände, fand Arline und nickte.

»Kann es sein, dass Ihre Mutter eine Sängerin war? Ihre Stimme. Sie haben ihre Stimme.«

Ein seltsames Gefühl durchströmte Arline. Unsicher antwortete sie: »Colina Nicolson war meine Mutter.«

Sie hätte sagen können, dass sie von ihrer Beziehung wusste, dass ihre Mutter viel zu jung gestorben war, dass ihr Vater unter dieser Liebe gelitten hatte, dass sie eigentlich gar nichts über ihre Eltern wusste und dass sie zum Teufel wissen wollte, was damals eigentlich zwischen ihnen passiert war. Aber sie wollte ihn nicht vor den Kopf stoßen.

Jasper Carlsen holte tief Luft. »Sie sind ihr so ähnlich.«

»Ich weiß. Leider habe ich sie kaum gekannt«, erwiderte Arline etwas kühler als beabsichtigt.

»Das tut mir sehr leid.« Carlsen schien zu überlegen und ließ eine Gruppe von Pub-Besuchern vorbeigehen.

»Ich weiß von Ihnen und meiner Mutter«, sagte Arline und sah Carlsen forschend an. »Zu wenig. Ich verstehe es nicht.«

Er hatte einen schön geschwungenen Mund, und sein zaghaftes Lächeln war einnehmend. »Wir waren sehr jung damals. Und bei Gott, wir haben uns geliebt.«

Die letzten Worte flüsterte er kaum hörbar.

»Was ist damals geschehen? Ich würde so gern verstehen …«

Carlsen steckte die Hände in die Taschen. »Sie hat mich verlassen. Ich hätte Colina niemals gehen lassen. Sie hat mich gerettet.«

»Aber? Dann begreife ich nicht …« Arline hoffte auf

eine Erklärung. Womöglich gab es keine. Wer konnte schon erklären, warum eine Liebe zerbrach und die andere Bestand hatte? Es konnte tausendundeinen oder keinen Grund geben.

»Ich wohne im Storehouse in Kirkwall. Darf ich Sie morgen Abend zum Essen einladen? Dann kann ich Ihnen möglicherweise einige Antworten auf Ihre Fragen geben«, schlug er vor.

Das war mehr, als sie zu hoffen gewagt hatte. Ein Gespräch mit Jasper Carlsen. »Sehr gern.«

»Ich erwarte Sie um zwanzig Uhr.« Er nickte und wandte sich ab.

Sie sah ihm nach, wie er langsam über den Platz am Anleger ging. Aufrecht, selbstbewusst und umgeben von einer Aura der Einsamkeit.

Nachdenklich ging sie zurück in den Pub. Ihre Freunde unterhielten sich ausgelassen bei einem Pint, und Duff hatte Musik aufgelegt, zu der auch getanzt wurde. Arline ließ sich dankbar von der ausgelassenen Stimmung mitnehmen, und gegen ein Uhr tanzte sie mit Quinn zu »Please Don't Leave Me« von Pink.

»Leute, ich will kein Spielverderber sein, aber wir wollen abschließen!«, rief Duff und läutete die Schiffsglocke, die über dem Tresen hing.

Die Musik brach ab, und Arline löste sich von Quinn, der ihre Hand drückte. »Geh nicht weg.«

Faith kam zu ihr. Ihre Freundin sah müde aus. »Ein wunderbarer Abend. Und das, obwohl Gil wieder Stunk gemacht hat. Arli, du glühst.« Faith zwinkerte ihr zu.

»Ich freue mich für dich. Quinn tut dir gut. Und ich mag ihn. Kantiger, aber ehrlicher Typ.«

Arline sah zur Bar, wo Quinn mit Duff sprach. Skye war bereits gegangen und die Küche schon aufgeräumt und gesäubert. »Und er sieht verdammt gut aus.«

»Das kommt noch hinzu«, meinte Faith grinsend. »Ich bin fix und fertig. Wir gehen jetzt. Sehen wir uns morgen? Wir könnten eine Küstenwanderung oder einen Tauchgang machen. Gehört nicht einem ehemaligen Schulfreund von dir die Tauchschule?«

Rick kam mit einem Gitarrenkoffer zu ihnen. »Tauchen? Das wollte ich hier immer schon mal machen. Zu den Wracks aus dem Krieg. Geht das so kurzfristig?«

»Kann ich euch morgen sagen. Kommt, ich helfe euch tragen«, meinte Arline, doch Rick winkte ab.

»Wir machen das schon. Ich weiß noch, wie das war, als mein Bruder gestorben ist. Hat Monate gedauert, bis ich wieder einen Fuß auf die Erde bekam.« Er umarmte Arline mit seinem freien Arm. »Gute Nacht!«

Arline nahm ihre Tasche, zog ihre Jacke an und ging zum Tresen. »Es war wieder eine Freude, bei euch zu spielen, Duff. Und ich hatte schon lange nicht mehr so viel Spaß wie heute Abend.«

Duff lächelte breit. »Du bist uns immer willkommen. Und jetzt seht zu, dass ihr verschwindet. Ich will dichtmachen. Quinn bringt dich heim.«

»Aber ich kann doch …«, widersprach Arline.

»Nicht, solange dein Ex hier herumgeistert. Am liebsten würde ich den vom Festival ausschließen lassen. Solche Idioten brauchen wir hier nicht. Machen die Stimmung kaputt«, sagte Duff.

»Bloß nicht. Dann macht er mir das Leben zur Hölle. Gil ist ein rachsüchtiger Mensch«, entfuhr es Arline.

»Er ist ein Feigling. Und jetzt erzähl mir, was Jasper Carlsen von dir wollte«, meinte Quinn und nahm ihre Hand.

Die kühle Nachtluft ließ die Müdigkeit aus ihren Gliedern verschwinden. Arline seufzte und schlenderte entspannt neben Quinn her. Er machte es ihr leicht, sie selbst zu sein.

»Danke, dass du heute Abend wieder für mich da warst, einfach so. Das ist, ich weiß gar nicht, ich …« Arline schwieg.

Sie waren bereits an der Galerie vorbeispaziert und in die Victoria Street gebogen.

»Mir ist das noch nicht passiert, Arline. So was wie mit dir. Ich möchte nichts überstürzen, nichts verpassen, dich am liebsten ständig um mich haben, obwohl ich weiß, dass dein Leben gerade kopfsteht und du vielleicht nicht hierbleiben wirst.« Er blieb stehen und zog sie an sich. »Und vor allem möchte ich dich küssen.«

Sie schlang ihm die Arme um die Hüften und bog den Kopf zurück. »Hm, da bin ich dabei.«

Mit ihm fühlte es sich richtig an. Und weil seine Lippen so weich waren und ihr Körper genau wusste, was er wollte, hörte sie auf zu analysieren und überließ sich dem Augenblick.

»Was machen wir mit dieser Nacht, Arline?«, murmelte Quinn und strich ihr über die Haare.

»Komm mit zu mir, Quinn. Es sieht noch fürchterlich aus, aber einen Kaffee kann ich kochen.« Sie wollte die Nacht mit ihm verbringen. Morgen war morgen.

Seine Zähne blitzten in der Dunkelheit. »Wie kann ich Nein zu deinem Kaffee sagen.«

Das Wasser plätscherte im Hafen, in der Ferne hörte man ein Nebelhorn, und als sie vor ihrem Elternhaus ankamen, blinkte das Licht des Leuchtturms über die Bucht. Arline schloss die Tür auf. Sie war nach Stromness gekommen und in ein Meer aus Trauer, Einsamkeit und Orientierungslosigkeit gefallen. Manchmal hatte sie sich gefühlt, als sinke sie ständig tiefer durch kaltes, dunkles Wasser und der Boden entferne sich mit jeder Bewegung, die sie machte.

Sie schnupperte, doch es roch nicht mehr so abgestanden wie noch vor ein paar Tagen. »Quinn, sieh dich nicht um. Ich bin noch mitten im Aufräumen.«

Arline warf die Schlüssel auf den Küchentisch und zog ihre Jacke aus. »Möchtest du einen Kaffee?«

Quinn hatte seine Jacke ebenfalls ausgezogen und auf einen Stuhl geworfen. »Später.«

Als er sie jetzt in die Arme nahm, war das Chaos im Haus unwichtig, verschwanden die Gedanken an ihre Eltern, und Arline schob ihre Hände unter sein T-Shirt. Mehr Wärme, mehr Nähe, mehr Lebendigkeit war alles, was sie denken konnte.

Sie wachte von einem lauten Geräusch auf. Erschrocken horchte sie ins Haus. Doch das Donnern kam von draußen. Ein Seegewitter erhellte die Bucht mit Blitz und Donner.

»Hey«, murmelte Quinn und zog sie wieder in seine Arme.

Nur zu gerne kuschelte sie sich unter der Decke an ihn.

Er küsste ihr sanft die Stirn. »Was war mit diesem Jasper Carlsen? Wir sind noch nicht dazu gekommen.«

»Ich war abgelenkt«, kicherte sie und sog den Duft seiner Haut ein. Er hatte einen durchtrainierten Körper, doch er war ein einfühlsamer und zärtlicher Liebhaber.

»Er hat mich für morgen Abend zum Essen eingeladen.« Sie strich über seine Brust. »Seine Gefühle für meine Mutter waren echt, denke ich. Ich möchte hören, was er zu sagen hat.«

»Das kann ich gut verstehen.« Quinn drehte sich auf die Seite, sodass sie einander ansehen konnten. »Wie ist deine Mutter gestorben, Arline?«

»Ein tragisches Unglück. Ich weiß kaum etwas darüber. Mein Vater hat immer gesagt, dass Seeleute nicht über den Tod auf dem Meer sprechen. Meine Mutter starb, als sie mit dem Kutter die Reusen einholen wollte. Ein Sturm kam auf, und sie wurde über Bord gespült.«

»Aber man hat ihre Leiche gefunden?«

Arline fröstelte. »Tage später, ja. Ich war erst fünf, und ich kann mich an nichts erinnern.«

Quinn küsste sie sanft. »Manchmal schützt uns unser Gehirn, indem es Erinnerungen löscht.«

Seine Augen wurden dunkel. »Manche Erinnerungen lassen sich nicht löschen. Aber man kann lernen, mit ihnen zu leben.«

41

Colina

Rom, Juli 1988

Es war so heiß, dass die Luft flirrte. In den engen Gassen und den viel befahrenen Straßen war es kaum auszuhalten. Wer es sich leisten konnte, fuhr ans Meer. Colina war überwältigt von der Schönheit dieser Stadt, die seit Jahrhunderten die Besucher verzückte und in einen Rausch der Begeisterung versetzte. Die Hitze machte ihr nichts aus, und in der idyllischen Gartenanlage des Hotel de Russie fühlte sie sich wie in einem Country Resort. Der Lärm der Stadt drang nur gedämpft durch den dichten Baumbestand. Es duftete nach Pinien, Rosen und Orangenbäumen.

Sie saß auf einer der versteckten Terrassen und studierte eine Partitur, die Jasper ihr gegeben hatte. Ihr duftiges weißes Seidenkleid bauschte sich im Wind. Wenn sie sich das Paradies hätte vorstellen sollen, dann so. Das Traditionshotel lag zwischen der Piazza di Spagna und der Piazza del Popolo. Zu Fuß gelangte man zu all den wundervollen Sehenswürdigkeiten, die sie nur aus dem

Fernsehen oder aus Zeitschriften kannte. Jasper war für ein Konzert im Palazzo Pamphilj hergekommen. Sein Tourplan erlaubte ihm ein paar Tage zum Ausspannen, und die verbrachten sie hier gemeinsam.

Spatzen hüpften über den Kies und suchten zwischen den Büschen nach Essbarem. Colina warf einen Blick auf die Uhr. Jasper hätte eigentlich schon zurück sein müssen. Die Probe war für zehn Uhr angesetzt gewesen, und jetzt ging es auf drei Uhr zu. Er hasste lange Proben, aber er war Perfektionist, und vielleicht gab es Probleme mit der Akustik, dem Flügel oder dem Veranstalter. Jede Menge Fehlerquellen konnten einen Starpianisten wie Jasper verärgern.

»Signorina Finlayson, diese Nachricht wurde eben für Sie abgegeben.« Ein Hotelmitarbeiter reichte ihr einen Umschlag auf einem silbernen Tablett.

Überrascht hob sie den Blick. »Grazie!«

Sie hatte begonnen, Italienisch zu lernen, die Sprache der Oper. Jasper gab ihr Bücher über Musikgeschichte, die Oper und Musikwissenschaft, und sie bemühte sich, zu lesen und zu lernen. Es fiel ihr nicht leicht, denn sie ließ sich schnell ablenken. Was ihr hingegen leichtfiel, war das Singen. Ihr Gehör wurde immer schärfer, und sie konnte mittlerweile Töne benennen, die man ihr auf dem Klavier vorspielte. Da sie kein Klavier, aber Gitarre spielte, hatte Jasper ihr ein kostbares Instrument geschenkt. Die Gitarre stammte aus der Werkstatt des spanischen Gitarrenbauers Paulino Bernabe.

Colina öffnete den Umschlag. *»Meine Geliebte, ich*

komme vor dem Konzert nicht mehr ins Hotel. Anni wird dich abholen und bringt dir den Schmuck mit, der zu deinem schwarzen Lacroix-Kleid passt.

J.«

Sie lehnte sich zurück und starrte über die Balustrade in den Garten.

»Möchten Sie antworten, Signorina?«, meldete sich der Hotelmitarbeiter zu Wort.

»Oh, Verzeihung. Ich wusste nicht, dass Sie warten. Nein, danke.« Hastig suchte sie nach etwas Kleingeld und drückte es dem Mann in die Hand.

»Sehr wohl.«

Keine Uhrzeit. Sie musste auf Abruf bereitstehen. Jasper machte sich keine Gedanken darüber, wie sie die Zeit ohne ihn gestaltete. Er plante und bestimmte, wann es wohin ging. Nun, sie hatte sich auf ihn eingelassen und gewusst, was auf sie zukommen würde. Nach ihrer großen Versöhnung hatte er sie gebeten, ihn für einige Wochen zu begleiten. Danach sollte sie entscheiden, ob sie ein Leben aus dem Koffer akzeptieren könne. Dieses Leben aus dem Koffer, wie er es lapidar nannte, war ein Leben im Luxus nach der Stoppuhr. Anni hielt alle Fäden in der Hand. Sie schirmte Jasper vor aufdringlichen Journalisten und Fans ab und buchte die Hotels. Anfangs hatte es Colina gestört, dass Anni ständig in der Nähe war, aber sie verstand bald, dass diese Frau Jaspers Leben von den alltäglichen Sorgen befreite.

Was Anni alles im Hintergrund regelte, umfasste Jaspers Finanzen, die Musik und das Privatleben ihres

Schützlings. Und jetzt auch Colina. Was sich fremd und seltsam angefühlt hatte, schien ihr mittlerweile normal. Colina hatte akzeptiert, dass man ihr Designerkleidung aussuchte, sie zum Juwelier und zum Friseur schickte und ihr sagte, welchen Frauenarzt sie aufsuchen solle.

Sie befand sich in einer Seifenblase, die jeden Moment zerplatzen konnte, dachte Colina oft. Der goldene Käfig, in den sie bereitwillig gehüpft war, hatte Regeln, die zu brechen mit Konsequenzen verbunden war. Jasper brauchte vor jedem Auftritt eine feste Routine aus Ritualen und bestimmten Abläufen. Wenn etwas ihn aus dem Konzept brachte, konnte er äußerst ungehalten werden. Einmal hatte man vergessen, seine Garderobe auf einundzwanzig Grad vorzuheizen. Sie waren im Winter in Wien gewesen. Seine Hände waren kalt und steif gewesen, und sie hatte gemeinsam mit Anni auf ihn eingeredet, den Dirigenten und die Wiener Philharmoniker nicht zu enttäuschen. Mit zehnminütiger Verspätung war er schließlich auf die Bühne gekommen. Das Publikum hatte ihn verhalten begrüßt, doch nach seiner brillanten Vorstellung hatten sie ihm seine Allüren verziehen und ihn gefeiert.

Colina hatte noch ein paar Stunden Zeit und wollte sich etwas hinlegen, bevor sie sich umzog. Sie ging über die stufenförmig angelegten Terrassen hinauf in ihre Suite und zog die Gardinen vor. Seit einigen Monaten wurde sie von quälenden Migräneattacken geplagt. Sie hoffte, dass sie heute davon verschont blieb und keine Tabletten würde nehmen müssen. Auf ihrem Nachtschrank lag eine Packung mit Schmerztabletten, die ihr Jaspers Arzt verschrieben hatte. Die Tabletten wirkten schnell und versetzten sie in einen angenehmen Dämmerzustand.

Colina ließ sich auf das große Bett sinken und griff nach dem Telefon. »Bitte verbinden Sie mich mit Stromness.«

Sie nannte die Nummer ihres Elternhauses. Heute hatte ihre Mutter Geburtstag. Ein Geschenk hatte sie schon vor Tagen abgeschickt, einen teuren Seidenschal, ein Parfum und italienisches Gebäck. Um diese Zeit sollte die Familie im Haus sein und Scones und Teekuchen essen. Ihre Eltern hatten sie zwar ziehen lassen, doch es war ein schwerer Abschied gewesen. Colina hatte versprochen, in regelmäßigen Abständen nach Hause zu kommen und ihrem Vater auch weiterhin zu helfen. Doch ihr Vater hatte nur müde abgewinkt und sie gefragt, wie sie sich das denn vorstelle? Er würde auch allein klarkommen.

Ihre Mutter beklagte sich nie, machte ihr keine Vorwürfe und hatte sie zum Abschied gedrückt und ihr zugeflüstert, dass die Tür ihres Elternhauses immer für sie offen stehe. Colina kämpfte immer noch gegen das schlechte Gewissen, dass sie gegangen war. Ihre Schwester besuchte ihre Eltern zwar regelmäßig, aber was, wenn ihre Mutter wieder krank wurde?

»Ihre Verbindung ist jetzt aufgebaut. Übernehmen Sie die Kosten?«, fragte die Rezeptionistin.

»Ja.« Es knisterte in der Leitung, und dann hörte sie die Stimme ihrer Schwester.

»Hallo?«

»Mogs, ich bin es. Wie geht es euch? Feiert ihr zusammen? Wer ist alles da?«

Sie konnte das Klappern von Geschirr, Stimmen und Musik im Hintergrund hören.

»Colina! Wo bist du? Meine Güte, deine Geschenke haben uns alle ja wieder in den Schatten gestellt!«, kam es vorwurfsvoll von Imogen.

»Es tut mir so leid, dass ich nicht da sein kann. Wir sind in Rom. Jasper spielt heute Abend im Palazzo Pamphilj. Er ist nervös, weil er ein schweres Stück spielen wird. *Petruschka* von Strawinsky.«

»Aha. Na, er wird wohl geübt haben, dein Starpianist.« Mogs klang bissig. »Was ich von deiner Entscheidung halte, weißt du. Du kannst viel mehr aus dir machen. Lässt dich aushalten wie eine …«

»Hör auf! Ist Mum in der Nähe?« Colina umklammerte den Telefonhörer und zählte innerlich bis zehn, um nicht vor Wut zu schreien. Bei jeder Gelegenheit rieb Mogs Salz in ihre Wunden.

Der Hörer wurde fallen gelassen, und sie hörte, wie ihre Schwester rief: »Für dich, Mum. Sie ist in Rom.«

Ein Raunen ging durch die Feiernden, und Colina stellte sich vor, wie ihr Vater mit versteinerter Miene sein Bier trank und Mogs die Augen verdrehte.

»Hallo, meine Kleine!«, erklang kurz darauf die sanfte Stimme ihrer Mutter, und Colina liefen die Tränen über die Wangen.

»Herzlichen Glückwunsch zum Geburtstag, Mum. Wie geht es dir?«

»Oh, mir geht es gut, mach dir keine Sorgen. Meine Blutwerte waren in Ordnung. Vielen Dank für die wundervollen Dinge, aber das musst du nicht, Colina, wirklich, das ist alles viel zu teuer. Wo soll ich denn so einen feinen Schal tragen? Ich habe ihn mir weggelegt, für einen besonderen Anlass. Wann kommst du denn wieder nach Hause?«

»Nicht vor Oktober, Mum. Jasper hat noch eine Reihe von Konzerten in Europa, dann will er sich in Südfrankreich erholen. Sein neues Haus ist gerade fertig geworden, und ich helfe ihm beim Einrichten. Er ist wirklich sehr fürsorglich, Mum.«

Tatsächlich hatte er eine Innenarchitektin mit der Einrichtung des Hauses in Beaulieu-sur-Mer beauftragt. Colina durfte aus der Vorauswahl herauspicken, was ihr gefiel.

»Das ist nett. Und was macht das Singen? Du bist doch nicht mehr traurig wegen des Vorsingens in London, nein? Warum muss es denn die Oper sein? Du kannst doch Jazz oder Folk oder was weiß ich singen! Es ist ja nicht jeder für diese Welt da oben gemacht.« Ihre Mutter sagte, was sie dachte, und sie hatte ja recht.

»Ach, Mum, die sind ja genau wie wir, nur eben verdammt gut ausgebildet, und sie üben und üben und haben eine Disziplin. Ich arbeite an mir, ja, das tue ich, und wenn wir in Südfrankreich sind, nehme ich wieder Gesangsunterricht. Wer ist denn da? Ich höre euch so herzlich lachen.«

Ihre Mutter ging auf den Themenwechsel ein. »Deine

Schwester hat Tavish mitgebracht. Sie heiraten im September. Ich denke, dass Mogs schwanger ist, aber sie will es nicht zugeben. Na ja, sie ist ja schon immer etwas vollschlanker gewesen, da wird es nicht auffallen, wenn sie dann im dritten Monat ist.«

»Was? Meine Güte! Das sind ja Neuigkeiten! Da muss ich doch kommen, natürlich will ich bei der Hochzeit meiner Schwester dabei sein. Warum hat sie mir denn nichts gesagt?« Colinas Hände zitterten. Sie war aufgewühlt und vermisste ihre Familie. Was hatte sie sich nur gedacht? Dass sie dauerhaft mit Jasper durch die Welt reisen könnte? So ging das auf Dauer nicht weiter.

»Sie wird es dir schon noch sagen. Da bin ich mir sicher«, sagte ihre Mutter. »Vater fährt jetzt öfter mit Thomas raus. Sein Rücken macht ihm zu schaffen. Aber er geht ja nicht zum Arzt.«

»Mum, das musst du gerade sagen! Kann er das Boot denn nicht verkaufen? Er muss doch nicht mehr jeden Tag rausfahren. In der Genossenschaft gibt es bestimmt eine Arbeit für ihn«, schlug Colina vor.

Ein Geräusch ließ sie aufhorchen. Die Tür der Suite war ins Schloss gefallen. Wenn das Anni war, kam sie früh!

»Warte mal, Mum, ich glaube, da ist jemand gekommen.« Sie legte den Hörer neben das Telefon und ging in den Salon, wo ihr Jasper mit ausgebreiteten Armen entgegenkam.

»Meine Schönheit! Ich habe dich vermisst, und ich brauche dich, jetzt!« Sie kannte diesen Blick, wenn seine Augen dunkel waren und er sie in die Arme nahm und nicht mehr loslassen wollte. Wohin das führte, war klar.

Er küsste sie ausgiebig und fuhr mit den Händen über ihren Körper. »Du bist so schön, so sexy, oh Gott, ich will dich, jetzt!«

»Warte, Jasper, meine Mutter ist am Telefon!«, wehrte sie sich atemlos.

Ungehalten ließ er sie los. »Mach es kurz.«

Sie eilte zurück ins Schlafzimmer und nahm den Hörer auf. »Mum? Ich muss auflegen, Jasper ist zurück und will etwas besprechen.«

Sie spürte einen Luftzug, die Tür wurde weit aufgestoßen, und Jasper kam mit nacktem Oberkörper zu ihr. Er begann an ihrem Hals zu knabbern und schob die Träger ihres Kleides zur Seite.

»Ich ruf dich wieder an, Mum. Grüß bitte alle von mir!«

Seine Hände glitten über ihre Rippen und über ihren Bauch bis hinunter zwischen ihre Beine.

»Ist gut, meine Kleine, pass auf dich auf!« Mairead legte auf.

Jasper warf Colina rücklings aufs Bett und küsste ihre Brüste.

»Meine Mutter hat heute Geburtstag«, keuchte Colina, denn seine Finger drangen in sie ein.

»Hm, wir haben ihr doch ein Geschenk gekauft.« Er drängte sich zwischen ihre Beine, und sie spürte seine Erregung.

Jasper nahm sie hart und schnell. Danach gab er ihr einen Kuss und zog sie mit sich auf die Füße. »Wenn ich dich liebe, vergeht meine Nervosität. Ich habe die Rachmaninow-Sonate lange nicht gespielt.« Er lächelte sie an. »Heute wird sie mir von den Fingern perlen.«

42

Das Publikum klatschte zehn Minuten lang und verlangte fünf Zugaben. Jasper Carlsen hatte sich selbst übertroffen. In der Presse sprach man von einem Carlsen in Höchstform, lobte seine animierende Frische, die musikalische Lebendigkeit und sprach davon, dass seine Hände gleichsam über die Tastatur geschwebt seien und einen bildhaften Schimmer erzeugt hätten.

»Du bist meine Muse, Colina«, sagte Jasper und legte den *Corriere della Sera* auf den Tisch. »Wir haben den Tag zur freien Verfügung. Was möchtest du unternehmen?«

Sie saßen auf der Terrasse ihrer Suite und hatten gerade gefrühstückt. »Wir könnten das Kolosseum besichtigen oder den Vatikan? Ich habe Kontakte. Wir würden ganz allein die Sixtinische Kapelle sehen können. Und danach gehen wir zu Biagiotti oder Versace und kaufen ein. Wie klingt das?«, schlug Jasper vor.

»Schön, ja, aber weißt du, ich würde gern einfach nur mit dir herumschlendern. Durch die Gassen spazieren, schauen, essen. Nur so, ohne Plan und Zeitdruck. Vielleicht in einer kleinen Osteria in einer Seitengasse essen. Da, wo kein Tourist hingeht.« Colina war es zunehmend leid, immer nach dem strengen Tourplan zu leben. Die

Proben, Interviews, Treffen mit Freunden, Kollegen, den sogenannten wichtigen Leuten, die Anni dauernd anschleppte, all das fand Colina anstrengend. Der Reiz des Neuen hatte sich verflüchtigt, und sie sehnte sich nach mehr Zweisamkeit mit Jasper.

Doch sie kannte ihn inzwischen gut genug, um zu wissen, dass er Phasen der Ruhe zwar schätzte, aber den Austausch mit anderen Musikern und seinem Freund Struff brauchte. Colina war froh, dass der feierfreudige Struff derzeit in den Vereinigten Staaten tourte.

»Mein Inselmädchen«, sagte Jasper und griff nach ihrer Hand. »Jede andere hätte wohl Versace vorgezogen. Aber genau das mag ich so an dir, Colina. Du überraschst mich immer wieder. Allerdings hat das Herumspazieren einen Haken, wenn die verdammten Journalisten uns aufspüren, ist es mit der Zweisamkeit vorbei. Ich habe eine Idee. Nimm einen leichten Schal und eine Jacke mit.«

Bald darauf fuhren sie Richtung Neapel, verließen die E45 und folgten der Küstenstraße. Colina konnte sich nicht sattsehen an den bunten Dörfern, die in den Berghängen klebten, den romantischen Buchten mit versteckten Stränden, Sonnenschirmen und Segelbooten, die auf dem türkisfarbenen Meer schaukelten.

»Oh, lass uns hier anhalten, Jasper! Das sieht zauberhaft aus!«, rief sie, als sie kurz vor Neapel durch ein Dorf kamen.

»Okay, auf einen Kaffee, aber ich möchte dir Positano zeigen. Das ist so ziemlich das Schönste hier unten, finde ich. Da können wir auch übernachten.« Jasper fuhr hinunter zu einem Fischerhafen.

Hand in Hand spazierten sie am Strand entlang, und Colina seufzte tief. »Danke, Jasper, danke für diesen wundervollen Tag!«

Er blieb stehen und legte von hinten die Arme um sie, sodass sie gemeinsam aufs Meer schauen konnten.

»Das Meer riecht hier anders als in Schottland«, sagte Colina. »Weicher, und die Fischer sind so fröhlich.«

Jasper lachte in ihren Haaren. »Kein Wunder. Bei den Temperaturen und dem Panorama. Und sie können ihren Fang direkt an die Touristen verkaufen. Leider zieht es immer mehr Leute hierher.«

»Dann haben wir in Stromness Glück. Dorthin wird es niemals Massen von Touristen ziehen«, gab Colina lachend zurück.

»Willst du denn dorthin zurück? Du kannst mit mir in Südfrankreich leben. Dorthin möchte ich mich bald öfter zurückziehen. Vielleicht mache ich noch ein paar Jahre Tourneen. Aber irgendwann will ich nur noch maximal zehn Konzerte pro Jahr geben. Oder noch weniger!« Er ließ sie los. »Na, komm, Espresso und Mandelkuchen?«

»Noch weniger? Du kannst doch gar nicht ohne Konzerte sein!«, sagte Colina und hatte Mühe, mit ihm Schritt zu halten. »Warum rennst du so?«

»Wir sollten bis zwanzig Uhr in Positano sein. Ich habe uns ein Hotel und einen Tisch in meinem Lieblingsrestaurant reserviert.«

»Wann hast du das denn gemacht?« Der nasse Sand fühlte sich rau und erfrischend unter ihren Füßen an.

»Bevor wir losgefahren sind, habe ich mit Anni telefoniert.«

»Ah«, gab Colina einsilbig zurück. Ohne Anni passierte nichts, nicht einmal einen Ausflug konnten sie unternehmen, ohne dass Anni ihn plante. Aber sie murrte nicht, sondern war glücklich, dass sie diese Zeit miteinander hatten.

Später wehte der Fahrtwind durch ihr Haar, und sie sang mit Jasper zu einem albernen italienischen Schlager. Er sang Bariton, und sie mochte seine etwas raue Stimme. Hinter jeder Kurve eröffneten sich neue atemberaubende Ausblicke, und Colina kam aus dem Ah und Oh nicht mehr heraus.

Jasper erklärte geduldig, wo sie gerade waren. »Das müsste Vico Equense sein. Schau, dahinten sehen wir den Vesuv. Pompeji schaffen wir leider nicht, aber es läuft uns nicht weg«, meinte er.

»Es sei denn, der Vulkan bricht aus.«

Sie lachten und überließen sich dem Augenblick.

Schließlich erreichten sie Positano. Jasper stellte den Wagen in einer Gasse ab und führte Colina hinunter zu einem historischen Gebäude, das sich malerisch in die Felsen schmiegte.

»Ich hatte gehofft, dass wir ein Zimmer im Covo Dei Saraceni bekommen. Die Aussicht ist unvergleichlich«, sagte Jasper.

»Jasper«, flüsterte Colina, als sie in ihrem Zimmer auf den Balkon traten und die Sonne über dem Meer untergehen sahen. Die Farben waren intensiv, changierten von Rotorange bis zu einem tiefdunklen Azurblau. Positionslichter spiegelten sich auf der ruhigen See, und leise Gitarrenmusik klang von unten herauf.

»Gefällt es dir?« Er lehnte neben ihr an der Balustrade.

»Was für eine Frage. Mir fehlen die Worte.«

»Da bist du nicht die Erste. Positano hat diese Wirkung auf die Leute, wenn sie das erste Mal herkommen. Wusstest du, dass Elizabeth Taylor und Richard Burton gerne hier waren? Und überhaupt jede Menge Künstler, Schriftsteller und Schöngeister. Man fühlt sich wie in einer anderen Welt, oder?« Er streckte den Arm aus. »Sieh, dahinten die Inseln, das sind Li Galli. Die Sirenen nennt man sie auch. Aber wir sollten jetzt zum Restaurant hinuntergehen. Ich habe furchtbaren Hunger.«

Auch Colinas Magen meldete sich, und sie stimmte einem Fünfgängemenü zu. Ihr Tisch befand sich auf einer umlaufenden Terrasse. Kerzen und orientalische Lampen machten die Umgebung noch romantischer. Unwillkürlich musste sie an ihre Mutter denken und wünschte sich, dass sie das hier sehen könnte. Was auch geschehen würde, diese Erinnerungen konnte ihr niemand nehmen.

Der erste Gang wurde aufgetragen, und sie stießen mit Champagner an. Sie wollte sich nicht vorstellen, mit wem Jasper vor ihr hier gewesen war. Er zeigte ihr die

Orte, die ihm etwas bedeuteten, und nur das zählte. In ihrem Alter hatten die meisten Mädchen, die sie kannte, höchstens Glasgow oder Edinburgh gesehen.

»Nein, das nenne ich mal eine Überraschung!« Eine melodische Stimme mit starkem Akzent erklang, und ein gut aussehender Mann trat an ihren Tisch.

Er hatte große, intensiv blickende Augen, trug unter einer Art buntem Kaftan Weiß und bewegte sich mit der geschmeidigen Eleganz eines Tänzers.

»Ah, mein Freund!« Jasper stand auf und umarmte den Mann, den er Colina begeistert vorstellte.

Der charismatische Tänzer hatte mit seiner ausdrucksvollen, modernen Art zu tanzen das klassische Ballett revolutioniert. Es stellte sich heraus, dass er hier war, um Li Galli, die kleinen Inseln, zu kaufen, die man vom Ufer aus sehen konnte.

Als Colina später in der Nacht neben Jasper im Bett lag, fragte sie: »Geht es deinem Freund gut? Er wirkte ein wenig angeschlagen.«

»Er ist krank, Colina, sehr krank, und ich wünsche ihm, dass er seinen Traum von Li Galli noch auskosten kann.«

Betroffen schmiegte sie sich an Jaspers starken Körper. Niemand war vor Krankheit gefeit. Das durfte man nie vergessen.

»Ich möchte meine Eltern besuchen«, sagte sie leise.

»Unmöglich«, antwortete Jasper. »Wir haben Mailand, Wien, Prag und Zürich vor uns. Schlaf jetzt. Es war ein langer Tag.«

43

Beaulieu-sur-Mer, September 1988

Es duftete nach Pinien und Oleander, die Eiswürfel klirrten leise in der Wasserkaraffe, und am azurblauen Himmel war keine Wolke zu sehen. Colina stellte Gläser auf den großen Terrassentisch und legte Stoffservietten aus. Sie hatte Meeresfrüchte, Salat und frische Früchte vorbereitet und Baguette eingekauft. Jasper mochte die leichte mediterrane Küche genauso gern wie sie selbst.

Seit zwei Wochen waren sie allein in Jaspers neuem Haus. Kein Wunder, dass er irgendwann nur noch hier leben will, dachte Colina und schaute über die sandfarbene Terrasse, den Pool und die üppige Vegetation des Gartens. Vom Pool führten wenige Stufen den Berg hinunter bis zu einem Tor, dem Zugang zu einem privaten Strand. An Jaspers Seite verlief das Leben wie im Zeitraffer. Eine Stadt nach der anderen, Konzerthallen, Hotels, teure Restaurants und so viele Begegnungen mit Menschen, deren Namen sie am nächsten Tag vergessen hatte. Die Auszeit hier in den pittoresken Hügeln an der französischen Riviera war für sie beide notwendig gewesen. Vor allem aber für Jasper.

Colina goss Wasser, in dem Zitronenscheiben schwammen, in ein Glas und leerte es in einem Zug. Sie sorgte sich um ihn, der sich selbst viel zu viel abverlangte. Er war auf der Höhe seines Erfolgs, man feierte ihn in den Konzertsälen der Welt, aber alles hatte einen Preis. Oft trank er zu viel, und manchmal nahm er Betablocker, um sein Lampenfieber zu dämpfen.

Das Klavierspiel im Haus erstarb, und Jasper kam in Leinenhemd und Shorts barfüßig zu ihr. »Hey, Schönheit.«

Die Sonnenbräune stand ihm, er wirkte entspannt und erholt. Sie strich ihm über die Wange und bot ihm ein Glas Wasser an.

»Haben wir genug zu essen?« Wassertropfen perlten an seinem Kinn hinunter.

»Warum? Ja, ich denke schon, dass du satt wirst.« Colina trug ein Bikinioberteil und einen Wickelrock.

»Ich meine, für zwei oder drei Gäste. Struff hat angerufen. Er ist in Monaco und würde für zwei Tage rüberkommen. Du weißt ja, wie er ist. Irgendjemanden hat er immer dabei.« Jasper setzte sich und zog sie zwischen seine Beine. »Hm, du riechst gut. Und dieser Rock gefällt mir. So luftig …« Er zog sie auf seinen Schoß und umfasste ihr Gesäß.

Colinas offene Haare wurden vom Wind um sie gewirbelt und vermischten sich mit ihrem Kuss. Zwei Wochen, dachte sie, nur zwei Wochen, und schon tauchte wieder jemand auf.

»Du musst mich gehen lassen, wenn ich etwas vorbereiten soll, das deinen verwöhnten Freund zufriedenstellt.« Sie wollte sich erheben, doch er hielt sie fest und strich ihr über den Rücken.

»Bist du glücklich mit mir?«

Perplex nahm sie die Haare aus dem Gesicht und musterte ihn. »Ja, Jasper, ja, das bin ich. Und du?«

»Wenn du bei mir bist, bin ich glücklich. Du bist meine Sonne, mein Wasser, mein Nektar. Meine depressiven Phasen sind weg, seit wir zusammen reisen.« Er zog sie an sich. »Verlass mich nicht!«, flüsterte er.

Gerührt küsste sie seine Stirn, hielt ihn und ließ sich von ihm wiegen, bis die Lust Oberhand gewann und er sie in die Villa trug.

Gegen Mitternacht hockte Colina neben einem Model am Pool und zog an einem Joint. Die junge Frau war so dünn, dass ihre Knochen beängstigend scharf hervorstachen. Sie hieß Gioia und kam aus Turin. Struff saß mit seinem Freund und Jasper am Tisch und diskutierte über ein neues modernes Symphoniekonzert.

»Wo hast du Struff kennengelernt, Gioia?«, fragte Colina und ließ den Rauch etwas länger in ihren Lungen. Sie rauchte nur selten, aber heute war ihr danach.

Gioia bewegte die Füße im Wasser und beobachtete, wie sich das Licht in den kleinen Wellen brach. Es war noch immer sehr warm, und sie trug ein dünnes Kleid mit Spaghettiträgern. Der Stoff des langen Rockes rutschte bei jeder ihrer Bewegungen ein Stück tiefer ins Wasser, doch das schien Gioia nicht zu stören.

»Ich weiß nicht mehr genau, Paris oder Mailand.

Nach einer Schau sind wir feiern gegangen, und er hat mich davor bewahrt, mit einem dieser Kerle aus Dubai mitzugehen.«

Gioia hatte langes blondes Haar, dessen Ansatz dunkel gefärbt war. Ihre großen grünen Augen beherrschten das spitze Gesicht mit der kleinen Stupsnase und dem vollen runden Mund. Sie hatte etwas puppenhaft Zerbrechliches.

»Warum solltest du das tun?« Colina hatte abenteuerliche Geschichten über die Modelszene gehört und wusste nie genau, was sie glauben sollte und was nicht.

Gioia warf ihr einen mitleidigen Blick zu und nahm einen tiefen Zug. Der Joint glühte in der sternenklaren Nacht. »Es wird von uns erwartet, du Schäfchen. Unsere Agentur vermittelt uns Jobs auf dem Laufsteg oder Fotoshootings, und die Kunden können uns auch für das Aftershowprogramm buchen.«

»Das Aftershowprogramm?«, fragte Colina. »Für Partys?«

»Hm, ja, wie weit man gehen will, ist dann uns überlassen, aber es wird erwartet, dass wir kooperativ sind.« Gioia machte eine wegwerfende Geste, als wäre ihr das egal.

Langsam begriff Colina, was die junge Frau da sagte. »Wow, das ist … Mann, das können die doch nicht machen, ich meine, deine Agentur! Die sollen euch doch beschützen!«

»Ach, Colina, wir sind nicht mehr als Ware, mit der man Geld verdient. Die wenigsten von uns schaffen es, ganz groß rauszukommen. Keine von uns würde sich beklagen. Wenn du offen darüber sprichst, bist du raus. Das wird eben von uns erwartet, und wer spröde ist, kriegt keine Jobs. Es gibt üble Typen darunter.« Gioia zog an ihrem Joint. »Bisher hatte ich noch Glück, na ja, bis auf ein Mal. Aber weißt du, Champagner und etwas Puderzucker, und die Welt sieht wieder schön aus, was?« Gioia lachte, doch es klang bitter.

»Warum tust du dir das an?«, wollte Colina wissen.

»Bin da so reingerutscht. Es hat ja auch seine guten Seiten. Ich komme aus einem Arbeiterviertel in Turin. Mein Vater hat sich in einer Autofabrik zu Tode gerackert, meine Mutter putzt in einem Restaurant und verdient nicht genug Geld für meine fünf Geschwister. Ein Modelscout hat mich vor ein paar Jahren angesprochen, und hey, da war auf einmal die fette Kohle. Ich schicke meiner Mutter jeden Monat etwas. Sie ist so stolz auf mich, zeigt es ihren Freundinnen, wenn ich auf einer Titelseite das Covergirl bin.«

Waren ihre Eltern stolz auf sie? Colina schluckte. Sicher nicht. Sie ließ sich von einem reichen Pianisten aushalten, was kaum besser war als das, was Gioia machte. Aber sie liebte Jasper. Liebe entschuldigte alles, oder?

»Und Struff? Ich dachte, dass er und Danny …«, sagte Colina leise und sah zu den Männern hin, die sich bestens unterhielten.

»Ja, die beiden haben ein Verhältnis. Aber Struff ist ein offener Typ, für alles.« Gioia grinste. »Ich mag ihn.

Er ist ehrlich und macht dir nichts vor, sagt, was er sich vorstellt, und du kannst Ja oder Nein sagen. Das ist fair, oder?«

Die beiden Frauen schwiegen eine Weile.

»Und du und dein hübscher blonder Kerl? Er ist süß. Aber hey, keine Sorge, ich komme dir nicht ins Gehege. Es sei denn, du hast Lust auf einen Dreier?«, fragte Gioia, als wäre es die selbstverständlichste Sache auf der Welt, und reichte ihr den Joint.

Colina schüttelte den Kopf, und Gioia hob die Schultern. »Wollen wir eine Runde schwimmen? Wenn ich Gras rauche, fühle ich mich so leicht, als ob ich schwebe.« Sie erhob sich und balancierte mit ausgebreiteten Armen auf der Poolkante entlang.

Mit einer grazilen Bewegung streifte sie ihr Kleid ab und sprang nackt in den Pool. Sie trug keine Unterhose.

Colina hatte keine Lust zu schwimmen und stand auf, doch das Gras war stark gewesen, und sie taumelte ein wenig. Außerdem wurde ihr übel. Das passierte in letzter Zeit häufiger. Ein Stich durchfuhr sie. War sie etwa schwanger? Das war doch nicht möglich! Sie ging regelmäßig zur Frauenärztin und trug eine Spirale. Jasper wollte keine Kinder. Das hatte er gleich zu Anfang unmissverständlich klargemacht.

Rasch lief sie über die Terrasse nach drinnen und übergab sich in die Gästetoilette. Bitte nicht, dachte sie und fühlte sich elend. Ihr Unterleib schmerzte, und sie krümmte sich auf dem Boden zusammen.

»Colina! Darling? Wo steckst du denn?«, hörte sie Jasper nach einer gefühlten Ewigkeit.

»Hier im Gästebad«, brachte sie krächzend hervor.

Jasper öffnete die Tür und entdeckte sie auf dem Boden. »Was ist passiert?«

Er kniete sich neben sie und strich ihr die Haare aus dem Gesicht. Gioia streckte mit nassen Haaren den Kopf herein. »Hat dich der Shit umgehauen? Der war stark, hätte dich warnen sollen.«

Colina krampfte sich erneut zusammen und würgte, doch ihr Magen war bereits leer. Es kam nur noch Galle. Die Schmerzen waren ungewohnt, anders – und sie machten ihr Angst.

»Was hast du ihr gegeben? Verdammt, sie ist das nicht gewohnt!«, herrschte Jasper das Model an.

»Gar nichts weiter. Wir haben nur was geraucht. Jetzt bleib mal locker.« Gioia verschwand.

Eine Schmerzwelle überrollte Colina, und sie hielt sich wimmernd den Bauch. »Was ist das?« Sie brach in Tränen aus.

Jasper nahm sie in die Arme. »Ich fahre dich in die Notaufnahme. Wir lassen das abklären.«

Er trug sie tatsächlich durch das Haus, dachte Colina, der schwindelig war. »Du trägst mich ja.«

»Darling, du bist leicht wie eine Feder. Ich muss besser auf dich aufpassen. Und du darfst nicht so leichtsinnig sein.«

Er half ihr in eine Bluse und legte ihr eine Strickjacke um. Als sie neben ihm im Cabrio saß, zog sie die

Strickjacke fröstelnd um sich. »Kannst du denn fahren?«

Er grinste. »Aber sicher. Ich würde jeden Fahrtüchtigkeitstest bestehen.«

Spielerisch trat er aufs Gas, sodass der Wagen einen Satz machte. »Alles im Griff! Jetzt lehn dich zurück und atme tief in den Bauch. Hattest du solche Krämpfe schon öfter?«

»Nein. Nicht so stark. Wenn ich meine Regelblutung habe, kann es schon mal sein, dass es mir sehr schlecht geht, aber so was, nein.« Sie presste stöhnend die Hände auf ihren Unterleib, als die nächste Schmerzwelle sie überfiel.

Jasper fuhr schneller, nahm die engen Kurven in riskanter Manier, sodass Colina die Augen schloss und sich ihrem Schicksal überließ. In Nizza brachte Jasper sie in eine Privatklinik, in der man sich sofort um sie kümmerte.

»Ich warte hier. Wenn etwas ist, holen Sie mich sofort!«, sagte Jasper sehr bestimmt zu einem Arzt.

»Sicher. Machen Sie sich keine Sorgen, Monsieur Carlsen. Wir kümmern uns gut um Ihre Frau.«

Gleißende Lichter blendeten Colina, die auf einer Liege durch das Krankenhaus geschoben wurde. Seine Frau. Er hatte sie nie gefragt. Und sie hatte das Thema Heirat nie angeschnitten. Der Schmerz traf sie erneut, und sie gab einen gequälten Laut von sich.

Eine Schwester strich ihr über den Arm. »Wir sind gleich da. So, jetzt nehmen wir Ihnen Blut ab, und der Doktor stellt Ihnen ein paar Fragen.«

Wann war ihre letzte Regelblutung, hatte sie Magenbeschwerden, wie verhütete sie, so ging es in einem fort. Schließlich saß sie auf dem Stuhl des Gynäkologen und schrie, als er in ihr nach dem Grund der Schmerzen suchte.

»Ich musste Ihre Spirale entfernen, Madame. Ihre Gebärmutter ist entzündet, und ich würde Sie gern stationär aufnehmen, damit wir Sie ein paar Tage beobachten können. Ich sage Ihrem Gatten Bescheid. Schwester, bereiten Sie ein Bett vor.«

Nein, nein, dachte Colina. »Ich will nicht hierbleiben!«

»So eine Unterleibsentzündung ist keine Kleinigkeit. Das muss richtig behandelt werden. Im schlimmsten Falle können Sie unfruchtbar werden«, sagte die Schwester und half Colina wieder auf die Liege.

Sie deckte sie zu und schob sie auf den Gang hinaus. Was hatte man ihr gegeben? Colina fühlte sich schläfrig, und ihre Zunge wollte ihr nicht gehorchen. Ich will doch aber Kinder haben, konnte sie noch denken, bevor sie wegdämmerte.

44

Stromness, Oktober 1988

Der Wind rüttelte an den Fenstern. Die Gischt schlug über die Kaimauer, und die Boote hüpften wie Spielbälle auf den Wogen. Colina lag auf dem Sofa ihrer Eltern vor dem Kaminfeuer und blätterte in einer Illustrierten. Die Unterleibsentzündung hatte sie mehr mitgenommen als erwartet. Jasper hätte es lieber gesehen, wenn sie bei ihm in London geblieben wäre. Weil die Ärzte sie jedoch als genesen entlassen und ihr lediglich Schonung verordnet hatten, war Colina für zwei Wochen nach Stromness geflogen. Heute war ihr erster Abend im Haus ihrer Eltern.

Ihre Mutter kam mit einer Tasse Tee zu ihr. Im Fernsehen lief *EastEnders*. »Hast du die letzten Folgen gesehen?«

»Was? Nein.« Colina legte die Zeitschrift zur Seite. »Danke, Mum. Setz dich doch. Ich bin nicht krank, nur etwas erschöpft. Diese blöde Infektion. Dass ich das nicht gemerkt habe, dann wäre es nicht so schlimm geworden.«

»Aber du kannst noch Kinder bekommen, mein Liebes?« Mairead setzte sich in einen Sessel und legte sich eine Wolldecke auf die Knie. Sie fror ständig. Vor allem, wenn es stürmte, war es zugig und feucht im Haus. Die alten Fenster waren undicht. Das Holz litt unter dem Seewasser, das sich überall durchfraß.

»Sie haben gesagt, dass die Chancen gut stehen«, antwortete Colina leise. »Aber Jasper möchte keine Kinder, von daher ist das Thema nicht aktuell.« Sie nahm die Teetasse und sog den vertrauten Geruch des heißen Getränks ein. Guter, starker Tee mit einem Schuss Milch und etwas Zucker.

»Du bist noch jung, aber schieb es nicht zu lange hinaus. Es ist schön, wenn man seine Kinder jung bekommt. Du siehst ja, wie schnell man alt wird.« Mairead nahm sich ein Stück Shortbread.

Ihre Mutter hatte abgenommen, und die Schatten unter den Augen gefielen Colina nicht. Doch Mairead behauptete, dass ihre Blutwerte in Ordnung seien.

»Hm, wie geht es Mogs? Wann ist es bei ihr so weit?«

»Warum versöhnt ihr euch nicht? Wenn wir mal nicht mehr sind, habt ihr euch. Familie ist alles, was zählt«, sagte ihre Mutter sanft.

Zwischen den Schwestern herrschte Eiszeit, seit Mogs sie nicht zu ihrer Hochzeit eingeladen hatte.

»Weißt du, ich hätte wegen der Infektion wahrscheinlich ohnehin nicht kommen können. Aber die eigene Schwester nicht einzuladen, ist gemein.« Dass Mogs sie von ihrer Hochzeitsfeier ausgeschlossen hatte, hatte Colina mehr verletzt, als sie zugeben würde.

»Sei ihr nicht böse. Sie ist vielleicht ein wenig eifersüchtig. Ich meine, schau doch, wie du lebst. Fliegst durch die Welt, lernst berühmte Leute kennen und wirst Opernsängerin! Mich freut das, meine Kleine. Ich habe immer gehofft, dass du auch an dich denkst und nicht nur zu seinem Anhängsel wirst.«

Colina hatte verschwiegen, dass sie erst in London mit intensivem Gesangunterricht beginnen würde, und wenn sie ehrlich war, war ihr Besuch in Stromness womöglich auch eine Flucht vor den Erwartungen, die Jasper an sie hatte.

»Ach, es ist nicht so einfach, weißt du, Mum. Ich möchte so gern einmal auf einer Bühne stehen und diese eine Arie singen. Sie ist so schön!« Colina schloss die Augen und hörte im Geist die Einleitung zur Arie der Lauretta aus Puccinis *Gianni Schicchi*.

Sie nahm die Fernbedienung und stellte den Ton ab. Dann setzte sie sich auf und nahm die Hand ihrer Mutter. »Ich werde sie dir vorsingen. Es ist das Lied der jungen Lauretta, die unglücklich verliebt ist. Ah, in der Oper gibt es immer tragisch Liebende. Diese Lauretta droht ihrem Vater mit Selbstmord, wenn sie ihren Liebsten nicht heiraten kann. Sie will erst einen Ehering an der Porta Rossa kaufen, und wenn ihre Liebe keine Zukunft hat, in den Arno springen, vom Ponte Vecchio aus. Die Melodie ist so ergreifend.«

Colina holte tief Luft und begann leise zu singen: *»O mio babbino caro, mi piace è bello, bello, vo andare in Porta Rossa a comperar l'anello!«*

Sie ließ die Hand ihrer Mutter los und stand auf, um dem Brustkorb mehr Raum zu geben. Ihre Stimme wurde lauter, erfüllte den Raum, das Haus.

»*Sì, sì, ci voglio andare! E se l'amassi indarno, andrei sul Ponte Vecchio, ma per buttarmi in Arno! Mi struggo e mi tormento*!«

Colina rang die Arme, denn sie fühlte den Schmerz der Verzweifelten, der sich in jeder Note ausdrückte. »*O Dio, vorrei morir! Babbo, pietà, pietà!*«

Nachdem die letzte Note verklungen war, blieb es lange still. Dann klatschte ihre Mutter, stand auf und umarmte weinend ihre Tochter. »Mein Liebes, das war so wunderbar, so wunderbar. Woher nur hast du diese Stimme?«

»Von mir nicht.« Ihr Vater war eingetreten, ohne dass sie ihn hatte kommen hören. »Das war beeindruckend, Colina.«

»Meine Güte, Colina, das war umwerfend!«, rief Thomas und drängelte sich an ihrem Vater vorbei ins Wohnzimmer. »Dein Vater hat mir erzählt, dass du zu Besuch bist, da wollte ich Hallo sagen und doch fragen, ob du mit in den Pub kommst.«

Mairead hob die Hand, doch Colina nickte. »Ja, gern. Ich hole nur rasch meine Jacke.«

»Bei dem Sturm muss sie doch nicht raus! Fraser, halte sie davon ab«, mahnte seine Frau. »Sie ist doch gerade erst wieder halb genesen.«

»Wieso? Ist Colina krank gewesen?«, fragte Thomas.

Sie hörte ihn fragen, während sie die Treppe hinaufrannte, um sich einen farbigen Pullover und die neuen Stiefel anzuziehen. Es waren weiche Wildlederstiefel, die sie in Nizza gesehen hatte. Jasper hatte sie ihr geschenkt, nachdem sie aus dem Krankenhaus gekommen war. Er hatte sich rührend um sie bemüht, sie umsorgt, als wäre sie sterbenskrank. Dass man sie dauernd als Madame Carlsen angesprochen hatte, fand Jasper amüsant.

»George Mackay Brown ist da und erzählt«, sagte Thomas, als sie ins Wohnzimmer trat.

»Wow, du bist wirklich hübsch, Colina!«, entfuhr es ihm. »Äh, also …«

»Hey, danke, gehen wir?« Sie zog sich eine Wollmütze über die Ohren und legte einen Schal um.

»Na, wenigstens bist du warm angezogen«, meinte ihre Mutter skeptisch. »Du solltest nicht gehen, Colina.«

»Sie macht doch sowieso, was sie will.« Fraser hatte seine Schuhe ausgezogen und saß mit der Fernbedienung auf dem Sofa.

»Pass auf sie auf, Thomas, und bring sie nicht zu spät nach Hause!«, ermahnte Mairead den jungen Fischer.

»Mum, ich mach das schon.« Sie umarmte ihre Mutter und verließ mit Thomas das Haus.

Draußen wurde sie von einer Sturmböe erfasst und musste sich an der Hausmauer festhalten. »Puh, das ist ja richtig heftig!«

»Soll noch schlimmer werden!«, schrie Thomas gegen den Wind an und legte den Arm um sie.

Die Wege in Stromness waren kurz und der Hafenpub im Schutz der Victoria Street gut zu erreichen. Es kam nur sehr selten vor, dass die Wellen so hoch stiegen, dass sie die Straßen überfluteten. Die beiden liefen so schnell sie konnten, denn fette Regentropfen klatschten ihnen ins Gesicht.

Vor dem Pub zog Thomas sie unter das Vordach. »Warum bist du hier, Colina?«, fragte er sie und sah sie mit gerunzelter Stirn an. »Hast du Sorgen? Wir sind Freunde. Mir kannst du alles sagen.«

»Das ist lieb von dir, Thomas. Es ist alles in Ordnung. Ich hatte nur Sehnsucht nach meiner Insel und nach meinen Freunden.« Der Sturm tobte, und die Wellen brachen krachend gegen die Kaimauer.

»Auch nach mir?«, wollte Thomas mit einem schiefen Grinsen wissen.

»Nach dir ganz besonders. Das ist doch normal, oder? Jasper ist das Leben aus dem Koffer gewöhnt. Ich nicht. Manchmal fühle ich mich ein wenig verloren. Das wird sich ändern, da bin ich mir sicher. Wenn ich nur erst meinen Platz in der Musikwelt gefunden habe.«

Thomas trug einen Ölmantel, und seine struppigen dunklen Haare fielen ihm nass in die Stirn. »Du bist wirklich begabt, Colina. Deine Stimme vorhin, wow. Aber so viel weiß ich auch, dass das einen Haufen Arbeit bedeutet, wenn man so was singen will. Ich meine, jeden Tag, immer. Das muss man wollen. Ich spiele lieber mit Sam unsere traditionellen Songs. Oh, ich habe was Neues geschrieben. Das spielen wir heute Abend. Komm, lass uns reingehen.«

Bei schlechtem Wetter traf sich der halbe Ort im Pub.

So auch heute. Es wurde gelacht und gefeixt, es roch nach Bier, und Zigarettenrauch hing im Raum. Colina traf auf bekannte Gesichter und wurde begrüßt und umarmt. Es war eine Art von Nachhausekommen, dachte sie, wie sie es nur hier fand. Die Menschen auf den Inseln hatten es nicht leicht. Die Krebs- und Hummerfischerei war einträglich, machte aber niemanden reich, jedenfalls nicht die kleinen Creel-Fischer. Aber was brauchte man eigentlich wirklich, um glücklich zu sein? Plötzlich kam Colina sich in ihren luxuriösen Sachen lächerlich vor. Ihre teuren Wildlederstiefel waren auf dem kurzen Weg durchgeweicht und würden Wasserränder bekommen.

Sie folgte Thomas zur Bar, an der der Poet im Kreise seiner Bekannten saß, darunter der Künstler John Dunn, Gedichte vortrug und Geschichten erzählte. Jeder kannte George, das Urgestein, den unverwüstlichen Dichter, der zu viel trank und die tiefgründigsten Verse über ihr Land, über Stromness schrieb.

»Hamnavoe«, deklarierte George Mackay Brown und hob sein leeres Whiskyglas. Der Barkeeper füllte es auf, und der Dichter fuhr fort: »Auf den Stufen mit Teer und Salz bedeckt. Heringsboote, rote Segel, die Farmer, eine Tide, mager an Möwen, gälische Fischermädchen, Messer blitzen in der Sonne und senken sich in den Hering …«

In seinen Worten wurde das Leben in all seiner Härte und Schönheit, wurde die Gewalt der Natur, die Kraft des Meeres lebendig. Colina lehnte sich an einen Pfeiler und lauschte dem wortgewandten Poeten.

»Du hier?«, wurden ihre Gedanken unterbrochen, und sie fand sich ihrer Schwester gegenüber.

Tavish stand neben Mogs und reichte Colina die Hand. »Hallo, Colina.«

»Darf ich nicht hier sein?«, kam es bitter von Colina. »Willst du mich ganz aus deinem Leben verbannen? Was habe ich dir getan, Mogs?«

Ihr Blick fiel auf den gerundeten Leib der Schwester. Tavish legte beschützend den Arm um seine Frau.

Mogs wirkte weiblicher, ihre Züge waren weicher geworden, und sie räusperte sich. »Sei nicht so böse, Colina, bitte. Das habe ich nicht gewollt. Aber sei doch ehrlich. Du wärst doch nicht gekommen?«

»Das steht doch nicht zur Debatte. Es hätte sich einfach gehört, mich einzuladen. Sollte ich mal heiraten, lade ich dich ein. Ob du kommst oder nicht, kannst du selbst entscheiden. Mir hast du die Wahl nicht gelassen.« Die Wut kochte in ihr hoch, und Colina musste sich zusammenreißen.

»Hey, Ladys, bitte vertragt euch wieder. Ich hätte dich übrigens gern eingeladen, Colina. Aber Mogs meinte, dass du in Rom oder Prag oder so wärest«, versuchte Tavish zu vermitteln.

»Es gibt Flugzeuge«, konterte Colina kühl.

»Es tut mir leid, okay?«, zischte Mogs.

Der Poet beendete seinen Vortrag, und ein Gitarrenakkord erklang. Thomas und Sam standen auf der kleinen Bühne. Und wer war das? Hatten sie eine neue Sängerin?

Nein, die junge Frau hob eine Fiddle ans Kinn. Aus einem unerklärlichen Grund war Colina erleichtert, dass sie noch nicht ersetzt worden war. Einem Impuls folgend legte sie die Hand auf den Babybauch ihrer Schwester.

»Wisst ihr schon, was es wird?«

Mogs lächelte warm. »Nein, wir lassen uns überraschen.«

45

Quinn

Ein Nachbar hatte angerufen und Quinn mitgeteilt, dass sich das Dach seines Carports gelöst hatte. Beim nächsten Sturm könnte es sich selbstständig machen und größeren Schaden verursachen. Nur ungern hatte Quinn Arline so früh am Morgen verlassen, aber sie würden sich später im Pub sehen.

Er machte sein Boot im Hafen von Hoy fest. Sein altersschwacher Renault stand dort, wo er ihn abgestellt hatte, und sprang sofort an. Während Quinn der kurvigen Landstraße folgte, dachte er an die Nacht mit Arline, an ihre samtweiche Haut, ihre Leidenschaft und ihre Verletzlichkeit. Er empfand so viel für sie, und er wollte sie nicht verlieren. Gut gelaunt summte er einen Song von Skipinnish mit, der im Radio lief, und plötzlich hatte er eine Idee für ein Gedicht. Meist waren seine Gedanken von dunklen Bildern geprägt, und wenn er später las, was er geschrieben hatte, schien es ihm zu schwermütig. Es war Zeit, sich nach vorn zu orientieren.

Als er die Farm seines Nachbarn erreichte, wollte er sich kurz bedanken, doch Jims Geländewagen war nicht da. Nur der Hofhund jagte die Hühner über den Misthaufen. Quinn fuhr weiter zu seinem Cottage. Eine Böe musste das Dach des Carports erwischt haben. Nachdem er den Schaden begutachtet hatte, wollte er sich Latten und ein dickeres Holzstück, besser noch einen Balken, aus dem Schuppen holen. Doch er fand nicht alles, was er benötigte. Er ging hinunter zum Strand. Maggie und ihr Mann, die das Café betrieben, machten viel selbst und hatten fast immer lose Bretter, Dachpappe, Silikonkleber oder Werkzeug für Ausbesserungen da.

Auf der Terrasse des blau-gelb gestrichenen Cafés saßen drei junge Leute. Ihre Räder standen unten am Eingang. Quinn sah auf die Uhr, kurz nach neun. Seufzend betrat er das Café. Viel lieber hätte er noch mit Arline im Bett gelegen und geredet. Na ja, auch. Er grinste.

»Hallo, Quinn! Na, du hast ja mal gute Laune!«, begrüßte Maggie ihn.

Er gab ihr einen Wangenkuss. Sie war klein und quirlig, hatte Sommersprossen und strahlende Augen. »Guten Morgen, Maggie. Und wenn ich dich sehe, geht jedes Mal die Sonne auf.«

»Ha, du Charmeur. Einen Flat White?« Sie stand hinter einem breiten Tisch, auf dem ein gläserner Kühltresen stand. Die Kuchen und Sandwiches waren immer frisch, und Quinn war hungrig.

»Gerne, und ein Sandwich mit Eiersalat.«

»Die mag Joshua auch am liebsten. Ich leg dir noch einen Scone dazu. Die Marmelade habe ich gestern eingekocht.«

Sie hantierte mit der großen Espressomaschine und fragte: »Und was bringt dich her, Quinn? In der Festivalwoche bist du selten hier.«

Er setzte sich auf einen der bunten Stühle. »Mein Carport ist kaputt. Jim hat es zum Glück gesehen. Ich brauche einen Balken, zwei Meter lang und etwas dicker. Habt ihr was da?«

»Josh kommt gleich. Dann könnt ihr zusammen schauen. Findet sich bestimmt was.« Sie stellte die Kaffeetasse auf ein Tablett und legte ein Sandwich und den versprochenen Scone dazu. Dazu stellte sie ein Schälchen mit Marmelade und ein Stück Butter.

Quinn wollte aufstehen, doch Maggie brachte ihm das Tablett an den Tisch. »Lass es dir schmecken!«

»Danke dir. Hm, sieht wie immer wunderbar aus. Wer sind die drei da draußen?« Er biss in sein Sandwich.

»Englische Radtouristen. Hoy ist von irgendeinem Influencer als Geheimtipp gepriesen worden.« Maggie verdrehte die Augen. »Ich hoffe, das spricht sich nicht rum. Das ist doch idiotisch. Einer posaunt einen Geheimtipp raus – und dann?«

»Das Wort Geheimtipp ist eigentlich ein Oxymoron.«

»Was?« Maggie beobachtete die Gäste, deren Teller mittlerweile leer waren.

»Na, ein Widerspruch in sich selbst. Geheim und Tipp. Unsinn. Wenn es geheim bleiben soll, spricht man nicht darüber.« Quinn wischte sich die Salatsoße mit der Serviette vom Kinn. »Sehr lecker!«

Maggie lachte. »Du nun wieder. Ja, wohl wahr. Aber ein wenig Werbung ist auch nicht verkehrt.«

»Solange es nur die drei Engländer sind ... Sonst ziehe ich auf eine andere Insel«, meinte Quinn halb im Scherz.

»Keine Sorge, Quinn. Massentourismus wird es auf Hoy nicht geben. Dafür ist das Wetter zu schlecht.« Maggie winkte den Gästen.

»Und ich liebe unser schottisches Wetter jeden Tag mehr!«

»Muss mal sehen, was die wollen.« Maggie ging nach draußen.

Quinn hatte gerade seinen Scone gegessen, als Joshua auftauchte und mit ihm nach draußen ging.

»Vielleicht solltest du noch zwei oder drei Latten draufschrauben. Dachpappe ist immer so eine Sache.«

Josh brachte so schnell nichts aus der Ruhe. Er war drei Jahre mit Maggie um die Welt gereist, bevor sie sich hier auf Hoy niedergelassen hatten. Man musste die Welt in sich tragen, bevor man es auf einer Insel aushalten konnte, fand er, und irgendwie hatte er recht.

»Ach nee, guck dir die beiden alten Streithähne an. Die sehe ich jetzt schon zum zweiten Mal innerhalb von Tagen.« Josh schob sich die langen Haare aus der Stirn und sah nach unten zum Strand.

Auf einer Seite der Bucht gab es gute Fanggründe für Hummer und Krebse. Die Kutter von Ty und Sam lagen dicht am Ufer vor Anker. Orangefarbene Bojen schwammen auf dem Wasser, was bedeutete, dass noch Reusen im Wasser lagen. Ty stand an der Reling seines Kutters und drohte Sam mit der Faust. Was er lautstark schrie, war durch den Wind kaum zu verstehen.

»Hey, Leute!«, rief Quinn und machte sich auf den Weg hinunter zum Strand. Er winkte, denn er hatte das Gefühl, dass die beiden sich ernsthaft stritten.

»Ach, lass sie doch«, rief Josh, doch Quinn lief weiter. Als er die größeren Steine erreichte, vor denen die Flut auflief, blieb er stehen. »Ty, Sam!«

Ty hörte ihn zuerst und brüllte wütend: »Was?«

»Habt ihr Probleme? Braucht ihr Hilfe?«, rief Quinn.

»Ach was! Kümmer dich um deinen Kram!« Ty wandte sich wieder seinem Freund zu, der jetzt die Reusen mit einer Winde nach oben kurbelte. »Sam Chalmers, das klären wir noch!«, rief Ty und ging in seine Kajüte, wo er den Motor anwarf. Langsam tuckerte der Kutter aus der Bucht, und Quinn blieb mit einem unguten Gefühl zurück.

Was stimmte nicht zwischen den beiden? Thomas' Tod hatte sie verändert. Nun, jeder ging anders mit Verlust und Trauer um. Weil er beide kannte und wusste, wie sehr Arline die Freunde ihres Vaters schätzte, tat es ihm leid. Aber letztlich hatte Ty recht – es ging ihn nichts an.

Ein paar Stunden später steuerte Quinn sein Boot in den Hafen von Stromness und verlangsamte das Tempo, als er an Tys Kutter vorbeikam. Der Fischer sortierte seinen Fang. Möwen kreisten über den gerade eingelaufenen Kuttern und hofften auf Beute. Am Hafen war viel Betrieb, und aus einem Pub klang Musik.

»Hey, Ty!«, rief Quinn dem Fischer zu.

Der sah mürrisch auf und band einem Hummer die Scheren zusammen.

»Tut mir leid, wollte mich nicht einmischen.«

»Jaja, schon gut. Sam spinnt manchmal. Wir kriegen uns schon wieder ein.« Ty legte den großen Hummer in eine Holzkiste. »Braucht ihr noch was?«

»Da muss ich Duff fragen.« Quinn telefonierte kurz mit seinem Freund und sagte dann zu Ty: »Ja, gib uns zwei Kisten Hummer und eine mit Krebsen. Ich hol sie mir gleich.«

Quinn machte sein Boot an seinem Liegeplatz fest und ging um den Hafen herum. Tys weiße Haare schauten unter seiner Mütze hervor und konnten die roten Augen nicht kaschieren. Der Mann hatte geweint. Quinn nahm die Kisten mit den Schalentieren kommentarlos entgegen. Was wusste er schon von den alten Freunden?

»Danke. So frisch kriegt man die nur hier.«

»Ich hol mir das Geld nachher bei Duff.«

Er dachte an die Gedichte von George Mackay Brown, in denen von Fischern und dem rauen Leben auf den Orkneys die Rede war. Vieles änderte sich, einiges nicht.

46

Arline

Arline lag noch im Bett, als das Telefon klingelte.

»Hallo, Arli, wie geht es dir?«, meldete sich ihre Chefin Olive.

»Olive, guten Morgen! Danke, mir geht es schon besser.« Viel besser, dachte sie und legte ihre Hand in den Kissenabdruck, wo vor Kurzem noch Quinn gelegen hatte.

»Das freut mich. Ich will dich nicht drängen, aber ich habe einen guten Ersatz gefunden, eine junge Frau, die mit ihrem Mann nach Glasgow gezogen ist. Sie will bleiben.« Olive machte eine Pause.

»Aha. Ja, verstehe. Du willst wissen, ob ich zurückkomme?«

»Genau. Wie gesagt, nimm dir Zeit. Zwei Monate habe ich dir versprochen, aber es wäre schön, wenn du mir rechtzeitig sagst, was du planst. Es ist kein Geheimnis, dass es schwierig ist, gute Mitarbeiter zu finden. Es wäre also nicht so schlimm, wenn du länger brauchst. Dein Vater starb so überraschend, und du warst immer gern in Stromness.«

Olive kannte sie und spürte womöglich, dass Arline sich innerlich bereits aus Glasgow verabschiedet hatte.

»Sag ihr zu, Olive. Es wird gewiss noch dauern, bis ich hier alles geregelt habe, und ja, ich spiele mit dem Gedanken zu bleiben. Zumindest für einige Monate. Es fühlt sich richtig an, und ich bin meinen Eltern näher als je zuvor. Ich lerne langsam, sie zu verstehen. Dafür muss ich aber noch etwas herausfinden.«

»Okay. Ich werde dich vermissen, Arli! Wenn du dich anders entscheidest, finden wir eine Lösung.«

Nach dem Gespräch starrte Arline an die Decke, die einen neuen Anstrich benötigte. Es gab einiges zu tun in ihrem Haus. Ihrem Haus, dachte sie und weinte. Es waren Tränen der Wehmut, der Trauer und der Wut auf die offenen Fragen, auf die sie noch keine Antwort hatte. Sie griff nach dem Tagebuch ihrer Mutter und las die letzten Seiten. Die erhofften Erkenntnisse kamen nicht. Dabei vergaß sie die Zeit und wurde von einem Klopfen an der Tür aufgeschreckt.

»Verdammt, schon ein Uhr!«, fluchte sie nach einem Blick auf die Uhr und sprang aus dem Bett.

In Shirt und Jogginghose rannte sie die Treppe hinunter und öffnete die Tür, hoffend, dass Quinn noch einmal zurückgekommen sei.

Doch es war Gilbert, der mit finsterer Miene vor ihr stand. Bevor sie die Tür schließen konnte, hatte er einen Fuß in den Spalt gesetzt.

Sie knallte die Tür gegen seinen Schuh und rief: »Hau

ab, Gil!« Angst stieg in ihr auf. Er war stärker als sie, das hatte sie in der Vergangenheit erleben müssen.

Standhaft verharrte sie an der Tür. »Verschwinde endlich aus meinem Leben, Gil!«

»Nicht, bis wir geklärt haben, was mit den Songrechten ist. Mal abgesehen davon, dass wir zusammengehören.« Der Musiker packte die Tür und drückte sie nach hinten.

Sie hatte ihm nicht genug Gewicht und Kraft entgegenzusetzen und schrie: »Hilfe!«

Gil stieß sie von sich und trat die Haustür mit dem Fuß von innen zu. »So, jetzt reden wir. Du bist allein, oder?«

Sie stolperte rückwärts in die Küche. »Gil, wir werden nie wieder zusammenkommen. Nie wieder! Begreif das endlich! Uns verbindet nichts mehr, und ich weiß nicht, wie ich es jemals mit dir aushalten konnte! Du bist ein selbstherrlicher Mistkerl! Deine verschissenen Songs kannst du behalten. Die Rechte schenke ich dir, schieb sie dir sonst wohin!«, schrie sie und lief um den Tisch herum.

Gils Stirn rötete sich, und er knirschte wütend mit den Zähnen. »Das sagst du zu mir? Ohne mich wärt ihr eine Kellerband geblieben. Kein Aas würde euch hören wollen!«

Arline prallte gegen die Hintertür und rüttelte an der Klinke. Tatsächlich schwang die Tür auf, und sie fiel nach draußen. Der Boden war nass vom nächtlichen Regen, und sie riss sich die Handflächen am Beton auf. Das Meer roch würzig, Gischt spritzte über den Anleger herauf. Endlich hatte sie sich aufgerappelt und wollte zur Hafenkante springen, doch Gil packte sie an den Haaren und riss sie zurück.

»Und einen anderen hast du auch schon?« Er hielt sie fest und schüttelte sie. »Warum, Arli? Warum hast du mich verlassen?«

»Gil, hör auf! Lass mich los!«, keuchte sie und versuchte, sich aus seinem harten Griff zu befreien.

Ein Schiffshorn ertönte. Sie spürte, wie Gil locker ließ, riss sich los und rannte zum Anleger. Sie erkannte Sams Kutter, winkte und drehte sich zu Gil um, der erneut auf sie zukam. Doch Arline nahm die Schultern zurück und sah ihm selbstbewusst entgegen.

»Es ist vorbei, Gil. Du bekommst die Songrechte. Das können wir schriftlich festhalten. Aber mit uns ist es aus. Muss ich dich erst anzeigen? Was soll dieser Mist? Was ist los mit dir?«

Etwas ging in ihm vor, denn er sah von ihr zum nahenden Kutter und blieb stehen. »Du hast mich verlassen, Arli. Das kann ich einfach nicht verstehen.«

»Was gibt es da nicht zu verstehen? Es ist aus! Wir hatten auch gute Zeiten, aber die sind lange vorbei!«, schleuderte sie ihm entgegen.

»Du würdest mich anzeigen?«, wollte er wissen.

»Oh ja, das würde ich.«

Gil schüttelte den Kopf. »Du hast dich verändert.«

»Du dich nicht. Ich will dich nicht mehr sehen, nie wieder!« Sie hörte, wie Sams Kutter an der Kaimauer entlangschrammte.

Kurz darauf kam Sam an Land gesprungen und stürzte sich auf Gil.

»Hat er dir was angetan, Arli?«

Arline winkte ab. »Danke, Sam. Wir sind jetzt klar, oder, Gil?«

Der Fischer ließ ihren Ex los, der über seine Jacke strich und sich durch die Haare fuhr. Es dauerte einen Moment, doch dann nickte Gil und knurrte: »Was ist das hier auf der Insel? Ihr seid doch alle verrückt!«

Sam stand breitbeinig neben Arline und verschränkte die Arme vor der Brust. Doch Gil ignorierte den Fischer und warf Arline einen langen Blick zu, bevor er sich umdrehte und davontrottete.

Arline umarmte den alten Freund und drückte ihn an sich. »Du kamst gerade richtig, Sam.«

Der Wollpullover kratzte an ihrer Wange. Sam roch nach Tabak, Fisch und Whisky. Tröstend tätschelte er ihr den Rücken. »Schon gut. Ich glaube, dass du das auch allein geklärt hättest. Bist eine starke Frau.«

»Arli!«, rief Faith und kam den schmalen Weg von der Straße herunter in den Hof.

Sam sprang zurück auf seinen Kutter, warf den Dieselmotor an und tuckerte davon. Arline hatte die Schrammen im Lack gesehen und nahm sich vor, ihm mit etwas Geld für die Reparatur auszuhelfen. Das war das Mindeste, was sie tun konnte.

»Irgendwas passiert?« Faith lief schneller und schaute ihre Freundin prüfend an.

»Hm«, meinte Arline. »Gil hat es noch mal versucht,

war eben hier, aber diesmal hat er eingesehen, dass es vorbei ist. Endgültig.«

»Das glaube ich ja nicht! Der Typ hat doch ein Rad ab!« Faith sah sich suchend um. »Alles okay? Er hat dir nichts getan?«

Arline seufzte. »Nein. Ich habe ihm die Songrechte überlassen. Soll er sie halt haben. Wir schreiben neue Songs, bessere!«

Faith zögerte kurz. »Verdient hat er das nicht, aber ich kann das verstehen.« Sie hakte Arline unter. »Ich wollte mir das Solokonzert von Graham Rorie im Arts Centre anhören. Kommst du mit?«

»Was machen Rick und Alex? Kommst du kurz mit rein, ich muss mir was anziehen.«

Als Faith sah, was Gil angerichtet hatte, war sie noch wütender. »Der Kerl tickt doch nicht richtig! Willst du ihn nicht anzeigen?«

Arline schüttelte den Kopf. »Ich bin mir ziemlich sicher, Gil hat jetzt verstanden, dass es vorbei ist. Er hat wohl gedacht, dass ich Angst vor ihm habe. Habe ich aber nicht.«

Arline ging nach oben, machte sich frisch, drehte ihre Haare zusammen und stand einen Moment in ihrem Zimmer. Ihr ging so viel durch den Kopf. Der Tod ihres Vaters hatte sie nicht nur mit ihrer Vergangenheit, sondern auch mit sich selbst konfrontiert. Es schien ihr, als wäre ein Damm gebrochen. Ein Damm, der ihre Gefühle jahrelang auf Abstand gehalten hatte. Oh, Dad, warum haben wir nicht mehr miteinander geredet? Warum hast du mir Mums Tagebuch nicht schon eher zu lesen gegeben? Es hatte ihr zwar nicht verraten, was Colina in den Monaten vor ihrem Tod getan hatte, aber sie verstand ihre Mutter und auch ihren Vater jetzt besser. Ihre Mutter hatte sich in diese Ehe geflüchtet, und ihr Vater hatte gehofft, dass seine Liebe für sie beide und später für sie drei reichen würde. Aber mit der Liebe war das so eine Sache. Ein Herz ließ sich nicht betrügen. Und ihre Mutter hatte Jasper nie vergessen können, davon war Arline überzeugt. Oh, Colina hätte nicht nach Stromness zurückgehen sollen. Für ihre Mutter war die Insel nicht das Richtige gewesen, anders als für sie. Arline lächelte und lief die Treppen hinunter.

»Äh, also für jemanden, der gerade einen fiesen Angriff erlebt hat, bist du gut drauf.« Faith legte den Kopf schief. »Quinn?«

Arli lächelte. »Na komm.«

Der Musiker stammte von den Orkneys, spielte Fiddle und Mandoline und hatte bereits einige Preise gewonnen. Das Publikum hörte interessiert zu, als Graham Rorie von neuen Projekten mit modernen Klängen erzählte und einige neue Songs spielte.

»Das wäre auch was für unsere Band«, flüsterte Arline. Und später, als sie bei einem Pint zusammenstanden, spann sie ihre Idee fort. »Wir sollten uns stärker mit unserer Heimat, unseren Traditionen identifizieren. Nicht nur, aber auch. Hier in Stromness gibt es viele Familien, deren Vorfahren Walfänger waren. Ich will die Vergangenheit nicht heroisieren. Mehr so, wie Mackay Brown es in seinen Gedichten gemacht hat. Das Leben beschreiben, wie es war und wie es ist.«

Faith nickte. »Finde ich gut. Wir müssen uns eine Identität schaffen, unseren Sound noch mehr schärfen, sodass wir unverkennbar werden. Traust du dir zu, Geschichten zu erzählen?«

»Ja!«, kam es überzeugt von Arline. »Ich würde sogar noch einen Schritt weitergehen und sehr persönliche Geschichten erzählen. Wir alle können das, sollten das. Damals und heute, das gehört doch zusammen. Wir alle haben unsere Vergangenheit, die uns zu dem macht, was wir sind. Und manche Geschichten dürfen nicht vergessen werden.« Arline war lange nicht so begeistert von einer Idee gewesen. »Quinn hat mit John Dunn gesprochen. Ein alter Künstler, der meine Mutter und den Kreis um Struff und Margaret Gardiner kannte. Wenn so jemand stirbt, sterben seine Erinnerungen mit ihm. Und Sam hat eine ganze Sammlung an Walfangutensilien.«

»Hey.« Faith streichelte ihren Arm. »Das können wir alles in Ruhe besprechen. Du willst etwas klären, oder? Hast du Angst, dass du nie erfährst, wer deine Eltern wirklich waren?«

Arline biss sich auf die Lippen und versuchte, nicht zu weinen. »Jetzt, wo Dad nicht mehr da ist, kann ich niemanden mehr fragen.« Ihre Tante wusste auch nicht mehr, denn sie hatte ihrer Mutter nicht wirklich nahegestanden.

»Ach, meine Süße«, seufzte Faith und nahm die Freundin in die Arme.

47

Der Himmel zog zu. Dunkelgraue Wolken drängten sich über der Bucht zusammen, und gleich würde es regnen. Arline schlug die Kapuze ihrer Fleecejacke über den Kopf und steckte die Hände tief in die Taschen. Faith ging neben ihr und schaute nach oben.

»Gibt gleich was. Ich will noch mal in unser Apartment. Heute Abend sehen wir uns später?«

»Nach dem Essen mit Jasper Carlsen. Ich bin so nervös.«

»Aber du hast das Tagebuch deiner Mutter inzwischen gelesen?«, wollte ihre Freundin wissen.

Arline nickte. »Schon, aber es hat mir nicht alle meine Fragen beantwortet. Ich hatte gehofft, dass Colina auch von den Wochen vor ihrem Tod schreibt, aber das hat sie nicht. Zwischen den Zeilen lese ich, dass sie unglücklich war, aber ob sie Konsequenzen gezogen hat … Keine Ahnung.«

»Hmm. Schade. Wäre interessant gewesen, zu wissen, ob sie Jasper noch mal getroffen hat. Daran denkst du doch, oder?«

Arline nickte nachdenklich.

Eine Gruppe Musiker, die sie von anderen Festivals kannten, kam durch die Victoria Street. »Hallo, Arli, Faith!«

Der Bandleader der Gruppe war ein humorvoller Gitarrist aus Aberdeen. »Ihr wart gut! Auch ohne Gil. Ich würde sogar sagen, besser ohne ihn!«

Arli und Faith sahen einander an und grinsten. »Danke, Greig. Das hören wir gern«, meinte Arline. »Wir haben auch einiges vor.«

»Cool. Ähem, was ist denn mit Gil passiert? Der kam uns vorhin entgegen, sah etwas durch den Wind aus.« Greig und seine drei Musikerfreunde feixten.

Faith hob die Schultern. »Keine Ahnung.«

Arline ging nicht auf die Frage ein. »Habt ihr noch einen Gig?«

»Heute Abend und am Sonntag. Dann machen wir eine Woche Pause. Müssen uns ja mal wieder bei den Kids und unseren Ladys blicken lassen, und dann spielen wir in Glastonbury. Später Isle of Wight und Leeds.«

»Stark«, sagte Arline voller Anerkennung. »Wir sehen uns am Sonntag.«

Es begann zu regnen, und die Gruppe zog weiter. Arline sagte zu Faith: »Ich will noch mit Sam sprechen, und vielleicht fahre ich dann raus zu diesem Dunn.«

»Bis später!« Faith eilte davon.

Wenn Arline darüber nachdachte, war sie nur selten in Sams Haus gewesen. Meistens hatten sich ihr Vater und seine Band bei ihnen zu Hause oder bei Ty getroffen. Wahrscheinlich war ihr Vater froh gewesen, wenn seine Freunde bei ihm waren und Leben ins Haus brachten. Als Mädchen war sie froh gewesen, dass er nie andere

Frauen mitgebracht hatte. Heute sah sie das anders. Sie fand das alte Haus mit der grünen Tür und klopfte.

Im Haus lief der Fernseher. Während sie ihr Klopfen wiederholte, dachte sie an die Nacht, in der sie den betrunkenen Sam mit Quinn hergebracht hatte. Quinn war ihr sofort aufgefallen, aber in ihr Herz hatte er sich durch seine direkte, hilfsbereite Art geschlichen. Obwohl er selbst offenbar viel durchgemacht hatte – oder vielleicht gerade deshalb –, kümmerte er sich gern um andere. Und sie war so verwundbar gewesen, so verzweifelt. Wie eine aufgerissene Wunde hatte sie sich gefühlt, roh und blutend. Der Heilungsprozess hatte zwar eingesetzt, aber ohne Quinn wäre sie längst nicht so weit, hätte sie sich von Gils unerträglichen Auftritten aus der Bahn werfen lassen.

»Wer stört?«, ertönte Sams Stimme heiser hinter der Tür.

»Ich bin's, Arli! Lässt du mich kurz rein?«

Die Tür wurde aufgezogen, und Sam streckte ihr sein zerknittertes unrasiertes Gesicht entgegen. »Was gibt es, Arli? Hat der Typ wieder Ärger gemacht?«

»Nein, ich wollte mich bei dir bedanken. Was kann ich dir denn mal Gutes tun, Sam?«

Widerwillig öffnete er die Tür und ließ sie eintreten. Sie folgte ihm ins Wohnzimmer. Die Gardinen waren halb zugezogen. Es roch muffig, und das Sofa war mit Zeitungen und Kleidungsstücken bedeckt. Alte Socken lagen unter dem Tisch zwischen Chips und Bierdosen.

»Oh, Sam«, seufzte Arline und wollte sich nach einem Pullover bücken.

»Lass das liegen, sind meine Sachen«, brummte Sam. »Willst du was trinken?«

»Nein. Ach, Sam, ich vermisse meinen Vater ja auch.« Sie verschränkte die Arme vor der Brust und betrachtete das Walfangmesser, die Harpune und die anderen Instrumente zum Töten der Wale. Vielleicht hätte sie ihm einfach eine Flasche Whisky mitbringen sollen, aber das erschien ihr nicht richtig.

Der Fischer ließ sich aufs Sofa fallen und legte die Füße auf den Couchtisch. Seine Socken waren schmutzig und durchlöchert. An mangelndem Geld konnte es nicht liegen, denn die Creel-Fischerei brachte noch immer genug ein. Man wurde damit nicht reich, aber man konnte davon leben. Sam ließ sich gehen, und das bereitete Arline Sorgen. Im Fernsehen lief ein Fußballspiel, und Sam starrte auf den Bildschirm, ohne sich um sie zu kümmern. So war er früher nicht gewesen. Sam Chalmers war ein raubeiniger, witziger Kerl gewesen, der Schlag bei den Frauen hatte. Wann hatte Arline ihn das letzte Mal in weiblicher Begleitung gesehen? Sie konnte sich nicht erinnern.

»Soll ich dir beim Aufräumen helfen? Ich bleibe ja noch eine Weile, und bei mir im Haus muss auch einiges getan werden. Da kann ich dir auch gern helfen. Bin sozusagen im Flow«, versuchte sie es scherzhaft.

Doch sie erntete nur einen finsteren Blick. »Du hast genug mit deinem Scheiß zu tun. Arli, mach kein Ding draus. Mit mir ist gerade nicht viel los, aber das gibt sich auch wieder. Lass mich einfach allein, okay?«

»Na schön, aber …«, wagte sie einen neuen Versuch.

»Nein!« Zischend öffnete er eine Bierdose.

»Sam, wie war das eigentlich damals, als meine Mutter nach Stromness zurückgekommen ist. War sie glücklich mit meinem Vater?«

Gluckernd ließ Sam das Bier in seinen Schlund laufen, wischte sich den Mund mit dem Handrücken ab und zerdrückte die Dose.

»Wer ist schon glücklich?« Mit lautem Knall landete die Dose neben dem Fernseher.

»Und mein Vater. Habt ihr denn gar nichts gemerkt in der Nacht? Er muss sich doch unwohl gefühlt haben! Und hat er sich vielleicht mit jemandem gestritten?« Sie dachte an die Verletzung, die dem Bestatter aufgefallen war.

Sam fuhr sich über das stoppelige Kinn. »Frag doch Ty. Ich habe nichts gemerkt, bin ja nicht sein Kindermädchen gewesen.« Er schien selbst zu spüren, dass er zu weit ging, und sagte freundlicher: »Arli, lass es einfach gut sein.«

Es tat weh, ihn so zu sehen, aber sie wusste nicht, wie sie an ihn herankommen sollte.

»Bis bald, Sam. Und danke noch mal.« Traurig verließ sie das Haus.

Wieder musste sie ohne Antworten gehen. Im Tagebuch ihrer Mutter hatte sie nichts gefunden, was Licht auf die letzten Monate von Colinas Leben geworfen hätte. Es schien, als hätte ihre Mutter später Seiten herausgetrennt. Das letzte Jahr mit Jasper und die Trennung waren bitter gewesen. Seinetwegen war Colina zu spät gekommen, hatte sich nicht von der sterbenden Mutter verabschieden können. Aber es gehörten immer zwei zu einer Beziehung, und Arline fragte sich, was damals noch vorgefallen war. Colinas Eintragungen waren durchweg unregelmäßig und besonders zum Ende hin eher spärlich gewesen, und es schien Arline, als wäre ihre Mutter mit sich nicht im Reinen gewesen, hätte wieder einmal die Flucht ergriffen, ohne die Dinge mit Jasper Carlsen zu klären. Sie war neugierig, wie der Pianist seine Sicht der Dinge darstellen würde.

Eigentlich wollte Arline zum Wagen ihres Vaters gehen, entschied sich jedoch um und machte sich auf den Weg zum *Beachcomber*. Vor dem Pub war viel Betrieb. Eine Möwe schwang sich mit ihrer Beute in die Luft und ließ ein weinendes Kind mit einer verschütteten Portion Pommes zurück. Skye stellte ihr Tablett ab und redete mit den Eltern. Als sie Arline sah, winkte sie.

»Hallo, Quinn ist drinnen!«, sagte sie mit einem Augenzwinkern. »Ich hoffe ja, dass wir dich jetzt oft sehen.«

Arline errötete leicht und winkte lachend ab. »Kann sein, aber nur wegen des guten Essens.«

»Ja, sicher …«, gab Skye zurück und sagte zu den Eltern: »Holt euch doch eine neue Portion. Die geht aufs Haus, okay?«

Quinn war allein an der Bar und tippte etwas in die Kasse. Als er sie sah, strahlte er, und Arline ging es sofort besser.

»Hey, das ist eine schöne Überraschung. Tut mir leid, dass ich heute früh so überstürzt wegmusste.« Er kam zu ihr und küsste sie.

Sie drückte sich kurz an ihn. »Konntest du dein Cottage retten?«

»Gerade noch. Nein, im Ernst, das hätte tatsächlich schiefgehen können. Du siehst blass aus. Ist was passiert?«

»Hm, na ja, Gil war wieder da …«

»Das kann doch nicht wahr sein!«

»Alles gut«, beruhigte sie ihn. »Ich habe ihm die Songrechte überlassen. Und ich denke, er hat jetzt verstanden, dass ich ihn nicht mehr sehen will. Nie mehr.«

Quinn legte ihr die Hände auf die Schultern. »Er hat dir nichts getan?«

»Nein, wirklich, alles in Ordnung. Er hat, was er wollte. Einige unserer Songs sind sehr gut und bringen Geld, darauf kam es ihm an.«

»Das hättest du nicht machen müssen, Arli. Aber nun ist es passiert, und wenn du meinst, dass er jetzt Ruhe gibt, soll es so sein.« Quinn musterte sie prüfend.

Sie lehnte sich an ihn und spürte seinen starken, gleichmäßigen Herzschlag. Eine Melodie für einen neuen Song formte sich in ihr, und als sie noch nach den richtigen Worten suchte, sagte Quinn: »Als ich nach Hoy gefahren bin, musste ich ständig an dich denken, und ich habe ein paar Zeilen zu Papier gebracht. Vielleicht kannst du damit was anfangen, für deine Musik, meine ich.« Er zögerte.

»Ja? Na komm schon, raus damit!«, sagte Arline.

»Du hast meine Ängste berührt und sie in Mut verwandelt. Du hast meine Fehler geküsst und sie perfekt gemacht. Du liebst mich gebrochen und hast mich ganz gemacht.« Er sah sie fragend an. »Ist noch roh, aber …«

Arlines Augen glänzten. »Das ist wunderschön, Quinn. Du bist perfekt für mich.«

Er zog sie an sich, und eine Weile hielten sie einander wortlos umschlungen.

»Oh, Leute, dafür ist später Zeit! Bei der Arbeit wird nicht rumgeschmust!« Duff war aus der Küche gekommen und schlug mit einem Löffel gegen die Flaschen, sodass sie erschrocken auseinanderfuhren.

»Du lenkst meinen besten Mann ab, Arli!«

Quinn gab Arline einen Kuss und ging hinter die Bar, wo er Duff knuffte. »Schon gut.«

»Eigentlich wollte ich dich etwas wegen John Dunn fragen, Quinn.« Arline streckte Duff die Zunge heraus, der grinsend die Augen verdrehte.

»Der alte Pinselschwinger«, sagte Duff. »Der war mal eine lokale Berühmtheit.«

»Seine Bilder sind beeindruckend. Ich mag sie.« Quinn lächelte. »Gut zu Fuß ist Dunn allerdings nicht mehr und auch so ziemlich gebrechlich.«

»Aber geistig noch voll da? Ich muss ihn nach meiner Mutter und damals fragen«, sagte Arline. »Vielleicht erinnert er sich noch an mehr.«

»Bring ihm unbedingt Shortbread mit«, sagte Quinn. »Dann ist er gesprächiger. Ich wünsch dir Glück.«

48

Colina

Los Angeles, Kalifornien, September 1989

Colina hörte den Applaus ein weiteres Mal aufbranden. Das Publikum tobte vor Begeisterung. Nach der fünften Zugabe war sie in Jaspers Garderobe gegangen, um sein Limonenwasser bereitzustellen. Ein Handtuch und eine Schale mit Eiswürfeln standen bereit. Sie hatte Mühe, die vielen Blumensträuße unterzubringen. Nun, am Ende wurden sie ohnehin unter den Angestellten des Konzerthauses verschenkt. Eine Verschwendung, dachte Colina und zupfte ein Rosenblatt ab. Die wunderschönen dunkelroten Rosen mussten ein Vermögen gekostet haben.

Die Tür flog auf, und Jasper kam schweißüberströmt und mit glücklichem Lächeln herein. Anni folgte ihm auf dem Fuße und warf die Tür ins Schloss.

»Ich gebe euch fünf Minuten, dann wollen sie dich sehen, Jasper. Das war heute ganz groß!« Die Managerin tätschelte ihm die Schulter. »Niemand hat die Goldberg-Variationen je so gespielt wie du heute Abend. Fantastisch!«

Sie sah zu Colina und hob die Hand. »Fünf!«

Die Tür fiel hinter ihr zu und dämpfte den Lärm der herbeistürmenden Journalisten, Mäzene und prominenten Gäste, die vor allem kamen, um sich mit Jasper fotografieren zu lassen.

Colina reichte ihm das Handtuch für sein Gesicht. Dann stürzte er zwei Gläser Limonenwasser hinunter, zog seinen Frack aus und riss sich die Fliege vom Hals.

Mittlerweile waren sie ein eingespieltes Team. Colina half ihm aus seinem nassen Oberhemd, rieb ihm den Rücken mit Eiswasser ab, trocknete ihn und reichte ihm ein frisches Hemd. Er war in der Form seines Lebens, körperlich und musikalisch. Als er mit dem offenen Hemd vor ihr stand, streckte er die Hand nach ihr aus und zog sie an sich.

Sie küssten sich leidenschaftlich, und er hob sie auf den Garderobentisch und zog sie eng an sich. Vor der Tür skandierten die Leute seinen Namen, und Colina bog den Kopf zurück.

»Jasper«, flüsterte sie außer Atem. »Sie warten auf dich.«

Grummelnd gab er nach, drückte ihr Gesäß jedoch noch einmal an sich. »Ich liebe dich, Colina. Ohne dich hätte ich es nicht so weit gebracht.«

»Und ich liebe dich, Jasper!« Dass er sie brauchte, sagte er gern, aber sie glaubte ihm nicht ganz. Er wollte ihr ein gutes Gefühl geben, sie beschwichtigen, wenn sie sich überflüssig fühlte im Getriebe seines komplizierten, durchgetakteten Lebens.

Für die Organisation hatte er Anni, und wo immer auf der Welt er war, gab es Bekannte oder Freunde, die er treffen konnte. Und wenn er eine Frau wollte, nun … Aber sie musste zugeben, dass er in den letzten Monaten ihres Zusammenseins keine sexuellen Ausschweifungen mehr gehabt hatte. Als sie letztes Jahr in Beaulieu-sur-Mer erkrankt war und er sie ins Krankenhaus gebracht hatte, war ihre Beziehung enger geworden.

Sie bildete sich gern ein, dass er sie nicht nur wegen des Sex um sich haben wollte. Der Sex mit ihm war großartig, nie eintönig, oft spontan, lustvoll und verspielt. Manchmal ließen sie sich Zeit, erkundeten sich zärtlich neu, und sie empfand eine so tiefe Liebe für diesen aufregenden Mann, der nie alles von sich preisgab. Dann wieder konnte er abweisend, wortkarg und unnahbar sein, und sie erkannte ihn nicht wieder. Aber diese Phasen waren seltener als zu Beginn ihrer Beziehung. Er sprach nicht mit ihr über seine Familie, seine frühen Jahre, in denen sie den Grund für seine extremen Gefühlslagen vermutete.

»Ach, ich hasse die Presse und vor allem diese besserwisserischen selbst ernannten Musikkritiker, die selbst gerade mal die weißen von den schwarzen Tasten unterscheiden können.« Er legte die Hände um ihr Gesicht und küsste sie sanft. »Manchmal möchte ich das alles hinter mir lassen. Einfach aufhören, nie wieder spielen, nie wieder ein Klavier sehen und mit dir um die Welt reisen.«

»Das sagst du jetzt. Du bist erschöpft. Aber warte, bis

du morgen die überschwänglichen Kritiken liest. Dann kannst du es nicht abwarten, wieder auf die Bühne zu gehen. Du brauchst das Publikum.«

Er holte tief Luft und stand sehr gerade vor ihr. »Ich brauche dich, Colina. Nur dich.«

Es klopfte an der Tür, und Anni zwängte sich hindurch.

»Ach nein, das habe ich mir gedacht. Jasper, da draußen warten wichtige Leute auf dich. Colina, du solltest doch langsam wissen, wie das läuft. Reißt euch zusammen!« Kritisch betrachtete sie Colina. »Wo ist das Collier von Bulgari? Das solltest du heute Abend tragen. Jasper, wir haben einen Vertrag. Sie muss den Schmuck tragen, den wir am Konzertabend erhalten.«

Ich stehe hier vor dir, dachte Colina und griff nach dem edlen Schmuckkasten, der auf dem Frisiertisch lag. »Jasper, hilfst du mir?«

Inzwischen hatte er sein Hemd zugeknöpft und sich ein weißes Halstuch umgebunden, das er in das offene Hemd steckte. Mit einem nonchalanten Lächeln nahm er das glitzernde Diamantcollier aus dem Etui und legte es Colina um. Er drückte ihr die Lippen auf den Nacken. »Du brauchst so was nicht, Darling. Deine Schönheit überstrahlt diese profanen Diamanten, aber wenn Anni befiehlt, müssen wir gehorchen.«

Die Managerin klatschte ermunternd in die Hände und riss die Tür auf. Ein Blitzlichtgewitter blendete sie, doch Anni breitete professionell die Arme aus und schuf einen Korridor für Jasper und Colina.

»Bitte Geduld, meine Damen und Herren. Nicht drängeln. Sie bekommen alle Ihre Chance. Folgen Sie uns.«

Jasper hielt Colina den Arm hin, und sie hielt sich dankbar an ihm fest. Diese Presseanstürme waren ihr nach wie vor unheimlich. Sie sah neugierige Augen, ausgestreckte Hände, Kameras, die beinahe ihre Nase berührten, und immer wieder attraktive Damen, die Jasper anhimmelten. Am liebsten hielt sich Colina im Hintergrund.

In einem Salon mit Bar war eine Ecke für sie abgetrennt. Anni gab dem Mitarbeiter des Konzerthauses einen Wink, sobald einer der Journalisten zugelassen wurde. Das hier war das Pflichtprogramm. Anschließend kam der informelle Teil, der nicht minder anstrengend war, auch wenn die Gäste aus Bekannten, Mäzenen und geladenen Honoratioren bestanden.

Eine kleine Frau mit grauem Pagenkopf trat zu Jasper. »Die Variationen hatten heute eine fröhliche Grundstimmung. Sind Sie wie Nikolaus Forkel der Auffassung, dass Bach das Werk dem Cembalisten Goldberg gewidmet hat, damit der seinem Dienstherrn die Nächte verkürzen könne? Und warum spielen Sie nicht auf einem Cembalo, wie es im Barock üblich war?«

»Nun, im Gegensatz zu einigen früheren Interpreten, denen – bei allem Respekt – das spielerisch Musikantische abhandengekommen ist, habe ich beim ersten Mal aufwärts arpeggiert und in der Wiederholung umgekehrt. Es geht mir um die Darstellung der Möglichkeiten, die in jedem Stück verborgen liegen. Und ich habe nicht das Cembalo gewählt, weil das einfach nicht mein Instrument ist. Ich habe den Klang des Cembalos immer im Hinterkopf. Aber, meine Verehrteste«, Jasper setzte ein freundliches Lächeln auf, »sind Sie nicht auch der Meinung, dass nur auf einem Konzertflügel ein singendes Legato zum Ausdruck gebracht werden kann? Das kommt ja letztlich auch dem kontrapunktischen Spiel zugute.«

Die Dame, eine Musikkoryphäe aus New York, nickte. »Aber ja, aber ja. Und wenn ich noch …?«

Anni mischte sich ein. »Nur eine Frage, wenn ich Sie bitten darf.«

Die Dame ging mit gewichtiger Miene davon.

So ging es eine halbe Stunde. Man verglich Jaspers Spiel mit dem von Glenn Gould, erwähnte die Ruppigkeit im Spiel von Wanda Landowska, und schließlich schüttelte der letzte Kritiker, der für die *Los Angeles Times* schrieb, Jasper die Hand. »Danke für diesen außergewöhnlichen Abend! Ich habe schon etliche Interpretationen gehört, aber Sie haben eine neue Raumwirkung erschaffen. Diese Neugier, Ihre Virtuosität bei den Verzierungen und diese Spielfreude! Heute Abend hat Bach geleuchtet und war so lebendig wie lange nicht!«

Colina sah Jasper an, dass ihm das Lob aus so berufenem Munde viel bedeutete.

Als sie nach Mitternacht auf der Terrasse ihrer Villa in den Hügeln von West Hollywood in den Sternenhimmel sahen, sagte Jasper: »Heute war ich das erste Mal in meinem Leben zufrieden mit meinem Spiel. Ich habe sonst immer etwas an mir auszusetzen, aber nicht heute.«

Der Wind wehte eine warme Brise zu ihnen herauf. Unterhalb der Villa befanden sich die Häuser von Beverly Hills, das Museum of Art, und in der Ferne erahnte man das Meer. Colina lehnte sich an ihn. Das hier war einer der Momente, die man festhalten sollte, dachte sie. Aber nichts blieb, wie es war. Glück war nur eine Sekunde im Lauf der Zeit. Man konnte es nicht festhalten, nur versuchen, den Augenblick zu leben.

49

Vor einem Jahr war Colina zum ersten Mal Tante geworden. Ihre Schwester hatte ein kleines Mädchen zur Welt gebracht. Zur Taufe waren sie in Stromness gewesen. Es war ein kurzer Besuch geblieben, weil Jasper für ein Konzert in der Royal Albert Hall gebucht war. Sie hatten in Jaspers Haus gewohnt, ein befremdliches Gefühl für Colina. Noch nie war sie nach Hause gekommen und hatte nicht in ihrem Elternhaus übernachtet.

Jetzt betrachtete sie die Auswahl an Babykleidung und Spielzeug, die sie heute in der Stadt gekauft hatte. Sacht strich sie über die fein gestrickte Jacke mit Kapuze, an der ein Bommel hing. Drei Stofftiere saßen nebeneinander auf dem Bett.

»Ein Teddy hätte es auch getan«, meinte Jasper, der gerade vom Schwimmen hereinkam.

»Ich konnte mich nicht entscheiden. Sehen sie nicht entzückend aus? Ich sehe die Kleine so selten, da kann ich ihr wenigstens ein paar hübsche Dinge schicken.« Colina faltete die Strickjacke und legte sie auf einen Strampler.

»Bin ich froh, dass wir keine Kinder haben«, meinte Jasper und ließ das Handtuch fallen, das er sich um die Hüften geschlungen hatte.

Colinas Lippen wurden schmal. Die Chancen, dass sie einmal Mutter würde, standen seit der Unterleibsinfektion denkbar schlecht. Der Gynäkologe hielt es für unwahrscheinlich, dass sie schwanger werden konnte, hatte ihr davon abgeraten, erneut die Spirale einzusetzen, und ihr stattdessen die Antibabypille verschrieben. Sie tat es Jasper zuliebe. Ein Kind würde sein Leben durcheinanderbringen, wäre ein unwillkommener Störfaktor.

Er war in guter körperlicher Form. Seine Rückenmuskeln waren definierter, seit er in L.A. täglich schwamm. Sie war nicht so diszipliniert wie er und ging mehr zum Abkühlen in den Pool. Manchmal joggte sie durch die Hügel von Hollywood. Der rote Sand, die zerklüfteten Felsen, Pinien und Palmen, all das war schön. Aber seit Mogs eine Tochter hatte, fühlte Colina sich noch öfter einsam. Sie war nicht wie Jasper. Die Musik war nicht ihre erste Liebe. Ihr Gesangsunterricht lag mehr oder weniger auf Eis, sie kümmerte sich nur noch um Jasper.

Er hatte einen hellen Anzug angezogen und hielt ihr eine Krawatte hin. »Die hier?«

Sie nickte und band sie ihm um. »Wofür machst du dich so fein? Wir haben doch heute frei?«

Jasper seufzte und küsste sie auf die Stirn. »Nein, Darling. Hat Anni dir denn nicht Bescheid gesagt? Wir sind heute im Hilton eingeladen.« Er sah auf die Uhr. »Du hast noch eine halbe Stunde zum Umziehen. Festlich, aber nicht auffällig.«

»Nicht heute, Jasper, bitte. Wir haben so wenige Tage für uns, und dann nehmen sie uns diesen auch noch!«, murrte Colina. »Weshalb müssen wir denn überhaupt hin?«

Jasper suchte in einem Kasten nach passenden Manschettenknöpfen. »Was? Es sind wichtige Leute da. Ah, hier sind sie.« Er wandte sich um. »Ich bin im Gespräch für den Grammy. Vielleicht sind wir im Februar in London, und sie verleihen mir … Wieso passt dieses verfluchte Ding nicht hier durch! Colina, bitte!«

Mit geschickten Fingern drückte sie den Manschettenknopf durch das Knopfloch. »Ich möchte nicht mitgehen, Jasper. Nicht heute. Bitte entschuldige mich. Sie werden mich nicht vermissen. Wer auch immer da ist.«

»Jetzt sei nicht kindisch. Zieh dich um, wir haben nicht mehr viel Zeit!« Er verließ das Schlafzimmer, und sie hörte, wie er an die Bar ging und Eiswürfel in ein Glas fallen ließ.

Alles war in Ordnung, solange sie funktionierte. Aber heute war ihr nicht nach Small Talk. Seufzend ging sie zu ihrem Kleiderschrank und nahm lustlos ein dunkelblaues Kleid heraus. Ein französischer Designer. Irgendwo waren auch die passenden Schuhe und der Schmuck.

Das Telefon klingelte, und sie hörte Jasper sprechen. Er war kurz angebunden. Wer mochte das sein? Dann kam er zu ihr und sagte: »Für dich. Deine Schwester.«

»Stellst du mir das Gespräch hierher? Danke.« Verwundert ging sie zum Bett und nahm nach dem ersten Klingeln den Telefonhörer ab. »Ja?«

»Hallo, Colina. Ich bin es, Mogs.«

Es knisterte in der Leitung. Hörte Jasper mit?

»Mogs, ja, wie schön, deine Stimme zu hören. Ich war gerade heute für deine Tochter einkaufen. Es gibt sehr hübsche Sachen hier. Ich hoffe, sie gefallen dir. Bei den Teddys wusste ich nicht …«

»Ja, ich meine, das ist schön. Hör mir bitte zu, Colina. Es geht um Mum«, unterbrach ihre Schwester sie.

Colinas Herz schlug schneller. »Ja? Geht es ihr nicht gut? Sie hat bei unserem letzten Besuch doch einen stabilen Eindruck gemacht.«

»Das ist ja nun schon eine Weile her. Du kennst Mum. Sie sagt nichts, quält sich, bis es gar nicht mehr geht. Ich habe sie ins Krankenhaus nach Kirkwall gebracht. Dort haben sie ein paar Tests mit ihr gemacht. Ihre Blutwerte waren schlecht. Sie hätten sie gern länger dortbehalten, aber Mum wollte nach Hause. Was soll ich machen?«

»Was hat sie denn?« Colina presste den Hörer fester als notwendig ans Ohr.

»Ihr ist immer mal wieder schwindelig, sie ist sehr blass, und in letzter Zeit ringt sie öfter nach Luft. Die Ärzte haben gesagt, dass ihre Anämie die Vorstufe einer Leukämie sein könnte. Sie sind sich nicht sicher, aber es steht im Raum. Ach, Colina, kannst du nicht mal rüberkommen? Sie würde sich so freuen, dich zu sehen. Dad ist keine große Hilfe. Der kann nicht mitansehen, wie Mum immer dünner wird, und verdrückt sich in den Pub«, klagte Imogen.

Die Tür flog auf, und Jasper kam herein. »Der Wagen steht vor der Tür! Wir müssen los!«

»Warte kurz, Mogs.« Colina senkte den Hörer. »Ich komme nicht mit. Das hier ist gerade wichtiger. Tut mir leid, Jasper.«

Seine Augen wurden schmal, und er drehte sich wortlos um.

»So, da bin ich wieder. Mogs, kannst du nicht mit Dad sprechen?«

»Ja, was denkst du denn? Ich hab's versucht, aber er schottet sich völlig ab. Er behandelt Mum so wie immer und verdrängt ihre Krankheit einfach. Weißt du, wer öfter nach ihr schaut? Thomas!«

»Oh«, kam es leise von Colina. Sie hatte ein schlechtes Gewissen, weil sie Thomas gegenüber so abweisend gewesen war. Er war ein guter Mensch, mitfühlend und fleißig.

Vor dem Haus wurde lautstark eine Autotür zugeworfen.

»Was ist denn mit dir und Jasper? Unterstützt er dich noch mit dem Gesang und so? Wolltest du nicht wieder vorsingen? Das könntest du doch mit London verbinden und zu uns raufflliegen. Bitte, Colina. Ich mache mir wirklich Sorgen.«

Sie war finanziell von ihm abhängig. Normalerweise ließ er sie das nicht spüren, aber wenn er verärgert war, wurde es schwierig. Und sie hatte ihn heute vor den Kopf gestoßen.

»Aber es ist keine Leukämie, nicht wahr?« Sie zupfte an ihrem Hemd und spielte nervös mit der Schnur des Telefons.

»Nein. Also, wie gesagt, noch nicht. Jedenfalls sagen das die Ärzte. Aber wir sind in Kirkwall gewesen. Das sind keine Spezialisten. Tavish hat sogar vorgeschlagen, dass wir unser Haus beleihen, um Mum ein Privatkrankenhaus auf dem Festland zu zahlen. Aber sie will nicht.«

»Ich rufe sie gleich mal an, Mogs. Und dann spreche ich mit Jasper. Wir sind bald wieder in London. Und bitte halte mich auf dem Laufenden.« Was sie sagte, war oberflächlich, Colina wusste es und hasste sich dafür.

»Ja, sicher.« Im Hintergrund klapperte es, eine Kinderstimme war zu hören.

»Und wie geht es Janet? Ist sie gewachsen?«

»Hast du sie gerade gehört? Sie macht nur Unsinn, aber sie ist ein Schatz. Ich vermisse meinen Beruf zwar, aber ich genieße die Babypause. Ich will nichts verpassen, weißt du?«

»Und wie ist Tavish mit ihr?«

Mogs lachte. »Sie ist seine Prinzessin! Er vergöttert sie. Ich bin strenger als er, ist das zu fassen? Aber ich will nicht, dass sie uns auf der Nase herumtanzt.«

Die praktische, organisierte Mogs hatte wie immer alles im Griff.

»Ihr seid die besten Eltern, da bin ich mir sicher.«

»Tja, das bezweifle ich. Ich habe einige Bücher zur Kindererziehung gelesen.« Mogs lachte. »Die Theorie ist bunt und einfach. Die Realität ein Irrenhaus!«

Die Schwestern lachten, und Colina verspürte ein sehnsüchtiges Ziehen im Magen. Wo waren die unbeschwerten Kinderzeiten? Mit Anfang zwanzig kam sie sich alt vor.

Nach dem Gespräch mit Mogs versuchte sie, ihre Mutter zu erreichen, doch es nahm niemand ab. Colina nahm die Geschenke für ihre Nichte mit ins Wohnzimmer und packte sie sorgfältig ein. Sie hatte hübsche Kartons, Schleifen und verschiedene Süßigkeiten ausgesucht und war mit ihrem bunten Paket am Ende sehr zufrieden. Nachdem sie den letzten Klebestreifen verbraucht hatte, sah sie auf die Uhr. Es ging auf halb zwei Uhr nachts zu. Sie ging auf die Terrasse und lauschte in die Nacht. Doch auf der Straße, die sich zu ihrer Villa hinaufwand, war kein Licht zu sehen.

Schließlich kochte sie sich einen Tee und ging ins Bett. Im Fernsehen flimmerten bunte Shows und langweilige Sitcoms, und bald schlief sie ein. Gegen sieben Uhr morgens wurde sie von einem lauten Geräusch geweckt. Jasper war im Wohnzimmer gestolpert, und irgendetwas war zerbrochen. Sie sprang aus dem Bett und fand ihn fluchend auf dem Boden.

»Oh Gott, Jasper! Nicht bewegen!«

Er war so betrunken, dass er den Schmerz nicht spürte. Der gläserne Couchtisch war zerbrochen, und eine Scherbe steckte ihm im Knie. Sie half ihm auf das Sofa. Vorsichtig zog sie die Scherbe aus dem Knie und wickelte ein Handtuch um die blutende Wunde.

»Darling, press die Hand darauf. Ich hole Hilfe!« Sie wollte ihn küssen, doch er stank nach Alkohol und billigem Parfum.

Der Notarzt kam bald. Ein junger Arzt begutachtete die Verletzung. »Wir nehmen ihn mit. Das muss genäht werden. Ihr Mann hat großes Glück gehabt, wenn ich mir das hier ansehe.« Er ließ seinen Blick über den zerbrochenen Tisch gleiten. »Solche Scherben können verheerende Wunden verursachen.«

»Ich bin so froh, dass er sich nicht die Hände verletzt hat. Er ist Pianist«, flüsterte Colina.

Die Assistentin half mit, Jasper auf die Trage zu legen. »Ich wusste doch, dass er mir bekannt vorkommt. Ob er mir ein Autogramm gibt? Ich bin ein großer Fan. Ich spiele auch Klavier, aber natürlich lange nicht so gut.«

Jasper blinzelte und stöhnte. Suchend streckte er die Hand nach Colina aus. »Verlass mich nicht, Colina. Bitte, verlass mich nicht!«

Tränen liefen ihm über die Wangen, und sie streichelte ihm über die Stirn. »Schsch, ist ja gut, ich bin doch hier.«

Zur Rettungssanitäterin sagte sie: »Das mit dem Autogramm kriegen wir hin. Ich kann es Ihnen schicken. Geben Sie mir Ihre Adresse.«

»Wirklich?«, sagte die junge Frau begeistert.

»So, wir sind im Einsatz. Los jetzt!«, befahl der Arzt.

50

Boston, November 1989

Jasper war ein schwieriger Patient, und unglücklicherweise war eine Sehne verletzt worden. So zog sich die Heilung über Wochen. Es bedurfte unzähliger Physiotherapiestunden und eines Personal Trainers, bis Jasper das Bein wieder zufriedenstellend bewegen konnte.

»Sieh dir das Wetter an, furchtbar! Ich bin froh, wenn wir endlich hier fertig sind!« Jasper lag auf dem Sofa ihrer Hotelsuite.

Das Hotel lag direkt am Wasser. Auf der anderen Seite befand sich der Flughafen, und wenn man mit dem Boot rausfuhr, konnte man kleine Inseln in der Quincy Bay oder der Hingham Bay ansteuern. Colina mochte Boston. Es hatte den etwas raueren Charme einer europäischen Stadt.

»Soll ich uns etwas zum Lunch kommen lassen, oder wollen wir ausgehen?« Ein klein wenig war sie womöglich auch schuld an seiner Verletzung gewesen. Sein langes Wegbleiben und ausuferndes Feiern in jener Nacht in Los Angeles war seine Art gewesen, ihr sein Missfallen auszudrücken. Was er in jener Nacht getrieben hatte, wollte sie nicht wissen. Nach seiner Entlassung aus dem Krankenhaus hatte er sie mit teurem Schmuck überhäuft und sich sogar für sein unvernünftiges Verhalten entschuldigt.

»Nein, lass uns hier essen. Ich möchte nur mit dir zusammen sein, Colina. Komm her!« Er öffnete die Arme, und sie setzte sich zu ihm.

»Ich bin manchmal ein schrecklicher Mensch. Danke, dass du es mit mir aushältst, Darling. Ohne dich bin ich ein Mann, den ich verabscheue. Ich brauche dich so sehr!« Er küsste erst ihre Stirn, dann ihre Augen und schließlich ihren Mund.

Wenn er so zärtlich war, quoll ihr Herz vor Liebe für ihn über. Sie liebte diesen widersprüchlichen, schwierigen Mann, der fordernd, verletzend und so liebevoll sein konnte. Längst hatte sie aufgehört, sich zu fragen, warum das so war. Liebe konnte man nicht erklären.

Der Regen prasselte gegen die Fensterscheiben. Seit Tagen ging es so, und es war kalt. Ein scharfer Wind kam vom Norden herunter und machte Ausflüge unmöglich. Jasper übte viel, denn er spielte in diesem Herbst mit den großen Orchestern der Ostküste. New York, Chicago, Philadelphia, Cleveland und Pittsburgh standen auf seinem Tourneeplan. Die Kritiker waren ihm gewogen, und das Publikum feierte ihn. Stillschweigend hatte Colina ihre eigenen Pläne hintangestellt. Er erwähnte zwar ab und an einen Gesangslehrer, den er ihr vorstellen wollte, doch es schien ihm nicht mehr so wichtig, dass sie sang. Seit seinem Sturz in Los Angeles bestand er noch mehr darauf, sie in seiner Nähe zu haben, so als fürchtete er, erneut seinen alten Lastern zu verfallen.

»Auf was hast du denn Appetit? Pasta, Steak oder Fisch?« Sie nahm seine Hand und küsste seine Finger, die auf so überragende Weise die Klaviertasten zum Klingen brachten. Vielleicht war eben das ihre Bestimmung, seine Muse zu sein. Was Mogs dazu sagen würde, konnte sie sich lebhaft vorstellen. Sie telefonierte jetzt öfter mit ihrer Schwester, um zu hören, wie es ihrer Mutter ging. So weit schien sich ihr Zustand stabilisiert zu haben. Dazu kam, dass ihre Mutter eine schwierige Patientin war und sich nicht dazu überreden ließ, in eine andere Klinik zu gehen. Tavish und auch Colina hatten angeboten, die Mehrkosten für eine Spezialklinik zu übernehmen. Sie hatte Jasper gefragt, ob er helfen würde, und er hatte zugestimmt.

»Fisch. Salat und dieses Dessert, ah, du weißt schon …« Seine Hand lag auf ihrem Bein.

»Diese Limoncello-Mousse? Ich weiß nicht, ob sie das hier machen.«

»Werden sie. Bestell es einfach. Ich bin mir sicher, dass die Küche das hinbekommt.« Er strich ihr über die Hüfte und wollte sie auf sich ziehen, doch Colina machte sich los.

»Dann sollte ich jetzt bestellen. Du musst mehr essen, Jasper, du brauchst Energie.« Sie ging zum Zimmertelefon und gab ihre Bestellung auf, die kommentarlos entgegengenommen wurde.

»Dürfen wir Ihnen einen Wein empfehlen?«, fragte der Restaurantmitarbeiter.

»Präferierst du einen Wein, Jasper?«, fragte Colina.

Er schüttelte den Kopf.

»Bitte, das überlassen wir Ihnen. Wie lange wird es dauern?«

»Vierzig Minuten, Madame.«

Sie legte auf und ging zu Jasper, der sie erwartungsvoll ansah.

»Vierzig Minuten«, murmelte sie und zog an seinem Gürtel.

Zwei Tage darauf waren sie in New York. Anni war ganz aus dem Häuschen, weil sie ein Konzert in der Carnegie Hall für das kommende Frühjahr organisiert hatte. Zusätzlich zu den bereits bestehenden Terminen. Colina spazierte mit Jasper durch den Central Park. Jogger und Gassigänger kamen ihnen entgegen. Trotz der Kälte spielte ein alter Mann Saxofon an einer Parkbank, und Colina warf zehn Dollar in seinen Hut.

»Jasper, das wird zu viel! Warum muss Anni immer alles vollpacken? Du brauchst mehr Ruhe zwischen den Auftritten. Und wir wollten im März nach Capri und nach Frankreich.« Sie liebte Italien und die Riviera, und Jasper taten die kleinen Auszeiten gut.

Anni organisierte und verwaltete die Einnahmen, doch an Jaspers Gesundheit dachte sie nicht. Kein Wunder, ärgerte sich Colina im Stillen, war die Managerin doch prozentual an seinen Gagen beteiligt.

»Wir fahren ja auch hin. Aber in der Carnegie Hall mit Maazel zu spielen, ist nichts, was ich einfach so absagen kann. Dann fragt er mich vermutlich nicht wieder.«

»Hm«, murmelte sie und betrachtete die Skyline rings um den Park.

»Komm, wir haben schon so viel zusammen gesehen. Du willst dich doch nicht ernsthaft beschweren, dass wir nicht nach Capri fahren?« Jasper nahm ihre kalten Hände und rieb sie zwischen seinen.

»Es ist nicht Capri, es ist die Zeit mit dir, die mir wichtig ist.« Sie sah ihn an, betrachtete die dunklen Schatten unter seinen Augen, die Linien um seinen Mund, die tiefer geworden waren, weil er dauernd an seine Grenzen ging.

»Hey, Darling.« Er küsste sie. »Du brauchst Beschäftigung. Dein Gesangsunterricht ist viel zu kurz gekommen. Ich kümmere mich gleich nachher darum. Obwohl du auch gern shoppen gehen kannst. Das lieben doch alle Frauen.«

Sie zog eine Grimasse. »Ich bin eben nicht wie alle Frauen …«

Sein Blick wurde weich. »Nein, und deshalb bedeutest du mir so viel.«

Das Konzert im Lincoln Center war ausgebucht. Seit Wochen riss man sich um Karten. Jasper spielte mit den New Yorker Philharmonikern. Das Klavierkonzert Nr. 23 in A-Dur von Mozart stand auf dem Programm. Colina liebte dieses Konzert und saß in der ersten Reihe. Die Musik war berauschend, Jaspers Klavierspiel perlte und durchflutete den Saal mit Emotionen. Sie konnte sehen, wie gerührt viele Zuhörer waren. Er war ein Zauberer, wenn es um die Musik ging.

In der Pause wartete sie in der Garderobe auf ihn. Für den zweiten Teil hatte er sich Stücke zweier schwedischer Komponisten ausgesucht. Deren Musik war weniger gefällig, aber es war ihm ein Anliegen, seine Landsleute zu spielen. Sie hatte ihm gerade ein Glas Limonenwasser eingegossen, als Anni hereinkam und ihr ein Telegramm überreichte.

»Lies es, aber zeig es nicht Jasper. Er darf während eines Konzerts nicht irritiert werden.« Anni sah sie so streng an, als wäre sie ein Schulmädchen, das zurechtgewiesen werden müsse.

»Du hast es also schon gelesen?«, meinte Colina trocken und öffnete das Kuvert, das nicht verklebt war.

»Ich kümmere mich um alles, Colina, das solltest du doch wissen. Es ist nur zu Jaspers Bestem.«

»Natürlich«, murmelte Colina und überflog die Zeilen:

KOMM NACH HAUSE MUTTER SEHR KRANK WIR BRAUCHEN DICH! MOGS

Tränen füllten Colinas Augen. Sie hatten doch vor einigen Tagen erst miteinander gesprochen, und da war doch scheinbar alles in Ordnung gewesen! Was war denn nur geschehen?

»Ich muss telefonieren!«, sagte sie heiser und wollte die Garderobe verlassen.

Anni packte sie an den Armen. »Du bleibst!«, zischte sie. »Und kein Wort zu Jasper, verstanden!«

Colina riss sich los. »Warum hast du mir das Telegramm dann gegeben?«

Kühl sah die Managerin sie an. »Weil es meine Pflicht ist. Ich enthalte dir Informationen nicht vor. Aber es ist meine Aufgabe, dafür zu sorgen, dass es Jasper gut geht.«

»Ach ja? Und deshalb hast du den Carnegie-Hall-Auftritt angenommen? Obwohl du wusstest, dass er gern nach Capri wollte? Er braucht diese Auszeiten!« Wütend funkelte Colina die Managerin an.

»Er braucht seine Musik und Erfolg! Wenn du insgeheim denkst, dass er dich irgendwann heiratet, ihr Kinder bekommt und heile Familie spielt, wirst du bitter enttäuscht werden, Colina. Das liegt Jasper nicht. Ich kenne ihn länger als du.«

So hatte Anni noch nie mit ihr gesprochen. Sie mochten sich nicht sonderlich, aber sie tolerierten einander, weil sie wussten, dass Jasper sie beide brauchte.

»Du magst ihn länger kennen, Anni, aber ich liebe ihn, und er liebt mich. Uns verbindet viel mehr, als du jemals verstehen wirst. Und …«

Die Tür ging auf, und Jasper stürzte herein. Verschwitzt, abgekämpft, aber seine Augen leuchteten.

»Ah, meine beiden liebsten Menschen warten auf mich!« Jasper griff nach seinem Handtuch, trocknete sich kurz ab und riss die Fliege auf. Dann zog er den Frack aus, und Colina half ihm aus dem verschwitzten Hemd.

Anni klopfte Jasper auf die Schulter. »Du warst wieder großartig, mein Lieber!« Dann ging sie hinaus.

Colina schob das Telegramm unter ihre Jacke und ließ sich nichts anmerken. Als Jasper wieder auf der Bühne war, rief sie Mogs an.

Es war frühmorgens in Kirkwall, und es dauerte lange, bis jemand abnahm.

»Ja?« Tavish klang müde.

»Ich bin es, Colina. Tut mir leid, dich so früh zu stören, Tavish. Ist Mogs da?«

»Colina.« Er machte eine Pause und räusperte sich. »Nein, sie ist in Stromness, schon seit Tagen. Es geht eurer Mutter nicht gut.«

»Was hat sie denn? Warum hat Mogs mir nichts gesagt? Tavish, was ist los?« Colinas Hände zitterten.

»Es ist nicht gut, so was am Telefon zu erklären. Aber du musst es erfahren. Hast du schon einen Flug gebucht?«

»Was? Oh Gott, Tavish!«

»Sie hat Leukämie im Endstadium, Colina. Es ging ganz schnell. Deine Mutter hat sich plötzlich nicht gut gefühlt, hatte Sehstörungen und ist dann endlich zu einem anderen Arzt mit uns gegangen.« Tavish holte tief Luft, und sie glaubte, ihn schluchzen zu hören. »Es geht zu Ende, Colina. Komm, so schnell du kannst.«

»Ja, ja, natürlich komme ich!«

Geschockt saß Colina nach dem Telefonat in der Garderobe und weinte. Sie sah auf die Uhr. Das Konzert war in zehn Minuten zu Ende. In dieser Zeit musste sie einen Flug finden. Sie rief am Flughafen an und hatte Glück. Die erste Maschine am nächsten Morgen flog nach London, und von dort aus gab es einen Anschlussflug nach Aberdeen. Ob sie dort mit Loganair einen Flieger nach Kirkwall erwischen würde, war unklar, aber wenn sie erst in Aberdeen war, würde sie einen Weg auf die Insel finden.

Weil sie wusste, wie aufgekratzt Jasper nach einem Auftritt war, spülte sie sich die Augen, drückte sich Eiswürfel ins Gesicht und hoffte, dass er nicht sehen würde, dass sie geweint hatte. Der Abend wurde länger als geplant, weil sie noch zu einem Dinner bei Freunden des Dirigenten eingeladen waren.

Als sie endlich kurz nach Mitternacht in ihrem Hotelzimmer waren, brach es aus Colina heraus. »Jasper, ich muss morgen nach Hause fliegen. Meine Mutter ist schwer krank. Tavish meint, dass es, dass es …« Sie schlug sich die Hände vors Gesicht und schluchzte.

Jasper nahm sie in die Arme und drückte sie an sich. »So schlimm steht es? Was hat sie denn?«

»Leukämie!« Colina weinte und bekam einen Schluckauf. »Ich muss packen, Jasper.« Sie ging ins Ankleidezimmer und öffnete ihren Koffer.

»Entschuldigung, aber du willst nicht wirklich fliegen?« Jasper stand mit vor der Brust verschränkten Armen in der Tür.

Erstaunt sah sie auf. »Doch! Was denkst du denn? Ich will meine Mutter sehen!«

»Ah. Sicher, wo du ja so eine enge Verbindung zu

deinen Eltern hast.« Sein Ton war beißend und traf sie tief. »Da fällt es dir jetzt ein, wo wir mitten in einer anstrengenden Tournee sind, deine über alles geliebte Mutter zu besuchen? Du willst mich hier einfach so im Stich lassen? Ich hatte doch angeboten, eine Spezialklinik zu bezahlen. Warum hat sie das nicht gemacht? Dann ginge es ihr jetzt nicht so schlecht.«

Fassungslos starrte sie ihn an. »Was bist du nur für ein selbstsüchtiger Egomane, Jasper! Sie ist meine Mutter! Ich könnte mir nie verzeihen, sie nicht noch einmal gesehen, gesprochen zu haben. Das musst du doch verstehen! Du hast doch auch eine Mutter!«

Das war ein Fehler gewesen, denn über seine Familie sprach er nicht. Sehr ruhig erwiderte er: »Ich würde kein Konzert abbrechen, nur um noch einmal an ihr Krankenbett zu eilen, und was? Alte Wunden aufzureißen? Um Verzeihung bitten oder ihr verzeihen? Was bitte soll das bringen? Was du nicht zu Lebzeiten klären kannst, wirst du auch dann nicht klären.«

Was zwischen ihm und seinen Eltern war, musste ihn tiefer verletzt haben, als sie ahnen konnte. Aber das war seine Sache, nicht ihre. Sie liebte ihre Mutter. Familie war Familie. Dort war sie geboren, aufgewachsen, und ein Teil von ihr gehörte nach Stromness. Und es war ihre verdammte Pflicht, sich von ihrer Mutter zu verabschieden. Sie warf wahllos einige Sachen in den Koffer und knallte den Deckel zu.

»Du tust mir leid, Jasper. Wirklich, ich hätte nie gedacht, dass ich das mal sagen würde. Aber du tust mir leid! So gefühlskalt kann man doch gar nicht sein! Ich fliege morgen, ob es dir passt oder nicht. Du hast doch Anni. Sie wird sich um dich kümmern. Und wenn du mich wirklich lieben würdest …«

Colina schloss die Augen. »Es hat ja keinen Sinn.« Sie hob den Blick, doch er war nicht mehr da. Er hatte sie einfach stehen lassen!

51

Arline

Es war vielleicht keine gute Idee, den alten Herrn unangemeldet zu besuchen. Andererseits, was hatte sie zu verlieren? In einer Einkaufstasche lagen zwei Packungen Shortbread und eine Flasche Whisky. Sie hatte einen achtzehnjährigen ausgesucht, den sie selbst gern trank. Ein echter Schotte liebte seinen Whisky, und wenn es stimmte, dass Dunn in jüngeren Jahren gern mit den Künstlern und Bohemiens gefeiert hatte, würde ihn ein edler Tropfen sicher erfreuen.

Neben der Autowerkstatt, hatte Quinn gesagt. Old Finstown Road, ein graues Gebäude. Sie parkte in der Einfahrt, sodass noch Platz für einen weiteren Wagen war. John Dunn konnte auch mit seiner Tochter unterwegs sein. Arline nahm die Tüte und näherte sich der Haustür. Das Einkommensgefälle war groß auf den Orkneys. Hier herrschte keine Üppigkeit. Es war wie überall, ausländische Investoren kauften die begehrten Grundstücke auf, die Immobilienpreise stiegen in Höhen, die sich viele Insulaner nicht mehr leisten konnten. Ihr Onkel profitierte von dieser Entwicklung, viele andere nicht.

Arline klopfte und wartete. Es dauerte lange, und sie wollte sich schon umdrehen, doch dann sah sie, dass sich hinter einem Fenster die Gardine bewegte. Sie trat einen Schritt zurück und winkte. Es dauerte wieder einige Zeit, doch dann wurde die Haustür geöffnet. Ein alter Herr in Jogginghose und einem Oberhemd, das mit Kaffeeflecken übersät war, stand auf einen Handstock gestützt vor ihr und sah sie neugierig an.

»Ja?« Seine Stimme war heiser, und er musste sich festhalten.

»Sind Sie John Dunn? Ich bin Arline Nicolson. Die Tochter von Colina und Thomas. Äh, mein Freund Quinn Kirkpatrick war vor Kurzem bei Ihnen.«

Das Gesicht des Alten erhellte sich. »Der nette junge Mann mit dem Shortbread! Wir haben geplaudert, ja, ja. Und?«

»Ich würde Sie gern etwas fragen. Über meine Mutter. Wenn es Ihnen passt.« Sie holte die Whiskyflasche hervor. »Mögen Sie den? Shortbread habe ich auch dabei.«

Sie sprach extra laut, weil Quinn ihr von Dunns Schwerhörigkeit erzählt hatte.

John Dunns Augen leuchteten auf, und er zog die Tür auf. »Kommen Sie rein. Schließen Sie die Tür. Bei mir dauert es etwas. Die Beine wollen nicht mehr so.«

»Tut mir leid.« Sie tat wie geheißen und ging langsam hinter ihm her.

»Muss es nicht. Immerhin lebe ich noch. Andere werden nicht so alt. Ob das gut ist oder schlecht. Ihr Whisky hilft. Dahinten stehen Gläser.«

Sie standen in einem Wohnzimmer mit Ausblick auf die Bucht. An den Wänden hingen die Bilder des Künstlers. Schiffe, kleine weiße Häuser mit schwarzen Fensterrahmen, Hügel, Felsen und immer das Meer. Auf einem Bild entdeckte sie einen Wal, der eine Wasserfontäne ausstieß. Der Künstler hatte Humor, und er hatte die Atmosphäre der Insel auf eine seltsam naive und gleichzeitig bestechend treffende Weise eingefangen.

Er beobachtete sie. »Colina mochte meine Bilder. Sie sind wie sie.«

Verlegen nahm sie alles aus ihrer Tüte, stellte die Flasche auf einen Couchtisch und holte zwei Gläser aus einem Sideboard.

»Danke. Ihre Bilder sind fantastisch! Ich fühle mich, als wäre ich mittendrin.«

Der Alte ließ sich in seinen Ohrensessel fallen und stellte den Handstock daneben. »So etwas Ähnliches hat Ihre Mutter auch gesagt. Damals. Das ist so lange her. Der Whisky!«

Sie nickte und entkorkte die Flasche. Ein Duft von Torf, Ginster, Honig und Meer kam ihr entgegen, und sie seufzte genießerisch. »Ist meine Lieblingssorte.«

»Guten Geschmack haben Sie.« Er nahm sein Glas entgegen, schwenkte es und schnupperte daran. »*Here's to us! Who's like us? Damn few, and they are all dead!*«

Arline erwiderte den Trinkspruch von Robert Burns mit: »Slàinte Mhath!«

Der Whisky rann langsam ihre Kehle hinunter und weckte warme Erinnerungen an längst vergangene Tage.

Nach einer Weile sagte Dunn: »Jetzt spuck es schon aus, Mädel, was bedrückt dich?«

Seine direkte, etwas raue Art erinnerte sie an ihren Vater. Arline drehte das Glas und betrachtete die goldgelbe Flüssigkeit. »Der Tod ist so endgültig, Mr Dunn.«

War es nicht erstaunlich, mit welcher Leichtfüßigkeit man durchs Leben tanzte, so als gäbe es den Tod nicht? Man machte sich etwas vor, stets in Eile, immer auf der Jagd nach mehr, sei es die große Karriere oder die große Liebe oder das große Abenteuer oder was auch immer, dachte Arline. Dabei war es viel wichtiger, innezuhalten, um das zu kämpfen, was bedeutsam war, Menschen, die man liebte, Freunde.

»John, Mädel, sag einfach John.«

Sie lächelte. »John, ich habe meinen Vater verloren, und mit ihm auch ein Stück von mir. Ich weiß so wenig über meine Mutter, weil mein Vater kaum mit mir über sie gesprochen hat. Warum hat sie Jasper Carlsen verlassen, obwohl sie doch so viel miteinander durchgemacht haben? Und warum hat sie meinen Vater geheiratet, wo sie doch Jasper geliebt hat? Sie hatte eine wundervolle Stimme. Aber sie hat ihren Traum von einer Karriere als Sängerin aufgegeben. Warum?«

Sie sprach mehr zu sich selbst. Im Grunde erwartete sie auf diese Fragen keine konkreten Antworten von Dunn. »Wie war sie? Wie war meine Mutter, John?«

»Besonders. Sie war etwas Besonderes. Ich habe damals viele Bilder gut verkauft. Margaret Gardiner hat mich ausgestellt. Ja, ich kannte sie alle, und sie kannten mich.« Dunn lehnte sich zurück und trank einen Schluck Whisky. »Thomas und zwei Krebsfischer. Die haben Musik gemacht. Die Band, wie hieß sie noch? Ist nicht wichtig. Mit denen hat Colina gesungen. Ja, das weiß ich noch. Sie war schön und hatte die Stimme eines Engels. Ich war älter und schon verheiratet.« John Dunn hob das Glas an die Lippen. »Oder nicht? Die Zeit vergeht. Aber es waren gute, wilde Jahre. Ich war John, der malende Fischer. Ich war wer.« Er lachte leise. »Hab viel Geld verpulvert. Die Frauen mochten den wilden Dunn, der so komische Bilder malt. Ha!«

Arline wartete, ließ ihn reden, in der Hoffnung, dass er von ihrer Mutter sprechen würde.

»Mit Ruby war es immer nett. Ihre Freundin, wie war noch der Name? Phoebe oder Phyllis. Die war cleverer, hat sich nicht so rumreichen lassen.«

»Rumreichen lassen klingt sehr hässlich«, entfuhr es Arline.

»Tja, Mädel, es klingt, wie es war. Ruby war so eine, die mit jedem ins Bett sprang, von dem sie sich was erhoffte. Gebracht hat's ihr nichts. Das Trinken, das Feiern, das Vögeln, ›Leben ohne Bremse‹ habe ich das genannt. Das geht nicht lange gut, nein. Aber deine Mutter war nicht so, falls du das denkst. Sie hat diesen Klavierheini wirklich geliebt.« Dunn leerte sein Glas und hielt es ihr hin.

Arline füllte nach, obwohl sie zweifelte, ob er so viel trinken sollte. »Nimmst du Medikamente, John? Vielleicht solltest du nicht noch ein Glas …«

Verärgert nahm er einen großen Schluck. »Für Befehle habe ich meine Tochter. Die verbietet mir alles, was noch Spaß macht.«

»Sie sorgt sich«, meinte Arline vorsichtig.

»Was weißt du schon? Aber ich weiß eins, nämlich dass man nicht heiraten sollte, wenn man jemand anderen liebt. Das ist nicht richtig. Für keinen gut. Und so war's ja auch.«

»Du meinst meine Eltern, ja? Aber mein Vater hat meine Mutter geliebt!«

Dunn trank noch einen Schluck Whisky und wischte sich den Mund. »Ich bin kein Richter oder was. Aber Augen habe ich im Kopf, und mein Gehör war scharf genug. Stolz war er, die Schönheit für sich gewonnen zu haben. Die schöne Colina hätte jeden haben können. Aber sie hat Thomas geheiratet, weil sie dem aufgeblasenen Pianofritzen eins auswischen wollte. Ja, so war das!« Seine Zunge wurde schwer. »Darüber wurde heimlich geredet. Klatsch und Häme, das ist des Menschen zweite Natur. Das hat jemand gesagt, oder? Ach, ich weiß nicht mehr. Wo war ich stehen geblieben? Die Frauen sind unser Verhängnis. Ihr seid viel schlauer als wir. Das wisst ihr auch, oder?«

Er beugte sich etwas unkoordiniert vor und wollte ihr sein Glas erneut reichen. Dabei schwappte der Rest auf seine Hose.

»Oh, John, warte, ich nehme das und hole ein Tuch.«

Arline war aufgesprungen, um ihn davor zu bewahren, noch mehr zu verschütten. Es roch bereits stark nach

Whisky. Draußen fuhr ein Wagen in die Einfahrt. Arline ging zum Fenster und sah eine zierliche Frau um die fünfzig aussteigen. Wenn das seine Tochter war, würde sie wenig erfreut über den ungebetenen Besuch sein.

»Ich glaube, ich sollte den Whisky besser wegstellen. Wohin?«, fragte Arline den alten Künstler.

Doch der war gerade in Fahrt und rief laut: »Noch ein Glas! Auf die Schönheit der Frauen!«

»Was ist denn hier los?« Dunns Tochter Judy stürmte ins Wohnzimmer. Sie trug noch die weiße Kleidung der Pflegerin und sah erschöpft aus.

»Bitte, es ist meine Schuld. Ich habe Ihrem Vater nur ein paar Fragen gestellt …«, begann Arline unglücklich.

»Und ihm Whisky gegeben? Sind Sie noch bei Trost? Und wer sind Sie überhaupt? Meine Güte, kann ich dich nicht mehr allein lassen, Dad?«

»Here's tae us! Wha's like us? Damn few!«, rief John Dunn laut in breitem schottischem Dialekt.

»Ich bin Arline Nicolson und …«, versuchte es Arline.

»Dad! Oh Gott, er nimmt Medikamente. Ein Schluck reicht aus, und er steht komplett neben sich.« Judy sah die Whiskyflasche. »Nehmen Sie das wieder mit!«

»Nein, den hat sie mir geschenkt!«, rief John Dunn und stützte sich auf seinen Handstock.

So betrunken wirkte er nun auch nicht, fand Arline. Aber sie konnte nicht wissen, was Judy mit ihrem Vater erlebt hatte.

»Ich gehe dann mal besser.«

»Komm mich bald wieder besuchen, Arline!«, hörte sie John Dunn rufen.

Als sie wenig später in ihren Wagen stieg, hatte sie das Gefühl, ein neues Puzzlestück gefunden zu haben. Ihre Mutter hatte Jasper eins auswischen wollen. So hatte Dunn sich ausgedrückt. Aber eine Heirat war keine Kleinigkeit, sondern eine weitreichende Entscheidung. Das Tagebuch war da wenig hilfreich gewesen.

52

Arline fuhr durch grünes Weideland und Felder nach Stromness. Sie konnte sich noch immer kein Bild machen. Irgendetwas stimmte nicht. Ihren Vater hatte etwas umgetrieben, davon war sie mehr denn je überzeugt. Etwas, das ihn so sehr beschäftigt hatte, dass sein Herz gestolpert war? Dass er sich mit jemandem überworfen hatte? Ob sie es jemals erfahren würde? Lautes Hupen riss sie aus ihren Gedanken. Sie konnte den Wagen gerade noch von der Straßenmitte wegreißen. Der Fahrer des Kleinwagens zeigte ihr einen Vogel. Entsetzt über ihre Unvorsichtigkeit, bog sie rechts ab und parkte am Ufer des Loch of Harray. Sie stieg aus und dehnte die Arme über dem Kopf.

Vor ihr erstreckte sich das dunkle Wasser des Lochs, an dem einer der gewaltigsten Steinkreise der Welt lag – der Ring of Brodgar. Er befand sich auf einer Landzunge, deren Finger mit einer Brücke über das Loch zum Festland führte. Arline mochte den mythischen Ort. Einundzwanzig riesige Monolithen waren von ursprünglich sechzig Steinen übrig geblieben. Warum sich Menschen wohl die Mühe gemacht hatten?

Der Wind blies ihr ins Gesicht, und sie sog den Geruch des Meeres ein. Das Rauschen und Plätschern, das Schäumen der kleinen Wellen am Ufer verfehlte nie seine beruhigende Wirkung auf sie. Sie blinzelte und fuhr sich über die Augen, als sie an die letzten Seiten im Tagebuch ihrer Mutter dachte.

Stromness, November 1989. Ich bin zu spät gekommen. Das werde ich mir nie verzeihen. Ich habe den ersten Flug genommen und war noch am Tag darauf in Aberdeen. Dort habe ich Mogs angerufen, und sie sagte, das Schlimmste sei zu befürchten. Oh Gott, ich bin ein schlechter Mensch, eine schlechte Tochter. Das hätte niemals passieren dürfen. In Aberdeen hat es gestürmt, und der Flieger konnte nicht abheben. Später, haben sie gesagt. Immer wieder haben sie mich vertröstet. Ich habe gebetet, dass der Sturm endlich abflaut. Die Fähre in Gills war weg, und ich hatte keine Möglichkeit. Es blieb mir nur das Warten. Dieses endlose Warten. Als klar war, dass an diesem Abend kein Flieger mehr starten würde, habe ich Mogs wieder angerufen. Sie hat Mum den Hörer ans Ohr gehalten, und ich habe sie atmen gehört. Mum, ich liebe dich! Ich liebe dich, und ich vermisse dich. Mum, warte auf mich, ich bin gleich da.

Oh, Mum, du hattest so recht. Du hast es gewusst, du hast mich durchschaut. Warst viel klüger als ich. Ich habe die Welt gesehen und mich verloren. Warte auf mich, hörst du? Du musst auf mich warten. Du darfst nicht gehen. Zu spät, ich bin zu spät.

Endlich war ich bei dir. Aber du warst so blass, so kalt.

Ich küsste deine Stirn und bat dich um Vergebung. Kannst du mir verzeihen?

Ich werde nicht zu Jasper zurückgehen. Wie könnte ich das? Er wollte mir verbieten, nach Hause zu fliegen. Seine Bedürfnisse sind wichtiger als meine, immer, das wird sich niemals ändern. Warum kann er nicht verstehen? Er versucht ja nicht einmal, sich in die Gefühle anderer hineinzuversetzen. Und dann geht er, wendet sich ab, bestraft mich. Ich habe das inzwischen so oft durchgemacht. Ich bin es leid. Ich kann nicht mehr.

Januar 1990 – Jasper ist in London. Ich habe ihn angerufen. Er war am Üben. Sein Beileid hat er mir ausgesprochen. Mit leisem Vorwurf. So als wolle er betonen, dass meine Abreise kindisch und unnötig war. Es war ja sowieso zu spät. Er will oder er kann mich nicht verstehen. Ich liebe ihn. Das wird immer so sein. Aber ich kann nicht mehr an seiner Seite leben. Er will keine Kinder, aber ich wünsche mir ein Kind, ein kleines Wesen, nur für mich. Ich spüre diese Sehnsucht nach einer Familie, nach einfachem Leben.

Thomas ist fast täglich bei uns. Er hilft Vater. Ich mache den Haushalt. Mums Sachen. Es ist furchtbar, aber ich muss das machen. Mogs hat ihre Hilfe angeboten. Doch ich kann sie nicht ertragen. Sie ist so selbstgerecht. Ihr Gesicht sagt ständig: Ich hab's ja gewusst. Du hast es verbockt, und jetzt ist es zu spät.

März 1990 – Thomas spielt inzwischen richtig beeindruckend Akkordeon. Und Sam und Ty sind auch gute Musiker. Unsere Musik geht direkt ins Herz. Das ist der

Unterschied. Die Melodien und Akkorde haben schon unsere Vorfahren gespielt. Die alten Lieder bewegen die Menschen. Ich mag es, wenn die Gäste mitsingen oder einfach nur verträumt zuhören. Aber manchmal bin ich so voller Musik, dann will es aus mir heraus. Dann gehe ich ans Meer und singe den Wellen das Lied von Solveig vor.

Ich finde, dass es zu uns Orkadianern passt, dass es zu mir passt. Es ist so traurig und so voller Sehnsucht. Jasper hat mir erklärt, worum es in dem Stück von Peer Gynt geht. Wenn er gewusst hätte, dass ich einmal wie Solveig sein werde. Die lange kalte Nacht wird wohl irgendwie vergehen, sie wird irgendwie vergehen. Ich werde auf dich warten, egal, wo du gerade bist.

Wo bist du, Jasper? Vermisst du mich nicht ein bisschen?

Mai 1990 – Ich spüre das Leben in mir. Seit einigen Wochen schon weiß ich es. Glück und Angst packen mich. Werde ich eine gute Mutter sein? Will Thomas ein Kind? Ich habe ja gar nicht mehr daran geglaubt, dass ich schwanger werden kann.

Ich habe es Thomas gesagt. Das musste ich. Und er ist ganz verrückt vor Glück und hat mir einen Heiratsantrag gemacht. Da sind wir nun. Eine Familie. Ich werde Ja sagen. Für das Kind, für uns. Vielleicht wird sich alles zum Guten wenden. Thomas liebt mich für uns drei. Das muss genügen.

Ach, Mum, dachte Arline und ging zum Transporter ihres Vaters. Hat Dads Liebe für euch gereicht? Sie wusste es nicht. Aber sie wusste, dass ihre Mutter sie geliebt hatte. Alle Erinnerungen an Colina waren voller Wärme und Musik.

Ihr Handy brummte. Quinn.

Lächelnd sagte sie: »Hey, wo steckst du?«

Seine Stimme klang belegt, angespannt. »Ich werde dich heute Abend nicht sehen können, Arli. Vielleicht morgen im Pub, wenn ich da bin. Ich rufe dich an, okay?«

»Äh, ja, ok. Aber was ist denn los, Quinn? Du klingst so merkwürdig. Wenn du reden willst ...«

»Nein. Nein, Arli, ich möchte nicht reden. Ich muss einfach nur allein sein.« Er machte eine Pause. »Das hat nichts mit dir zu tun. Du bist das Beste, was mir seit Langem passiert ist. Viel Glück mit Carlsen heute Abend. Ich ... Bis bald, Arli.«

Das Gespräch war beendet. Konsterniert starrte Arline auf ihr Telefon. Was war das denn gerade gewesen? Gerade noch hatte er ihr eine Liebeserklärung mit seinem Gedicht gemacht, und jetzt wollte er allein sein? Kopfschüttelnd ließ sie den Motor an und fuhr nach Stromness. Es war viel Verkehr heute, denn die letzten Festivaltage zogen noch einmal mehr Musikbegeisterte auf die Insel. Auf Sanday fand am Sonntag ein Ceilidh statt. Sie hatte gehofft, dass Quinn mit ihr hingehen würde. Ursprünglich eine soziale Zusammenkunft, bei der Geschichten erzählt wurden, war ein Ceilidh heute eine Feier mit traditionellem schottischem Tanz oder einfach eine Party. Der Sanday Ceilidh war beliebt bei Jung und Alt und die Stimmung immer ausgelassen.

Arline ging durchs Haus, räumte hier und dort etwas auf, bis sie auf eine Kiste mit Schallplatten stieß, die sie noch nicht entdeckt hatte. Der Karton war verstaubt, zerknickt und hatte Wasserflecken. Aber die Platten darin waren unversehrt. Es waren allesamt Aufnahmen von Klavierkonzerten oder Opern. Ein Cover zeigte einen See, der nordisch wirkte. Edvard Grieg, Peer-Gynt-Suiten, las sie. Eingespielt vom Bergen Philharmonic Orchestra. Arline legte die Schallplatte auf den alten Plattenspieler, der noch im Wohnzimmer stand, und suchte Solveigs Lied. Als die ersten Töne des sehnsuchtsvollen Liedes erklangen, blieb Arline stehen und schloss die Augen. Die Sopranistin sang leise, klagend, sehnend. Dabei war ihre Stimme klar wie ein norwegischer Fjord und trug ihre Sehnsucht in einem Crescendo in die Höhe.

Arline hielt das Cover in den Händen und öffnete die Augen, als die Arie verklang. Die Ecken waren abgegriffen, die Kanten so kaputt, dass die Hülle herauslugte. Ihre Mutter musste diese Platte oft gehört haben.

Kurz vor acht Uhr fuhr Arline in einem dunklen Kleid, das sie manchmal auf der Bühne trug, auf den Parkplatz vor dem Storehouse. Der duftige leichte Stoff ihres Kleides bauschte sich im Wind, als sie auf das modernisierte ehemalige Heringslager zuging. Über dem Kleid trug sie ihre kurze Lederjacke und einen Schal. Die Kälte und den Wind auf den Inseln zu unterschätzen, wäre ein Fehler.

Sie sah sich anerkennend um. Der Innenarchitekt hatte ganze Arbeit geleistet und den Charme des Alten bewahrt und in die Moderne geholt.

»Kann ich Ihnen helfen, Madam?«, fragte sie eine junge Frau in dunklem Hemd und mit Namensschild.

»Ich bin zum Essen mit Mr Carlsen verabredet.«

»Sehr gern. Bitte folgen Sie mir.«

Die Mitarbeiterin führte sie durch das weitläufige Gebäude in das Restaurant. An einer Wand befanden sich petrolfarbene Polsterbänke mit hohen Lehnen, die nicht einsehbare Nischen bildeten.

Jasper Carlsen erhob sich, als er sie sah. Er gab ihr die Hand, nickte dankend der Hotelangestellten zu und behielt Arlines Hand einen Augenblick länger als nötig in seiner. »Danke, dass Sie sich die Zeit genommen haben, Arline.«

Sie setzten sich, und Arline legte Jacke und Schal neben sich auf die Bank.

»Sie haben mich neugierig gemacht, Mr Carlsen.« Arline strich ihre langen Haare aus dem Gesicht, sodass sie ihr über den Rücken fielen.

»Jasper, bitte.« Er betrachtete sie versonnen. »Verzeihen Sie mir, wenn ich Sie anstarre, aber diese Ähnlichkeit ist überwältigend.«

»Leider war ich zu jung, um mich wirklich an meine Mutter zu erinnern. Ich habe nur bruchstückhafte Erinnerungen, Bilder, Gerüche und ihre Stimme. Sie hat mir immer vorgesungen. Abends und wenn wir allein waren.«

Der Pianist trug Oberhemd und Sakko, goldene Manschettenknöpfe, eine teure Uhr und ein Seidentuch anstelle einer Krawatte. Sie dachte an das Foto. Sein Haar war noch voll, und auch wenn das Leben Spuren in seinem Gesicht hinterlassen hatte, hätte sie ihn sofort erkannt.

»Sicher haben Sie Fragen, Arline.« Er reichte ihr die Weinkarte. »Oder darf ich Ihnen eine Empfehlung aussprechen?«

Sie nickte. »Haben Sie meine Mutter geliebt?«

Er seufzte. »Mehr als jede andere Frau. Ich wollte ihr einen Heiratsantrag machen. Damals in New York. Den Ring hatte ich bei Tiffany gekauft. Es sollte eine Überraschung sein. Aber dann kam alles anders.«

53

Quinn

Die Nachricht vom Tod seines ehemaligen Kameraden hatte Quinn getroffen wie ein Schuss aus dem Hinterhalt. Sein Handy hatte geklingelt, und er war zwischen dem Zapfen eines Bieres und dem Öffnen einer Weinflasche rangegangen. Frederics Frau Claire hatte sich mit leiser Stimme gemeldet. Freddy ist tot, hatte sie gesagt. Er hat sich aufgehängt.

Quinn arbeitete seither wie in Trance. Er hatte Mühe, sich zu konzentrieren, und jedes Geräusch erschreckte ihn. Freddy war sein Freund gewesen. Sie hatten beide für die Sicherheit der Konvois gesorgt. Während Quinn nach ihrem Ausscheiden aus der Armee die Therapiesitzungen geholfen hatten, war Freddy eine Gefahr für sich und andere geworden. In der Küche gab es einen lauten Knall. Es schepperte, und jemand fluchte. Quinn zuckte zusammen, und das Glas, das er gerade unter den Zapfhahn halten wollte, rutschte ihm aus der Hand. Es zerbrach auf dem Tresen.

»Verflucht!«, entfuhr es Quinn, der sich an einer der Scherben geschnitten hatte.

Duff trat zu ihm und legte ihm die Hand auf die Schulter. »Quinn, reg dich nicht auf. Mir tut es so leid für Claire. Ich muss auch ständig an sie denken. Willst du früher gehen? Wir sind heute gut besetzt und schaffen das ohne dich.«

Quinn holte eine Rolle Papiertücher aus dem Unterschrank. »Danke, Duff. Aber die Arbeit hilft mir. Es geht gleich wieder. Ich habe mich im Griff, wirklich.«

»Okay, deine Entscheidung, mein Freund.« Duff ging zu einem Gast und ließ sich dessen Bestellung erklären.

»Krebse, aber ohne Butter?«, hakte Duff nach. »Okay, klar, können wir machen.«

Quinn wickelte sich einen Stoffstreifen um den Finger und ging nach hinten. Neben der Küche gab es einen kleinen Aufenthaltsraum, in dem ein Erste-Hilfe-Kasten hing. Er holte sich ein Pflaster heraus und klebte es um den Zeigefinger. Dann wickelte er ein Stück Tape darum. Das würde eine Weile halten. Er war allein, hockte sich an den Tisch und zog sein Handy hervor. Kurz war er versucht, Arlines Nummer zu wählen. Doch er entschied sich dagegen und wählte stattdessen die Nummer seines Therapeuten.

»Quinn, wie geht es dir?«, meldete sich Dr. Ernest Murray.

»Entschuldige, dass ich so spät anrufe, aber …« Quinn fuhr sich durch die Haare.

»Was ist passiert?« Ernest Murray war ein ruhiger Mann mit viel Lebenserfahrung. Er hatte selbst gedient und erst später als Therapeut zu arbeiten begonnen.

Durch seine Erfahrungen im Einsatz hatte er ein Gespür für die Probleme der Soldaten und nahm sich die notwendige Zeit. Auch mitten in der Nacht.

»Freddy ist tot«, sagte Quinn leise.

»Ich weiß. Claire hat es mir gesagt. Quinn, ich hoffe, du vergleichst dich nicht mit ihm. Freddy hat es nie so weit geschafft wie du. Seine Angstzustände wurden stärker, und er hat die Medikamente abgesetzt.«

Quinn schluckte. »Aber er hatte Claire und seine Tochter. Wie konnte er das nur tun?«

»Es gibt Fälle, da können wir nicht helfen. Jedenfalls nicht so, wie es nötig wäre. Und das liegt immer auch am Patienten. Ich darf nicht mit dir darüber sprechen, Quinn. Aber ich kann dir so viel sagen, dass Freddy noch viel länger stationär hätte behandelt werden müssen. Sie haben ihn zu früh entlassen. Manchmal führt das in eine Katastrophe. Wie geht es dir?«

»An sich gut. Ich habe mich an unseren Plan gehalten, mache meine Meditationsübungen. Das Cottage auf Hoy tut mir gut. Die Ruhe gibt mir Kraft, und die Arbeit im Pub mit Duff ist meine Motivation. Es hat ja eine Weile gedauert, bis ich den Lärm und die vielen Menschen aushalten konnte.«

»Hast du noch Schlafstörungen?«

Lächelnd meinte Quinn: »Eigentlich nicht. Heute Nacht war eine Ausnahme.«

»Wie muss ich das verstehen?«

Die Wände des Aufenthaltsraumes waren mit unzähligen Fotos von Mitarbeitern und Musikern verziert.

Auf einem entdeckte Quinn Arline und ihre Band. Damals noch mit ihrem Ex-Freund.

»Im besten positiven Sinne.«

»Oh, das freut mich für dich, Quinn. Wie heißt sie?«

»Arline.«

Bisher hatte Quinn Ernest nie von Frauenbekanntschaften erzählt. Es hatte One-Night-Stands gegeben. Für Quinn waren die flüchtigen Affären bedeutungslos gewesen. Für einige der Frauen nicht, aber er war immer ehrlich gewesen und hatte von Anfang an klargemacht, dass er nicht an einer Beziehung interessiert war. Bis jetzt.

»Du hast mir nie von einer Frau erzählt. Was ist anders?«

»Sie. Arline ist etwas Besonderes. Ich empfinde sehr viel für sie, und das macht mir ein wenig Angst.«

»Warum, Quinn? Liebe ist etwas Schönes, und du bist ein sensibler, liebenswerter Mensch.«

»Was, wenn ich austicke wie Freddy? Heute in der Küche war ich fahrig und bin bei jedem Geräusch zusammengezuckt. Das hatte ich seit Monaten nicht. Ich dachte, ich bin drüber weg. Aber als ich an Freddy dachte, kamen alle Erinnerungen zurück. Sie haben mich überrollt und fast erstickt. Wie soll ich mich da einer Frau zumuten?«

»So darfst du nicht denken, Quinn. Wenn du diese Frau schätzt und sie dich, dann müsst ihr reden. Du musst ihr erzählen, wie es in dir aussieht. Öffne dich. Nur so kann sie dir helfen. Ich bin mir sicher, dass sie das will, wenn sie dich liebt.«

»Bei dir klingt das so einfach. Wenn dies, dann das, aber in meinem Kopf herrscht Chaos. Ich hasse mich, wenn ich so bin. Ich bin so weit gekommen!« Quinn schluckte.

»Es werden immer wieder Augenblicke kommen, in denen dich Nachrichten überraschend treffen. Das haben wir besprochen. Du kannst damit umgehen. Nur die Gegenwart zählt.«

Im Hintergrund waren Lautsprecherdurchsagen zu hören.

»Wo bist du? Auf einem Flughafen?«

»Ja. Mein Flug wurde gerade aufgerufen. Ich fliege nach Australien. Du hast Glück, dass du mich noch erreicht hast. Ich sende dir eine Nachricht, sobald ich gelandet bin. Dann können wir weiterreden. Quinn, lass dich nicht runterziehen. Freddy hat keinen Ausweg gesehen, weil er die Therapie abgebrochen hat. Er hat sich nie richtig darauf eingelassen. Du schon. Nimm dir unsere Übungen vor. Und wenn ich zurück bin, will ich diese Arline kennenlernen! Sie scheint mir eine tolle Frau zu sein. Du verdienst es, glücklich zu sein, Quinn.«

Quinns Augen füllten sich mit Tränen. »Danke, Ernest.«

»Ich muss durchs Gate. Wir hören uns. Bis bald, Quinn.«

Quinn legte das Handy zur Seite und suchte sich einen Punkt im Raum. Sein Blick blieb an dem Foto von Arline hängen. Dann zählte er innerlich rückwärts, schloss die Augen und versuchte, seinen Körper zu spüren, so wie er es gelernt hatte. Nach kurzer Zeit entspannte er sich, und seine Hände lagen ruhig vor ihm auf dem Tisch. Die zerstörerischen Gefühle, die zuvor in ihm gewütet hatten, verflogen, und Wärme füllte sein Inneres. Sein Herz schlug langsamer, seine Atmung ging gleichmäßig, und als er die Augen öffnete, fühlte er sich besser.

Er hatte einen kleinen Schritt in die richtige Richtung getan. Wie weit er noch gehen konnte, wusste er noch nicht. Er war es Arline schuldig, ihr die Wahrheit über sich zu sagen. Sie ahnte es, aber das ganze Ausmaß seines Traumas kannte sie nicht.

54

»Auf was haben Sie Appetit, meine Liebe?«, fragte Jasper, während er die Karte studierte. »Das Sirloin Steak ist hervorragend.«

»Danke, nein. Muscheln oder Salat vielleicht.« Sie las den extrem hohen Preis und wollte etwas sagen, doch die Servicemitarbeiterin trat an ihren Tisch, und Jasper bestellte verschiedene Vorspeisen.

»Stellen Sie uns von allem etwas zusammen, nur kein rotes Fleisch. Und danach die Orkney Scallops für zwei, bitte. Zwei Gläser Champagner und zum Hauptgericht den argentinischen Weißwein, den ich gestern hatte.«

»Sehr gern, Sir.« Die Mitarbeiterin entfernte sich.

»Wirklich, Jasper, die Muscheln wären nicht …«

»Bitte, Sie sind mein Gast«, unterbrach er sie lächelnd. »Sie wissen ja gar nicht, was für eine Freude es für mich ist, hier mit Ihnen zu sitzen.«

Verlegen spielte Arline mit dem Besteck.

»Kennen Sie die Geschichte des Hotels? Die jetzigen Besitzer haben Bemerkenswertes geleistet. Judith und ihr Mann haben eine Ruine gekauft. Aber eine Ruine mit Charakter und Geschichte. Hier wurden Heringe und Schweineseiten gelagert, bevor das Haus eine Druckerei und einen Porzellanladen beherbergte. Das Hufeisen über der Treppe gehörte einem Clydesdale-Pferd. Die Holzbalken stammen von Schiffen.« Jasper deutete auf die Deckenbalken und die Bar. »Wenn Sie genau hinsehen, können Sie die Spuren von den Spikes der Matrosen entdecken.«

Arline entspannte sich ein wenig, während Jasper unterhaltsam über die Geschichte des Hotels erzählte. »Judith und David haben viel Gespür für den Ort und die Verbindung zu den Menschen hier bewiesen.«

»Ich habe die alten Ladenschilder entdeckt. Das ist eine nette Geste. Leonard's war ein beliebter Laden für Kinderspielzeug.« Arline nickte dankend, als der Champagner serviert wurde.

»Danke, dass Sie meiner Einladung gefolgt sind, Arline.« Jasper hob sein Glas.

Der kalte Champagner prickelte an ihrem Gaumen. »Ich bin neugierig. Wer hat den Tiffany-Ring bekommen?«

Jasper sah sie einen langen Augenblick an. »Niemand. Ich habe ihn noch.«

»Aber …?« Arline betrachtete den Mann, der ein Leben im Licht der Öffentlichkeit, in den Konzertsälen dieser Welt verbracht hatte, an Orten, die sie nur vom Namen her kannte.

»Ich war zu spät. Es war ganz allein meine Schuld. Heute weiß ich das. Damals war ich zu überheblich und egozentrisch, um zu erkennen, was wirklich zählt.« Jasper leerte sein Glas in einem Zug.

Seine blauen Augen sahen sie an und doch durch sie hindurch in eine ferne Vergangenheit, die er nicht mehr ändern konnte.

»Colinas Mutter war schwer krank. In meiner Überheblichkeit dachte ich, dass gute Ärzte alles heilen könnten. Vor Monaten hatte Colina mir erzählt, dass es ihrer Mutter nicht gut ginge, dann war wieder alles in Ordnung, und nun plötzlich sei es doch ernst. Ich war mitten in einer Tournee, traf mich mit Leuten, die für meine Karriere von großer Bedeutung waren, sollte einen der begehrtesten Preise verliehen bekommen. Kurzum, ich stand unter großer Anspannung und hatte kein Verständnis für Colinas Sorgen. Außerdem kriselte es seit einiger Zeit zwischen uns. Colina war unzufrieden mit sich selbst, mit der Situation, mit mir. Mit ihrer Stimmentwicklung ging es nicht voran. Wir waren ständig unterwegs.

Ich kann überall üben, wo ich einen passablen Flügel habe. Aber Colina stand am Anfang ihrer Karriere, und ich war davon überzeugt, dass ihr eine Zukunft als Sängerin im klassischen Fach bevorstand. Nun, wir haben ihren Gesangsunterricht damals etwas vernachlässigt, aber ich hatte vorgehabt, ihr in London wieder einen Lehrer zu besorgen. Im Nachhinein weiß ich allerdings gar nicht, ob sie das so sehr wollte wie ich. Vielleicht wäre sie als Folksängerin glücklich gewesen. Aber ich sah sie als Mimi oder Violetta. Sie hatte eine einmalige Stimme, ein Timbre, das unter die Haut ging, und ihr Stimmumfang erstreckte sich mühelos über vier Oktaven. Lippenspannung, Zungenposition, Stimmresonanz – das alles war exzellent bei ihr. Darin war sie ein Naturtalent. Ihre Intonation war fast perfekt. Mit einem Gesangslehrer und Disziplin hätte sie alles erreichen können.«

Jasper machte eine Pause, weil die Vorspeisen aufgetragen wurden. Doch er war mit seinen Gedanken nicht beim Essen, stocherte darin herum und legte die Gabel schließlich auf seinen Teller. Das Geschirr war schwarz und das Essen kunstvoll angerichtet. Arline probierte von allem ein wenig.

»Alle großen Partien hätte sie singen können. Aber ich hätte sie mehr ermutigen und mit ihr nach London ziehen müssen. Ich dachte, dass wir das irgendwann tun würden. Nach der großen Tournee oder nach der nächsten. Mein Leben als Pianist war auf Jahre durchgetaktet. So ist das. Oder vielmehr, ich habe es zugelassen. Es ging immer nur um mich. Lange Zeit wollte ich das so. Wenn ich mich einsam fühlte, habe ich mich mit Alkohol betäubt und mit Sex abgelenkt. An Gelegenheiten mangelte es nicht. Ich war mit Timothy Struff befreundet, der wahrlich kein Kind von Traurigkeit war. Sein Ruf war besser als die Wirklichkeit.« Jasper lachte trocken.

»Tim war der festen Überzeugung, dass die Musik immer unsere erste Liebe sein müsse. Die erste, die zweite und die dritte, und danach erst ließ er Gefühle zu. Colina hatte mehr verdient. Das wurde mir schmerzlich bewusst, als sie mich einfach während der Tournee in New York sitzen ließ. Einfach so! Ich brauchte sie! Sie war mein Halt, mein Anker, mein Zuhause in einer viel zu schnellen Welt. In einer Welt voller Verlockungen, denen ich früher zu oft nachgegeben habe. Sie wusste nicht, dass ich mir zweimal das Leben hatte nehmen wollen. Ich litt unter Depressionen, nahm Tabletten. Bis ich sie traf. Colina hat mich verändert.«

Der Pianist faltete die schlanken Hände und legte sie an die Lippen. »Ich war wütend, dass sie mich alleinließ, mitten in einer für mich so wichtigen Phase. Einfach so, mich, den berühmten Jasper Carlsen. Ha!« Er schüttelte traurig den Kopf. »Berühmtheit wärmt dich nachts nicht, flüstert dir keine tröstlichen Worte zu, fängt dich nicht auf, wenn du dich kaputt und ausgelaugt fühlst. Ruhm und Erfolg sind einsame Gefährten. Diejenigen, die von dir profitieren, raunen dir zu, dass es immer weitergehen muss, dass die Welt dich braucht, du dein Publikum nicht enttäuschen darfst. Mein Publikum hätte mich verstanden, es hätte mich menschlicher gemacht, wenn ich einfach pausiert und meine Freundin in ihrer schweren Stunde begleitet hätte.«

Er schwieg und sah zu, wie Arline ihren Salat aß. Als die Servicemitarbeiterin eine Flasche Wein brachte, kostete er, nickte und sagte: »Auf die Liebe. Wirklich reich ist man nur, wenn man das Herz eines Menschen besitzt.«

Betroffen kostete Arline den Wein. Er war ausgezeichnet, soweit sie das beurteilen konnte. Ihre Mutter hatte sich nicht in Jasper getäuscht. Er hatte sie wahrhaftig geliebt.

»Sie hätten ihr hinterherreisen können.«

»Ich war so sehr in meinem Stolz verletzt, dass ich nicht über meinen Schatten springen konnte. Da saß ich, der unvergleichliche Jasper Carlsen, einen verdammt teuren Ring in der Tasche, den ich nun nicht wie geplant in einer großen Geste überreichen konnte. Ich hatte wohl gedacht, Colina müsse es ahnen, dass ich sie fragen würde, ob sie mich heiraten wollte. Das war Unsinn! Woher sollte sie wissen, dass ich meine Meinung in Bezug auf Ehe und Familie geändert hatte? Eitel, wie ich nun einmal war, vergrub ich mich in meiner Arbeit, vögelte mit schönen Frauen, die mir nichts bedeuteten, und nahm meine ungesunden Gewohnheiten wieder auf. Verzeihen Sie den vulgären Ausdruck, aber so war es. Und als ich nach Monaten wieder bei Sinnen war und meine Wunden geleckt hatte, stand das St. Magnus Festival an. Ich flog nach Kirkwall. Struff und seine Entourage waren schon da. Mein Cottage in Stromness hatte ich herrichten lassen. Colina hatte mir geschrieben, dass ihre Mutter gestorben war, dass sie zu spät gekommen war, sich nicht hatte verabschieden können. Das war das Letzte, was ich von ihr gehört hatte. Sie hatte den Kontakt zu mir abgebrochen. Oh, da war sie sehr konsequent. Sie hat meine Briefe unbeantwortet zurückgehen lassen und ist nicht ans Telefon gegangen. Sie wollte nicht einmal, dass ich ihr ihre Sachen nachschickte. Also habe ich sie aufgehoben und nach London bringen lassen. Ich war mir sicher, dass sie zu mir zurückkommen würde, wenn ich nur auf den Knien vor ihr kriechen würde. Dazu war ich bereit. Wie ein Büßer wollte ich erscheinen.«

Die Vorspeise wurde abgeräumt und die Muscheln serviert. Der Duft war so köstlich, dass Arline sich unbewusst mit der Zunge über die Lippen fuhr.

»Wir sollten unser Essen genießen. Es verdient unsere Aufmerksamkeit«, schlug Jasper vor.

Tatsächlich aßen Jasper und Arline eine Portion der besten Muscheln, die sie jemals gegessen hatte. Dann legte er die Serviette neben seinen Teller und trank einen Schluck Wein. Das Restaurant war gut besetzt, doch Arline nahm kaum etwas von den Gesprächen um sie herum wahr. Sie war von Jaspers Erzählung fasziniert. Es gab immer zwei Seiten einer Geschichte.

»Und dann sah ich sie abends im Pub. Sie sang mit Thomas und zwei anderen Orkadianern. Sam und Ty hießen sie.«

Arline nickte unbewusst.

»Nach einem Song küsste Thomas sie, ging ans Mikrofon und verkündete, dass sie ein Kind erwarteten. Ich war wie vor den Kopf geschlagen. Als hätte man mir ein Kantholz über den Schädel gezogen. Ein Kind! Ein Kind änderte alles. Es gab kein Zurück! Wie konnte ich sie jetzt noch fragen, ob sie mich heiraten wollte? Ich hatte verloren. Das war die härteste Erfahrung, die schlimmste Niederlage meines Lebens.« Jasper drehte den Stiel seines Glases.

»Woher wollen Sie wissen, ob meine Mutter nicht doch mit Ihnen gegangen wäre?«, fragte Arline.

»Selbst wenn, was wäre ich für ein Mann, wenn ich eine Ehe zerstören und dem Kind den leiblichen Vater vorenthalten würde? Nein, dieser Thomas schien mir ein anständiger, grundehrlicher Mann. Vielleicht war sie mit ihm glücklicher als mit mir. Vielleicht …« Er schnipste gegen das Glas, das einen hellen Ton von sich gab.

»Sie war nicht glücklich«, sagte Arline leise.

»Nein, das war sie nicht. Unsere Blicke trafen sich an diesem Abend. Ich stand nicht weit von der Bühne entfernt. Sie hat mich gesehen, und ihre Hände zitterten. Thomas hat mich ebenfalls entdeckt und mit seinem Freund gesprochen. Sam sprang von der Bühne und hat mich hart am Arm gepackt. Sein Griff war so schmerzhaft, dass ich aufschrie, doch er zischte mir zu, dass ich besser gehen und mich nie wieder blicken lassen solle. Er drückte sich in etwa so aus, dass ich Angst um meine Hände haben solle. Es käme doch öfter zu Unfällen, als man meinen könnte.«

»Nein!«, entfuhr es Arline. »Sam hat Sie bedroht?«

»Oh ja, und es war ihm ernst. Ich kann sehr wohl unterscheiden, ob jemand scherzt oder nicht. Sam und Thomas haben mir zu verstehen gegeben, dass es für mich auf den Orkneys keine Zukunft gäbe.« Jaspers Mund wurde schmal. »Die Menschen hier halten zusammen, sind eine verschworene Gemeinschaft. Wer bin ich? Ein Fremder, den man duldet, der aber nicht dazugehört. Struff und seine Freunde, wir waren Exoten, die Reichen, die Verrückten, die meinten, mit ihrem Geld alles haben zu können. Kurz zuvor war ein Mädchen von der Insel während einer Party von Struff gestorben. Eine hässliche Geschichte. Nein, an dem Abend habe ich verloren. Ich fühlte mich wie ein getretener Hund. Doch ich hatte es nicht besser verdient.«

»Und meine Mutter?« Erschüttert sah sie ihn an.

»Ich weiß nicht, was sie von alldem mitbekommen hat. Thomas ist mit ihr nach hinten gegangen. Ich habe mich davongeschlichen und mich bei Struff auf Hoy betrunken.« Jasper grinste. »In so einer Situation war Struff der beste Freund, den man sich wünschen konnte.«

»Und Sie haben meine Mutter nie wiedergesehen?«

Ein warmes Lächeln glitt über sein Gesicht. Für einen Moment leuchteten seine Augen, und er wirkte plötzlich um Jahre jünger. »Oh doch!«

55

»Darf es noch ein Dessert sein?«, fragte die Servicemitarbeiterin und hielt ihnen die Karten hin. »Das Lemon Posset ist unsere Spezialität. Wenn Sie es schokoladig mögen, empfehle ich die dunkle Schokoladencreme auf Kaffeekaviar an Kirschsorbet.«

Arline überflog die verlockenden Dessertvarianten. »Ich würde gern den Affogato nehmen.«

Das klassische italienische Dessert war leicht und bestand aus einer Kugel Vanilleeis, auf die man einen Espresso goss. Himmlisch, wie Arline fand.

»Für mich auch, und zwei Whisky. Haben Sie den Kilchoman Loch Gorm?«, fragte Jasper.

»Leider nein. Ich kann den Glengoyne Sherry Cask empfehlen. Und wenn Sie es kräftiger und würziger mögen, den fünfundzwanzigjährigen Bunnahabhain.«

»Letzteren bitte«, entschied Jasper.

Nachdem die Bedienung gegangen war, sagte Jasper: »Sie mögen doch einen guten Whisky, oder?«

»Ich bin Schottin, also ja!« Arline bevorzugte Single Malt und mochte torfige Aromen. Ein fünfundzwanzigjähriger Bunnahabhain war außerhalb ihres Budgets.

»Erzählen Sie mir ein wenig von sich, Arline. Dass Sie

die Musik lieben, habe ich gesehen und gehört. Chapeau! Ihr Auftritt hat mich beeindruckt.«

»Danke. Wir arbeiten an neuen Stücken und unserem eigenen Sound. Wenn es gut läuft, wollen wir öfter auftreten und unsere Brotjobs an den Nagel hängen. Aber bis dahin ist es noch ein weiter Weg.« Sie beobachtete eine junge Familie, die mit zwei kleinen Kindern das Restaurant verließ. Nein, Kinder standen noch nicht ganz oben in ihrer Lebensplanung. Sie wollte sich musikalisch verwirklichen. Was dann kam, musste sich ergeben.

»Sie haben ein Ziel, eine Vision, und kämpfen dafür. Das gefällt mir. Aber vergessen Sie nicht zu leben.« Jasper räusperte sich. »Ich darf das sagen. Ich habe mein Leben gelebt und zu viele falsche Entscheidungen getroffen.«

»Was bereuen Sie am meisten?« Arline lauschte der leisen Hintergrundmusik, eine Folkband der Inseln.

»Dass ich Ihre Mutter habe gehen lassen. Und dennoch. Wir hatten noch eine Chance«, sinnierte er und berührte seine Manschettenknöpfe. Er hielt inne und wartete, bis das Dessert und die Whiskys vor ihnen auf dem Tisch standen.

»Slàinte Mhath!«, sagte Jasper.

»Slàinte!«, erwiderte Arline. Der Whisky schmeckte wie die Insel Islay, von der er stammte – nach Ginster, Meer und Salz.

»Ich erfuhr später von Struff, dass Colina Mutter geworden war. Mein Cottage auf Stromness habe ich nicht mehr besucht. Ich konnte es nicht, wollte nicht mehr an die guten Zeiten erinnert werden, und vor allem wollte ich Colina nicht begegnen.« Er stocherte in seiner Tasse herum und sprach leise weiter. »Meine Karriere stagnierte. Ich war in ein Loch gefallen, wieder einmal. Nur diesmal war keine Colina mehr da, die mich aufbauen konnte. Niemand, der mich in den Arm nahm, nur um meiner selbst willen. Ich fing an, Auftritte abzusagen. Spielte nur noch selten. Meine Managerin verließ mich, es gab nicht mehr genug bei mir zu holen. Anni hieß sie. Eine clevere, schöne Frau. Sie hat dann eine Popsängerin gemanagt. Colina hat sie nie gemocht. Ihre Mutter hatte eine gute Menschenkenntnis. Ich war so in meinem Hamsterrad aus Proben, Auftritten und Feiern gefangen gewesen, dass ich vieles nicht mitbekam und nicht wissen wollte.

Meine Wohnung in London und das Haus in Südfrankreich behielt ich, alles andere habe ich verkauft. Nur an dem Cottage in Stromness hielt ich fest. Aus sentimentalen Gründen. Und dann, nach vier Jahren der Funkstille zwischen Colina und mir, rief sie mich in London an.«

Jasper hob den Blick, und Arline hörte ihm gebannt zu.

»Ich kann gar nicht beschreiben, wie bewegt ich war, als ich ihre Stimme hörte. Wir weinten beide. Sie klang traurig, und es zerriss mir das Herz. Ich hatte ihr gewünscht, dass sie glücklich wird. Aber das war sie nicht. Sie war zutiefst unglücklich mit ihrem Mann.«

Arline legte beide Hände um ihr Whiskyglas.

»Ich will Ihren Vater nicht schlechtmachen, Arline. Ich erzähle Ihnen nur, was Ihre Mutter mir gesagt hat.«

Fragend sah er sie an, und Arline nickte.

»Fahren Sie fort.«

»Sie beklagte sich über seine Kontrollsucht. Er war sehr eifersüchtig und wollte ständig wissen, wo sie hinging und mit wem sie sich traf. Wahrscheinlich spürte er, dass sie sich innerlich von ihm gelöst hatte. Sie blieb nur Ihretwegen bei Thomas. Und selbst das Singen mit der Band machte ihr keine Freude mehr, denn Sam und Ty, vor allem Sam, waren immer um sie herum. Sam sagte dauernd im Scherz zu ihr, dass er sie sofort heiraten würde, falls Thomas sie nicht mehr wollte. Colina fühlte sich eingeengt, hatte keine Freundinnen in der Community, weil diese neidisch auf ihr früheres glamouröses Leben waren. Mit ihrer Schwester verstand sie sich nicht, und ihr Vater starb früh an einem Herzinfarkt. Sie lebte jetzt mit Thomas und Ihnen in dem kleinen Haus in Fisherman's Cove. Das Flicken der Reusen, Verpacken der Krebse und Hummer gehörte zu ihren Aufgaben. Sie tat, was von ihr erwartet wurde, und war in ihrem Herzen schon lange nicht mehr dort.

Als ich ihr sagte, dass ich sie liebe, nie aufgehört hatte, sie zu lieben, gestand sie mir, dass es ihr genauso ging. Jasper, hat sie gesagt, du warst ein egoistisches Arschloch, aber du hast mich gesehen, mich verstanden. Wir haben uns gestritten. Oh, wir haben uns nichts geschenkt. Aber der Versöhnungssex war es wert. Du hast mich geliebt wie niemand zuvor und niemand danach.«

Seine Augen füllten sich mit Tränen, als er weitersprach. »Jasper, sagte sie, kannst du meine Tochter lieben, als wäre sie dein Fleisch und Blut? Ja, ja, natürlich werde ich deine Tochter lieben, wenn du zu mir zurückkommst, habe ich ihr versichert. Und glauben Sie mir, Arline, ich habe es so gemeint.«

Er trank von seinem Whisky und seufzte.

»Sie wollte zu Ihnen zurück? Sie wollte sich von meinem Vater trennen? Davon wusste ich nichts. Das hat mein Vater nie erzählt. Was ist dann passiert?«, wollte Arline mit heiserer Stimme wissen.

»Colina war eine ehrliche Haut. Sie wollte klare Verhältnisse schaffen und mit ihrem Mann sprechen. Die Scheidung wollte sie beantragen und das Sorgerecht für Sie. Ich bin nach Stromness gereist, und wir haben uns heimlich in meinem Cottage getroffen. Es war schwierig für Colina, sich unbemerkt davonzuschleichen. Aber sie hat es getan, und wir haben uns geliebt, uns wie Ertrinkende aneinandergeklammert.«

Jasper räusperte sich. »Ich wollte sie nicht in noch größere Schwierigkeiten bringen, habe ihr Geld für die Reise gegeben und die Insel verlassen. Wir verabredeten, dass ich in Edinburgh auf sie warte. Und ich wartete. Nach zwei Wochen wusste ich, dass etwas nicht stimmte. Ich rief Struff an, der Kontakte auf der Insel hatte. So erfuhr ich von dem schrecklichen Unglück. Colina war mit dem Kutter rausgefahren, in ein Unwetter geraten und ertrunken. Ich konnte es nicht glauben, wollte es nicht wahrhaben. Wochen später bin ich nach Stromness gefahren und habe ihr Grab besucht. Als ich abends im Pub an der Bar saß, kamen Thomas, Sam und Ty herein. Thomas' Blick werde ich nicht vergessen. Kein Hass, aber dieser Vorwurf in seinen Augen war unerträglich. Er muss es gewusst haben.

Als ich dann ziemlich betrunken den Pub verließ, hat Sam mich beim Rausgehen angerempelt. Absichtlich. Da bin ich mir sicher.« Jasper leerte sein Glas. »Danach habe ich jahrelang kein Klavier mehr gespielt. Die Musik hat mich gemieden, weil ich keine Liebe mehr in mir hatte.«

»Aber Sie haben wieder Klavier gespielt? Jemand wie Sie kann doch gar nicht ohne Musik leben«, meinte Arline mitfühlend.

Ein schwaches Lächeln umspielte seine Lippen. »Struff hat nicht aufgehört, mich zu piesacken. Er war ein guter Freund. Der einzige.«

»Das wusste ich nicht. Mein Gott, das wusste ich nicht. Das … ich muss das erst mal verarbeiten. Wissen Sie, was das bedeutet?« Arline sah ihn schockiert an.

»Was meinen Sie?«

»Haben Sie nie daran gedacht, dass der Tod meiner Mutter kein Unfall gewesen sein könnte?«

»Ehrlich gesagt nicht. Sie war doch allein auf dem Kutter. Ich habe keine Ahnung vom Fischen, aber bei Sturm kann schnell etwas passieren. Warum sagen Sie das jetzt?«

»Weil ich glaube, dass mir jemand eine Erklärung schuldet«, antwortete Arline düster.

56

Das Glühen der untergehenden Sonne tauchte die Bucht in violett-rotes Licht. Als Arline bald darauf Stromness erreichte, war es ganz dunkel. Nur der Leuchtturm schickte seine Strahlen in rhythmischen Abständen über den Hafen und die Schiffe. Sie musste im Schritttempo durch die Straßen fahren, um nicht mit einem der Feiernden oder tanzenden Pubbesucher zu kollidieren. Endlich fand sie eine Parklücke in der Nähe ihres Hauses.

Fisherman's Cove. Klang das nicht nach Tradition, nach Gemeinschaft, nach Heimat? Beinahe widerwillig schloss sie die Haustür auf und warf die Schlüssel auf den Küchentisch. Der Abend mit Jasper war unerwartet angenehm verlaufen. Bis auf diese Sache. Das war doch einfach nicht zu fassen! Niemand hatte ihr davon erzählt! Dabei mussten ihr Vater und wahrscheinlich auch Sam und Ty doch gewusst haben, dass ihre Mutter hatte gehen wollen. Schweigen und Lügen. Verdammt, Dad!

Sie ging in ihr Schlafzimmer und zog das Tagebuch hervor. Am Ende fehlten Seiten. Einige waren herausgerissen, und die Kanten wirkten vergilbt. Das konnte Colina getan haben. Aber dahinter gab es drei sauber herausgetrennte Seiten, kaum sichtbar. Nur, wenn man genau hinsah. Hatte ihr Vater die Seiten bewusst entfernt? Nach dem, was sie nun wusste, ging sie davon aus. Er hatte das Tagebuch für sie aufgehoben, aber war zu feige gewesen, sie die ganze Wahrheit lesen zu lassen. Oder nicht? Was, wenn es ganz anders war? Wenn jemand anderes die Seiten herausgerissen hatte? Jemand, der ihre Tasche aus dem Auto entwendet hatte?

Am liebsten wäre sie noch heute zu Sam gegangen, aber der lag gewiss schon betrunken auf dem Sofa. Und Quinn? Was zum Teufel war nur in ihn gefahren? Er könnte sich doch zumindest kurz melden. Dass er ihr nicht vertraute, tat weh, aber er würde seine Gründe haben.

Sie war zu erschöpft, um sich noch mit Faith zu treffen, und schrieb ihrer Freundin eine kurze Nachricht. In dieser Nacht schlief sie schlecht, wachte mehrfach auf und wurde von Albträumen geplagt. Ihre Mutter, Jasper und ihr Vater tauchten darin auf, ein Kutter kenterte im Sturm, und sie erwachte mit einem Gefühl tiefster Verzweiflung und Trauer.

Am nächsten Morgen duschte sie ausgiebig und rief gleich danach Faith an. Ihre Freundin klang noch müde.

»Wie spät ist es? Puuh, wir sind gestern versackt.«

Arline lachte. »Ich komme zu euch, okay? Soll ich Croissants mitbringen?«

»Hm, ja, du warst doch gestern bei diesem Jasper? Wie war es?«, fragte Faith. Im Hintergrund wurde ein Verstärker ausprobiert. »Himmel, Rick, geht's noch? Mein Kopf platzt!«, rief Faith.

»Ja, erzähl ich dir gleich.«

Mit einer Tüte voller Croissants und duftender Brioches stand sie eine halbe Stunde später vor dem Haus ihrer Freunde. Rick war ein Frühaufsteher. Gut gelaunt öffnete er ihr die Tür und begrüßte sie mit einem Wangenkuss.

»Schön, dass du da bist, Arli. Wir haben gestern nicht nur gezecht, sondern auch eine Menge neuer Ideen besprochen.« In einem Shirt, Jeans und barfuß lief er vor ihr durch das Apartment.

Arline schaute auf ihr Handy, noch immer keine Nachricht von Quinn. Sie wollte ihn nicht bedrängen. Vielleicht eine Textnachricht, damit er wusste, dass sie an ihn dachte? Sie tippte: »Alles okay bei dir? Bin bei Faith und den Jungs« und schickte die Nachricht ab.

Faith hockte in Strickjacke und dicken Socken in einem Sessel am Kamin. »Ob ich mir was eingefangen habe? Meine Nase ist dicht.«

»Das kommt vom Saufen …«, witzelte Alex, der sich gerade dehnte.

Arline hielt die Tüte mit den duftenden Backwaren in die Höhe. »Habt ihr Tee? Schön stark?«

Faith stand auf. »Gerade aufgesetzt.«

Die beiden Frauen gingen in die offene Küche. Arline goss sich einen Becher Tee ein und biss in ein Croissant.

»Jetzt erzähl!«, sagte Faith und nahm sich eine Brioche.

Arline gab ihr eine Kurzfassung von dem, was Jasper ihr anvertraut hatte. »Ich verstehe das nicht, Faith. Mein Vater und auch Ty und Sam haben mir etwas verschwiegen. All die Jahre! Ich bin so enttäuscht. Warum haben sie mir nie gesagt, dass meine Mutter sich von Dad trennen wollte?«

»Das wirft ein anderes Licht auf den Unfall, oder?«, kam es nachdenklich von Faith.

»Auf alles! Auf die Ehe meiner Eltern, auf Jasper. Er war nett! Ganz anders, als ich ihn mir vorgestellt hatte. Gar nicht arrogant.« Arline hielt inne. »Und ich glaube ihm. Die Geschichte hat er sich nicht ausgedacht.«

Faith wischte sich einen Krümel aus dem Mundwinkel. »Warum auch? Was hätte er davon? Gar nichts. Und jetzt?«

»Es gibt ja nur noch Sam und Ty, die ich fragen kann, wie das damals war.« Arline trank ihren Kaffee aus. »Und das will ich heute noch machen, wenn ich einen von beiden erwische.«

In diesem Moment summte ihr Telefon. Eine Textnachricht.

»Muss unbedingt mit dir sprechen, Arli. Komm zu meinem Haus in Northdyke, bin den Vormittag da. Aber sag Sam nichts davon. Ty.«

»Wenn man vom Teufel spricht«, murmelte Arline und tippte, dass sie sich auf den Weg machte.

Faith hatte sie beobachtet. »Wichtig?«

»Vielleicht. Ty will mir was sagen. Ich muss los, Faith. Bin nicht lange weg. Und dann habe ich Zeit, versprochen.« Arline umarmte die Freundin.

»Ist doch verständlich. Klär das! Nur so kann man Vergangenes abschließen. Mit Gil hat das ja ganz gut funktioniert …« Faith grinste.

»Ich hoffe es. Aber ja, ich denke schon, dass er mit den Songrechten zufrieden ist.« Arline wandte sich an die Musiker. »Hey, Jungs. Ich muss noch mal weg. Faith erzählt euch, warum. Bis später!«

Als sie auf die Straße trat, zogen am Himmel dunkle Wolken auf, und eine Böe brachte den Geruch des Meeres mit herauf. Die Wellenbewegungen in der Bucht nahmen zu, und feine Gischtkronen waren zu sehen. Die Vorboten eines Sturms? Arline blieb stehen und sah in ihrem Handy nach. Ein Unwetter war nicht angekündigt, aber Böen bis Windstärke neun bedeuteten draußen auf See hohe Wellenberge. Und die See begann in Windrichtung zu rollen. Kein Wetter für Kutter mit Aufbauten zum Auslegen und Einholen von Reusen.

Arline schlug den Kragen ihrer Jacke hoch und zog den Reißverschluss zu. Tys Haus lag nördlich von Stromness an der Küste. Er hatte immer gesagt, dass er irgendwann kein Boot mehr haben, sondern eine Landratte mit einem Garten werden wolle. Das konnte sich niemand vorstellen, der Ty kannte, aber er hatte sein kleines Haus dort oben ausgebaut und tatsächlich einen Garten angelegt. Sie war lange nicht dort gewesen. Ob er jetzt mit seiner Freundin dort lebte? Arline konnte sich Ty so gar nicht mit Filzpantoffeln am Kaminfeuer und ohne Boot vorstellen. Aber warum eigentlich nicht? Ihr Vater hätte auch kürzertreten sollen. Vielleicht wäre er dann noch am Leben.

Der alte Transporter ratterte über die unebene Straße. Der Wind nahm weiter zu, und Arline drehte die Fenster hoch. Es war beinahe zehn Uhr. Ein Pling kündigte eine Textnachricht von Quinn an. Sie lächelte, als sie das Herz sah. Mehr brauchte sie nicht. Im Radio lief ein Bericht über das Folkfestival. Für das Interview mussten sie sich noch vorbereiten. Was tat sie hier eigentlich? Sie sollte bei ihrer Band sein und an neuen Songs arbeiten. Sie fuhr auf Höhe der Klippen von Yesnaby. Die Klippen waren meterhoch und aus Old-Red-Sandstein. Es gab beeindruckende Brandungspfeiler und Blowholes. Die Natur war rau und spektakulär und lockte viele Besucher an. Bei diesem Wetter allerdings weniger. Arline überlegte, dass sie mit der Band hier draußen ein paar Aufnahmen machen sollten. Videoclips waren eine gute Werbung. Wenn das Wetter später mitspielte, könnten sie noch etwas machen. Daran hätte sie früher denken können.

Arline wollte die Nummer von Faith wählen, als ein Anruf von Quinn einging.

»Hey, Arli«, meldete er sich. Seine Stimme klang weniger angespannt als gestern.

»Guten Morgen. Wie geht's dir?«

Er seufzte. »Danke, alles okay. Wegen gestern. Tut mir leid.«

»Muss es nicht«, sagte sie. »Jeder hat mal einen schlechten Tag.«

»Wenn es nur das wäre. Arli, ich würde dir gern erklären, warum ich manchmal so bin.«

»Wenn du reden möchtest, ich bin für dich da. Immer, okay?« Sie wich einem entgegenkommenden Wagen aus und geriet auf den Schotterstreifen.

»Wo bist du? Im Auto?«

»Yep, auf dem Weg zu Ty. Übrigens hatte ich ein gutes Gespräch mit Jasper Carlsen. Überraschend anders. Oh, Mist! Schafe!«

Sie trat auf die Bremse, weil plötzlich eine Gruppe Schafe aus der Böschung kam und über die Straße rannte.

»Ist was passiert? Ich lenke dich ab. Sollen wir später reden?«

»Ist besser, denke ich. Hey, Quinn …«

»Ja?«

»Ich vermisse dich.«

»Ich dich auch. Bis später, Arli.«

Sie legte auf. Der Wagen war gerade noch rechtzeitig zum Stehen gekommen. Das fehlte ihr noch, dass sie eins dieser zotteligen Schafe anfuhr! Sie wartete, doch es blieb bei der kleinen Gruppe. Langsam fuhr sie weiter. Er hatte sich gemeldet. Immerhin. Dass er mit den Dämonen seiner Jahre als Soldat kämpfte, war ihr bewusst. Posttraumatische Belastungsstörungen nannte man das, wenn die Soldaten im zivilen Leben an den Folgen ihrer Einsätze litten. Seufzend hielt sie nach der Abzweigung zu Tys Haus Ausschau.

Nichts war so, wie es schien.

57

Quinn

Der Wind blies stärker, und die Wellen rollten krachend auf den Strand. Quinn war stundenlang über die Insel gewandert. Mit den ersten Sonnenstrahlen hatte er sein Cottage verlassen, gejagt von seinen Schatten, die mit Freddy seit Langem wieder ein Gesicht bekommen hatten.

Freddy, der Lustige, immer zu Unsinn aufgelegte Kerl mit dem roten Haarschopf. Helmand in Afghanistan bestand aus Wüsten und wenigen fruchtbaren Flusstälern. Sie hatten die Hilfstruppen begleitet, die helfen sollten, die zivile Wasserversorgung neu aufzubauen und zu sichern. Nie wussten sie, wer Feind und wer Freund war.

Ausgerechnet Freddy. Quinn sprang von Stein zu Stein und landete in nassem Sand. Eine Welle brach vor ihm und durchnässte ihn bis zu den Oberschenkeln. Das kalte Wasser traf ihn mit Wucht, und er fühlte sich endlich wieder lebendig. Krieg war ein schmutziges Geschäft. Egal, wofür und aus welchem Grund man eine Waffe in die Hand nahm.

Quinn war damals erleichtert gewesen, als sein aktiver Dienst beendet und er ehrenhaft entlassen worden war.

Es gab Kameraden, die dem Dienst hinterhertrauerten. Er nicht. Duff genauso wenig. Kein Blick zurück. Wenn nur die Flashbacks und die Albträume nicht wären. Er war Freddys Trauzeuge gewesen, war bei der Taufe der Tochter dabei gewesen, hatte mit Claire getanzt und sie und Freddy nach Hoy eingeladen. Er hatte sich darauf gefreut, den Freund mit seiner Familie auf der Insel willkommen zu heißen, sie mit dem Boot hinauszufahren und gemeinsam den Sonnenuntergang am Strand zu betrachten. Einfach so. Nur sein, nichts tun, nichts wollen, nur den Augenblick genießen.

Genau das hatte Freddy verlernt. Seine Dämonen hatten ihn nicht aus ihren Klauen gelassen, oder er hatte sich ihnen ergeben. Quinn brüllte seine Trauer in den Wind und schüttelte den dunklen Wolken die Fäuste entgegen. Nicht mit mir, entschied er. Ich will so nicht enden.

Was hatte es für Verhandlungen und edle Vorsätze gegeben. Auf dem Papier las sich alles so nett. Quinn schüttelte den Kopf und stapfte auf den trockenen Sand. Er wollte sich nicht mehr mit diesem Konflikt beschäftigen. Aber er musste mit sich und dem leben, was er getan hatte. Seinen Frieden finden. Und er schuldete Arline eine Erklärung für sein Verhalten. Sie verdiente es, dass er sich ihr öffnete. Wenn sie eine gemeinsame Zukunft haben wollten, mussten sie einander vertrauen. Anders funktionierte eine Beziehung nicht. Und das wollte er. Mit Arline eine Beziehung aufbauen. Sie war ein wundervoller Mensch, schön und leidenschaftlich. Wenn sie sang, bekam er Gänsehaut.

Entschlossen ging er durch den Sand, der mit Steinen durchzogen war. Die Jeans klebte an seinen Beinen, und seine Schuhe schmatzten bei jedem Schritt. Im Cottage zog er sich um und trat auf die Terrasse. Er sah zu dem verlassenen Haus hinüber, das einmal dem Dirigenten gehört hatte. Damals hatten dort Partys stattgefunden. Vielleicht sollte er das auch tun, eine Party in seinem Cottage feiern und das Leben willkommen heißen. Ruhe war eine Sache, Alleinsein auch, aber Einsamkeit konnte einen fertigmachen. Und er wollte nicht länger einsam sein.

Er sah auf die Uhr. Maggie hatte das Café gerade geöffnet. Als er die Stufen hinaufstieg, hörte er Musik und Gelächter. Maggie und Joshua tanzten durch das noch leere Café und hörten auch nicht auf, als sie ihn entdeckten.

»Guten Morgen, Quinn!«, rief Joshua.

»Er ist ein furchtbarer Tänzer, aber ich liebe ihn!«, rief Maggie, und ihr Pferdeschwanz wippte hin und her.

»Was muss ich da von meinem Weib hören?«, scherzte Josh und trat seiner Frau auf den Fuß.

»Autsch! So, jetzt reicht es. Quinn, du willst sicher einen Flat White?«

»Immer, aber ich schaue euch auch gern noch weiter zu.« Quinn setzte sich an den Tisch neben dem Tresen.

»Wo ist denn deine Freundin?«, wollte Maggie wissen, nahm einen Scone aus dem Tresen und griff nach einer Kaffeetasse.

»Die hübsche Dunkelhaarige?«, meinte Joshua und grinste.

»Sieh zu, dass du verschwindest!«, schimpfte Maggie und warf mit einem feuchten Lappen nach ihrem Mann.

Quinn nahm Maggie ihre Neugier nicht übel. Als sie ihm ein Tablett mit Kaffee und frischem Cheddarscone brachte, seufzte er. »Hm, genau das, was ich brauche. Bin seit Stunden wach.«

»Josh hat dich gesehen, als er bei den Schafen war. Was ist los, Quinn? Du musst nichts sagen, aber wenn du willst, ich höre gern zu«, bot Maggie an.

Er lächelte und schnupperte an dem Scone. »Die sind so gut, Maggie! Nein, alles in Ordnung. Wieder. Hast du die Wettervorhersage gehört? Wird der Sturm schlimmer? Ich hatte vor, am Nachmittag nach Mainland rüberzufahren.«

»Uh, das würde ich mir überlegen. Wenn du nach Stromness willst, solltest du am besten gleich los. Das wird noch schlimmer. Kein Orkan, aber schon heftig. Du weißt ja selbst, wie gefährlich es dann ist, um Graemsay herumzufahren. Die Fähre stellt ihren Dienst in einer Stunde ein. Das sagt ja alles.« Maggie wischte den Tresen ab. »Schade um das frische Bananenbrot. Werde ich wohl einfrieren müssen. Da kommt heute kein Tourist mehr.«

»Ich kaufe es dir ab und bringe es Arli und ihren Freunden mit. Die wollten heute proben.« Quinn strich sich Butter auf den Scone und biss hinein.

»Ehrlich? Okay, das freut mich. Schmeckt frisch am besten. Arli hat eine Band, oder? Die will ich mal hören. Sind sie gut?«

»Sehr gut sogar. Du kannst sie am Montag im Orkney Radio hören.«

Draußen flog eine Plane vorbei, und das Meer donnerte hörbar auf den Strand. Er musste sich tatsächlich beeilen, sonst kam er mit dem Boot nicht einmal mehr aus dem Hafen hinaus. Er nahm sein Handy und hielt es entschuldigend hoch.

»Hey, mach, ich packe dir das Brot ein.« Maggie verschwand, und Quinn rief Arline an.

58

Arline

Das Haus war weiß gestrichen. Rosen blühten neben dem Eingang, und der kleine Garten wirkte gepflegt. Anders als bei einem Fischer zu erwarten wäre, lagen keine Bojen im Garten, und es gab keinen Anker auf dem Parkplatz. Ty hatte sich einen Rückzugsort geschaffen, der friedvoll und heimelig aussah. Abgesehen vom Meer, das unterhalb der Klippen toste und brüllte. Arline schmeckte das Salz auf den Lippen.

Ein Windstoß fuhr über das Land, und sie schwankte ein wenig, musste die Autotür kraftvoll zudrücken. Neben Tys blauem Kastenwagen stand ein Motorrad. War das nicht Sams? Sie hatte ihn früher öfter mit seinem Motorrad gesehen. Und warum war Sam jetzt hier, wo Ty sie doch gebeten hatte, ihm nichts von dem Treffen zu erzählen?

Seufzend ging sie auf das Haus zu. Der Himmel war mittlerweile dunkelgrau, die Wolken ballten sich drohend über ihnen zusammen, und das Meer tobte an den Klippen. Wie eine Horde Schimmel galoppierte die Gischt auf den Wellenkämmen. Jetzt sollte man nicht mit dem Boot draußen sein. Arline stemmte sich gegen den Wind und klopfte. Niemand antwortete.

Sie ging durch ein hölzernes Gartentor auf Trittsteinen zur Hinterseite des Hauses. Ty hatte eine Terrasse gebaut und Steine der Insel verlegt. Große Pflanztöpfe standen darauf. Der Wind zerrte an den Blumen und den Stauden entlang der Hausmauer. Sie schaute zu den Terrassentüren. Drinnen standen sich Ty und Sam in aggressiver Haltung gegenüber, und dann richtete Sam plötzlich eine Harpune auf Ty. Keine Walfangharpune, sondern eine moderne automatische, wie man sie zum Tauchen verwendete. Arline stieß einen Schrei aus und rannte zur Terrassentür, die abgeschlossen war. Sie schlug dagegen.

»Was macht ihr denn da? Sam! Hör auf!« Panisch lief sie zurück nach vorn.

Bevor sie erneut zur Haustür ging, drückte sie auf dem Handy Quinns Nummer. Vielleicht war er schon von Hoy zurück. Er oder Duff waren die Einzigen, die diese beiden Irren vor sich selbst bewahren konnten.

»Quinn?«, rief sie, als er sich meldete. »Wo bist du?«

»Habe gerade im Hafen von Stromness angelegt. Was ist los?«

»Ich bin bei Ty, oben in seinem Haus. Sam ist da, die tun sich was an, Quinn! Ich muss da jetzt rein und das verhindern!«

»Nein! Bleib draußen, Arli!«, schrie Quinn, doch sie legte auf und versuchte, die Haustür zu öffnen. Sie war nicht abgeschlossen.

Vorsichtig warf sie einen Blick in den kleinen Flur und konnte die Männer hören.

»Sam, reiß dich zusammen! Du machst es ja nur noch schlimmer!«, versuchte Ty den alten Freund zu beruhigen.

»Es kann ja gar nicht schlimmer werden! Du verstehst das nicht, Ty! Ich habe Thomas gestoßen, ich war es! Er wollte reden, genau wie du. Aber das dürft ihr nicht. Verdammt noch mal, wir haben all die Jahre dichtgehalten. Und plötzlich meldet sich sein Gewissen. Dieser Dummkopf«, brüllte Sam.

Arline stieß die Tür zum Wohnzimmer auf. »Sam! Sag, dass das nicht wahr ist. Du bist doch mein Freund, wir sind wie eine Familie! Sam!«

Sam stand mit dem Rücken zur Wand, die Harpune auf Ty gerichtet, der kreidebleich war.

»Arli, es tut mir so leid, dass ich dich da reingezogen habe. Ich wollte dich allein sprechen, dir erklären, was damals wirklich passiert ist«, sagte Ty. Seine Knie zitterten, und er suchte nach Halt.

»Lass die Hände da, wo ich sie sehen kann!«, befahl Sam. Seine Haare waren zerzaust, er war unrasiert, und seine Augen wirkten glasig, doch seine Zunge war nicht schwer. Er hatte mit Sicherheit getrunken. Gerade so viel, dass er aufgeputscht losgefahren war, um seinen Freund zum Schweigen zu bringen.

»Was willst du denn machen, Sam? Erst Ty und dann mich umbringen? Und dann? Kannst du damit weiterleben?« Arline atmete tief durch, um sich ihre Angst nicht anmerken zu lassen.

Sam bleckte die Zähne und stieß einen unterdrückten Schrei aus. Tränen quollen ihm aus den Augen. »Nein! Nein, ich will das nicht! Ich wollte das alles nicht, nie! Aber Thomas und ich steckten da zusammen drin. Und er hat mich verraten!«

Seine schwieligen Hände hielten die Harpune umklammert, und es bedurfte nur eines winzigen Zugs, und der tödliche Speer würde nach vorn schnellen und Ty in den Leib treffen.

»Geh raus, Arli, verschwinde, lass uns das hier klären«, flehte Ty.

Doch sie schüttelte den Kopf. »Ich will wissen, was damals geschehen ist. Sam, das schuldest du mir. Lass mich nicht mit dieser Ungewissheit zurück. Bitte, Sam!«

In ihrem Inneren versuchte sie zu verarbeiten, dass Sam ihren Vater wohl im Streit gestoßen hatte. Ihr Vater hatte das Schweigen nicht länger ertragen. Deshalb war er in den letzten Monaten so bedrückt gewesen.

»Worum geht es, Sam? Was wollte mein Vater mir sagen?«

In Sams Miene kämpften Verzweiflung, Wut und Furcht miteinander. Er keuchte und stieß einen Fluch aus. »Man verrät seine Freunde nicht. Thomas hat unseren Schwur gebrochen!«, brachte Sam stoßweise hervor. Die Harpune bewegte sich bedrohlich auf und ab.

»Es geht um deine Mutter, Arli«, sagte Ty leise.

»Halt den Mund! Du Feigling! Was ist los mit dir, du hast es auch gewusst und bist mit dran, genau wie wir!«, schrie Sam.

»Ich war nicht mit an Bord, als es passiert ist, und ich habe sie auch nicht auf den Kutter geschafft und bei …«, rief Ty, doch Sam brüllte und drückte ab.

Ty warf sich zur Seite, war aber nicht schnell genug. Das Geschoss durchbohrte seinen Oberschenkel. Wimmernd brach er auf dem Boden zusammen und hielt sich das Bein. »Scheiße, Sam! Was ist denn los mit dir? Wolltest du mich wirklich umbringen?«

Wie erstarrt stand Sam da und starrte auf den verletzten Freund, aus dessen Bein anklagend die Harpune ragte. Arline hob die Hände. »Ich will ihm nur helfen, Sam.«

Der Anblick des Verletzten und das Blut, das aus der Wunde quoll, schienen Sam zur Besinnung gebracht zu haben. Er ließ die Waffe fallen und taumelte nach hinten. Als er gegen einen Sessel stieß, ließ er sich fallen und vergrub das Gesicht in den Händen. Arline hörte ihn weinen und beugte sich erleichtert zu Ty. »Lass mal sehen. Oh, verflucht.« Der Speer war glatt durchgeschossen, und die Spitze mit dem Widerhaken sah unten hervor.

»Da dürfen wir nicht dran rühren, Ty. Das müssen die im Krankenhaus machen. Ich hole was zum Abbinden.«

»Gib mir einen Whisky! Da oben im Schrank steht was«, knurrte Ty und stöhnte auf.

Arline erhob sich und wählte auf ihrem Handy den Notruf. Sie gab die Adresse und die Art der Verletzung durch.

»Eine Harpune?«, fragte die Frau in der Notrufzentrale. »Was ist passiert, ein Angriff oder ein Unfall?«

Arline beobachtete Sam, dessen Körper von Weinkrämpfen geschüttelt wurde. »Ein Unfall.«

»Ich muss trotzdem die Polizei benachrichtigen. Immerhin ist eine Waffe im Spiel.«

»Nur den Notarzt, wirklich. Ich schätze, der Verletzte muss sofort operiert werden. Der Speer steckt fest im Oberschenkel«, sagte Arline.

»Ich gebe das so weiter und schicke Ihnen den Hubschrauber. Noch kann er fliegen.«

Arline legte auf und nahm eine halb volle Whiskyflasche aus einem Glasschrank neben Sams Sessel. Damit ging sie zu Ty, der einen tiefen Zug nahm.

»Hast du ein Messer?«, fragte sie Ty.

»In der Küche.«

Sam hatte zugehört und griff in seine Hosentasche. Sofort zuckte Arline zurück.

»Hier, ein Taschenmesser.« Er hielt es ihr hin.

Arline nahm es, klappte es auf und schnitt die Hose rund um den Speer auf. Dann nahm sie die Whiskyflasche.

»Wird etwas brennen«, warnte sie Ty.

»Mach schon«, stöhnte er, »und dann gib mir die Flasche.«

Sie goss einen guten Schwall Whisky auf die Wunde. Ty fluchte. »Das wird dich was kosten, Sam.«

»Scheiße, Mann, ich weiß nicht, was mit mir los ist. Ich bin durchgedreht.« Sam sah auf, und sein Blick war leer.

Arline hörte einen Wagen mit quietschenden Bremsen vor dem Haus halten. Gleich darauf stürmte Quinn ins Haus. Er erfasste die Situation mit einem Blick.

»Geht es dir gut, Arline?«, wollte er wissen, bevor er sich Ty anschaute und dabei Sam aus dem Augenwinkel beobachtete.

»Ja. Nichts passiert. Sam wollte gar nicht schießen. Der Speer hat sich gelöst und Ty getroffen«, verteidigte Arline den alten Freund.

Quinn warf Sam einen prüfenden Blick zu. »Na, das wird noch zu klären sein. Wer bringt schon eine Harpune zum Besuch von Freunden mit?«

Ty setzte erneut die Whiskyflasche an, doch Quinn nahm sie ihm aus der Hand. »Lieber nicht. Habt ihr die Rettung gerufen?«

»Ja, die schicken den Hubschrauber«, sagte Arline.

»Dann halte durch, Ty. Die Medikamente wirken besser, wenn du nicht so viel Alkohol im Blut hast.« Quinn gab Arline die Flasche.

Als ihre Hände sich berührten, hielten sie kurz inne und sahen sich an. Alles würde gut werden, wusste Arline in diesem Moment.

»Okay, Sam. Ich habe dir gerade eben den Arsch gerettet. Dafür erzählst du mir, was in der Nacht mit meinem Vater passiert ist. Und ich will wissen, warum mir nie jemand gesagt hat, dass meine Mutter sich von ihm scheiden lassen wollte.«

Erschüttert presste Sam die Hände auf seine Knie. »Du weißt es?«

»Von Jasper Carlsen, ja. Und der Mann lügt nicht. Er hat überhaupt keinen Grund dazu. Aber du anscheinend schon. Verdammt noch mal, jetzt red endlich!«, rief Arline.

59

Sam rieb sich das Gesicht und streckte die Hand nach der Whiskyflasche aus, die noch am Boden stand. Arline gab sie ihm.

»Sollen wir Ty aufs Sofa heben?«, fragte sie Quinn.

Der hatte Ty inzwischen das Bein oberhalb des Speers abgebunden. »Ja, dann kann er das Bein auf einen Stuhl legen. Schaffen wir das zusammen, Arli?«

Arline trat neben Ty. »Klar. Ty hilft ein wenig mit, okay?«

Gemeinsam hoben sie den Verletzten aufs Sofa, schoben einen Stuhl heran und machten es Ty so bequem, wie es unter den Umständen möglich war. Dann stellte sich Arline neben Quinn und griff nach seiner Hand.

Quinn zog sie an sich und legte ihr den Arm um die Schultern. »Wir sind ganz Ohr, Sam.«

Das Wohnzimmer war nicht groß, und Bücherregale bedeckten eine Wand. Dass Ty gerne las, hatte sie nicht gewusst. Hatte sie die beiden überhaupt je richtig gekannt?

Sam nahm einen weiteren Schluck Whisky, wischte sich über den Mund und begann bedächtig zu sprechen: »Du warst gerade mal fünf Jahre alt, Arli. Wir haben jeden deiner Geburtstage zusammen gefeiert, wir waren doch eine Familie! Colina war seit Monaten stiller, war nicht mehr so fröhlich. Wenn sie mit uns aufgetreten ist, hatte sie immer dieses besondere Strahlen. Das war weg. Es war offensichtlich, dass sie irgendwas hatte, aber Thomas hatte Angst, sie darauf anzusprechen. Manchmal, wenn wir beide schon ordentlich gebechert hatten, hat er mir sein Herz ausgeschüttet.

Wir waren Freunde und haben unsere Sorgen geteilt, uns geholfen. Aber mit den Frauen ist das so eine Sache. Ich bin ganz ehrlich. Ich war in Colina verliebt. Schon immer. Seit unserer Jugend. Aber sie hat in mir nie mehr gesehen als nur den Kumpel, den Typ, der anpacken und verschiedene Instrumente spielen konnte. Diese Stimme, jeder, der sie hörte, war von ihr gefangen. Sie war eine Erscheinung.« Sam starrte vor sich auf den Teppich, hob dann langsam den Blick und sah Arline an. »Sie war so schön, wie du, Arli. Wir konnten sie doch nicht gehen lassen! Sie hatte sich für Thomas entschieden, ihm ein Kind geboren, und nun wollte sie ihm das wegnehmen und uns alleinlassen!«

Arline drückte sich an Quinn. Sie war so froh, dass er gekommen war.

»Es war ein stürmischer Februar. Ich kam abends zu Thomas, da saßen sie am Küchentisch und diskutierten. Thomas weinte. ›Das kannst du nicht machen, Colina!‹, flehte er. ›Du hast mich geheiratet, wir haben Schwüre getauscht, bis dass der Tod uns scheidet. Hast du das vergessen?‹ Sie sah ihn traurig, aber mit einer großen Entschlossenheit an. Da wusste ich, dass sie sich entschieden hatte. Beinahe mitleidig sagte sie zu ihrem Mann: ›Wenn wir ehrlich sind, haben wir beide gewusst, dass diese Ehe nicht aus Liebe geschlossen wurde.‹ ›Doch! Doch, natürlich‹, rief Thomas.

›Nein, Thomas‹, sagte sie, ›du verehrst mich auf eine ungesunde Weise. Das ist nicht normal. Ich bin keine Heilige, ich bin eine Frau aus Fleisch und Blut, und ich habe Sehnsüchte. Ich habe mich schuldig gemacht, als ich dich geheiratet habe. Aber ich war schwanger. Gott, ich hätte nicht gedacht, dass ich überhaupt noch einmal schwanger werden könnte. Aber es ist passiert. Und ich liebe unsere Tochter. Ich habe dich wegen Arline geheiratet, dachte, das wäre das Richtige und dass wir uns schon irgendwie zusammenraufen würden. Aber es funktioniert nicht, Thomas. Es geht einfach nicht. Ich liebe dich nicht.‹

Wie Thomas sie daraufhin ansah, werde ich nie vergessen. Er war ein gebrochener Mann. ›Du liebst ihn noch immer, nicht wahr? Hast du ihn wiedergesehen?‹, wollte er wissen.

›Ja, das habe ich, und ich werde dich mit Arline verlassen und zu Jasper gehen. Ich will die Scheidung, Thomas.‹ Colinas Stimme war fest, und sie hat nicht geweint. Für mich war klar, dass sie sich mit der Trennung schon lange beschäftigt hatte. Was ich nicht verstehen konnte, war, wie sie so kaltherzig sein und Thomas die Tochter nehmen konnte.

›Wann?‹, fragte Thomas leise.

›Am Wochenende‹, antwortete sie und griff nach seiner Hand. Ich konnte das nicht mitansehen und sagte ihr, was ich von ihrer Entscheidung hielt. Nichts.

›Halt dich da raus, Sam‹, meinte sie nur. ›Das ist unser Leben. Ich habe immer getan, was andere von mir verlangten, immer. Ich kann nicht mehr mit dieser Lüge leben. Jeder hat das Recht auf ein Stück Glück, und ich hole mir jetzt meins. Ich habe Fehler gemacht. Wir sind alle nur Menschen. Aber es ist nicht zu spät, Thomas, du findest eine andere Frau. Eine, die dich aufrichtig liebt und das, was du ihr geben kannst, schätzt. Mir ist es nicht genug. Ich habe mich verändert. Ich hätte nie zurückkehren sollen. Das weiß ich jetzt. Ich werde dir Arline nicht wegnehmen. Du kannst sie sehen, sie wird dich in den Ferien besuchen. Das lässt sich alles regeln. Wir sind doch erwachsen genug, um das zu klären, oder, Thomas?‹

Thomas stand auf, schüttelte den Kopf und griff nach seiner Öljacke. ›Lass uns in den Pub gehen, Sam. Und morgen fahren wir raus und holen die Reusen ein. Kommst du mit, Colina? Oder bist du dir dafür jetzt zu fein? Wo du doch nur noch in London und in teuren Hotels leben wirst. Was soll das überhaupt für ein Leben für unsere Tochter werden? Steckst du sie dann in ein Internat, wenn du mit ihm herumreist? Hast du das mal zu Ende gedacht?‹

Ich konnte ihn verstehen. Was wäre das für ein Leben für dich geworden, Arline? Ewig zwischen den Stühlen, hin und her gereicht. Internate, pah, das sind Institutionen für Kinder, die den Eltern zur Last fallen. Nein, hier auf Mainland ist es schön für ein Kind. Hier hast du doch alles gehabt, die Natur, das Meer, deinen Dad! Hat er sich nicht rührend um dich gesorgt? Ich habe Thomas immer bewundert, wie er das hinbekommen hat.«

Arline sagte nichts.

»Am nächsten Tag sind wir frühmorgens rausgefahren. Thomas auf seinem Boot mit Colina, ich mit meinem. Ab Mittag sollte das Wetter umschlagen. Es war kalt. Colina arbeitete mit, wie immer, wenn sie auf dem Kutter half. Sie kannte das von ihrem Vater und wusste genau, was zu tun war. Sie fuhr auch manchmal allein raus. Ihr machte keiner was vor. Eine unglaubliche Frau war sie. Wenn wir mit mehreren Booten zusammen rausfuhren, trafen wir uns oft zum Lunch bei dem einen oder anderen. Colina hatte das Essen vorbereitet. Ich glaube, sie hatte sich extra große Mühe mit dem Essen gegeben. Sandwiches, Käse und Scones hatte sie dabei. Wir lagen in einer Bucht auf der Westseite von Hoy. In der Ferne fuhren die Öltanker und ein Trawler vorbei. Die See war kabbelig, aber noch nicht sehr aufgewühlt. Der Wind nahm zu, aber wir hatten noch genügend Zeit, um sicher nach Stromness zurückzufahren.

Colina machte das Essen fertig und kam nach oben, um uns zu rufen. Ich weiß noch, wie Thomas sie ansah und sagte, warum sie sich überhaupt noch Mühe gäbe, sie sei ein herzloses Miststück. Da wurde sie so wütend, dass sie nach vorne stürmte und ihm ins Gesicht schlug. ›Ich muss mich für meine Entscheidung nicht rechtfertigen. Sei doch wenigstens einmal ehrlich zu dir und mir!‹, rief sie. Ich konnte das nicht mitansehen und ging dazwischen, denn Thomas kochte vor Wut und stieß sie von sich. Ich packte Colina und schüttelte sie. Schrie sie an, dass sie doch zur Besinnung kommen solle. Ihr Leben sei hier auf der Insel bei ihrer Familie und ihren Freunden. Doch sie machte sich los, rutschte auf dem nassen Boden aus, stolperte und knallte rückwärts mit dem Kopf gegen die Kurbel der Winde.«

Sam hob den Blick. »Es war ein Unfall, Arline, ein tragischer, schrecklicher Unfall. Keiner konnte was dafür! Das verstehst du doch, oder?«

Arline presste sich die Hand an die Lippen. »Und dann? Es hieß doch, sie wäre allein auf dem Kutter gewesen?«

Ty stöhnte. »Sie haben deine Mutter mit dem Kutter deines Vaters rausgefahren und sie über Bord gestoßen!«

Sam wollte aufspringen, doch Quinn knurrte: »Bleib sitzen.«

»Ja, wer hätte uns denn geglaubt? Nach allem, was sie vorhatte, hätten doch alle gesagt, dass Thomas sie umgebracht hat!«

»So ein Unsinn! Das habt ihr euch eingeredet. Wie konntet ihr das nur tun, Sam?« Ty biss die Zähne zusammen und brachte mit heiserer Stimme hervor: »Als Thomas und Sam allein auf Sams Kutter zurückkamen, wusste ich, dass was passiert ist. Sie haben sich eine Geschichte ausgedacht, warum Colina allein draußen war, und die Leute haben es ihnen abgenommen. Zwei Wochen später hat ein niederländischer Trawler ihre Leiche im Netz gehabt. Hässlich war das, Sam, so schrecklich hässlich.«

»Ja, verdammt, das war es, aber hätten wir für einen Unfall in den Knast gehen sollen?«, verteidigte sich Sam.

Arline drückte sich an Quinn. »Wie konntet ihr das tun, wie konntet ihr nur? Und mein Vater? War das auch ein Unfall?«

Sam trank aus der Whiskyflasche und verzog den Mund. »Dein Vater und ich, wir hatten geschworen, niemals über die Sache zu reden. Niemals! Aber er wurde weich und hatte Albträume. Seine Schuldgefühle haben ihn aufgefressen. Er wolle sein Gewissen erleichtern, sagte er. Darüber haben wir uns in der Nacht vor dem Pub gestritten und uns geprügelt, und dann ist er gegen diesen Poller gestürzt.« Sam sah sie nicht an, sondern hielt sich die Flasche an den Hals.

»Er ist gestürzt«, meinte Arline sarkastisch. »Und du hast ihm nicht von hinten eins übergezogen, weil er endlich den Mund halten sollte? Nein? Bist du dir da sicher, Sam?«

Sie glaubte ihm nicht, und weil Ty ebenfalls schwieg, war sie davon überzeugt, dass Sam log.

»Ich bin kein Mörder«, sagte Sam und sah ihr in die Augen.

»Ty?«, wandte sich Arline an den Verletzten.

»Ich weiß es nicht, Arli«, sagte Ty. »Ich wünschte, ich wüsste es, aber ich war nicht dabei.«

»Das Tagebuch, Sam. Hast du es aus meiner Tasche

gestohlen und die Seiten herausgerissen?«, fragte Arline, denn das schien ihr nun plausibel.

Sam fuhr sich mit der Zunge über die Lippen. »Zufall. Ich war gerade an der Tauchschule und sah dich ankommen. Ich habe einfach nur deine Tasche gegriffen und die Gelegenheit genutzt. Du hast so viel von dem Tagebuch geredet, schienst es aber noch nicht gelesen zu haben. Hättest du die letzten Seiten gelesen, hättest du Verdacht geschöpft, oder? Colina hat von Jasper und ihren gemeinsamen Plänen geschrieben. Dein Vater konnte es dir nicht sagen, aber er wollte, dass du liest, wie es um ihre Ehe stand. Und dann hat Thomas noch daruntergeschrieben, dass es ihm leidtut. Das hättest du einfach nicht lesen sollen!« Der Fischer, der mit einem Mal alt und gebrochen wirkte, schwieg.

Vielleicht wollte sie gar nicht wissen, ob Sam ihren Vater hinterrücks erschlagen hatte. Wie sollte sie damit leben? Die Wahrheit über den Tod ihrer Mutter war schwer genug zu ertragen.

Lautes Brummen kündigte den Hubschrauber an. Und wenig später rollte auch ein Polizeiwagen auf den Parkplatz. Die Dame in der Notrufzentrale hatte also doch die Polizei benachrichtigt. Der Notarzt versorgte Ty mit Schmerzmitteln.

Arline musste dem Constable erklären, was vorgefallen war, und blieb bei ihrer Version, dass sich der Schuss aus Sams Waffe gelöst hatte.

»Wir würden Sie dennoch mit auf die Wache nehmen, Sir«, sagte der Constable zu Sam. »Falls wir noch

Fragen an Sie haben«, sagte er zu Arline, »haben wir Ihre Telefonnummer.«

Ty lag auf einer Trage. »Schließt du ab, Arli? Und gibst du mir mein Handy?«

»Ja, sicher.« Sie holte sein Telefon, das auf dem Couchtisch lag, und drückte es ihm in die Hand.

»So, wir müssen los!«, drängte der Arzt, und zusammen mit zwei Sanitätern trugen sie Ty samt Speer in seinem Bein hinaus.

Sam ging wortlos mit dem Constable hinterher. In der Tür drehte er sich noch einmal zu Arline um und nickte unter Tränen.

Quinn strich ihr über die Haare. »Er hat doch auf Ty geschossen, oder nicht?«

Arline nickte.

»Warum?«

Sie drehte sich zu ihm um und umarmte ihn. »Was hätte es gebracht? Ich weiß nicht, ob er Dad absichtlich getötet hat oder ob das auch ein Unfall war. Eigentlich möchte ich mir nicht vorstellen, dass Sam meinen Vater absichtlich … nein, es war ein Unfall.« Sie holte tief Luft. Irgendwann musste Schluss sein. Hass war ein verheerendes, zerstörerisches Gefühl, das sie nicht in ihr Leben lassen wollte. Und sie würde Sam hassen, wenn sie ihn als Mörder ihres Vaters sah. Was die beiden Männer damals getan hatten, war unverzeihlich. Ihre Mutter einfach über Bord zu werfen! Die Vorstellung allein war so furchtbar, dass Arline sich fragte, wie es ihr gelingen könnte, damit umzugehen. Sie würde einen Weg finden, mit diesem Wissen zu leben, es anzunehmen. Ob sie jemals verzeihen konnte? Es war im Grunde so gekommen, wie sie es befürchtet hatte – nichts war mehr so wie vorher. Ihre Welt hatte einen Riss bekommen. Und es lag bei ihr, ob sie zulassen würde, dass dieser Riss größer und schmerzhafter oder schmaler würde und vielleicht irgendwann nur noch eine blasse Erinnerung war.

Quinn umfasste ihr Gesicht sanft mit den Händen und küsste sie.

»Wir leben jetzt, und ich möchte nach vorn schauen«, flüsterte sie.

»Das will ich auch, Arli, und zwar mit dir.«

Eine tiefe Wärme durchströmte sie. »Aber weißt du, dass ich mit Jasper gesprochen habe, das war wichtig. Sie haben sich wirklich geliebt. Komm, das muss ich dir erzählen. Und ich habe Hunger!«

»Dann fahren wir jetzt in den Pub und lassen uns das beste Essen von Duff auftischen. Ich muss dir auch einiges erzählen, Arli.«

Er nahm ihre Hand.

60

Stromness, *Beachcomber*, einige Tage später

Das Festival war vorbei, und Stromness gehörte endlich wieder den Einheimischen. Nun ja, abgesehen von ein paar Touristen. Arline stand an der Bar und wartete auf ihre Bestellung. Verträumt lächelnd betrachtete sie den Tisch, an dem Faith, Alex, Rick und Quinn saßen und sich lebhaft unterhielten. Ihre Freunde waren die Besten. Als sie von Sams Ausraster hörten, hatten sie sofort ihren Aufenthalt verlängert, um für sie da zu sein. Gemeinsam wollten sie nun Arlines Haus entrümpeln. Ein Neuanfang fing mit dem Wegwerfen von Altlasten an. Und einem Radiointerview, denn das war gut gelaufen und würde seine Kreise ziehen.

»Vier Pints und eine Weinschorle«, sagte Duff und stellte alles auf ein Tablett.

»Danke, Duff«, sagte Arline. »Und ich helfe wirklich gern morgen aus. Du kannst mich überhaupt öfter einplanen. Ich habe vor, eine Weile zu bleiben, weißt du.«

Duff grinste. »Finde ich gut. Skye freut sich auch, und unser Quinn ist wie ausgewechselt.«

Arline errötete ein klein wenig. Mein Quinn, dachte

sie, obwohl sie Besitzansprüche nicht mochte. Sie waren zusammen und würden sehen, was kam.

»Er ist ein Guter, Arli«, sagte Duff leiser und sah sie ernst an. »Auch wenn er mal schlechte Tage hat. Gib ihm Zeit, die haben wir alle gebraucht nach dem Krieg.«

Sie nickte. »Ach, Duff, ich wünschte, ich könnte ihm seine Albträume nehmen, aber ich bin einfach für ihn da, wenn er will.«

Duff klopfte mit den Fingerknöcheln auf den Tresen. »Ihr macht das schon. Ja, bitte? Wie kann ich helfen?«

Damit ging er zum nächsten Gast, und Arline trug das Tablett mit den Getränken zum Tisch.

»Hey, was habt ihr ausgeheckt?«, meinte sie in die Runde, denn ihre Freunde sahen sie erwartungsvoll an.

»Also, pass auf«, begann Faith. »Quinn schreibt doch so tolle Texte. Damit wollen wir ein Album machen – unser erstes gemeinsames Album ohne Gil. Alex will verschiedene Flöten ausprobieren, um einen neuen Sound zu kreieren, und Rick hat auch ein paar Ideen. Ich bleibe bei meiner Fiddle. Aber die Arrangements … Da sollst du dir den Kopf machen.«

Arline sah bewegt von einem zum anderen. »Ihr seid großartig! Wisst ihr das? Ich liebe euch!«

Alex räusperte sich, Rick grinste, und Faith lächelte.

»Du hast tolle Freunde, Arli. Dass ihr meine Texte mögt, ist einfach, Mann, es macht mich glücklich«, sagte Quinn. »Danke, Leute.«

Arline beugte sich zu ihm und gab ihm einen langen Kuss.

»Äh, Arli, da kommt jemand, der zu dir will, glaube ich«, sagte Faith.

Arline löste sich von Quinn, und alle schauten zur Tür.

Jasper Carlsen.

»Bin gleich zurück.« Arline stand auf und ging zu Jasper. Sicher wollte er sich verabschieden.

Als sie vor ihm stand, nahmen seine Augen einen warmen Ausdruck an. »Hallo, Arline. Ich wollte Sie um etwas bitten, bevor ich abreise.«

»Oh, Sie wollen schon fahren?«

Er zupfte an seinem Halstuch. »Das Cottage ist verkauft. Aber das bedeutet nicht, dass ich nicht wiederkommen könnte.«

»Ich würde mich freuen!«

Er lächelte. Sein mit feinen Linien durchzogenes Gesicht wirkte nicht so alt, wie er sein musste. »Wir bleiben in Kontakt. Arli, würden Sie mit mir einen Song singen? Ich habe lange nicht gespielt, meine Finger sind wahrscheinlich etwas eingerostet, aber es würde mir viel bedeuten.«

Jasper Carlsen wollte sie auf dem Klavier begleiten! »Ich …«, stotterte sie. »Ja, gerne. Das Klavier ist ganz okay, denke ich.«

Sie gingen zur Bühne.

Jasper setzte sich auf den abgewetzten Hocker und öffnete den Deckel. Dann ließ er die Finger spielerisch über die Tasten gleiten. Augenblicklich wurde es still im Pub. Selbst Tonleitern klangen unter seinen Händen wie eine Symphonie. Er trug ein Tweedsakko, Hemd und eine Stoffhose. Goldene Manschettenknöpfe blitzten unter den Ärmeln hervor.

»Was wollen wir spielen?«, fragte Arline heiser und rieb ihre plötzlich kalten Hände aneinander.

»Kennen Sie ›Mountain Thyme‹?«, fragte Jasper und spielte die ersten Akkorde des traditionellen Liedes.

»Ja. Einen Moment.« Arline schloss kurz die Augen und rief sich die Worte des Folksongs ins Gedächtnis. »Okay.«

Jasper spielte mit viel Gefühl und gab ihr mit den Augen den Einsatz.

»*Oh, the summer time is coming, and the trees are sweetly blooming, and the wild mountain thyme grows around the purple heather. Will you go, lassie go*?«, sang Arline, und die Melodie erfüllte sie mit Wehmut, Trauer und Hoffnung.

Während sie sang, glitt ihr Blick zu Quinn und ihren Freunden, und sie fühlte sich so geborgen und glücklich wie nie zuvor. Die letzten Töne des Klaviers verklangen, und es blieb sekundenlang still im Pub. Dann standen die Leute auf und klatschten begeistert Beifall.

Verlegen drehte sich Arline zu Jasper um, der Tränen in den Augen hatte. Er erhob sich.

»Es wird Zeit für mich, Arli. Danke.«

Die Leute riefen nach einer Zugabe, doch Arline winkte ab.

»Das war's, sorry. Vielleicht spielen wir mit der Band nachher noch was für euch!«

Sie wandte sich Jasper zu, der langsam die Bühne verließ.

»Begleiten Sie mich nach draußen?«, fragte er sie.

Gemeinsam verließen sie den Pub. Seit Tagen schien endlich die Sonne, und die Wolken waren weiß. Jasper ging bis zum Ende der Terrasse, wo sie ungestört waren. Er griff in die Tasche seines Sakkos und zog eine kleine Schachtel hervor.

»Ich möchte, dass du ihn bekommst, Arli.«

Die vertraute Anrede berührte Arline tief, genau wie die unerwartete Geste. »Das ist …?«

»Nimm du ihn, bitte, Arli.« Jasper sah sie lange an und strich ihr über die Wange.

Ob er dachte, was sie gerade fühlte? Dass er ihr Vater hätte sein können? Sie schluckte, umschloss das Kästchen mit einer Hand und umarmte Jasper.

Er drückte sie kurz an sich und ging dann zum Hafen. Ein großer alter Mann. Wir bleiben im Kontakt, hatte er gesagt. Arline sah ihm lächelnd nach. Als er aus ihrem Blickfeld verschwunden war und sie sich umdrehen wollte, kam ihre Tante vom Parkplatz herunterspaziert. Arline hob den Arm und winkte.

»Mogs!«

Ihre Tante winkte zurück, sichtlich erfreut, sie zu sehen. Sie hatten einander viel zu erzählen, dachte Arline. Während sie auf Mogs wartete, schweifte ihr Blick über die bunten Fischerboote im Hafen. Die Möwen zogen ihre Kreise, und graue Wolken trieben über den Himmel. Eine Melodie stieg in ihr auf, sanft, hoffnungsvoll und lebenshungrig.

»Until we meet again«, summte sie. Bis wir uns wiedersehen.

Autorin

Constanze Wilken, geboren 1968 in St. Peter-Ording, studierte Kunstgeschichte, Politologie und Literaturwissenschaften in Kiel und promovierte an der University of Wales in Aberystwyth. Als Autorin ist sie sowohl mit großen Frauen- als auch mit historischen Romanen erfolgreich.

Constanze Wilken im Goldmann Verlag:

Ein Sommer in Wales. Roman (E-Book)
Sturm über dem Meer. Roman (E-Book)
Das Erbe von Carreg Cottage. Roman (Auch als E- Book)
Die Klippen von Tregaron. Roman (Auch als E-Book)
Die Frauen der Villa Fiore. Giulias Geschichte. Roman (Auch als E-Book)
Die Schwestern der Villa Fiore. Biancas Geschichte. Roman (Auch als E-Book)
Das Geheimnis von Ardmore Castle. Roman (Auch als E-Book)
Das Rosencottage. Roman (Auch als E-Book)
Die Liebenden von Islay. Roman (Auch als E-Book)
Rückkehr nach Fisherman's Cove (Auch als E-Book)